有爱的青春陪伴者

何年致此生

珩一笑 著

江苏凤凰文艺出版社

图书在版编目（CIP）数据

何年致此生 / 珩一笑著. -- 南京 : 江苏凤凰文艺出版社, 2025. 1. -- ISBN 978-7-5594-7973-0
Ⅰ. I247.5
中国国家版本馆CIP数据核字第2024PE1537号

何年致此生

珩一笑 著

责任编辑	王昕宁
特约编辑	欧雅婷
责任校对	言　一
出版发行	江苏凤凰文艺出版社
	南京市中央路165号，邮编：210009
网　　址	http://www.jswenyi.com
印　　刷	天津睿和印艺科技有限公司
开　　本	880mm×1230mm　1/32
印　　张	9.5
字　　数	393千字
版　　次	2025年1月第1版
印　　次	2025年1月第1次印刷
书　　号	ISBN 978-7-5594-7973-0
定　　价	42.80元

江苏凤凰文艺版图书凡印刷、装订错误，可向出版社调换，联系电话025-83280257

目 录
contents

001 ◆ **楔子**

007 ◆ **第一章**
不漂亮、不出众的小结巴

037 ◆ **第二章**
你是不是也没那么讨厌我？

071 ◆ **第三章**
唯一共同拥有的夏天

103 ◆ **第四章**
梦也好，醒也好，往事皆了了

131 ◆ **第五章**
她是他的希希，是他的希望

目录

contents

162 ♦ **第六章**
　　强势地夺心，清醒地沉沦

194 ♦ **第七章**
　　重新相爱的信号

231 ♦ **第八章**
　　我没有家，我只有你

263 ♦ **第九章**
　　以全部的爱，献对方，致此生

289 ♦ **番外**
　　他们的爱，仍将恒久地生机盎然

楔子

黄昏的阳光是橙黄色的,或者更深一点,斜照下来,穿过泛黄的银杏叶的缝隙,在街面映出一片斑驳陆离的影。

风动,影晃,似梦境。

一辆电动车停在路桩旁,后视镜反射一道光,一闪而过。

他闭了闭眼。

再一睁眼,面前的景象顿时虚了。

仿佛看到街边的店铺,招牌还是老旧得掉色,水泥路被盛夏日光照得发白,少男少女的手握在一起,脸颊生绯色,从树荫下走过。

只是,女孩的面庞如同搁置一段时间后的冰激凌,渐渐融化,失去棱角,模糊不清。

"您好,您点的巧克力榛子蛋糕。"

陈致收回视线:"谢谢。"

他手边搁着的手机进来一条消息,屏幕亮起。

杨靖宇:去了这么多天,找到了吗?

陈致:没。

杨靖宇:实在不行,就算了吧。这么多年了,人家说不定早就不在阳溪了。你又何必念念不忘?

陈致:不管在不在,哪怕得到一点消息也好。

陈致:好了,你别说了。公司的事你替我处理,不是要紧事不用知会我。

杨靖宇认识他多年,知他脾性,再多说一句,怕是得惹他心生不快了。

杨靖宇：行，祝你成功。

同蛋糕一道送上的，还有一把金色合金小叉子。

他挖下一角蛋糕，递入口中。

奶油和榛子酱太甜，甜得舌尖生腻。巧克力却带着淡淡的苦味。

莫名和谐。

是好吃的。

这家店的门面小，只有三张靠窗的小桌，桌上摆着拳头大小的、各式各样的多肉盆栽。店里弥漫着烘焙面包的香气，混着芝士的奶香。

生意不错，但大部分客人都是买了带走。

陈致吃完，起身，去前台："再要一份，打包。"

"好的，稍等。"

余光里，一个年轻女生系着围裙，掀开隔帘，从后厨出来，她端着一盘新出炉的面包，摆上货架。

巴掌大的白净的脸，头发往后梳，随意绾成一个丸子，松垮地坠在脑后，鬓边留有几缕发丝，发尾微翘，像某种小雀的尾巴。

女生身上的气质，也像沾上了麦香，暖烘烘的。

"先生，您好，付款码出示在这里。"

陈致怔怔的，被唤回神，调出二维码，"嘀"的一声。

收款方：之橙烘焙。

陈致接过打包袋，扭头，想再仔细看看那个女生的容貌，她却背过身，再次走进后厨。

背影单薄，人很瘦。

像，总觉得像。

一种隐秘的兴奋，类似近乡情怯，定住了他的躯体，他想靠近，却无法动弹。

但无法确定是不是。

多少年没见了？

唯一留存的毕业照，被他反复摩挲过千百回，过了塑的边角也卷起。

那是十八岁的她，现在，应该已经大变样了。

她会摆脱土掉渣的校服，厚重的刘海，摘下瘸了腿的眼镜，彻底脱胎换骨。

他想，她一定会的。

陈致的记忆无法更新，哪怕她站在他面前，他大概也不敢认了。

作为一位客人，贸然打探店员的名字，极为不礼貌。

何况，八成不是。

陈致强行按捺下冲动，提步离开，门推开，风刮在脸上。

前两天。

陈致辗转联系到几个高中同学。听说他是谁后，他们愣了一会儿，才对上号。

"许希？不知道。毕业后就没联系过了，也没加好友。"

"好像结婚嫁到外地了吧。不记得是谁讲的了。你们当时关系不是很好吗？"

"……"

她当年说的，还真是一以贯之地践行着。

问的这些人，算是当年班上的活跃分子。问来问去，得到的唯一有用的信息，是那句"结婚嫁到外地"。

启程回阳溪那天，下了一场雨。

陈致坐在车里，看雨丝丑陋狰狞地爬满窗玻璃，胃一阵阵地绞痛。他无端想到，她兴许结婚了，还育有孩子。胃疼得眼前之景越发模糊。

但他还是被强烈的情绪推动着，时隔多年，他回了阳溪。

没想到确认得这么快。

可他没见到她，没亲眼见到她，他不想信。

陈致回头，望了眼之橙烘焙的 Logo（商标）。

圆滚滚、胖乎乎的中文艺术体，缀着半边橙子，温暖的色调，让人心情愉悦。

也许就像杨靖宇说的，他心里终究有执念。它跟不断生长的蛛丝一样，缠绕他的心脏，扯不断，烧不绝，时常缠得他濒临窒息。

他像被操控的提线木偶，机械地往回走。

店前有两级小台阶，他站住了。

隔着玻璃门，陈致听到一道声音："许年，该吃饭啦。我们一起叫点吃的吧。"

两分钟前，他见到的那个女生应声走出来。

许年？徐年？

总之不是她。

他死心了，这次走得毅然决然。

店里。

女生抬眼，不经意地问："刚刚那、那个男人，买的榛子蛋糕？"

"嗯。"同事认真翻看着点餐系统，随口说，"刚刚你出来，他看你看傻了。许年，我就说你是我们店的招牌。"

女生淡淡一笑，眉眼舒展开，温柔恬静。

陈致今天约了人，等在咖啡馆。
陡然降温，没有日光，天空一片银灰，风也吹得萧索。
似乎是下起了雨，行人撑伞，顶风而行。
一个西装革履的男人拎着公文包走进来，他收起伞，搁在门口的伞桶里，环视一圈，在陈致对面坐下。
陈致抬头。
就如今他的成就而言，他还很年轻，不到三十岁，眼神却是不符合年纪的沉着、锐利。
他率先开口："郭律师，你想喝点什么？"
"摩卡就好，谢谢。"
服务员很快送上。

"陈先生，这是您要的资料。"郭律师取出一沓文件，又打开平板电脑，点开一段视频文件。
拍摄角度隐秘，视野倾斜，看不到全景，但画面十分清晰，只见一个颇为魁梧的男人，揪着一个女人的头发，把她往沙发上撞，一下一下。
女人拼命挣扎，但敌不过男人的力气，像只破布娃娃。
男人发泄够了，撒了手，离开前，往女人身上踹了一脚。
静着音，越发衬出动作的暴力、凶狠。
陈致全程默不作声，直至视频播放完毕，他又拿起文件翻看。
"郭律师，这种程度是不是判不了刑？"
郭律师点头，说："即便报警，一般也就是调解，因为没造成太大的人身伤害。赵小姐很畏惧林政，提过离婚，躲到娘家，林政便去闹，最后不了了之。"
"发到网上，把事情闹大，再找人保护赵小姐。"
陈致语调低，语速慢，情绪平静至极，偏偏叫人感觉到他语气里的森森寒意："就算下不了狱，他也别想好过。"
郭律师作为律师，并不会探究对方恨意的源头——尽管，一开始在接受委托时，他的当事人就表明，要用合法的手段，向这些人报仇。
没错，这些人。
林政不是唯一，也不是开始。
在林政之前，陈致已经将他的复仇之矛剌向另一个人。
一个整日抽烟打牌的中年男人，牌场失意，又丢了工作，儿子打架斗殴，原本只是处分，因家长集体抗议，最终被学校劝退。

实现这一切，陈致只用了半个月。

郭律师饮尽杯中咖啡，说还有事，先行告辞。

陈致目光下垂，上半身向后倾，靠着椅背，右手握着一个金属打火机，大拇指挑起盖子，又按下。

"啪嗒，啪嗒——"

他没有烟瘾，只是很多时候，不得不借助尼古丁来压下心中焦躁的情绪，就像精神病患者发病时需要镇静剂。

不然，他不知道怎么熬过这几年。

许希。

陈致默念着这个名字，心中某个角落泛起熟悉的刺痒感。

不痛，不过是好比一捆麦芒轻轻地扎过。也许是因为习以为常了，已经麻木。

可原本，他也以为，他能习惯许希的离开。

"啪——"

打火机彻底合上，他攥紧，任冰凉的角抵住手心。

他拿上文件夹，正起身，脚步猛然定住。

之橙烘焙的那个女生进来了，她拍了拍裙子上的雨珠，径直朝一个男人走去。

男人递给她一小束花，她没说话，笑了笑，唇抿出一个弧度，眼睛也是弯弯的，瞳仁里映着点点光，像无风的静夜里，倒映着月光的湖面。

强烈的熟悉感，让陈致一时走不掉。

即使她不是许希，贪心作祟，他复又坐下，隔着大盆绿植，透过缝隙，不远不近地看着。

是一场老套的相亲局。

男人喋喋不休地介绍自己的工作、家庭、感情史，女生做出认真倾听的表情，没有作声。

男人也意识到不妥，故作轻松地说："我知道你说话……不太好，但你能不能也说一点？不然光我一个人叽里呱啦，也挺尴尬的，是吧？"

女生默了默。

男人耐心地等待，给她足够时间做心理建设。

"不、不好意思，和陌、陌生人见面，我、我不知道，该说什么。而且，我暂时没有这、这个想法。"

女生说话断断续续，这一段简短的话说完，她像耗费了不少精力似的，吐出一口气。

陈致的眼睛一瞬不瞬地盯住她，唇死死地抿成一条线。

会这么巧吗?

"那你为什么同意和我见面?就算你是大学生,可你有这样的缺陷,在社会上,已经差人一截了。何况你年纪不小了,不考虑结婚,你要一直单下去吗?"

女生蹙眉,说:"是你一直要、要求和我见面,我只是不好意思拒绝。我差、差哪儿了?我能赚钱,能养活自己,我即使找对象,也、也不会找你。你一个大专院校毕业的,还、还三十三了,凭什么挑剔我?"

这下倒是流畅多了。

她脸皮得有多薄,反驳几句而已,居然涨红了脸。

两人最终不欢而散。

陈致跟着女生走出咖啡馆,步子不疾不徐,紧紧盯着她的背影。

冷不丁地,他开口喊出一声:"许希。"

女生没半点反应。

绿灯闪烁,转而亮起红灯,她停在斑马线前。

他大步追上去,抓住她的手腕。

掌心的骨头细得仿佛力气一大,就会折断。

他笃定地说:"许希,是你。"

许年在被抓住时,有过一瞬间的恐慌,下意识地要挣脱,待看清他的脸,却愣住了。

手悬在空中,不动,胸脯小幅度地起伏着。

她自己都快忘记这个名字了。

而他想到的是,当年她说,她要逃到一个,谁也不认识她,不记得她的地方,包括他。

他真的,差点再也找不到她了。

第一章

不漂亮、不出众的小结巴

学期即将过半,班里突然来了一位转校生,这是件令人很好奇的事。

往日充满朗读声的晨读课,今天却是一片叽叽喳喳的讨论声,个别同学甚至探头往外看,想提前获得一些信息。

许希似乎并不感兴趣,埋头对着英语课本,嘴唇开合,却没有发出声音。

同桌秦伊习惯了她这副姿态,也不同她搭话,伸手扒拉前排的人,小声问:"那人谁啊?"

"不知道,好像是昂立转来的。"

才几分钟,消息就从前门,一路传递到后排了。

"昂立?那他家里挺有钱啊。"

昂立——阳溪最为出名的一所私立中学,一学期学费几万,在那里就读的,不算大富大贵,也是小康家庭了。

正说着,班主任将人领进来了。

"同学们,今天我们班迎来一位新同学,以后,他将跟我们一起学习。下面有请新同学给大家自我介绍一下吧。"

老套的开场白。

大家更期待新同学开口。

新同学个子很高,站在班主任旁边,高出小半个头。他单肩挎着包,一手垂着,没穿校服,白色棒球服搭黑色长裤,脸上没什么表情。

这样的气质,不足以吊起大家的胃口。重要的是,他的脸。

帅,又不单是帅。五官端正俊朗、脸部轮廓分明的帅哥比比皆是,可他的长相精致到,像是精雕细琢出来的瓷,或玉,因而给人一种脆弱易碎的感觉。

不知是他瞳仁生得黑，还是光线的缘故，令人联想到黑不见底、光照不进的深渊，自带吸住人目光的磁力。

"大家好，我叫陈致，别致的致。"
声音是属于少年人的清朗干净，但，没有起伏。
就没了？
停了两秒，大家后知后觉地鼓起掌。
前排的同学跟秦伊说："看他包的Logo，是'驴'。如果不是假的，那确实有钱。"
秦伊"啧啧"两声。
在学校，得掌握一点必备技能——屏蔽外界干扰。
许希充耳不闻，默念完，遮住单词，看着中文释义，默写起来。
许希每天给自己定下了明确清晰的学习计划，并严格执行，如果分神听他们八卦，她就要完不成了。
班主任说："陈致同学，你先坐最后一排吧，期中考试后再调整座位，可以吗？"
陈致颔首，径直迈下讲台，朝那个空位置走去。
"好了，大家不要交头接耳了，读书吧。"
陈致的书包几乎是空的，里面只装了几支笔和一本草稿。
待他坐下，一个穿黑西装的男人将他的书搬了进来，摆好后，很快离开，全程没有说一句话。
班主任过来，拍了拍许希的肩膀。
许希抬头，眼里有些茫然。
不到一臂的距离，陈致能看清她的睫毛，挺翘，但不长。
班主任姓袁，教语文，四十来岁，人挺和蔼，只是抽烟凶，身上带着一股萦绕不去的烟味。与他靠得太近，总让人忍不住屏住呼吸。
袁老师说："许希，你下课带他去领一下校服。"
"哦，好。"
袁老师又对陈致说："有什么问题，你可以问同学，或者来办公室找我。"
"好，谢谢老师。"
许希看都没看陈致一眼，继续默写单词，脖子弯着，露出脑后颜色偏淡、偏细的头发，像婴儿的胎发。
倒是她的同桌，扭过头，明知故问："陈致，你是哪里毕业的？"
出于礼貌，陈致回："昂立。"
没想她又问："昂立教育资源不是很好吗，怎么转来三中啊？"
陈致垂下眼，翻开一本书，语气越发冷淡："没怎么。"
识趣的人，就该知道他不想被搭讪了，或者，这个问题触及他的隐私了。
秦伊碰了枚软钉子，撇了撇嘴，转回去了。

许希写完，对了下书，错了一个。她画掉，更正，重新记。

待完成这项任务，许希望了眼教室前悬挂的钟，还剩两分钟才打铃，于是如释重负地呼出一口气。

还好没被这段小插曲耽误。

她从桌洞里摸出一个水煮蛋，磕了磕桌沿，轻轻碾碎壳，剥开，用纸巾垫着。

秦伊闻到鸡蛋的味道，不耐烦地蹙眉，看向她："许希，你怎么每天吃啊？好难闻。"

"我、我很快，吃、吃完。"

许希将鸡蛋两口塞进嘴里，然而蛋黄干，吃得急，容易噎到。她勉力咽下去，便开始打嗝。

秦伊一副欲言又止的表情，最终也不想说她了，撇开眼。

许希拧开水瓶，瓶盖没拿稳，掉了下去，往后滚，一路滚到陈致的脚底下。

她没期望他能好心地施以援手，自己蹲下去，伸长手，努力去够。

她那费力的样子，像寓言故事里，怎么也喝不到瓶中水的乌鸦。

"嗝。"

一个嗝猝不及防地涌上来，她身体随之往上，头顶撞到桌子。

"砰"的一声响，旁人听了都无端感到一痛。

陈致不过弯个腰的工夫，就拿到了瓶盖。

红色的保温瓶盖，样式老土，表面有几个磕碰出来的坑，漆掉了大半，露出底下的金属银色。不像高中这个年纪会使用的东西。

许希接过，讷讷地说道："谢、谢谢。"

陈致没觉得她本身就是结巴，只当她太紧张。

他这下才看全她的整张脸。

很小的一张脸，约莫巴掌大，鼻头小巧，因为疼痛，眼尾有点红，好像还坠了滴生理性的泪，眉毛淡而稀，额头光洁。

总体来说，这是一张很素净的脸，淡到一眼过去，留不下太深的印象。

还有一点原因是，一晃而过。

因为她很快转回去了。

她依旧没正眼看他。

陈致倒不明白了，他很吓人吗？

许希喝水将嗝压下去，正好，早自习的下课铃响了。她抽出书本，利用短暂的五分钟，进行新课预习。

这堂是英语课。

老师年纪大了，难免带些口音。陈致不爱听，两根手指夹着笔，转啊转，目光无焦点地落在窗外。

老师叫大家齐读课文，他忽然发觉不对劲。

他视线转动，落到前方女生身上，的确，她没有发出半点声音。

下课，许希收好笔，见陈致没反应，还看着窗外发呆，她轻轻地拍了拍他的肩，提醒他："校、校服。"

袁老师吩咐她带他去领校服，她还挺尽职尽责。

陈致说："不用了，你告诉我地方，我自己去。"

她思考两秒，摇头。

他便起身。

许希的眼睛随着他的动作，缓缓上抬，然后真切地意识到，他好高。她好像还不到他的下巴。

她抿了抿唇，率先从后门走出去。

三中的校服很难看，黑白红的配色，宽松肥大，不分男女，丑得统一。但学校要求必须每日着校服，校门口有督察员监督。

领校服的地方在行政楼一楼靠里的一间办公室，不好找。

里面有一个值班老师，正边嗑瓜子，边用电脑看网络小说。陈致瞟了眼，修仙类的大长篇，一千多章。

他在心底笑了声，这么闲。

"要多少码的？"

"185码。"

"这衣服码子小一号，给你拿190码的吧。"老师拍了拍手，找出两套秋季校服，递给他，"一共二百七十八元。"

陈致愣了愣："要钱啊？"

老师笑了一声，似乎觉得他很天真，说："哪所学校做慈善，免费送校服啊？"

他从小到大，读书的开销，都无须他考虑，也没想到要带钱。

"算了。"

他作势要走。

许希忙说："我、我先帮你垫、垫一下吧。不、不然，你明天进、进不来学校。"

她从裤兜里拿出两张折叠得整整齐齐的百元钞票，本来是准备充值饭卡的。

她伸出一根手指，示意先拿一套。

钱递出去时，她还有些不舍。但袁老师把事情交代给她，是信任她，她得完成好才行。

老师给她找零六十一元。

几张零钱，她依旧是捋平、叠工整，才收到口袋里。

出了行政楼，许希说："你、你自己回教室，可以吗？"

那眼神，似乎是担心他找不到路。

秋末初冬的天气，紫外线强烈。她微微眯起眼，仰着头看他。

他发现她有这个习惯,和人说话,总是面朝对方,哪怕没有直视他的眼睛——不知是不敢,还是不想。

陈致反问:"如果不可以呢?"

许希思考起来,该给他指路,还是领他回去,下节课后再去食堂充饭卡。

不充的话,卡里的钱不够她吃一顿饭。

他居高临下,可以将她面部表情的任何细微变化,尽收眼底。

她的脸不仅小,下巴也尖,脸颊只有一点儿婴儿肥。她站在阳光下,皮肤白得近乎有些透明,故而显出淡青色血管的形状。

像沾了棉絮的白色翡翠。

因容易给人一种弱不禁风的脆弱感,他这样,像是在欺负她。

陈致淡声说:"你有事就去吧,谢谢你,钱我晚点还给你。"

"好。"

她点头,小跑走了。

中午吃饭,许希和唐黎一起。

她们俩本来是同班同学,分科后,一个去了理科班,一个去了文科班,就像异地恋的情侣,特定时候才能见面。

"待会儿去小卖部吗?"唐黎问。

许希点头。

唐黎从餐盘里夹了块鸡肉给她:"你怎么总是吃得这么没营养啊?省钱也不是你这么省的嘛,难怪你这么瘦。"

三中伙食一般,但好歹有荤有素,菜色不一,随意搭配,可许希来来回回都是那几样素菜:土豆丝、白菜、豆腐。

许希是很瘦,别人穿校服,顶多是嫌宽松,她穿着像根杆子套了麻袋,怎么看都违和。

许希笑笑,没有解释,就让唐黎这么以为了。

吃完饭,唐黎挽着许希的胳膊去小卖部。唐黎经常饭后买瓶饮料,或者零食,留着下午打牙祭。

许希没进去。

"希希,你不买吗?"

许希充了五十块钱饭卡,身上只有十一块钱了。

对唐黎来说,这还不够吃一顿饭和饮料的。但许希需要精打细算用很久。

许希笑笑,说:"我、我没什么想、想吃的。"

唐黎知道她是舍不得,结账时,多拿了盒纯牛奶,出来后递给她:"喏,请你喝。"

许希有些无奈地看着她:"你、你总是请我,我都不、不好意思了。"

"没关系,我喜欢和你一起吃东西。"唐黎比许希高,可以轻松地揽住她的肩,"你知不知道，看着你，我总有种心疼的感觉，想对你好一点，再好一点。"

许希不明白，可很久之后，陈致也这么对她说。

放学后，许希走路回家。

原本，以她的成绩，可以去市重点，但为了省钱，她选择离家近的三中，因为可以不用寄宿。

她走到校门口，有道陌生的男声叫她的名字。

她循声望去，是今天新来的同学。

陈致。

他站在一辆黑色轿车旁边，她不认识车标，但知道肯定不便宜。

秦伊他们似乎很好奇他的家境，下课趁他不在，讨论过几次他所穿所用的品牌。

陈致朝她走过去："谢谢你。"

他是为了还钱。

两张红色的钞票，许希找不开，便问："你有、有零钱吗？"

陈致说："剩下的当感谢你的。"

口头上说感谢，表情却匮乏，冷冷清清的。

她知道他不是针对自己，是本身性格就如此。所有人和他搭话，他都给不了热络的反应。

"你、你等我一、一下。"

她可以去旁边的小店，找老板换一下零钱。她有些着急，怕他没耐心等。

果然。

"不用了。"

陈致说完，不等她再说话，转身，拉开后座车门，坐了上去。

司机刚给了他两百元现金，转眼又看他给了一个女生，不免问："欠人家钱？"

陈致知道司机要跟自己父母交代他的情况，"嗯"了一声，言简意赅地解释："买校服，忘带钱包了。"

他抬眼看向后视镜，她捏着那两张钱币，似是纠结了一会儿，然后收了起来。

许希回到家，叔母坐在客厅看电视，叔叔估计还在外头打牌。

"我、我回来了。"

叔母注意力在电视剧里，没理会她。

许希默默地换鞋，进了卧室。

说是卧室，其实是杂物间改的。

屋子朝北，采光通风差，冬冷夏热。里面放了一张床、一张书桌，就挤得转不开身了。窗户开得高，还小，她个子矮，想开关的话，得踩凳子上。

她放下书包，拿上换洗衣服去洗澡。

洗澡太久，会被叔母说浪费钱，不洗头发的话，她一般控制在十分钟内结束。

没想到，许希刚脱掉外套，正要脱T恤，门突然从外面被打开了。

许希一惊，如关在笼中受惊的鸟，看向误闯的人。

她的堂弟，许凌。

他约莫是刚打完游戏，迷迷瞪瞪，没注意到里面有人。

许凌揉了揉头发，脸上有一丝尴尬，说："你要洗澡吗？"

她低低地"嗯"了声。

"你洗吧，我待会儿再来。"

说着，他退回去，顺带关上了门。

许希其实没比她小多少，他们同年，不过他才高一。他们学校没晚自习，他早早放了学，便待在房间里玩电脑。

许希惊魂甫定，心还怦怦跳着，听见外面叔母说："你个晕脑壳，打游戏打傻了，里头有人都不知道？"

"哎呀，又没看到啥。"

叔母只是嘴上这么一说，不会真的教训许凌。

许希飞快地洗完，抱着换下的衣服出浴室，晾好洗净的内衣内裤，再钻进那个逼仄狭小的房间。

她的头一直埋着。

许凌似乎瞟了她一眼，她权当没看见。

她这套睡衣已经穿了几年了，洗多了，布料薄，领口大。胸部发育起来后的这几年，即使洗完澡，她也会穿上内衣。

因为家里有两个男性。

在这个家里，她是十足十的外来人，她只能极力降低自己的存在感，不引起他们注意，不叫他们生厌。

许希关上门，松了一口气，摊开书。

老师布置的作业她已经写完了，这是她另外买的练习册。

学习上，她不是很有天赋的人，笨鸟先飞，她只能不停地努力，试图飞高一点，飞远一点。

写到晚上十一点多，叔叔回来了。

因为老房子不隔音，她清晰地听见叔母抱怨："天天打牌打牌，输得都没钱吃饭了。"

"啰里啰唆。"叔叔听得烦，"饿不死你的，别一天到晚念叨，有这闲工夫，不如出去找个活干。"

"你以为我想天天念你啊？含辛茹苦地把这两个孩子拉扯大，我现在人老珠黄的，再出去找工作，谁要啊？"

"你平时不就做饭、洗衣服,说得多累似的。"

"许卫民,你别太站着说话不腰疼了,凌凌从小到大,你管过他一点吗?"

又是无意义的争吵。

许希习以为常,反正有一方吵倦了,就会自动中止。

她戴上耳塞,躺到床上,闭上眼睛。

窗户没关,但风吹不进来,空气凝滞,幸好夜晚气温降下来了,白天残留的暑气褪去。而月光一如既往地温柔,抚着她的脸。

不知何时开始做起梦。

父母一左一右,各牵着她一只手,在菜市场逛,问她想吃什么,回家给她做。

她胡乱报着菜名,什么胡萝卜炒菠萝,鸡蛋炒鸡,他们被她逗笑。

许希知道是梦,可仍贪恋于一家三口的温暖,嘴角上扬,眼睛笑得眯起来。他们说这样笑的女孩子有福气。

直到被铃声吵醒。

她定了六点的闹钟。

许希轻手轻脚地洗漱,如果吵到许凌,他会发起床气,不分对象地发。

早上时间来不及,她做完早餐,口袋里揣着一个鸡蛋,嘴里还塞着没咽下去的馒头,匆匆离开家。

想起昨天秦伊讨厌水煮蛋的气味,她边走边小心地剥滚烫的蛋。

从家里走到三中,只要二十分钟。

她有一部MP3(随身听),是唐黎攒钱送她的生日礼物,她利用这段时间练英语听力,也就没注意到背后的单车铃声。

一个男生骑车几乎贴着她,从她旁边掠过去。

许希吓了一跳,手一松,鸡蛋掉落在地。

那人是许凌。

自从叔母给他配了单车,供他上下学后,他的横冲直撞就变本加厉了。

鸡蛋沾满了灰,吃不了了。她心疼,可也没办法。

许希到教室时,发现陈致已经坐在位置上了。

他从头到尾,表现得都不像一个好学生,既不积极回答问题,也不专心致志听课——昨天老师还点了他。

也可能是她的偏见,总觉得有钱家庭的孩子,并不需要一心扑入学海,以苦作舟的通常是她这般人。

但他竟然来得这么早。

陈致今天穿了校服,袖子挽到手肘,露出一截小臂,拉链只拉到锁骨处,衣领敞着,看着肆意随性。

他也没在学习,手指夹着尺子转悠,神情倦懒,意兴阑珊的。一个男生坐在许希的位置上,扭着身子,和他说话。

那是他们班的班长,杨靖宇。

走近了,听见他在说:"……希望你能被许希同学刻苦学习的精神感染,勤奋学习。"

陈致眼皮也不抬:"老师叫你来说的吗?"

"袁老师是叫我照顾新同学。"杨靖宇说,"不过刚刚的话,是我本人的肺腑之言。"

杨靖宇看见许希,立即站起来:"不好意思,坐了下你的位置。"

许希微笑着摆摆手,示意没关系。

杨靖宇低声跟她说:"他之前在昂立成绩很差,袁老师希望你作为前桌,带动一下,不要拉低我们班平均水平。"

怎么带?

许希想不明白,他已经走了。

这时,陈致拿着尺子,点了点桌面:"我听见了。"

她回神,说:"你、你想学就、就学,不用听、听他的。"

陈致忽然问:"你是很怕我吗?"

他的目光攫住她,眼底有慑人的光,无端叫人心底一颤。

明明他坐,她站,气势上,她该更占优势才是。

许希愣了下,诚实地摇头:"没、没有啊。"

她一副乖乖女做派,听老师话,听同学话,看着就不像会撒谎的样子。

"那你跟我说话,为什么总结巴?"他笑了声,模仿她的语气,"不、不是吗?"

话音刚落,许希的脸腾地红了。

许希立在原地,手攥紧,嘴角几不可察地动了动,随即抿紧,半晌,别过脸去,不作声。

陈致无法确定她是不是生气了。

他脸上的笑意也淡下来,眼睫半垂,看着许希拿出书开始"读"——用眼睛读,而非嘴巴。

一点声音也没有,不知道的,还以为她是哑巴。

下课后,袁老师把陈致叫去办公室,给了他一沓空白试卷:"上个月的月考试卷,你拿去写写。"

"好。"

袁老师见他杵着,奇怪道:"还有什么事吗?"

陈致默了默,到底没问许希的事。

"没事了,谢谢老师。"

好巧不巧,一出办公室,他便迎面遇上许希。

她怀里抱着一本数学习题,低着脑袋,朝这边走来,没注意到陈致。

他想起,昨天在校门口见她也是如此,像害怕遇到谁似的。

陈致站在那儿，秋风吹来，微微掀动她的鬓发，又觉得，风要吹走的是她。那么薄的一片，落叶一样。枯黄的，不鲜艳，失去了生命力一般。

他也不知道，为什么会有这样的感觉。

可能，是因为他之前见过她脆弱不堪的样子。

陈致个子高，堵住路，许希便不可能不抬头了。

他说："你找数学老师吗？他不在办公室。"

许希没吭声。

既然老师不在，她就转身回教室了。

她感觉到，陈致走在她的后面。存在感太强，她无法忽视。除了他本身，还有一路上同学的目光。大家自然是在看他，这个长相优越的新同学。

对于课业压力大的高中生来说，课余时间看到帅哥，比平时更能吸引注意力。

但许希也只能刻意忽略。不然她觉得跟他说话，就是自取其辱。

两人一前一后从教室后门进去。

秦伊翻着书包，没翻出东西，问许希："你有那个吗？"

这是女生间的暗号，代指卫生巾。

虽然有掩耳盗铃的嫌疑。

许希摇头。

秦伊"啧"了声，因为着急，便立马去问其他人了。问到后，特务碰头似的，她鬼鬼祟祟藏进口袋，小跑去厕所。

陈致搞不懂，秦伊对她态度那么差，她为什么不生气。还是说男女生在她那儿，有差别待遇。

大课间有课间操，许希正要站起，头一阵眩晕，身体打了个晃，她扶着桌子站稳，另一只手捂住肚子。

秦伊没注意，和其他同学手挽手走了。

或者说，大家赶着去操场，没人注意到她。

唯独陈致。

他轻拍了下她的肩，问："你怎么了？"

许希正欲开口，回忆起早自习时，他模仿她的结巴，她又抿住唇，只是轻摇了下头。

她自己知道，吃得太少，有些低血糖，不打紧的，撑到饭点就好。

陈致两手揣在外套口袋里，跟着她："你这样还能跑操吗？"

她不言。

他锲而不舍，追问："我哪里惹到你了？"

许希终于忍不住，回头，嗓门都大了些，冲着他喊："你别跟着我！"

这不说话挺流畅的嘛。

可当他看向她的眼睛时,他竟发现她眼眶里蕴着泪,要落不落,像清晨草叶尖的露水,眼尾也染上了淡淡的红。

陈致一怔,她已经跑走了。

陈致没想到他能惹得一个女生哭。平白无故担负了这一桩罪责,他有些无措,又有些莫名。但再次看到许希时,她没半点哭过的迹象,只是脸色冷淡地垂着头,看着鞋尖。

单薄的帆布鞋,已经穿旧了,甚至有些脱胶,但刷得很干净。

男女各分两列,男左女右,她站在前面,他往队伍后面走,被她忽视了个彻底。

下操回教室,杨靖宇追上陈致,问他:"你会打篮球吗?"

陈致的目光不知落在何处,总之心不在焉地回道:"嗯。"

杨靖宇是个热情的主,不在意他的冷淡,继续问:"打得怎么样?下个月有篮球赛,你要不要跟我们一起?"

"还行。"

"下午有体育课,打一场看看。"

那抹单薄的身影拐去了小卖部,随即消失不见。

陈致收回目光:"行啊。"

许希实在饿极了,跑完两圈步,现在走路都无力,她买了个小面包垫肚子,正好可以破开整钱。

小卖部老板娘还不大情愿,大家都是刷卡,偏偏她拿张大额钞票来,耽误工夫。

许希回教室把零钱还给陈致,仍是不发一语,且摆出强硬的姿态:不收也得收。

秦伊想起老师待会儿要讲习题,问许希:"昨天物理作业你写了吗?借我抄几个选择题。"

许希把书翻开给她。

陈致用笔点点许希的后肩,也问:"能借我抄下吗?我也没写。"

许希没搭理他,甚至往内收了下肩膀,避开他的触碰。

这气生得太明显了。

连秦伊也注意到了,她颇为好奇地问:"你怎么惹到她了?"

陈致轻耸一下肩:"我不知道。"

秦伊撞了撞许希,低声说:"人家刚来第二天,你跟他生什么气啊?"

许希皱眉,语气不大好:"不、不关你的事。"

秦伊扬起眉:"气性还挺大。"

许希没接茬。

她清楚秦伊不喜欢她,原因有很多,但她也没打算讨好一个不喜欢自己的人。作为同桌,平日里只求不闹矛盾,不撕破脸。

一个斜前方的女生,隔着过道递作业给陈致,好心道:"我写了。"
正好打上课铃,陈致说:"不用了,谢谢。"
许希还是埋着头,一副不受外界干扰的样子。

午饭后,陈致靠着走廊栏杆吹风。
今天几乎没有阳光,阴云密布,风刮得树叶萧瑟,看着马上就要大降温。
教室位于二楼,不高的位置,楼下成群结队的学生的说笑声便显得尤为聒噪。
他略偏头,看见许希和一个女生手挽手,脸上带着浅浅笑意。
秦伊叫他一声。
陈致抬眼看向她,身形未动。风拂着他额前的碎发,露出他清隽的眉眼。他眼底幽深,似一汪古潭。
秦伊说:"许希这人犟,一般不生气,一生气就很难好。"
似乎终于和他有了共同话题,秦伊跟许希分班前就是同学,迫不及待般地侃侃而谈起来:"她脾气怪得很,说话还结巴……"
"结巴?"
他打断她,问:"天生的吗?"
"鬼晓得,大家都不乐意和她玩,她也不会主动说这些。"秦伊撇撇嘴,"袁老师总找她做事,就是想让她更好地融入班级吧。但我看,白用功。"
陈致的目光落在秦伊身后。
许希显然听到了,但她只是定了两秒,就进了教室。
背影依旧单薄。
像沙漠里的沙柳,看似纤弱,却有极强的韧性。
不知为何,陈致有这样的想法。

午休时间,许希会先写半个小时的题,再趴下睡一会儿,不然下午上课没精神。
秦伊没睡,她在看小说杂志,时不时发出闷闷的笑声,肩一颤一颤的。
许希把脸埋在臂弯里。
她脑中回响着秦伊对陈致说的话。
"……大家都不乐意和她玩……白用功。"
她埋得更深了,连同耳朵一起埋进去,像只鸵鸟,自欺欺人地与外界隔绝。
没必要在意别人的眼光,她唯一要做的,就是高考考出阳溪。结巴不再会是他们可以嘲笑她、看不起她的理由。
她经常这么告诉自己。
她知道自己是什么时候变成这样的,也尝试过改变,可几年过去,一点起色也没有,她只能说简练的语句,不能说大段大段的话。
缺陷,有时比优点更令人印象深刻。就像一只不完整的碗,人们总不由自主地先关注到豁口。

别人提起许希,第一反应是"哦,那个说话结巴的女生",而不是她成绩多好,学习多刻苦。

久而久之,她变得越来越不爱说话,宁愿不说,也不想被嘲弄。

许希强迫自己入睡,迷迷糊糊,还没完全睡着,又该上课了。

她用力地搓了把脸。

下午第二节是体育课,老师带他们简单做了套操,便放他们自由活动。

陈致被杨靖宇拉去打球。

以秦伊为首,一众女生跑去凑热闹。当然不会包括许希。

操场和篮球场相邻,许希坐在操场边都听得到那边的欢呼声。

陈致和她是完全不同的两个类型的人。

一个默默无闻、平平无奇,一个才来两天,就众星捧月。

当时的许希从来没想过和陈致会有任何交集,无论过去,还是未来。

她捧着一本口袋书,弓身抱着腿,像是蜷缩,很小声地读着英语单词。

小到完全被淹没。

她以为,她寡淡的青春,会被学习占满,没有心思去关注一个人,也认为理应如此。

她不像秦伊有松懈的底气,和呼朋唤友的号召力,她能靠的只有学习。

可当她抬头看见陈致时,也料算不到,此时伏脉千里的草蛇灰线,已经正式开了头。

下午的风更大了,带着秋天的寒意,偶有几片叶子落在脚边。

许希的反应并不迟钝,有人靠近,她立马就察觉了。

陈致脱了校服外套,里面是一件白色的T恤,简单得连品牌商标也没有。他出了汗,额头、鼻子上都是,黏着几缕头发,比之前少了几分清冷、疏远感。

"你怎么一个人坐在这儿?"他刚运动完,声音里带着点喘。

许希望向篮球场。

原来他们已经散了。

她也起身。

因为坐得太久,她腿僵了,站得不稳,他顺手扶了她一把。

在她开口前,他先说:"对不起。"

许希愣了愣,随即抿紧唇,从他掌心抽出胳膊,不答。

"我之前见过你,那个时候你没结巴。"

她面露疑惑。

她终于直视他的脸,似想找出蛛丝马迹,来验证他的话的真实性。

"那天很晚了,司机有事没来接我,我打不到车,我被几个人跟上,他们想抢我的钱。你跳出来,说你家人就在附近,吼一嗓子他们听见就会过来,他们就跑了。"

许希有印象了。

然而并不是什么好印象。

他的语气却越来越笃定:"是你。"

事实上,在她给他钱的时候,他就确信无疑了。

把几个年纪不大的小混混吓跑后,她却崩溃地哭了。

她哭得停不下来,甚至打起了嗝。

比起惊吓,他更茫然,手足无措地问她怎么了。

她说饿了。

他去便利店买了几样东西给她。她一边哭一边吃,脸上一团糟。

后来哭泣渐渐平息,她掏空口袋,把所有的钱捋平,叠整齐,递给他。

一共三块五毛钱。

两人没相处多久,但说了很多话。

她说,她爸妈不在了,怎么叫他们,他们也不会应了。

她说,她是偷偷跑出学校的,她只有这点钱,不够买什么,所以一整天没吃饭。

最后,她说:"谢谢你。"

短暂得来不及了解她偷跑出来的理由,来不及互相交换姓名,就告别了。

此后再也没见过。

陈致说:"我不知道你……对不起,我不是有意的。"

许希的脸因想起窘事而微红,撇开,不看他。

"没、没关系了。"

"能问是为什么吗?"

话音刚落,他又否定自己的话,说:"算了,你当我没问。"

"我、我也不知道,医生说,可、可能,是心理原因。"

许希使劲掐着指腹,努力把话说通顺,可还是不行,依然磕磕巴巴。

当时找的医生推荐她去看精神科,进行心理疏导。一问诊疗费用,叔母他们便作罢了,说,这能有多大点事,又不是娇生惯养大的孩子,慢慢就好了。

"回、回去吧。"许希不想再继续这个话题。

就像身上一处伤口,结了痂,久久未脱落,轻轻揭一下,都会疼得要命。

什么时候会好呢?

也许永远好不了了。

陈致深深地看了她一眼,至于眼神里包含了什么,同情、可怜,还是别的,她读不懂,也不想懂。

之后几天,许希并未因为前缘而和陈致有所亲近。

相反,那是一段她很痛苦的回忆。

幸好,他没有问她更多。

譬如，她那天为什么会哭成那样。

父母刚去世不久，她在学校待不下去，翘了课，跑到原来的家附近，游荡了一整天，从早到晚。

房子是学区房，被叔叔、叔母卖了，说要用来供她吃穿和上学。父亲的抚恤金也以同样的理由，被叔叔死死地捏在手里。他们拿到那么多钱，可每天给她的零花钱和生活费，只有一点点。

她越想，越觉得他们亏待她，越思念爸爸、妈妈。

细想起来，似乎就是从遇到陈致的那天起，她开始变得结巴。

陈致这段时日混得挺开。

他性子冷清，但和许希的封闭不同。他长得帅，受女生欢迎，打篮球厉害，男生也爱找他一起。

没两天，他的名号都传到文科班的唐黎耳朵里了。

而许希在班里依然独来独往。

倒是唐黎，她会下楼找许希，其实也是打着这个旗号，来看陈致的。

"希希，这么一个帅哥坐在你后桌，你居然无动于衷。"

许希说："帅、帅又不能当、当饭吃。"

唐黎捏捏她的脸，笑着说："要是能当饭吃就好咯，把你喂胖点。"

"那、那我会撑死。"

唐黎笑了："看来你也承认他帅了。"

许希不得不承认，他的确很好看，笑也好，不笑也好，哪怕是刚睡醒，脸上有红印，都是好看的。

可以说，他是她在现实生活里，见过的最好看的男孩子。

但，对她来说，没有意义。

好比一颗展示在玻璃展柜里，被LED灯照着的钻石，只是好看而已，她看一眼就够了。

没有穷孩子会妄想得到它。

期中考试是多校联考，前一天下午布置考场，不上晚自习。

大家的书很多，带不回去，都往教室后面、窗台上、走廊上堆。

许希整理出一大箱子，提不动，弯腰，吃力地推着走。

忽地，一只手从旁边伸过来，替她抬起，很轻松地往空隙里放："这里可以吗？"

"嗯，可、可以。"她看着陈致，声音低低的，"谢谢。"

卫生委员按照学号，安排同学负责大扫除，本来轮到秦伊扫地，她事先没想起这事，就和人约好了去玩。

秦伊掏了一颗巧克力球，往许希手心一塞："拜托，她们在催我了，请你吃，感谢谢谢。"

"我……"

秦伊说完也不等许希答复，抓起书包跑了。

陈致一只手撑着桌沿，袖子撸到小臂上，旁观完全程，清清冷冷点评了句："用这么个东西贿赂，未免太瞧不起人了。"

轻描淡写得像是看戏。

这学期自开学起，许希便和秦伊是同桌，这样的忙，也不是第一次帮了。

秦伊就是仗着她不会拒绝。

许希慢慢地剥开金色锡纸包装，然后将巧克力塞进嘴里。巧克力包着榛果碎，很甜。

过去爸爸也爱给她买巧克力，妈妈就会怪他，老让她吃甜的，小心长蛀牙。

她将纸揉在手心里，一时竟舍不得丢。

等人走得差不多了，许希和一个男生一起搬桌子。

间隔拉大，桌洞朝前，对齐。教室里不断响起拖拉、碰撞声。

陈致走到许希身边，拦住她的手，一片阴影覆下，遮住她的视线，他说："我帮你搬，你去扫地吧。"

她立着没动，想说不用，他又催促道："去啊。"

和人抢东西、争执，都是许希的弱项，她便放弃了，去拿扫把和撮箕。

男生力气大得多，两个人分区域，很快搬完，接着扫地。

许希腰有些酸，直起身时，正好对着陈致望去。

他看起来不像会打扫卫生的人。

事实上，他的确不熟练，握扫把的姿势笨拙，扫一点漏一点，事倍功半说的就是他。

她有些想笑，又抿唇忍住了。

另一个男同学跟陈致聊天："听说你们昂立不用自己搞卫生。"

"现在昂立跟我没关系。"陈致对扫把上沾着不掉的吸管纸有些不耐烦，皱着眉，干脆用手扯下来，"确实不用。"

"那你怎么从昂立转过来了啊？"

八卦是人的天性，估计很多人好奇。秦伊也问过同样的问题。

但那次他没说。

听起来，他在那儿待得并不愉快。

许希也不由自主地悄悄竖起了耳朵。

陈致嗤笑了声，说："想好好学习了。"

阳溪是个小地方，有钱人并不那么多，他们的子弟多集中在昂立。饶是教育配套资源再好，学习氛围到底差一截。

三中不像一中、二中那么拼成绩，算中上。

男同学笑了笑，显然没当真，但他很有眼力见儿，知道不必再追问下去。

陈致收了扫把，说："我先去倒垃圾。"

其他同学完成任务，陆续离开了。

这下只剩许希和陈致。

许希看到地上有灰，去水池洗拖把。

陈致跟过去："秦伊那么对你，你还尽心尽力帮她打扫，她会记得你的好吗？何必当这个老好人。"

他坐在她们后座，早已看清秦伊对许希的态度。

谈不上轻蔑，但说难听点，利用居多，连友善的同学情谊都没有。

周瑜打黄盖，一个愿打，一个愿挨，他本无须插手，但不知怎么的，就是留了下来，还发消息跟司机说，得晚一点出去。

许希拧开水龙头，看向陈致，在"哗哗"的水声中说："那、那你又为、为什么，要帮我？"

她的个子矮他许多，要仰头才行。

陈致一手揣着口袋，漫不经心地道："我不喜欢欠人情。"

这些天和他相处，她越发觉得，他和她之前见过的那个，不知道怎么安慰她，却始终陪着她的男生，不大一样。

现在的他，要疏冷太多。

不过，他们当时本来就不熟。何况年纪也小，不懂事。

许希这才回答他的话："小、小事而已，我不想得、得罪他们。"

不只是秦伊。

包括其他同学找她帮忙，她也会答应。哪怕她在班上没有真心朋友，至少，他们不会厌恶她，排挤她。

而且，她也不想回去。

那个住着叔叔一家的房子，不是她真正的家。

每次放学，她都很羡慕别人的轻松情绪：啊，学了一天，累死了，终于可以回家了。

可她想的是：又放学了。

听完，陈致更奇怪了，问："那你就乐意得罪我？"

许希沉默了一下，说："明明是你、你先学、学我。"

说着，她还愤愤然，猛地捅了捅拖把。

池子的出水口有些堵，积了很多脏水，这么一捅，水雾时四溅，溅到他裤腿上。

"对、对不起，我不是故、故意的。"她越着急，说话越磕巴，"我去、去帮你拿纸。"

陈致反而笑了，跟之前的笑法不同，这会儿连眼睛都染上了笑意。

猝不及防地，许希看得晃了两秒神。

那会儿日已西斜，天际残留着一些颜色深沉的霞色，走廊灯没亮，光线很暗，可他的眼睛里，隐约闪着星星点点的碎光。

他原来有酒窝啊，笑得开了，便自动显露了。

"你看着没脾气,但其实挺记仇啊。"

许希脸羞愧地一红,放下拖把,跑回教室拿纸巾。

他分了一半给她:"你也擦一下吧。"

如若她是存心报复,则是杀敌一千,自损八百。

她自己也被溅湿了。

许希伸手去接时,不小心碰到他的指尖。

微微冰凉,柔软的。

她猛地缩回手,心一下子跳得快了几个节拍,很清晰地在胸口鼓噪着。

但他大抵无所察觉,因为他神色如常地去擦裤腿上的水渍了。

离开学校时,许希故意拖拖拉拉,落在陈致后头。

这是她的习惯,尽量避开被熟人搭话的可能——如果划分的标准为,和她说过二十句话以上,那他是她的"熟人"无疑。

他步速不快,腿长的缘故,没一会儿就和她拉开距离了。

她无端地想起,那天体育课,远远看到他跃起的身姿——得感谢遗传到父母的好基因,高强度的课业压力下,她依然保持良好视力。

非常流畅潇洒,一气呵成。

不知不觉,天色渐渐变成了鸦青色,快要完全黑透了。

路灯亮起,脚下的影子拖得很长,她沿着地砖缝走直线,一格一格地,跟小时候玩跳房子游戏似的。

"许希。"

她吓了一跳,发现陈致以一种守株待兔般的、等待她经过的姿态,立在路灯旁。

他抬了下手,嘴角浅浅地扬了个小弧度:"再见。"

许希并不清楚这一声,是不是象征着某种讯号,比如,他想和她和好。

毕竟她之前冲他发过脾气。

尽管是她误以为他嘲笑她结巴。

她也小小声地回道:"再见。"

然后,她目送他上了车。

如今她知道这是宾利了,下课听秦伊和同学八卦过。

他坐着上百万的豪车,由司机接送;而她连几块钱的打车费都付不起,上下学全靠腿走。

她想,他们估计到毕业,也只是普通同学。

许希到家时,已经没有剩菜剩饭了。

叔母说:"你也没跟我们讲你几点回来,谁知道你回不回家吃。"

于是,她放了书包又下楼,买了包最便宜的方便面,烧开水,等着烫熟。

许凌闻香而动,从房间出来。

"好哇,许希,吃独食。"他拿了一只碗,"分我一半呗。"

许希说:"我没、没吃晚饭。"

"反正你平时吃得也不多,别这么小气嘛。大不了下次我补给你。"

没法,只能让他夹。

说是一半,他也没给她留几根。

晚上学习时,许希的肚子"咕咕"响起来。

好饿……

她咬着下唇,去客厅看有没有能吃的。

叔母去厕所了,她洗了个苹果,小心翼翼得像做贼。

有一次,叔叔买了车厘子,特别贵,就买了一斤,放在冰箱里,她拿了几颗吃,被叔母撞见。

后来盒子空了,叔母怪到她头上:"你这个小孩,怎么这么自私啊?一个人全吃光了。"

她特委屈地为自己争辩,说是许凌吃的。

许凌说,没啊,他就吃了几颗。

叔母根本不信她。

后来除非他们心情好,叫她吃水果,不然她就不会擅自动桌上的食物。

许希躲到房间里啃完苹果,才缓过来。

陈致说一颗巧克力就能贿赂她,可其实,那么普通的一个东西,对她来说,都是奢侈。

叔叔打牌输掉了很多钱,后来许凌上高中又花了一笔择校费,还给他买电脑,用的都是什么钱,她心里都知道。

可她两手空空,无能为力。

爷爷、奶奶在她还小的时候就去世了,妈妈那边的亲戚不愿意养她,是叔叔、叔母把她接进了家。

她没有任何指望,唯一想的就是考出阳溪,大学毕业后赚钱养活自己。

五年。

还剩五年。

许希提神振气,继续看书。

不管既往的日子多晦暗,如今的生活多难挨,至少,未来的日子是可以期待的。

眼前最要紧的,是明天的联考。

成绩出来得很快,连同排名,一起贴在通告栏上,红彤彤的一片。

许希,年级第十五名,联考第八十三名。

她看完，沉沉地呼出一口气。

"啊啊啊！"唐黎比她本人还高兴，拉着她跳，"希希，你又进步了，太牛了，真的！"

这是许希第一次进班级前三，她说："我请、请你、吃东西吧，你想吃、吃什么？"

"随便我挑吗？"

许希眼睛弯弯地笑着，用力地"嗯"了一声。

她想和最好的朋友一起分享喜悦。

唐黎说："那我要把你吃破产！"

她应得毫不犹豫："好。"

可最后去小卖部买了一堆零食，唐黎却抢先付了钱。

"你知道高考市状元有奖金吗？到时候你拿状元，请我吃大餐，好不好？"

许希苦着脸："我、我考不到。"

"哎呀，不管，我相信你。"唐黎挽着她的胳膊，塞了块饼干到她嘴里，"你超棒。"

让班里人惊讶的，除了许希考进班级前三，还有，陈致是班级倒数第三。

按陈致的形象，标配应该是学霸人设才对，但他没缺考，每科都差得平均，确属倒数第三，差一点就垫底了。

不过看他本人，倒是神色自若。

要么是刻意压分，要么是习以为常。

大家对他仍有滤镜，以为他有何隐情，所以隐藏真实实力。

杨靖宇最近跟他走得近，打听道："你是不是考试的时候精力不好，睡过去了？"

陈致很坦然："没有，就是不会写。"

杨靖宇很痛心："你坐在许希后面，怎么能差成这样呢？"

陈致有一下没一下地抛着一颗弹力球，弹起又落下，他接得轻轻松松。

"她成绩一直很好吗？"

"还行，一般在班级十名左右徘徊，不过许希算是我们班最努力的了，学习特别扎实。"

努力这一点，陈致倒是看得很清楚。

即使是三中重点班，学习氛围也并不是那么紧绷。下课大家会聊天，看课外书，去走廊吹风，甚至上课也有打瞌睡的。

许希不是。

她有非常规律且严格的行动轨迹，除了上厕所、去办公室，她下课永远坐在位置上写题。

上课她也不会走神发呆，她准备了一小瓶风油精，实在精神疲惫，就打开闻闻。只是从不举手回答问题。现在陈致能猜到原因了。

而且，她从不拖欠作业，还认真做了笔记、错题集。

任何人都看得见她的努力。但有些人，背地里嚼着什么舌根，就不得而知了。

杨靖宇又感叹:"前几名一般都在补课,不像许希全靠自学,我还挺佩服她的。"

补课是大部分普通人提高成绩的途径。

那些年,补课机构开遍阳溪,重点高中名师开班,班里有几个老师也带了学生周末补习。经济条件好一点的,请一对一家庭辅导。

就在他们聊天的时候,许希从外面回来。她脸上犹带着淡淡的、凯旋般的喜悦,但一落座,又迅速收起笑,继续学。

如果她真是战士,那大概是浴血奋战、绝对不投降的死士。

笔是她唯一可以借助的剑。

杨靖宇拍拍陈致的肩:"就说叫你向她学习了。"

陈致拍开他的手:"婆婆妈妈。"

上课时,袁老师提了一句,期中排名出来了,开完家长会,就要调换座位了。

课后,陈致跟去办公室。

陈致表情平静地起身,步调散漫随性,他们又困惑了,他到底是不是被请去"喝茶"的。

袁老师往保温杯中丢了几颗枸杞,去饮水机处接热水,一边问:"明天你父母能来吗?"

"来不了。"

"你有其他长辈能出席的吗?"

"没有。"

斩钉截铁的语气几乎令人以为他才是领导。

陈致转来前,袁老师大致了解过他的在校情况、家庭背景,知道他性子有些乖戾,但品格不算坏,加上有人打点过,故而收了他。

富家子弟嘛,收进来容易有麻烦,但不得不收。

现在就面临一桩棘手的麻烦。

"要不然,等他们有空,来学校找我一趟吧。有些话得当面谈。"

陈致依然不配合:"他们不会来的。"

袁老师面露难色:"学习不单单是学生的事,家长……"

"老师,"陈致打断袁老师,"他们不在乎我学得好不好,坏不坏,不给他们惹事就够了。"

袁老师语塞。

他从教近二十年,教过的学生不计其数,不是没见过对孩子不管不顾的家长,但头回见孩子也这么若无其事的。

办公室还有其他老师,听到这么一句,瞟来一眼,眼中的深意是:老袁,难搞哦。

他苦恼地挠了挠有些秃顶的脑袋,这是多年当班主任熬出来的"成果"。

正待他思考对策时,陈致再次开口:"老师,下次换位置,我想和许希同学做同桌。"

"许希?"袁老师略略惊讶,"虽然我不反对男女混坐,但你确定?"

陈致颔首:"她学习很专注,我想向她学习。"

他表情诚恳,袁老师略感欣慰:"行,你叫她来一下,我正好有其他事跟她说。"

轮到许希站在老师面前,姿态同陈致迥然不同。

她两手垂落,贴着裤子缝线处,头微低,乖巧温驯的样子。

所有科任老师对她的一致评价是:听话懂事,勤奋努力,但太内向。

然而当班主任的,拿这样的学生也头疼。

"先问你,陈致想和你坐,你同意吗?"

许希闻言抬头:"他自己说、说的?"

"对。如果你不同意,我再和他说。"

除了唐黎,第一次有人主动提出和她当同桌。

她蜷了蜷手指,半晌,轻点了下头。

"我找你来,主要是问你竞赛的事。你应该知道,我们学校每年有几个往市里推介参赛的名额,你数学一贯很稳,有没有想法?"

竞赛拿金奖可以保送全国顶尖大学。

于她而言,无疑是个巨大的诱惑,好比跋涉数日的人,骤然看见了通往舒适大床的路。

但,许希说:"没、没有。"

"这是一个很好的机会,你不考虑吗?"

"嗯。"

她语气笃定,似怕他再问,又似怕自己反悔。

言尽于此,袁老师无法勉强,便摆摆手,放她回去。

许希回教室的每一步,都走得格外拖沓。

梦寐以求的大学,她何尝不想拼一把,无论成功与否。

可她没有尝试的资本。

天上掉的不是免费的馅饼,是把人砸清醒的冰雹。

培训要一大笔钱,申请到的助学金金额不高,顶不了事。找叔叔、叔母要,他们也不可能给。

就连回家请叔母替她开家长会,她都是唯唯诺诺的。

叔母的目光终于舍得从电视上移开:"下午几点?"

"五点半,开、开一个小、小时左右。"

"有成绩单吗?考得怎么样?考太差了我可不想去丢这张老脸。"

许希递过去。

"哟,考这么好。"叔母诧异道,"你不是作弊吧?"

许希涨红了脸,是因为生气。

许凌有次月考考得很好,叔母大夸特夸,他得意忘形,第二次作弊被抓了现行,老师叫了家长。

居然当她是他那种人吗。

但她不敢顶撞叔母,低声否认道:"不、不是。"

"行,知道了,我明天去。"

第二天早上,许希去学校时,叔母还没醒,她留了张便利贴在早餐旁,提醒家长会的事。

之前有一回叔母就给忘了,说到底,还是不上心的缘故。

天色灰暗,淅淅沥沥下着小雨。

风卷着雨丝往伞底刮,像冻成了冰刃,刺着皮肤,露在空气中的手冷得发疼。

许希提不起精神。

爸爸曾是工厂里负责运输货物的大车司机,他就是在这样的天气里,出了车祸,不治身亡。查出肿瘤的妈妈得知噩耗,伤心过度,跳楼自尽。

短短一天,许希同时失去父母。

她当时在学校,没人通知她,当她兴高采烈回到家时,叔母一把抱住她痛哭,说:"希希,你爸妈好苦啊。"

叔母因心软收养了她,随着日子长了,却嫌她是拖累。

可爸爸明明说过,她名字里的希,是"稀(希)世珍宝"的希,是"希望"的希。

许希今天一天都无精打采,直到下午放学。

叔母在和其他家长攀谈。

"我也不知道她怎么学的,"叔母笑眯了眼,不了解实情的一定以为她为许希自豪,"这孩子学习一直不用大人操心。"

"难怪说女孩懂事呀,我家那小子让我着急死了都。"

"唉,我也想要个希希这样的女儿,可惜。"

她叹息。叔母从来没把她当女儿看待过,她被他们领养时也大了,无法开口叫他们爸妈。

许希自始至终是外人。

家长会即将开始,许希看了眼教室,慢半拍地注意到,陈致的座位是空的。

袁老师走上讲台,说:"感谢各位家长百忙之中抽空……"

她提伞走了。

这场秋雨断断续续地,从今天凌晨下到现在。

许希小心地绕开地面的积水,她的鞋底太薄,很容易进水。

她忽地听到旁边的林子里传出一道声音。

"没想到你竟然躲到三中了,不过阳溪就这么点大,找到你也不是费工夫。"

许希心头一颤,脚步顿住。她往里望去,隐隐约约可见几道或胖或瘦的人影,围成一个半弧,堵住一个高个子的男生。

之前就听说有校外的人来寻衅滋事,事闹大了,后面连警察都来了。

没想到这次叫她遇上了。

这个时候,学校还在开家长会,他们竟然胆大至此?

学生大部分都走了,零零散散还有几个,没往这边来。

许希深知各人自扫门前雪的道理,不敢多管闲事,提步要走,又被下一句定住了。

"陈致,你不是很牛吗?很牛的话为什么要转学?怕了?"

"家里有钱了不起?你以为我们不知道吗?你家公司岌岌可危了,一年?两年?很快就要倒了。"

…………

陈致从头到尾没出过声。

不知道是不敢说,还是不想说。

雨线如织。

脚下一摊积水,倒映着她的样子。

许希蓦地收起伞,拼命地往校门口跑,她跑进保卫室,拽住保安大叔的袖子:"叔叔,跟、跟我来一下。"

"学生,你干吗?我值班呢。有什么事你说。"

"有、有人打架。"

保安不以为意:"嗐,学生打打闹闹正常得很,能有多大点事。"

青春期的男生,容易发生冲突,气一上头就动手,是常有的事,他一个守大门的保安哪管得过来。

"不、不是的。"

她摇头,可恨结巴得厉害,说不清楚。

"都放学了,你早点回家吧。"

担心陈致被一群人围殴,许希急得眼冒泪花,使劲抱住保安的胳膊,死活不肯撒手:"求、求您了。"

保安没辙,只好撑伞跟她走。

"快一、一点。"

许希跑在前头,书包一起一落,重重地砸着背。

唯有一个念头:不管怎么样,得先阻止他们。

"陈致!"她喊破了音。

雨打湿她的鬓发,贴着脸颊,视野也模糊了,她用力地抹了几把,喘息之间,肺部一阵剧烈地疼。

胸口不断起伏着。

她睁大眼,看着面前的景象,手不禁有些发抖。

现实生活中,哪有什么以一敌十的少年英雄。陈致像砧板上的鱼,毫无挣扎之力。

听到这一声,他勉力看去。

他看到的是,满脸惊慌失措,却又那么毅然决然的许希。

和当年那个,萝卜丁一样大,挡在他面前的身影一模一样。

许希被他们的目光吓得倒退一步,回头看保安大叔近了,冲他们喊道:"放、放开他!"

为首的人笑了:"妹子,我们跟他的恩怨,你最好别管,小心连你一起。"

"你们是哪个学校的?胆大包天了是吧。"

保安听见动静,忙不迭地冲过来,掏出手机:"还不走,我现在就报警。"

他们悻悻然,不甘心地踢了陈致一脚,啐了一口。

陈致突然开口:"林政,你以后最好别落到我手里。"

被叫名字的男生嗤笑一声:"你不如先祈祷你家晚点破产,没有家里庇护,你算个屁。"

他们人多势众,根本不怕,大摇大摆地离开。

为首的那个叫林政的,瞥了眼许希,眼神狠戾,是怪她多管闲事。

她哪和这种浑身社会气的人打过交道,不禁退了半步,和他们拉开距离。

一行人走远了。

保安把陈致扶起来,说:"那几个人是校外的学生?这么恶劣的行径,我得通知教导处。"

"不用了。"陈致站直。

他身前的衣服全湿了,头发乱糟糟的,脸上还有剐蹭出来的血痕。

饶是如此狼狈的形象,他面上也不乱分毫,立在霏霏小雨中,依旧平静如斯。

保安说:"那怎么行?这么猖狂,下次再来找你怎么办?"

"报到教导处,您会挨批吧?"陈致说,"这里没有监控,您不说,我不说,没人会知道。"

"你这……"

保安犹豫了,这的确是他工作失职,发生这样的事,肯定要被罚款。

"算帮我个忙,可以吗?"陈致年纪不大,说话却沉稳。他眼里有超出同龄人的冷静,即使刚才被殴打过。

他大概有什么苦衷。

保安纠结半响,到底还是算了。毕竟没造成严重后果,但如果上报到学校,后续一系列事也麻烦。

反正是他本人请求的。

"你去医院处理一下伤吧,挺帅一小伙子,怎么惹上这种地痞流氓。"保安离开前还嘀咕着。

许希从头到尾一言不发。

她其实有些吓蒙了,没缓过神,心头也缠绕了许多疑惑。

那些人是从昂立跟来三中的,陈致不可能欠钱,那还能因为什么被寻仇?以及他为什么选择息事宁人?

陈致的书包被随意丢到一边,他俯身捡起来,拍去上面的泥水、落叶,挎到肩上。

他淡淡地瞥她一眼,道:"你一个女孩子,下次再碰到这样的事,最好别多管,免得引火烧身。"

许希觉得他太不领情,自己明明是担心他被打伤,好心好意,反而被他一通说。

他又说:"不过这次你倒知道找人。"

不像之前,小丫头片子,单枪匹马,手无寸铁,就敢挺身而出。

她胆子嘛,说小不小,说大也不大,现在一脸心有余悸。

许希说:"我又、又不傻。"

陈致扯了扯唇,不置可否,低头看她的脚:"你鞋脏了。"

许希跑得急,无暇顾及鞋带散了,污水溅到鞋面,鞋底也湿透了,脚底冰凉,很不舒服。

许希缩了缩脚,指他:"你、你身上,才好、好脏。"

陈致不在意,脱了外套,裤子就没办法了,说:"我们算同病相怜吗?"

他露出的胳膊上有几道擦伤、红印,看不见的地方更是不知道有多少伤。细思极恐,要是她晚来,或者不来……

她摇头,不算:"我可没、没挨打。"

他这回真笑了。

她默默想着,挨打了怎么还像个没事人似的,缺心眼吗?

"你快、快去医院,检、检查一下吧。"

陈致说:"没事,先送你回家。"

许希习惯独来独往,想也不想,下意识地拒绝:"不、不用。"

"你鞋子湿成这样,走一路回去,不难受吗?"

她正要开口,陈致手机响了。

是他的司机打来的。

"路上耽误了一会儿,马上出来……陈叔,麻烦您帮我买双女生的鞋。多少码?"

许希没反应过来是问她,直到他屈指,敲了下她的额头。

他挑起眉骨,重复道:"鞋,多少码的?"

"三、三十六。"

陈致挂了电话:"我伞坏了,一起走吧。"

是被那群人弄坏的,伞骨断了。

许希撑起伞走近他,奈何他太高了,踮着脚也无法替他遮雨。他从她手里接过伞,半调侃地说:"小矮子。"

她反驳不了,小声说长得高了不起啊。

他听见了,没说什么。

这样的句式,和林政那伙人说的一样,但完全不令人生厌。

甚至有点……可爱。

伞小,遮两个人很勉强,何况许希不想和他挨太近,缩着胳膊,避免碰到他的身体。两个人之间隔着一拳的宽度,另一边的肩膀皆被雨淋着。

陈致不合时宜地想到一句歌词——我站在你左侧,却像隔着银河。

心底不禁发笑,面上却不显分毫。

他稍稍偏过头,目光所落之处,是她的头顶。

她的头发有些许发黄,很细很软,显得发量少。不知是后天营养不良所致,还是天生如此。后脑勺很圆,扎着的马尾辫因为跑得急,有些松垮了。

陈致胡乱想着,在她察觉之前,先移开了目光。

许希注意到,伞往自己这边倾了倾。

她看了他一眼,没吭声。

走出校门口的这一段路,被雨雾覆盖,朦胧不清,再无他人。

其实,也在冥冥之中,暗示了他们未来的结局。

他们站在路边等了一会儿,陈致的司机开车过来了。

陈致拉开后座车门,偏了下头,示意她上车:"就当是报恩。"

许希犹豫两秒,才坐进去。陈叔从后视镜看她一眼,他是个四十岁上下的中年男人,一身正装,不苟言笑,莫名给她带来压迫感。

她扯唇笑了笑,小声道:"叔、叔叔好。"

陈叔颔首,回:"你好。"

陈致随即上车关门,也没向司机解释她的身份,问:"陈叔,鞋呢?"

陈叔递给他。

陈致打开鞋盒,里面是一双看着寻常的白鞋,款式挑不出错,却是许希承担不起的品牌。陈叔因不知给谁买的,只管往好的买。

陈致取出来,弯腰放到她面前:"试试。"说完,他抽出几张纸,擦了擦身上的雨水,又抽几张递给她。

陈叔自然注意到他脸上的伤,碍于旁人在场,故而没问,目光转向许希,问她家的地址。

"望北、北路,邮、邮政局附近。"

陈叔启动车。

许希见陈致没看自己,脱下鞋,袜子也湿了,一同脱了,团了团,塞进湿鞋里,赤脚穿入新鞋。

鞋子很合脚,合适得她觉得无法安心受下他的"报恩"。

她抠了抠手指:"我、我到时洗、洗干净,还给你。"

"也不能退,穿着吧。"

之后,两人便没了话说。

座椅高档是真皮的,车里放了薰香,以及轻缓的纯音乐,许希局促地将手搭在膝上的样子,格格不入。不是穿上水晶鞋的女孩,就都是公主。她深谙这个道理,从不试图融入不属于她的世界。不像学校里有的人,知道陈致家有钱,特意结交。

所幸,很快就到了。

车停稳,陈致坐外侧,他先下。

"谢、谢谢你。"许希抱着鞋盒,仰头看面前的少年,冲他摆了摆手,"拜拜。"

是讲礼貌的好孩子,却也不会说太多的客套话。

这个女孩子,跟初见时比,更少言寡语。

虽然那会儿她哭得一把鼻涕一把泪,好不可怜,可看着,总没有现在压抑。

陈致目送她走远,重新上车。

陈叔开门见山地问:"伤怎么回事?"

他随口敷衍:"没什么,小意外。"

"我会告诉你爸妈。"

"跟他们说有什么用?"陈致看向他,"他们只会问我,是不是又闹事了,说不定还要教训我一顿。"

"这是我的职责。"

陈叔不仅是他的司机,接送他上下学,还要负责看管他。多可笑,快成年的人了,父母居然不放心到,请人专门防范他在学校惹是生非。

之前在昂立也是这样。

本该住宿,他们跟学校沟通,让他走读,明面上的理由是,宿舍人多,怕他住不惯,其实是怕看不住。

他犯什么事了呢?像古代的犯人一样,所有行为都被监控着,一旦违背准则,就要挨罚。

陈致把脸一撇,觉得这样的争辩没意思极了:"随便吧。"

陈叔又说:"开家长会的事,你可以提前和我说,我能出席。"

"何必走这个形式呢。"陈致的语气越来越淡,"该知道的,还不是会通过你知道。"

陈叔每隔一段时间,就要向老师详细了解陈致的情况,然后如实汇报给他的父母,雷打不动,他们便不用参加家长会。

他对这样的模式早已厌倦。

明快清新的钢琴曲和此时的气氛十分违和。

陈致说:"刚刚那个女生的事,就别说了。她只是帮了我一个忙。"

他们不熟,陈叔见惯了人情,自然分辨得出真伪,于是应下,但仍留了个心眼。

陈致意兴阑珊地向后靠着,余光突然注意到许希坐过的地方,有一枚圆片。

他拿起来。

一枚金属的雷锋徽章,比较劣质,漆快掉完了。

上高中后,多的是生出虚荣、攀比之心的女生,要么,也知道爱漂亮了,喜欢用花哨的时新东西。而她身上的东西,大多与她年龄不符,甚至老旧得像来自二十世纪。

陈致将徽章放进书包隔层,妥善收好。

陈叔正开着车,没注意到他的动作。

许希在路上碰到了许凌。

今天下雨,他没骑车,打车回来的,不声不响跟了她一段路,突然扯住她的马尾辫。

她吃痛,回过头,见是许凌,说:"你、你干吗?"

许凌问:"送你回来的那男生不会是你小男朋友吧?上哪儿钓的小金龟?"

"你、你别乱、乱说!"许希急于澄清,不自觉提高音量,"就是普、普通同学,而已。"

她长久以来生活在"不能早恋,学习至上"的规训下,这是多大一顶帽子啊。

"不是就不是呗,"许凌上下打量一番,轻嗤了声,"人家估计还看不上你。"

虽没看清那男生的长相,但想也知道,开得起宾利的家庭的孩子,怎么看得上许希这么个不漂亮、不出众的小结巴。

这种审视的眼神令她不舒服。

"你、你管好你自、自己吧!"她气恼,瞪他一眼,气鼓鼓地走了。

许多青春期的男生以自我为中心,嘴欠得很,似乎以惹恼女生为荣。

许凌跟上来损她:"你先把话说囫囵才是。"

她觉得这些男生好烦。

陈致说她矮,许凌嘲笑她结巴,那些外校的以多欺少,都好烦好烦。

叔母回来时,许希已经做好了饭,简单的三菜一汤。

许凌是完全不会的,偏喜欢在一边指挥:"多切点辣椒……肉切大块点……少点盐,不然齁咸……"

往常许希大多会照做,但她今天被他惹到了,听得烦了,她转头呛道:"不、不做饭的人,没资、资格挑三拣四,要么,你就、就自己做。"

"至于吗你?实话实说你还不乐意听了。"得不到回应,许凌唱独角戏也没意思,悻悻地回房间了。

许希听到门口动静,探头看,见是叔母,问:"叔叔今、今晚回来吃、吃饭吗?"

叔母说:"不知道他,我们先吃吧,给他留点菜就是了。"

饭早蒸熟了，许希盛出三碗饭放到桌上，再摆上筷子。

这些事情，她已做得十分熟练。因为知道住在别人家，表现得懂事点、主动点，才不会招人嫌。

叔母没急着喊许凌吃饭，而是递给许希一个袋子。

"希希，给你买了双鞋，来试一下，看合不合脚，不合脚我再拿去换。"

许希有些受宠若惊。

叔母不是那种很关心孩子的长辈，她绝不会记得，许希一双单鞋穿了多久，也不会记得许希的鞋码大小。

果不其然，小了点，挤脚。

"呀，没想到你个子不高，脚挺大。"叔母心情很好的样子，又说，"没事，脱下来吧，待会儿吃完饭，我去换大一码的。"

许希脱下鞋，摩挲着崭新、干净的鞋底，忍不住问："您怎么突然想起给我买鞋？"

"你这次不是考得很好吗？老师一直夸你，说你学习态度端正、刻苦，希希，你可真给叔母长脸哟。"

叔母看到许凌出来，叹了口气："唉，要是这家伙有你一半省心，我就知足啰。"

许凌莫名其妙："我怎么了？好端端的就要被骂。"

"你还好意思说你怎么了？人家许希没补课，天天走路上下学，考到班里第二，你看看你什么鬼德行。"

许凌左耳进右耳出，撇了下嘴，坐下吃饭。

这段话的内在逻辑其实是，叔母对儿子恨铁不成钢，把许希当作"别人家的孩子"，以此为参照物，训斥许凌不求上进。但许希并没有什么高兴的情绪。

叔叔许卫民加班到很晚才回到家，叫叔母帮他热饭。

"你自己没手啊？"叔母没好气，"怎么不叫我帮你吃了得了？"

"上了一天班，累都累死了，让你帮我热个饭而已，讲这么多废话，快去。"

"没有皇帝命，偏就有个皇帝脾气，一回来就使唤这个使唤那个的，不知道的还以为你赚了多少钱，才这么累死累活的。"叔母骂骂咧咧的，但还是去了。

都说贫贱夫妻百事哀，从许希住进他们家起，见过他们无数次大大小小的拌嘴、争吵。秦伊觉得许希很奇葩，无论教室多吵，她都学得进去。怎么做到的呢？就是这么日复一日练出来的。

陈致送的鞋，许希收进鞋盒，放在床上，不知该如何处理。

许凌一贯粗心莽撞，傍晚那会儿没注意到她穿的新鞋，但以后肯定瞒不住。

她没有多少钱，解释不清这样一双价格不低的鞋是哪儿来的，实话实说更加不行。

还给陈致？

穿脏了，就退不了了，他也不会要吧，说不定会扔了，多可惜啊！

思来想去，许希把鞋塞到床底下。

第二章

你是不是也没那么讨厌我？

周末两天，三中是不上课的，追求成绩的学生就会补课，或者请家教。

许希没这个经济条件，都是自学，而且还得帮叔母做家务。

这周，唐黎发信息叫她出去玩，说好不容易考完，放松一下。

青春年华的女孩子，哪会愿意蹉跎在教室和家里呢？许希自然想和唐黎出去逛街，但须征求叔母的同意。

"行啊，去吧。"叔母从钱夹里抽出张五十元的钞票，"在外面吃一顿饭，这么多够了吧？"

许希点头，再多要就是得寸进尺了。

许凌不知从哪儿蹿出来："我也要和同学出去玩。"他觍着脸伸出手，向母亲要钱。

叔母照样给了五十元，许凌嫌少，想说根本买不到啥，叔母看穿他的意图，立马说："除非你考到班级前三十，否则没得谈。"

许凌不情不愿地收下。

许希进房间挑衣服。

她的衣服不多，平时多穿校服，属于是短中取长了。

坐公交车到约定地点，唐黎已经在等了。

"他们说在楼上的A03包厢。"唐黎看着手机，那会儿用触屏智能机的学生还不多，她是攒压岁钱买的，"我们上去吧。"

"楼、楼上？"许希仰头，看到偌大的几个立体灯牌。

唐黎安抚她说："人很多，你坐旁边吃点东西就好了，待会儿我们找个借口溜掉。"

可以吗?"

好吧。许希狠不下心拒绝唯一的好朋友的请求。

A03 是个很大的包厢,还没走到门口,就听到里面传来震耳欲聋的吼声。

许希吓了一跳。

为什么是个男生在接"娘子"后面的"啊哈"?

唐黎跟许希说,跟着她就好,然后推门。

"杜允恒,我就该早点来,把你这段录下来。"

被叫杜允恒的男生是唐黎班上的,许希见过,但不熟。

许希没想到的是,会见到陈致和杨靖宇。

唐黎也有些意外,拉过杜允恒问:"咋还叫了外班的人?"

"我们平时一起打球啊,而且你不是也带了?"他扬扬下巴,指的是许希。

唐黎无可辩驳,拉许希找位置。

沙发很宽,但十来号人坐得稀稀疏疏,她们挤不进去,有些踌躇。

陈致坐在光线较暗处,不动声色地抬眼,视线清清淡淡地落在她们身上。

或者说,仅仅是看着许希。

许希今天没扎马尾,而是披着头发,穿的是一件假两件的卫衣,底下是条格子半身裙,搭白色的圆头小皮鞋。

这么一打扮,不说多惊艳,只是见多了她穿丑校服的样子,目光难免偏向于她。

是他们有眼无珠,看不出许希的漂亮。

陈致低声跟旁边人说:"给两个女生让让。"

几人一致挪位置,空出一块儿,杨靖宇招手叫她们过去:"这儿。"

比起陈致,许希跟杨靖宇更熟,于是挨着他坐,唐黎便坐在她和陈致中间。

杨靖宇随口问:"你应该不喜欢唱歌吧?"

他人缘挺好,跟很多人都玩得来,平时在班里对许希也有照顾,她知道他没有恶意,"嗯"了声,以作回答。

音乐声大,他没听见,以为她不自在,说:"你吃东西吗?有水果盘,有零食,还有饮料,你想吃什么就随便吃。"

许希说:"嗯,好。"但没动。

杨靖宇干脆抓了几样东西,一股脑塞到她怀里,又拧开一瓶汽水,重新拧上,放在她腿边。

许希快捧不住了,颇无奈:"谢、谢班长。"

"没事,你平时也不大跟同学出来玩,难得来一趟,放松点。"

许希朝他笑了笑,点点头。其中有块榛子巧克力,她剥开,咬下一小块,里面还有葡萄干,巧克力的甜也没盖过其酸味。

从高一起，杨靖宇时不时施以的帮助，让许希偶尔会盯着讲台上的他，偶尔会注意他的考试分数，这或许是一种对强者、优秀之人的仰慕之情。

唐黎这边的气氛却截然不同。她的确认为陈致帅，但属于远观而不亵玩的那种，他上半身往后靠，架着条腿，不像想搭话的意思，她被"冻"着了。

"我们换个位置吧？"唐黎和许希咬耳朵，"好尴尬。"

陈致对女生从来不热情，打他第一天转来时，许希就知道了，表示理解。

两人调换座位。

然而许希腿上东西太多，她还没坐下，就"哗啦啦"掉了一地，弯腰去捡反而掉得更多。

陈致说："别捡了，小心又撞到头。"

啊！许希想起，那回她捡瓶盖，头顶撞到桌板。

她微微窘迫。

陈致替她一一捡起。

"谢谢。"

他忽然盯住她的脸，她的眼神躲闪了下，声音很小："怎、怎么了？"

"你嘴巴旁边沾了什么？"

她抹了下，指腹沾上褐色痕迹："哦，是巧、巧克力。"

"你很喜欢吃吗？"

之前秦伊也是用巧克力"贿赂"她。

许希摇头："我喜、喜欢里面的，榛、榛子。"

陈致说："楼下右拐，不远处有家蛋糕店，他们家的榛子蛋糕不错，可以试试。"

想来她也是买不起的，但得回应，她就点了点头，意思是：我知道了。

许希想不明白，陈致和杨靖宇怎么玩到一起去的，分明是天差地别的两种性子。

一个冷淡，一个热情。

她默默地吃着东西，像只仓鼠似的，嚼啊嚼，看着大家在嬉戏打闹。

许希看着他们的互动，后知后觉地意识到什么。

唐黎笑了，揽着许希的肩，说："小希希，你可别学他们，你是要考重点大学的，不能让男生成为你光明未来的绊脚石。"

许希说："我、我才不会。"

陈致将她们的对话听得一字不落。

他把玩着许希落下的那枚雷锋徽章，有一下没一下地，瞳仁在变化的光影下，显得幽深了几分。

学校有时会安排学生进行合唱表演，在艺术节、元旦晚会之类的场合，老师知道许希的毛病,不要求她跟节奏,只叫她张口,做做样子就行。

她想,她一直都是凑数的。

因为作为团队的一分子,无法被抛弃,只能占据那个位置,唯一的用处,就是"做样子"而已。

在叔叔家如此,在这间包厢里亦是如此。

除了唱歌的,还有的人在打扑克牌和玩桌游。

男男女女,有的许希认识,有的只是见过,他们没叫她。

不过陈致也是。

杨靖宇作为一名正直的班长,也参与进牌局中。而陈致一直坐在原地,间或有人和他搭话,他应完,又低下头。

许希不经意瞥到陈致的手机屏幕,是那种数字类的益智游戏。

他玩得很快,手指不停地滑动,不知是玩熟了,还是脑子转得快。

如果是后者,他成绩不该那么差才是。

有人在点歌台处叫唐黎:"别光坐着啊,来点首啥。《一生所爱》会吗?"唐黎没法,被拉去唱歌,走前,把包交给许希看管。

唯一的朋友离开身边,在这样陌生的环境里,许希难免变得局促不安。

但唐黎玩得很开心,许希不想强迫她一直守着自己。许希抠着手指,默默地看着他们,并不知道脸上露出了落寞的神情。

这时,陈致忽然收了手机,站起身。

他存在感太强,许希的目光下意识地被他吸引走。

他似乎想越过去,她缩回腿,他个子高,有一瞬间,完全遮挡住她面前的光。她闻到一点儿他身上很淡很淡的香气,像是柠檬。

也许他瞥了眼自己,也许没有,那么一丁点短暂的错觉,在他弯腰和杨靖宇说话时,消失殆尽。

他们两个人一起出了包厢。

左右一下子空了,热闹的氛围里,许希独自坐在那儿,更显孤寂。

幸好,一首歌唱完,唐黎就回座了。

"嗯?陈致和杨靖宇人呢?"

许希说:"不、不知道。"

唐黎抓了把瓜子嗑,说:"要不我们待会儿就走吧,反正这么多人,少一两个也无所谓。"

"好。"

大概坐了近半个小时的样子,唐黎和杜允恒说了一声,拉着许希,准备离开包厢。

好巧不巧,她们碰上了回来的陈致和杨靖宇。

杨靖宇见她们挎着包,说:"怎么就走了?我们刚去买了点蛋糕。"
他们俩手上各拿了两个蛋糕店的纸袋。
唐黎和许希对视一眼,说:"算了,谢谢你们啊,我们不吃了。"
这回是陈致开口:"买都买了,你们拿着吧。"
陈致取出两盒,先给许希。
包装是透明塑料壳的,不甚清晰的走廊灯光下,许希看见里面是一块榛子千层蛋糕。
许希有些发愣,瞥了一眼唐黎那边,是草莓慕斯。
许希再抬眼看陈致,昨天留在他脸上的伤经过一夜变青了,越发骇人,像是没涂药。
她无法从他的表情里,看出任何刻意为之的蛛丝马迹,仿佛仅仅是因为离得近,顺手给了她这盒。
可怎么会有这么巧合的事,他不久前才向她推荐过。
陈致说:"不用谢,再见。"
杨靖宇"噗"地笑了:"什么啊,人家说谢谢了吗?你就先客气上了。"
因为无论如何,许希都会道谢。
她是和所有人的关系都划分得清清楚楚的性子。在产生麻烦前,她先拉远了距离。
虽然不知道为什么她会变成这样,但陈致觉得,她素日看着不声不响,心事重,但其实挺好懂的。
就譬如刚才。
这个年纪的女孩,不看电视剧吗?再不然,小说、漫画?可她纯情得像张白纸,居然会因旁观一场那样的打闹而面红耳赤。
再譬如现在。
许希小声说:"再、再见。"
似乎是猜测到,他是特意请她吃榛子蛋糕的。
当然,她不会知道,店里恰好只剩两份,陈致把一份放在最上头,一份放在最下头,这样无论最先分给她,还是最后分到她,她都有份。
只是没料到她要走。
杨靖宇先回包厢了,陈致想起口袋里的徽章,但她们已经到电梯口了。
他想,干脆等周一再还她。

出去后,深秋的凉风扑面而来。
唐黎说:"杜允恒说,今天的聚会是陈致请客。刚刚他还买了蛋糕,他真的好大方啊。"
许希心不在焉地"嗯"了声:"是啊。"
两个女孩下午随便逛了逛,吃了点小吃,就各自回家了。

值得高兴的是,逛到一个小摊处,许希看中一条带着半颗橙子挂饰的红绳手链,唐黎替她砍价,花言巧语,哄得老板一高兴,让她得以用便宜的价格买下。

橙,成,成功,算是讨个好彩头。

周一到学校,袁老师组织大家调换座位。

许希还是坐在后排。虽然她矮,坐在后排视线容易被挡,但后排相对更安静、自由,也不惹人注意。

不同的是,陈致成了她的同桌。

哄闹的教室,陈致只简单把书往前一搬,人一坐,就完成了。

许希在刷数学题,很厚的一本习题册,集结近些年各省的模考题,用来巩固基础。她写得心无旁骛。

陈致朝她伸出右手,眼里漾着淡淡的笑意,说:"许希同学,以后请多多指教。"

出于礼貌,许希浅握了下他的指尖:"好。"

他左手成拳,扣在她桌上,缓缓松开,留下一枚徽章:"你落下的。"

声音不大,语义也含混不清,什么时候,什么地点,都没说。免得其他同学听见,八卦他俩的关系。

许希怔住,拿在手里,转头看他:"我、我还以为,丢、丢了。"

她怕别在书包上会丢,平时收在侧袋里,昨晚倒空书包,翻来覆去地找,也没找到。

虽说,本就是多年前的旧物,半点不值钱,丢了便丢了,但意义终归不同。

陈致问:"很重要吗?"

许希垂眸半晌,说:"是我、我爸爸的,他以、以前做好事,单位奖、奖励的,他送我了。"

许卫国是单位里出了名的老好人,性子软弱,别人总以各种借口找他办事,他帮了忙还捞不着好。为此,许希的母亲没少念叨他。

说来,这点许希是像他的。

记忆中,那回是库房角落起了火,因来不及叫人,他想办法独自扑灭。

那堆货易燃,价值又高,他的及时发现,挽救了巨大的经济损失,可最后也只得到这么一枚华而不实的雷锋徽章。

他生前的好,在身后,也少有人惦念。

就跟这枚徽章一样,颁发的那一刻是荣誉,之后便一文不值。

陈致犹豫道:"我好像记得你爸爸……"

是之前,她一通哭着,说了很多很多,说到她爸爸、妈妈不要她了,自己去天上了。

许希闷闷地"嗯"了声。

"那你现在跟谁生活?"

"我叔叔他、他们。"

"他们是不是对你不好？"

要觉察这一点并不困难，这个世界上，最难掩藏的就是贫穷。

许希无意隐瞒，但也不愿多说："一、一般吧。"

陈致没再继续问下去，看着她把徽章收进文具袋里，又觉不好，找着妥善的地方，像……储存过冬粮食的松鼠。

陈致递去一只还未拆封的装满巧克力的玻璃罐："别人送的，你不是喜欢吗，给你吧。"

许希没接，看向他的眼睛，那里映着小小的她："你为、为什么……"

对我这么好。

送鞋，送她回家，请她吃榛子蛋糕，现在又送她巧克力。

如果是为了报恩，随便一桩，就可以还清了。

陈致随口说："你要相信，你的善良与努力，终有一天会得到回馈。"

许希到底还是收下了。

命运是否能按照希望的方向发展，她不知道，但他这句话，对于一个身处泥淖、心向春野的人来说，确实很动听，不是吗？

换同桌，对许希的影响并不大。唯一不同是，袁老师跟她说，班级是一个整体，不要落下任何一个同学，希望她带动陈致好好学习。

杨靖宇也说过类似的话。

可她很茫然："我、我怎么带、带啊？"

"感化一下他，让他体会到学习的乐趣，他自然就会主动学了。都说兴趣是最好的老师嘛。"

许希觉得，袁老师是拿他没办法，才死马当活马医，曲线救国，请求的她。

可就在袁老师说完的第二天，许希还没想好怎么劝陈致，他干脆直接没来学校了。

转眼到周末，她在家学习，周一陈致又没来。

袁老师在早自习下课后把她叫到走廊，问："他跟你说了最近发生什么事了吗？你知道他脸上的伤是哪儿来的吗？"

陈致让保安隐瞒学校，应该有自己的打算，她不好贸然拆穿，于是摇头。

"他家长只说要在家养几天伤，也不说清楚缘由。如果是打架斗殴造成的，那学校必须查清是谁干的啊。"

许希没作声。

袁老师说："他作业、试卷也都没带，我抽不开身，许希同学你方便晚自习后给他送一趟吗？"

她张了张口，到底是像许卫国一样，拒绝不了别人，只得答应。

"路上记得注意安全,我跟陈致家那边沟通好了,他们说会送你回家。"
"好。"

短短几天,各科作业累积起来,快堆成小山了。

许希挑了最紧要的几样,用袋子装着。

手心里有一张便利贴,是袁老师给的地址。地方远,甚至没有公交车能到,她只好打车。付钱时,她肉疼了好一阵,好几天的午饭钱呢……

陈致住的是高档小区,依山而建,占地面积很大,外面一圈是普通住宅楼,靠山挖了人工湖,那一圈是别墅区,住的人都是非富即贵。

许希从来不知道,阳溪这么一座二线小城市,还有这样的地方。

保安不让外人随便进,打电话问了业主,让她做了身份登记,才放她进去。

天色灰蒙蒙的,还下起了雨。

许希背着书包,一手撑伞,一手拎着袋子,走了好久才找到G栋。

白墙红顶的欧式建筑,三层楼高,门庭有两根大柱子,门是红木,左右两扇,很是恢宏奢华。

她跺了跺脚,收伞,甩掉上面的雨水,才走到门口。

她放下袋子,手心都被勒红了。

她深吸一口气,按响门铃。

来应门的是一个四十岁上下的阿姨,短发,穿着普通,气质平和,不像女主人。

许希礼貌道:"阿、阿姨好。"

"小致的同学是吗?"阿姨招呼她,"外面冷,进来吧,我给你倒杯热茶暖暖身。"

她原本想送完就走,但架不住对方的热情,小心换下鞋,避免弄脏其他地方。阿姨帮她放了伞,领她进屋。

比起外观的豪奢,内部装潢则轻简得多,色调冷,干净整洁得不像有人常住,反而显得冷清。

"小致在二楼左手边第一间房,你上去找他说说话吧,你们年轻人估计更有共同话题。"

见到陈致时,许希才知道,阿姨为什么这么说。

他被关在家里四天,没和外界交流过。

整栋房子的暖气开得很足,才进来不一会儿,许希就感觉浑身热烘烘的。

上楼梯到二楼,天花板上的水晶吊灯明晃晃的,风雨被隔在墙外,别墅内安宁静谧,令她的贫穷与不自信无所遁形。

她想,她和陈致果然不是一个世界的人。

他的房门紧闭,几乎能让人想象到,他拒人于千里之外的态度。

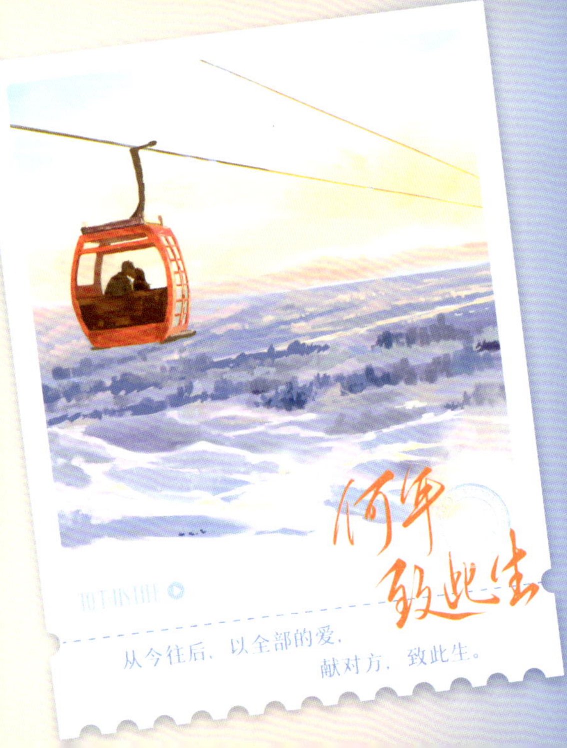
何年
致此生
从今往后，以全部的爱，
献对方，致此生。

不知道为什么，她觉得，这个时候，他不会想见她。

咬着下唇，盯着门半晌，她还是抬手叩了叩。

无人理会。

阿姨不是说他在吗？

她又敲了几下，唤道："陈、陈致？"

屋里传来拖鞋的声音，踢踢踏踏，显得散漫。

出现在面前的少年，只穿了一件单薄的短袖 T 恤，下半身是黑色运动裤。

陈致身上的伤已经结痂了，脸色却不好，惨白惨白的，唇也失去了血色，因干燥而微微起皮，眼球里有红血丝。下巴生了淡青胡楂，那是青春期男生的特征。

她有些被吓到："你、你怎么……"

他定地看她两秒，又瞟了眼楼下，开口时，嗓音带了三分哑意："先进来吧。"

许希进去后，他反手关了门。

她无端地紧张，握紧拳头，虽然，他可能只是下意识。

这是除了许凌的卧室，她第一次进同龄男生的卧室。

空间很大，有一整面墙的柜子，零零散散地摆着一些书、模型、积木，甚至有篮球，还有一些许希不认识的物件。

床单被套是灰色的，整洁得不像男生的床铺。

桌上的电脑亮着屏，显示的是游戏画面，她见许凌玩过，是一种多人作战类的网游。

陈致坐回椅子，继续通过鼠标和键盘操控画面里的人。

许希站在门口，不知所措，目光逡巡一番，坐哪里？

床边有张单人榻榻米，好像不好。床上？那更不礼貌了。

她干杵着，以为要等到他打完这局，结果他很快"死"了……似乎是"自杀"。

陈致丢了鼠标，起身，在床尾处坐下，岔开两条腿，手往后撑，扬了扬下巴："坐。"

椅子上还残留着他的体温，许希将屁股尖落在上面。

他弯腰拿起那一袋书和试卷，兴致乏乏地翻了下，嗤笑出声，两根手指勾着，甩到另一边的书桌上。

她"哎"了声，但又没有立场阻止他这种不尊重学习的行为。

"袁老师叫你来的？"

"嗯……"

他就知道。

班里就许希这么一个，愿意大老远跑来送作业的大好人。

陈致偏过头，手抵着唇，咳了两声。正巧，阿姨这时敲响了门。

阿姨端来一盘吃食，有水果、点心，以及两杯果汁。

听见陈致咳嗽，她关心道："小致，你先吃点东西垫垫肚子，再喝药吧。"

陈致摇头，哑得更明显了："张阿姨，您先出去吧。"

他被禁足后，没吃什么东西，水也不大喝，还因降温着凉了，其后整日关在卧室里打游戏，一副自甘堕落的样子。

其实他心里清楚，这样的反抗，招不来父母的心软。

张阿姨拿他没法子，略无助地看向许希，可也不好无缘无故请求一个陌生人帮忙劝劝他，只好低叹了口气，转身出门。

陈致坐直了，手腕搭在膝盖上，说："你还没吃晚饭吧？想吃什么随便拿。"

许希一放学就过来了，这会儿的确饿了，她拈了块板栗糕吃，有点噎，她又拿起果汁喝。

他一直看着她。

女孩吃东西很慢，明明是普通的东西，她细嚼慢咽的程度，却仿佛是在品尝什么佳肴。

实则是因为，这样更容易饱腹。

"你……"她被盯得不自在，向前递了递餐碟，"要吃、吃吗？"

他还是摇头。

许希也不知道说什么了。

她感觉得到，他周身的气压很低，没有对她冷脸，或许是教养使然。

许希本不是机敏灵活的性格，与其相顾两尴尬，不如先行告辞。

正准备开口，他突然说："你知道吗？父母与父母之间，差别特别大。不是所有的父母都爱自己的亲生孩子。"

许希抿住唇，善良的本性，让她把话咽回腹中。

如果他压抑着什么情绪，能倾诉出来，终归会好一些。

"他们一直忙生意，我就像他们投资的某个项目，目的是替他们盈利。见情势不好，他们会立即采取必要措施。在他们看来，我这不是受罚，是改正谬误。"

陈致的语气没有什么起伏，既不悲伤，也不愤怒。

唯一可能的原因大抵是，他对父母的淡漠已经习以为常了。

她默了默，说："可是、是你被、被打了啊？"

为什么受害者反倒成了"谬误"？

"你知道我为什么从昂立转来吗？你应该听过一些传言。"

许希愣愣地说"没有"。

所谓传言，也要有人传给她才行，她和班里传八卦的那些人素来没什么来往，自然不知情。

"那个叫林政的找上我，我还手了，性质为'斗殴'，挨了学校的处分。他们以此判定我学坏了，把我转来三中，方便看管我。"

所以那天，他才任由他们打，还让保安隐瞒下来吗？

"我的成绩好不好,他们并不看重。反正高考完,他们会想办法送我出国。但我不能在学校惹出事。"

许希说:"我、我觉得,你这、这样是不对的。"

陈致扬了扬眉梢,示意她继续说。

"不、不管他们,对、对你如何,你的人生该怎、怎么活,是你、你说了算。"

她说得磕巴,话里的意思却清楚明白,铿锵有力:"用、用自己报复他们,很幼、幼稚。"

不吃不喝,不学习,平白挨一顿揍,都很幼稚。

她这个时候才真正意识到,他终究只是个十六七岁的少年,心智还没完全成熟。

从某种程度上来说,他们是同病相怜。

不。

她想,他出生在富贵家庭,怎么体会得到,贫穷、遭同学漠视、挑灯苦读,是什么样的滋味呢?

"如果我、我是你,我就不会像你一样颓废。我、我会利用这、这些好资源,努力往更高处走。"

她指着脚下:"你、你的起点,本来就比普通人高。"

不要成为他们的投资项目,盈亏皆归他们;而是成为独立的高楼大厦,让他们只能仰视。

他好奇:"你有什么理想吗?"

袁老师在教室后墙搞了个"理想树",叫每个人用苹果形的便利贴写上理想的大学。虽然是无用的仪式感,但大部分人都认真地挂上"理想果"。

他没看到许希的。

"我想,考出阳、阳溪,去看看外面的世界,让所有人,都看得起我。"

谁敢相信呢?除了和叔叔、叔母去走亲戚,她数年没出过阳溪了。

一座小城,困了她整个青春。

她没有什么宏伟的目标,不过是想去更广阔的世界,看一看,走一走;想彻底摆脱拮据的经济,不受人限制;想落落大方地和人交流,而不是不敢开口,怕人嘲笑。

这也许很难。

但并非绝对不可能实现。

她说话的时候眼睛很亮,像冬季北极圈内天空的星星。

亮得令人发出喟叹。

陈致也是这天才知道,这个看似瘦弱的女孩儿,身体里蕴藏着多坚韧的力量。

然而他仅仅是窥得冰山一角。

很多年后,他仍会想起她这段话,也如她所说,利用能掌握的资源,一步步往更高处爬。

但当时，他没有所谓的顿悟、成长，只是由衷地钦佩她。

人往往陷入一个误区，认为实现理想的道路充满坎坷和荆棘，实际上，难的是选择一条属于自己的路，并坚定地走下去。

陈致笑了笑："你刚刚说话不是挺流畅的吗？"

啊？是吗？

许希自己没有发觉。

她微微感到窘迫："我、我也不知道，为、为什么？"

好了，一招打回原形。

陈致说："你可以尝试多说说话，放松一点，也许会好很多。归根结底，是心理原因造成的，不是吗？"

"我、我以前，偷偷试过，还是不、不行。"

越是急于改变现状，越是结巴得厉害。

面对他人，她更是无能为力。

"反正以后我们是同桌，你就用你刚刚那副教训我的口吻，多加练习，指定能行。"

许希小声反驳："我没、没有教、教训你的意思。"

陈致起身，用叉子叉着切好的水果，往嘴巴里塞，笑着说："嗯，那当作，为失足少男指点迷津好了。"

失足少男……他在说什么啊？

许希仰着头看他，说："你、你心情，是不是好、好很多了？"

还能开玩笑。

他不答反问："你是不是也没那么讨厌我，甚至有些同情我了？"

她怔了怔，说："我本、本来就，不、不讨厌你啊。"

"那就行。"他灌了一大口果汁，"我叫陈叔送你回家。"

阿姨看到陈致下楼，忙迎上来："小致，你不能……"

"他们能关我一辈子吗？"他打断张阿姨，"不然你打电话问问，如果他们真这么想，那我无话可说。"

张阿姨从他还小的时候，就负责照顾他的起居生活，也了解他父母是什么样的人，坦诚地说，她挺心疼这个孩子的。但受雇于夫妇俩，她得忠其职。

她收到的指令是，让他在家好好反省，所以，她没法放他。

陈致说："我不走，叫陈叔来。"

陈叔只负责陈致一个人的上下学，陈致禁足，他也休息。

许希跟在陈致后头，对这幢房子的冰冷，有了更深刻的印象。

他没有自主权利，即使他父母不在，也有的是人看管监视他——针对有罪之人的方法,居然用在他身上,多可怕。

陈致叮嘱陈叔将许希安全送到家。

她走后,他也上楼了。

他看见被自己随意丢在书桌上的作业,取下袋子,一样样拿出来,才发现里面夹了几张便利贴。

每一张都标了日期,具体该完成什么,什么时候要交,有的老师已经讲解完。

譬如:周五物理课堂小测,成绩已出,我可以帮你批改。

许希的字不算特别好看,有些圆,小小的,胜在整洁,笔画清晰。

这么写得满满当当,像……《千与千寻》里,一只只排列整齐的煤炭球。

陈致被自己的想法逗笑。

原本,他不想让许希看到自己这样。但就像那天她崩溃大哭,向一个素未谋面的男生吐露心事一样,他在某一刻,有了想对她吐露心声的想法。

或许,促使他心情转好的,不是倾诉,而是她。

陈致回学校了。

许希看到他出现在教室门口时,还有些猝不及防。

他脸色好了许多,收拾得干干净净,那日笼罩的阴霾也散了。他单肩挎着书包,一手揣在校服口袋里,姿态随性散漫,看着像是没睡醒。

完完全全是少年人的模样。

袁老师和他简单说了几句话,就放他回座位了。

陈致一路走过来,不少人打量他。他本身就是受瞩目的人,无端消失几天,不免惹人好奇。

对于这些目光,他皆视若无睹。

他坐下,发现桌面整洁许多,书本从大到小,码得整整齐齐的,没写的试卷折叠好,用一本书压着,原本丢得乱七八糟的文具,也归整到一旁。

估计是许希替他收拾的。

许希低着头记单词,面前忽然多了两张答满的试卷,她转头看陈致。

他侧坐着,一条胳膊压着桌子,面朝她,说:"许老师,帮我批改一下?"

"好,等、等会儿。"她将试卷放到一旁,免得打乱自己的学习计划。

许希完成自己规定的晨读任务,才拿起红笔,替他批改试卷。应该是认真写的,但实在是……一言难尽。

她忍不住说:"你、你是从、从来,没听过课吗?"

这张小测偏容易,很多都是基础题,难题在后面,怎么可以错得这么惨不忍睹?

陈致坦然道:"对啊。"

许希批改完对错，都狠不下心算分。

他倒无所谓，指了道选择题，问："为什么选这个？"

她在草稿纸上写下完整的解题思路，他瞄了眼，说："看不懂，你跟我说说呗。"

班里没人会找她问题目，哪怕她成绩再好。她平时说句话都不流畅，何况讲题？

秦伊和她坐同桌时，也只会找她要作业抄。

许希几乎是瞬间明白了他的意图。

她略无奈地道："没、没用的。"

"我是真看不懂。"陈致一脸认真，"我连公式都记不清。"

许希只好耐着性子，配着示意图，一步一步跟他讲。

许希属于天道酬勤类的学生，所用解题方法中规中矩，都是老师上课讲过的，哪怕要绕点弯子，但也最不容易出错。

教陈致这种基础薄弱的同学时，优势就体现了。她尽量用最简洁的语句，讲清其中的逻辑关系，试图让他高效地吸收、消化。

陈致听完，点点头："我懂了。"

许希狐疑："真、真的吗？"

"你没听说过，'没有教不会的学生，只有教不好的老师'吗？"

她找了两道相似的题，让他做。他扫了眼题，很快解出来。

答案是对的。

"你、你不是耍、耍我吧？"

"我有那么闲吗？"陈致右手转着笔，笑着恭维她，"是许老师教得好，学生一听就会。"

见她一脸不信，他又问："打个赌吗？"

"什么？"

"下次月考，我的班级排名，能不能前进十名。如果不能，我答应你一个要求，什么都行；如果能，就反过来。"

"不赌。"许希想也不想，"我、我没空教你。"

考一次前三可能是偶然，如果守住那就是实力。要稳固不掉，得付出更多努力。

她的确分不出时间和精力。

"不用，你监督我就行。"陈致转笔的手停了，眼睑微微耷拉，"不然，你不觉得光是学习挺无聊的吗？"

许希看着他的眼睛，里面有一个很小很小的人影。

是她。

诚然，日复一日单调地做某件事，一定会感到乏味、疲惫，但她不敢松懈。

叔叔很直接地告诉过她,到她十八岁,他们的抚养义务就尽了。尽管这些年,他并未付出过什么。就连感冒发烧,她也是自己找药吃,甚至不知道,会不会吃坏身体。

他和叔母吵架最厉害的一次,是叔母说要离婚,拎着行李回了娘家,那天她躲在被窝里哭,枕巾干了又湿。

她害怕,怕他们抛弃她,她只能被送去孤儿院,或是另找他人收养。

可她已经十几岁了,谁会要呢?

至少,现在他们还是她的亲人。

还有一次,叔叔打牌输了很多钱,心情糟糕,她找他要五十块钱交班费,挨了他一巴掌。

"钱钱钱,一群败家玩意儿,就知道要钱。你都多大了,可以自己出去打工了,别张口闭口找老子要钱。"

她不敢吭声,眼泪悬在眼眶边,要落不落的,生生憋了回去。最后,叔母给了她班费,叹气说:"我就是没读高中,早早出去打工,混不下去了,回阳溪和你叔叔结婚的。你看我现在日子过成什么样了?"又叮嘱她,煮个鸡蛋敷一敷脸。

巴掌印过了两三天才消。

别人的生活经验没法借鉴,各人有各人的活法,除了高考,她目前想不到任何独立的途径。

这样的她,有嫌学习无聊的资格吗?

但许希那一刻,的确松动了。很多人都有赌徒心理,在于敢不敢下注罢了。反正,只是一个要求罢了,她想,也不影响什么。

于是,她说:"行。"

之后,陈致真的端正了学习态度。

许希发现,他学东西快得离谱,她把自己的笔记借给他,他用两天自习课看完——那可是半个学期的啊。

她给他讲题,讲一遍他就会了,还能举一反三。

中午吃饭,她告诉唐黎,唐黎笑了,说:"他忽悠你呢。"

"啊?"

"他初中一直是年级第一,高中不知道怎么,干脆不学了,考试照常考,但成绩一落千丈。"

许希不作声了。

这么一想,就合理了。不是学不懂,是不想学。

其实挺招人嫉恨的,通往罗马的路,有长有短,有人坐直升机去,有人徒步千万里。

唐黎又凑近她,压低声音问:"你知道他之前在昂立的事吗?"

她摇头。陈致只告诉她,他挨处分了,具体的没讲。

"他有个朋友的朋友,把自己妹妹介绍给他认识,估计他态度不好吧,把人给惹生气了。那男生护短,对外造他的谣,说他表面清高,实则私生活很乱,经常在外面胡乱混迹。反正说话挺难听的。"

许希蒙了。

连他也会遭遇这种事吗?

"本来陈致不在乎,但传多了,说他细皮嫩肉的,也不跟女生来往,别人就信了。然后有体育生主动找他约,起了口角,打起来了,学校给了他们处分。"

"这个体、体育生,叫、叫什么?"

"不知道,我也是听人讲的。"唐黎继续说,"这还没完,他爸妈买通关系,学校把那人开除了。"

所以,那个叫林政的才纠结一群人,来三中报复他吗?

许希好震惊。

"可、可是,他家里不是很、很有钱吗,怎、怎么还⋯⋯"

唐黎说:"嗐,昂立好多纨绔子弟,富二代、官二代什么的,不好好读书,喜欢搞小团体,破事满天飞。"

她们吃完,去回收餐盘处,一边走一边说。

"不过,你也别觉得陈致是个好欺负的主。这种公子哥,如果真想整人,有的是手段。"

唐黎已经脑补了一大出复仇戏码。

许希说:"我、我觉得他、他人挺好的。"

"哪里好?"

高中生书多,在桌上堆得高高的,时有翻倒的现象,有次她上完厕所回来,看见陈致在帮她捡书。还有去操场做课间操,下楼梯的时候人很多很挤,她被撞,身后有人替她挡了一下,走完那一段,才发现是陈致。都是些很小的事,但越是细节,越能体现一个人的修养,不是吗?

唐黎突然盯住她的脸:"希希,你不会喜欢他吧?"

"才没有!"许希立即否认。

"刚刚听八卦听那么认真,你还替他讲话。"

许希想解释,又不知道怎么准确描述她的感觉。

好奇,惺惺相惜,或者是因为,这是除了唐黎,第一次有人对她这么好,她的心不自觉偏向了他。

她在班里,像一只窝在壳里的蜗牛,只偶尔探出触角,观察环境,一旦有危险,立即缩回去。

陈致呢,可能是背着壳伪装的毛毛虫。

不是同类,但他愿意和她同频交流。

正说着,她们看到陈致等一行人走在前方不远处。

杨靖宇搭着陈致的肩,在和他说什么。
陈致脸上丝毫没有笑意,但莫名地,让人觉得,他很放松,心情不错。
大概因为眼睛是亮的,眉眼皆舒展开。
而且,今天天气不错,久违地出了太阳,午后的日光是淡金色的,为他镀了一层边。
唐黎问:"采访一下,许希同学,你现在看他,有什么想法吗?"
"嗯……他个子好、好高。"
唐黎笑喷了。
多好看的一个男生啊,风华正茂的少年,她居然只关注他个子高。
"唉,算了,"唐黎摇头叹息,"许希终究是个不解风情的女孩儿。"
"那你、你想让我有什么想、想法嘛?"许希不满。

陈致的余光也注意到许希了。
学校就这么点大,她的行动轨迹太为固定,吃完饭要多久,什么时候回教室,一切都有迹可循,很容易碰到。
她挽着唐黎的胳膊,脸稍微往后藏了点,显得脸更小。
好像跟这个朋友在一起的时候,她经常笑得很开心。
她眼睛本身不小,但笑起来弯弯的,只有一条缝,眼尾上扬,是典型的笑眼,唇边有两个很明显的"括号"。
和她闷着脑袋,埋头苦学时是两个样子。
十七岁的女孩子,该多笑笑。
"陈致,你最近开窍了?突然爱上学习了?"一个男生说,"叫你打球都叫不动了。"
"伤筋动骨一百天。"陈致伸出胳膊,露出那片颜色淡得快看不见的瘀青,"打不了。"
男生笑骂:"去你的。"

陈致回到教室,看见许希茫然地站在位置前。
她的凳子不知道被谁搬走了。
前座男生说:"中午有个叔叔在楼道那边装什么东西,借走了,一直没还。"
许希"啊?"了声,出去看了眼,没有,有些不知所措。
陈致走过去:"先坐我的吧,我去空教室搬。"
班里没多余的凳子,即使有,也有人占用了,不好开口叫人挪开东西。
他得跑去另外一栋教学楼。
许希正要开口拒绝,他一只脚勾住凳子,拖过来,摁着她的肩膀,男生的力气她扛不住,一屁股坐下去。

她仰头望着他,从表情看,是还没反应过来。

"免得你拒绝。你不是要写题吗?快写吧。"说完,陈致就走了。

许希心想,虽然他有时候说话不大好听,甚至带点大少爷高高在上的口吻,但他人确实挺好的。

从许希和陈致立下赌约,到月考,中间只有二十天。

这段时间,陈致的表现令袁老师十分满意,甚至拍了拍许希的肩,夸赞道:"学习这种事情,果然也是需要先富带动后富的。"

事实上,许希并没有起到多大作用。

陈致偶尔拿题来问,有的有答案解析,或者老师上课讲过,但他就是想要她讲。作为回报,他会给她各种零食,说是别人送的,他不爱吃。

每当许希觉得,他对自己好得异常时,他的行为又会打消她的错觉。

陈致对所有人都很大方,尤其不吝于钱财的挥霍。

那天是陈致生日,十一月二十一号。

晚自习上课前,他给每个人发了一块单独包装的蛋糕,以及一盒香薰蜡烛。

许希拿到的那块,是榛子巧克力蛋糕。

她听见动静,抬起头。

讲台上,杨靖宇拉着陈致的胳膊,把他拽上讲台,说:"来,有请今天的寿星说几句。"吃人嘴软,拿人手短,同学们很配合地鼓掌。

陈致曲肘,拐了他一下,语气不大乐意:"有必要这么兴师动众吗?"

"哎呀,随便说说。"

陈致不得已,被迫站在讲台正中央。

本来也不是什么正式场合,他扫了眼台下,目光落在最后那个小个子女孩身上时,略多停顿了两秒。

他随意开口,仍是那副散漫的腔调:"我不爱许愿,就祝大家月考顺利吧。"

大家愣了下,又笑起来。

"不愧是大少爷啊,连生日愿望都这么慷慨。"

"我们要是都顺利了,你自己怎么办?"

陈致浅笑了下,摆摆手,下台了。

自他转来这段时日,大家对他的性子多少有些了解。

人不大热络,虽然家庭背景好,被叫大少爷,但没有大少爷架子,会跟他们一起打球、聊天,一般开玩笑也不生气。

不过,他总给人一种感觉,他其实游离于他们之外。

——很奇怪,居然和许希有点像。

这个世界上,有人融入不了人群,于是独行;有人与众人为伍,却像戴着假面。

而这样的两个人,居然坐到了一起。

陈致回到座位,见许希桌上的蛋糕原封不动,问:"怎么不吃?"

"你、你是……"

"之前你不是说喜欢吃榛子吗?"

果然是刻意的。

她张了张口,想说些什么,又好像没什么必要。

他可能只是顺手而为,抑或心善,施以一点微不足道的怜悯罢了。

陈致抽出书,翻开,淡声道:"吃吧,祝你月考顺利。"

许希犹豫半晌,递过一个信封:"我、我之前不知道你、你今天生日,祝你生日快乐。"不待他回答,她放下后,转过脸去,挖着蛋糕,小口小口地吃。

牛皮纸的信封,五毛钱一个,十分简陋。看得出来,她的确是临时准备的。

他拆开,里面是一张贺卡,没有称呼、问候,更没有落款和时间,只写了一句话:

祝你此生多喜乐。

另外还有一枚硬纸书签,图案是一颗手绘的橙子。

橙子……

陈致。

他忽地笑出声。

许希自然听到了他的笑声。

估计,他是猜到其中的机巧心思了,她不免耳朵热了热。

今天中午,许希和唐黎讨论,该不该送他一些小礼物,毕竟作为同桌,他帮过她不少忙。

唐黎绞尽脑汁,看到她腕上的橙子手链,蓦地一拍而起:"橙子,不就是陈致的谐音吗?你还说自己不关注他!"

许希完全没意识到这茬,连忙否认,急得脸涨红了——她脸皮是生理意义上的薄,很容易因情绪激动而变红。

可唐黎已经认定,怂恿说:"送一个有相关寓意的呗。"

最后……许希没去吃晚饭,画了这枚书签。

她的想法很简单,没什么拿得出手的东西,她送得起的,他未必需要;他看得上的,她也不一定送得起。索性送有寓意的。

递出去的下一秒,她就有点后悔了。

他千万别像唐黎一样,误会她。

陈致说:"谢谢,很好看。"

"不,"她头也不抬,小声说,"不用谢。"

他从侧方看她，耳根、耳郭，包括脖子那一块儿，都是绯红的，像扑了胭脂粉。

他的想法和唐黎的截然不同。

他想，她或许没送过男生礼物，才会这么紧张。

陈致转回视线。

诚然，他从小到大见过不少好东西，所谓大牌奢侈品，在他眼里，也只是普通的物品，但这看似不值一文的、薄薄的几张纸，却远胜它们。

他嘴角扬了扬，眼底如湖面涟漪般漾开层层笑意。

和刚才在台上时完全不同。

而许希正专心吃蛋糕，没有看到。

甜食带来的喜悦感，没能持续到许希回到家。

叔母和叔叔又闹翻了。

许希还在楼下就听见他们的吵架声了，她匆匆上楼，掏钥匙开门。

"许卫民，你还是个男人吗？多大年纪了，还想找年轻姑娘，人家不嫌你吗？真是够不要脸的。"

"你住嘴，别逼我扇你。"叔叔目眦欲裂，显然是吵红了眼。

"你扇啊，你最好把我打死。"叔母吼得破了音，指着他，"只要打不死我，今天我就会闹得尽人皆知，看丢老脸的是你还是我！"

许凌拦抱着叔叔，许凌年轻，个子又高，也是费了好大一番力气才控制住怒火中烧的叔叔。许凌看见许希，喊道："别傻站着，快来劝劝啊！"

许希鞋都来不及换，跑过去拉叔母："您、您别气，有话好、好好说。"

"好好说？！希希，你爸那笔抚恤金，有三十万你知道吗？一条人命，三十万！本来存在银行里，他个老不死的，偷摸用来嫖娼！还不止一次！要不是我查了下，真不知道他动了这么多钱。"

许希脸色一白。

她咬着下唇，看向叔叔，眼里有怨，有恨，也有无能为力。

她一早就知道，他们几乎将这笔钱据为己有，给许凌花、打牌输钱，已经用去许多。但她万没有想到，叔叔会用来干这种事。

那是她爸爸用命换来的，他凭什么啊？

许希越想越恨，眼里几乎瞬间盈满了泪，嘴唇蠕动着，发不出声音，心脏如同渗入苦水，每一个细胞都流出悲伤的眼泪。

如果爸爸没有死，妈妈也不会跳楼，她也不用白受这些委屈。

凭什么啊……

许卫民被许希的眼神刺到了，用力挣开许凌的束缚，一巴掌扇过来。

那一瞬间发生得太快，太突然，没人反应得过来，包括许希自己。

直到脸上一阵火辣辣的,像火燎上来一般地疼。

叔叔心狠,没留一点余力。

"白眼狼,畜生,养你这么多年,你拿老子当仇人看?要不是老子,你现在还不知道死哪儿去了。"许卫民骂着还不解气,一脚踹上来。

许希全身动弹不得,也忘了躲,像一个沙包,任人发泄。她原本就单薄,晃了晃,下意识地扶住一边的电视柜,才没摔倒。

"爸!"许凌拖住许卫民,"你跟她计较什么?她一个结巴,又没惹你。"

叔母冷笑:"冲小孩发脾气算什么本事?孬种。"

"你没完了是不是?以为我不敢打你?"

许希怔怔地杵在原地,看着这一场闹剧。

陈致十七岁生日这天,她祝他此生多喜乐,可讽刺的是,送祝福的人,像受了诅咒。

她以为,日子正在向好,可再一次被打回了原形。

一次,又一次。

如果上帝真的存在,那么他一定是个喜欢恶作剧的顽劣老头。

他总是信手击碎人的希望。

许希进屋时忘了关门,不少邻居聚在门口看,七嘴八舌地交谈,有的来劝,说老夫老妻的,还不懂家和万事兴的道理吗?

还有人说,大晚上的,这么吵架很扰民。

许卫民也不想出丑,骂骂咧咧地把人赶走,一把关上门。

砰——

多像梦轰然而裂的声音,又像一声箴言:她,永远逃不开。

到底是成年人,两人大吵过后,是死一般的静。

许希一声不吭,收拾客厅的一片狼藉。

她眼眶已经干了,只是半边脸肿得老高,被踢到的部位也隐隐作痛,可能青了。

叔母嫌恶地对叔叔说:"别进来,不想跟你这样的人睡一间屋。"

许卫民啐了口,拿了衣服进许凌的房间。许凌不情不愿,但也没办法。

许希睡在小床上,翻身,压住挨打的半边脸,疼得一激灵。

第二天,那道巴掌印变成乌红色,碰一下就疼。

学不能不上,许希戴了口罩、帽子,露出眼睛,这才出门。

许凌从后面追上来,下车,慢慢地走在她旁边,欲言又止。

他不开口,她也不搭理他。

"你还是上一下药吧,"他忍不住说,"毕竟是个女孩子,怪不好看的。"

许希闷声说:"反正,没、没人在意。"

"我爸就是那么个破脾气……"他当儿子的,也看不下去许卫民昨晚的所言所行,又不知道怎么安慰她。

虽然是同在一个屋檐下的堂兄妹,但素来关系一般,没有亲密到可以互相吐露心事的地步。

许凌叹了口气,正要开口,她忽然说:"你、你和你爸一、一样。"

许凌一愣:"什么?"

许希不予回答,拽紧书包带,加快脚步往前走了。

他站在后头,看着她的背影。

不知道为什么,他竟然发现,她背的书包那么大、那么重。

或者说,她那么瘦。

十一月下旬,已是初冬,许希顶着风,一路走到学校。

陈致懒懒地半趴在桌上,手里拿着一支笔,有一下没一下地按着。

他的目光抬起,又顺着许希坐下的动作而下落,奇怪地问道:"你今天怎么这么晚?"

一贯早早到教室的许希,破天荒地,今天居然踩点到。

"没、没怎么。"她摘下书包。

陈致猝不及防朝她的脸伸出手,她躲开,甚至下意识地挡住脸。

完全是应激反应。

前排同学在说话,谈论的是过两天月考的事,陈致压低声音:"被打了?谁?"

"你别、别问了。"

家丑不可外扬,何况是这么不光彩的事。

陈致看着她,眼神沉了沉,倒依了她的话,没有再问下去。

她一整个上午情绪都不好,上课时而走神。

高中教学进度快,一旦有知识点听漏,或者跟不上,就过去了,老师不会再讲。

中午许希不想去吃饭,跟唐黎说自己不舒服,在座位上写题。

写着写着,眼眶酸涩,她头埋下去,藏起滚动的泪水。

教室几乎空了,仅有几个人,有一个贫困生在吃馒头,还有自己带饭或者吃面包、泡面的同学。

他们没注意后排的许希。

原本,父母去世前,许希是个很活泼开朗的女孩子,老师夸,同学也爱和她玩。

每到换季,妈妈会给她买新衣新鞋;在她去上学前,往她书包里塞水果、零食,或者牛奶。爸爸偶尔也跟妈妈吵架,因为一些鸡毛蒜皮的小事,但吵完第二天,又是恩爱、甜蜜的夫妻俩。

怎么变成现在这样了呢?

幸福也许是比较别人的苦难而来的,她时常安慰自己:啊,你看,还有那么多人吃不饱、穿不暖,你已经很走运了。

可当自己的苦难降临时,这套方法,便失去了效力。

她肩膀瘦弱,担不起这么沉重的痛苦啊。

许希的脸埋在臂弯里,哀戚地想:爸爸、妈妈,我快被压垮了。

肩膀被人拍了拍,耳边传来唐黎的声音:"希希,你在哭吗?"

许希抹了把眼睛,抬起头:"你怎、怎么来了?没去吃、吃饭吗?"

她并不想传递负面情绪给好朋友,尽量让语气轻松一点。

但似乎没用。

"陈致刚刚来找我。"唐黎牵起她的手,冰凉的,没有一点温度,心疼地说,"我们出去转转吧。"

这样的天气,不适合闲庭信步,她们进了体育馆,那里空旷且避风。

唐黎从兜里掏出一颗杏仁糖,问她吃不吃。

许希不想摘口罩,缓缓摇了摇头。

唐黎不勉强,塞进自己口里,说:"我一出教室,就被陈致堵住了。"

整个高二年级,几乎没人没听说过陈致,颜值、家世,还有他在昂立的事迹,都容易成为谈资。

其他同学不断侧目看向他,猜测着,他来文科班找谁。

包括唐黎也不知道,班上总共就几个男生,他跟谁有联系?

陈致伸手挡在唐黎面前,她莫名地指着自己:"找我?"

陈致颔首,说:"过来一下。"

离开走廊,到拐角处,陈致两手插着校服口袋,半靠着墙,淡声问:"许希家的条件,你了解吗?"

唐黎有些蒙,含糊其词:"知道一点。"

"她叔叔一家对她好吗?"

唐黎摇头:"不怎么样,但具体的,希希也没告诉我。"

陈致沉默了一会儿,说:"她家可能出事了,你是她闺密,你去找她的话,她应该会说。"

于是,唐黎来找她了。

"其实我没想到,他这么关心你。"唐黎有点惊讶。

许希没作声。

唐黎又说:"不过我觉得,要是你不愿意说,不说也没关系,很多事情,安慰不如陪伴。"

"我、我只是……不知、知道怎么,开、开口。"

"是你叔叔还是谁,"唐黎试探道,"打你了吗?"

许希低低地"嗯"了一声。

"严重吗?"

许希停顿了下,似下定决心,摘下一边挂绳。

唐黎见状,倒吸一口凉气。

"什么人啊!"唐黎愤愤,音量都高了数分贝,"打成这样,可以报警了。"

许希低落地说:"就算报、报警,警察也只、只是调解为主,不、不会拿他怎么样的。"

"你怎么知道?你们是……"唐黎心惊。

许希解释:"以、以前,他们打、打起来,邻居报过警。"

唐黎完全不敢想象,许希到底过的什么日子。

许希是很怕麻烦别人的性子,有难处或苦楚,永远自己处理、承受,于是越发地闷。

"你为什么都不跟我说啊?"唐黎又气又心疼,气是冲她家里人。

"说了也、也没什么用。"

许希想笑笑,结果扯到脸颊肌肉,刺痛不已,笑不出来。

"希希,有句话说,'虽然这世界充满苦难,但也充满克服苦难的故事',会好起来的。"

会吗?

但如果没有这样的希望,她靠什么支撑自己?

走出体育馆时,她们看见陈致倚着不远处的一棵树,目光眺向远方,手上拎着一个袋子。

冬风冷漠,刮得他的身影也显得萧索。似有所觉,他转过脸,目光一顿,定在许希的脸上,眉毛逐渐蹙紧。

许希蓦地想起口罩,忙戴回去。

陈致将袋子递过去,许希问:"什、什么?"

"拿着。"

她只好接过。

他没说什么,直接走了。

袋子里是两份饭,从食堂打包的,还有一管药,看说明,是消肿化淤的。

唐黎说:"我感觉……他是不是……"诚然,发问的这一刻,唐黎自己也怀疑,与许希有着云泥之别的陈致,真的会关心她吗?

唐黎不知道的是,他们在很多年前,就有过交集。

许希觉得,大概是因为,陈致把她当成了,见过彼此最狼狈落魄模样的朋友,或是战友。

关心,送饭和药,只是出于情分。

一转眼,月考很快过去了。

这几天,家里氛围特别差,叔母不和叔叔说话,照样做家务,拖地拖到叔叔脚下,像是没看见,径直拖过去。

叔叔憋着气,又不好发作,脸色糟糕。

许凌也不敢惹他们,小心翼翼的,比平时老实不少,怕挨骂。

许希更沉默了,绝大多数时间都窝在房间学习。

成绩出来时,因为用了药,她脸上的巴掌印消得差不多了。

然而,这回她考得史无前例地差。

袁老师当天就把她叫去办公室,问:"许希同学,你是遇到什么事了吗?"

许希摇头。

袁老师苦口婆心:"你一直很稳定的,上次前三,这次滑了十几名,如果有什么困难,可以和老师说,老师会想办法帮你解决。"

许希说:"没。"

"陈致倒是进步很多,是不是他影响你了?"

她还是摇头。

这姑娘看着没脾气,骨子里却固执得很,袁老师拿她没辙,到底放她走了。

许希回教室写作业。陈致叩了叩桌面,叫她。

"之前的赌约,还记得吗?我赢了,我现在找你兑。"

"行,你、你要什么?"

他不提要求,只说:"周六早上,我去你家楼下找你。"

许希现在心灰意冷,懒得揣摩他的用意是什么,答应下来。

现在已经是十二月初,早上气温很低,他们都没起床,屋里安安静静的。

许希有部手机,是叔母淘汰下来的,唯一的用途就是与人联络。

她收到陈致的短信后,换鞋出门。

陈致穿的是一件白色卫衣,背了只橙色斜挎包,整个人在灰色的初冬早上,在落后的老城区居民楼前,格外显眼。

她走过去:"去、去哪儿?"

"先吃早餐。这附近有什么吗?"

许希带他去了一家环境比较干净的饺子店。

"你一般吃什么馅?"

"猪、猪肉白菜。"

陈致听罢,要了两屉猪肉白菜的蒸饺,又拿了两瓶玻璃瓶装的豆奶,付了钱。

"不、不用你……"

话没说完,他打断道:"我的要求是,你今天跟着我,不要拒绝。"

她抿着唇,不语。

周围居民不多,流动性也不大,老板娘眼熟许希,端饺子上桌时,熟络地问:"这是你同学哇?"

她说:"是。"

"这些够吃吗?要不要再加点?"

"够……"

"再来屉小笼包?"

两人一同出声。

老板娘看看许希,又看看陈致。

许希胃口小,但转念一想,青春期的男生吃得多,于是说:"加、加吧。"

"行嘞。"

陈致吃东西其实挺挑,不是嫌味道不好,而是很多菜不爱吃,比如白菜。

但他学着她,在小碟里倒一点陈醋,放一小勺辣椒,蘸着,竟把一整屉吃完了。

许希吃得好饱,连连打嗝。

陈致笑了:"走吧。"

许希没想到,陈致带她去的是游乐园。

很小的时候,父母带她来过,但没什么印象了。

有不少孩子是和家长一起来的,她看见别人家其乐融融,眼神黯了黯。

陈致轻拍了下她的后脑勺,唤回她的思绪:"我去买票,你别乱跑。"

"我又、又不是小孩。"

他买了两张票,带她进园,问:"恐高吗?"

"有、有点。"

"那更好,先去坐大摆锤吧。"

许希一愣。

坐上去后,工作人员卡上安全扣,检查了一遍。机器还没开动,她突然害怕了,脑袋转不了,只好喊道:"陈、陈致……"

"没事,我陪着你呢。"

过程很短,从上升到停止,大概三四分钟的样子,许希紧紧闭着眼睛。

脚落地，腿都有些软。

陈致调侃道："从来不知道你声音可以这么大。"

她脸都红了，刚刚她一直尖叫，还带了哭腔。虽然大家都在叫，但他离得近，听得清清楚楚。

他又带她去坐过山车。

她萌生退意，可答应他的事，又不能轻易反悔，只好硬着头皮上。

整个人翻转过来的时候，她听到他喊："许希，睁开眼看看。"

她脑袋向后贴着靠背，抓着安全扣的手发颤，闻言，费力地掀开眼皮。

因为高速前进，眼珠受到气流的冲击，数米之下，是蜿蜒的轨道，还有杂草，作装饰用的乱石，穿过洞穴，眼前又瞬间暗下来。

有一种强烈的下坠感，扼住了她的喉咙，反而叫不出来了。耳边风声鼓噪，还有别人的尖叫和机器的运作声响。无端地，她感觉到类似于死亡威胁的恐惧，还有快感。

或许，从某种程度上来说，许多人都有向往死亡的心理，过山车，或者一些极限运动，恰好能够满足。

许希下来后，手脚都因紧张刺激而冰凉，扶着栏杆，缓了好一会儿。

陈致倒跟个没事人一样，神色如常，站在旁边等她。

"是不是感觉轻松很多？"

"啊？"

她茫然地看向他。

"人不能憋着太多事，需要发泄。"他说，"叫出声，是不是心里舒坦多了？"

她一愣，抿抿唇，说："说、说实话，那个时候，我确、确实，什么糟心事也想不起了。"心高高地提着，所有注意力都放在安全扣上，往日不敢开口，却可以在上面没有任何顾虑地尖叫。

只需要尖叫。

两人找了处木长椅坐下，陈致买了两瓶矿泉水，拧开递给她。

许希道了声谢，渴极，喝了一大口。

风从他们之间足有一人宽的空隙穿过。

心跳慢慢地平复下来，她终于有理智来思考一件事。

"明明，是我、我欠你的，你为什么，还要……"

帮她排解负面情绪？

陈致目光落在前方，一个小女孩戴着发箍，摆着pose（姿势），比着耶，由她爸爸给她拍照。

幸与不幸，都是衬托出来的。

如果是幼时，看见这样的情景，他还是会感到失落。

他说:"我过得没有你们想象得那么随性。很小的时候,我爸妈就雇人照顾我,同时也是看管。不能随意出去玩,不能跟同学打架,更不能泡酒吧、抽烟,以及结交狐朋狗友,一旦有违,他们回来就会罚我。"

他们也许爱他,也许不过是照着一个模板打造他,好叫这个独生子成为一个令他们满意的接班人。

他们忙于生意,不会陪他来游乐园,不会给他开家长会,也不会陪他过生日。

自他记事起,他就没许过生日愿望。但如果跟人说,他们会想,啊,你家都这么有钱了,还有什么不满足的?

连他自己也不清楚,他想要什么,什么才能令他满足。像活在虚空里,只是单纯地通过氧气和食物活着。

但许希像一株劲草,不断遭受疾风的肆虐,依然顽强地挺立。

她知道,她要拼命地向上生长。

陈致其实找袁老师聊过许希,在知道她挨打后的那天上午。

袁老师说,他高一就教许希了,本来她文科成绩很好,学起来也不会这么吃力,文科班班主任来劝她,她不愿意转。

她的理由是,文科将来前途没那么广。

老一套的"学好数理化,走遍天下都不怕",时至今日,一直有道理。

她留在理科班,努力抓好每一科。但她家庭条件确实不好,袁老师又说,那么瘦,纯粹是营养跟不上,也不是吃不起饭,就是她家长……唉。

袁老师没有继续说下去。

陈致大概猜到七七八八。

后来看到她脸上的巴掌印,他心里五味杂陈,不知是可怜、同情,还是愤怒、悲哀。

这世间,有人所在之处下着雪,有人走的每一步都是泥泞路,谁又管得了谁,救赎得了谁。

可他尽量地,想让许希轻松一点,自在一点。

陈致笑了笑:"其实你看,我们有着类似的伤口,能做朋友的,不是吗?既然是朋友,做这些也没什么。"

许希捏着手里的瓶子,不知道说什么,"嗯"了一声。

他起身:"还行吗?再玩点别的?"

旋转木马比较适合现在的她。

许希个子矮,爬上去还有点费劲,陈致扶了她一把。

木马随着音乐,不断升起,降落。并不浪漫,周围有很多家长在拍照,小孩子叽叽喳喳的,甚至有些吵。

陈致坐在许希侧后方,转过脸问她:"再打个赌吗?"

"赌什么？"

陈致说："我们都有光明的未来。"

许希"噗"地笑了。

当时以为是玩笑话，像小孩子写作文《我的理想》，有一种天真的、对长大后的畅想。可是他们都知道，所谓光明，是穿越漫长而黑暗的隧道，也许走不到尽头，要么止步，要么回头。

谁赢谁输，似乎注定是个没有结果的赌约。

从旋转木马上下来，有工作人员守着电脑屏幕，上面是抓拍的照片，可以花钱买下。

陈致想去看，许希拉他走："不、不要啦。"

"为什么？"

她一脸抗拒："肯定，好、好丑。"

"你没看怎么知道？"

她还是摇头。

这个时候的许希不擅打扮，普通的棉衣，不起眼的马尾，以及青涩的面庞，照镜子时都觉得自己不好看。

她不想留下照片。

没法，陈致拗不过她，被她拉走。

只是当时没想到，那是唯一能够单独合照的机会。

后来的日子，过得像钟表上的针，一晃神的工夫，就溜走了。

叔叔和叔母的那次争吵，悄无声息地揭过去了，照常生活。

叔叔给叔母买了件新羽绒服，样式时新，颜色亮，多少有些讨好的意味。叔母试穿了下，嗔了句"什么年纪了，还学小姑娘呢"，那表情明显是高兴、喜欢的。

许希清楚，到了这个年纪，他们的婚姻，是共同利益体，很难离婚，尤其叔母又没有工作。

事情已经发生，再追究没有任何意义。但许希心里永远有一块瘤子，时不时痛一下，提醒她，叔叔有多对不起父亲。

至于她跟陈致……

应该算是，成了朋友？

下课经常有人来找陈致，如果他不在，就问她。

万圣节、平安夜、圣诞节，有形形色色的人给陈致送礼物。

她帮忙转交了许多，他桌上都堆不下了。

陈致的处理办法是，看一眼贺卡落款，男生的留下，女生的退回。

许希感到奇怪。

他解释说:"免得惹人误会,不能开这个头。"

平日没交集,不好平白无故收下礼物,哪怕只是平安果。收下,约等于接受心意。退回也是找人代转,免得尴尬。

次数多了,她们自然知道,下次不必再送。

许希又问:"可是,你、你收了我的。"

"不一样。"说话的时候,他正将一张明信片放回礼品袋,可眼睛是看着她的。

许希无端地,心头一跳。

每次和他讲完题,他就会漫不经心地挑眉看她,少年眼神清亮,像是没有情绪,又像是饱含意味。

还有,上体育课、做课间操,他站在后排,她有时回头,会猝不及防和他的视线对上。

哪里不一样?

她抿着唇,等他的下一句。

"我们是同桌,是朋友,不是吗?"

她愣了下,恍然,是自己多想了,低低地"嗯"了声。

陈致清开桌面,从桌洞里掏出一个包装好的苹果:"所以,你可以心安理得地收下它。"

"但我没、没给你准备……"

她的钱只够给唐黎买礼物。

他看着她说:"没关系,平安夜快乐,许希。"

她知道,他不单只送了她,可他是除了唐黎,唯一每个节日都送她礼物的人。

从这年的平安夜,一直到高考结束的那个七夕。

许希后来才意识到,不管是对他,还是对她而言,他们都不只是同桌、朋友。

十二月底,学校举办元旦晚会。

这是三中一年里,最盛大的活动。要表演节目的,早早便开始准备了。

操场临时搭了舞台,座位也已按班级、年级划分了区域。当天免去晚自习,大家陆续进场。

许希坐在最后一排,刚坐下没一会儿,耳边响起一道声音:"我可以坐这里吗?"

是班里一个同样不大起眼的女生,叫蔡心怡。

蔡心怡皮肤黝黑,有些胖,戴着一副黑色厚框眼镜,说话怯怯的。

她高二才从文科班转来,许希与她并不熟,具体点说,在此之前,说过的话不超过五句。

许希轻点了下头。

同样内向的两个女孩坐到一起,长时间沉默无言,也没人感到尴尬。

直到许希的后领被人扯了下。

她回头。

"我在前排给你留了位置,你怎么坐这儿?"陈致蹲在后面,两手搭在膝盖上,上半身向前倾,好方便和她说话。

这么一来,两人的脸便离得很近,她几乎感受得到他说话时吐出的气息。

"啊?没、没关系,这儿挺、挺好的。"

幸好光线暗,他看不出她的窘迫。

陈致腿长,轻松跨过靠椅,坐到许希另一边的空位上,还往她怀里丢了一袋零食。

"给你。"

"好多……"

她吃过晚饭了,根本吃不下太多东西。

他扬了扬声:"蔡心怡同学,一起吃啊。"

蔡心怡突然被叫到名字,反应慢了半拍,正想道谢,他已经转回头,看向操场中央的舞台了。

许希翻着塑料袋,窸窸窣窣地响。

他听着,莫名觉得像夜晚老鼠偷吃,心里不禁发笑。

她给蔡心怡分了几包,自己拆了包薯片,听到他问:"好吃吗?"

"还、还可以,你吃吗?"

陈致没作声,她误以为音响声音盖过她的,便往他那儿递,哪想他也伸出手,碰了个正着。

他的手撞到她的。

她体质不太好,一到冬天手脚容易凉得像冰块,但他的手是热的,触感很明显,那块皮肤甚至隐隐有些被烫到。

许希蜷了蜷手指,刻意避开。

他注意到了,拿走两片,若无其事地问:"很冷吗?"

"有点……"

"袋子里有暖宝宝,你找找。"

"是吗?"

乱七八糟的零食太多了,看不清,她找不到。

陈致探头过去,东西是他买的,熟悉位置,很快拿出来,撕开两个,各对叠了一下,说:"揣兜里暖手。"

"好,谢谢。"

他笑了:"你怎么总是两个字两个字地往外蹦?"

许希说:"可是,我也、也不知道,说、说什么。"

"随便说,多说一点。之前你和我讲题的时候,不是好些了吗?"

主持人上台后，杨靖宇才发现陈致人不见了，回头找，发现他坐在最后，便走过去。

甫一走近，杨靖宇便看到他嘴角扬着，偏着头，在和旁边的女孩子讲话，端的是一副主动倾听的姿态。

怎么感觉……他不太对劲？

从杨靖宇的角度来看陈致，会觉得，他这人有点傲。不管从哪方面的条件来说，陈致在同龄人里，都算得上天之骄子，自然有"傲"的资本。但熟悉他的人都知道，他不是那种高高在上的。

他对任何人，都一视同仁。换种说法就是，他没有青眼相待过谁。不是傲得以为自己是稀世美玉，不屑与他们这类青瓦石砾为伍，单纯只是，独自为营。

大家私下里讨论过，陈致会欣赏哪样的女生，不外乎堆砌一些夸张、完美的词汇，漂亮、聪明、能歌善舞……

枯燥的高中生活，八卦是难得能消遣的事。庸俗也好，高雅也罢，猜了个遍。

没人猜到许希头上去。

许希虽不算丑，但不经打理的秀气长相，怎么看都是普通又平庸。

家庭那些，更不用提了。

有时候，一个缺点会遮掩许多个优点。

她的结巴，容易让他们忘记，或是刻意忽略，她本身是个很好的女生。

杨靖宇当时停在那儿，思忖两秒，计算着，"陈致欣赏许希"这件事的概率大小。

至少，单论他们是同桌这点，也不会为零。

看来，陈致买那袋子东西，特意提前赶来占座位，都是为了许希。

可能性直接飙到百分之五十。

杨靖宇决定退回去，把那两个占着的顶好的观看位置腾出来。

后方。

许希推了推陈致的胳膊："要、要开始了，看节目。"

陈致兴致缺缺，身体向后靠，手揣在兜里，随意地看着台上。

他们的位置离得太远，完全看不清人脸，不过是看个热闹气氛，听个响。

第二个是歌舞类的节目。

是秦伊和几个外班的女孩子凑成的。

口袋里的手握着暖宝宝，手心微微出了汗，许希的心思逐渐飘远。

小时候过年，家里来亲戚，南方冬天没暖气，大家围着取暖炉聊天，桌上摆着瓜果、零食，电视里是重播的春晚。爸妈叫她展示从学校学的花样，她一点不怕羞，翘着兰花指，边扭边唱，怪模怪样的，逗他们笑个不停。

那时确实很小，有爸妈宠着，生活无忧。

现在她哪还敢。

台上的节目,有色有声,缤纷夺目,可许希看不进去。

旁边的蔡心怡像是终于憋不住了,轻轻碰了下许希,说:"你可以陪我去下厕所吗?那边有点黑。"

最近的厕所在体育馆,树多叶茂,灯光不太照得进,是挺黑的。

许希知会陈致一声,和蔡心怡一起离席。

操场的音乐声隐隐传来,越发衬得这条路黑暗、阴森。

蔡心怡忽然开口:"你和陈致关系很好吗?"

许希反应过来,说:"还、还可以吧。"

"我其实……挺羡慕你的。"蔡心怡微低着头,"老师喜欢你,成绩也好,连陈致也爱和你玩。你比我强多了。"

许希惊讶不已。

居然有人因为这些羡慕她?

"可、可是,我说话结、结巴。"

"之前分座位,我想和你做同桌,但是被抢先了。下学期换位置,我能跟你坐吗?"

许希不知道怎么回答。

比起长辈、异性的赞赏,不熟悉的同龄女生的认可,似乎更令人感动。

"嗯……我、我说不好。"

蔡心怡笑笑:"没关系,坐你前面也可以。"

体育馆到了,里面有感应灯。

蔡心怡问:"你上吗?"

许希摇头:"我帮你守、守在门口吧。"

蔡心怡便自己进去了。

许希站在体育馆外,拢了拢外套,好冷。

风一阵阵地吹着,月亮被云遮住大半,光线暗淡,照得树影朦胧不清,瑟瑟晃动着。

她忽地看见小路尽头处有一道身影,脸看不清,心里"咯噔"一下。虽然理智告诉她,那是人,但她忍不住脑补一些恐怖画面,自己吓自己。

在害死猫的好奇心的驱使下,她慢慢走近,发现那人站着不动,因为有另一个人追上了他。

恰巧,到了下个节目搬道具上台的时间,周围一片安静。

许希隐约听见说话声,是秦伊和陈致。

再走近一点,声音便清晰了。

秦伊仍旧穿着舞台服,带着亮片的鱼尾裙,抹胸款,露出肩膀,裙摆是薄纱材质,长得拖地。

美则美矣,却毫不保暖,她也没披外套,看着就替她冷。

"……刚刚我下台,就看见你往这边走来。正好,我有话想跟你说。"

"你说就是。"

言下之意是,不用拐弯抹角。

陈致语气并不差,但给许希的感觉就是,他不耐烦听。

也许秦伊没意识到,她继续说下去:"你刚转来我们班的时候,我就经常注意你,后来你打球,我也去看了……"

秦伊似乎有点紧张,有些语无伦次。

许希愣住了,下意识地想往后退。

要是被秦伊发现她在偷听,估计会生气吧。

虽然她不是故意的……

台上开始表演相声了,自编自导的,与学校生活相关的话题,像模像样的,台下观众不断"哈哈"大笑。

许希听不到他们的声音了。

她轻手轻脚地退回体育馆门口,蔡心怡已经出来了。

她看见许希就说:"吓死我了,我还以为你走了。"

"没,就随便走、走了下。"

"那我们回去吧。"

他们聊完了吗?

实在太暗,又被树遮挡,她无法确定他们走了没,于是对蔡心怡说:"我们换、换条路走吧。"

换路的话,得绕很大一圈,但蔡心怡无可无不可,点头:"好。"

一路上,许希有点心不在焉。

秦伊长得漂亮,身材好,唱歌也好听,在班里班外都吃得开,从来不缺玩伴,其中不乏异性。

那陈致呢?

会交秦伊这个朋友吗?

秦伊不喜欢她,如果陈致答应,那么她的处境便会很尴尬。

可仅仅是在担心这个走向吗?

许希好像看不清自己的想法,就像这夜色,朦朦胧胧。

第三章

唯一共同拥有的夏天

许希回到观众席，发现陈致坐在位置上，低着头在专心折什么。

她和蔡心怡坐下，他随手将手里的东西递给她。

她勉强看清，是用大白兔奶糖的纸撕成正方形后，折的千纸鹤，很小一只。

光线这么暗，他怎么折的……

她拿得小心，不敢用力，怕捏变形，问道："你刚刚，是一、一直在这儿吗？"

"我看到你了。"

许希本想试探一下，结果被短短几个字噎回去了。

"我跟着你过去的，"他又剥了颗糖，示意她拿走，问，"秦伊说的，你都听见了？"

"一、一点点。"

陈致说："听到哪儿？"

为什么还问这个？

许希低下头没说话。

他当时百无聊赖，索性送她们一程，虽然是在学校，不会发生什么事。后来，他看见她走过来，却不知她什么时候离开的，再去寻她，发现她们绕远路走了。

陈致偏头，靠近了一点，肩膀和膝盖几乎抵着她的，眼睛从上方垂着看她。他一开口，尽是奶糖的香气："你不想知道，我回答了什么吗？"

"这是你、你自己的事。"

糖很硬，在温热的口腔和唾液间缓慢融化，一股浓郁的奶味。

她后知后觉地意识到，他好像很喜欢投喂她，用各种甜食，糖、蛋糕、巧克力……是怕她像之前一样，犯低血糖吗？

怕其他人听见，两人压低了声音，这么凑在一起，像咬耳朵，窃窃私语。

他说："我告诉她，我这个人，除了皮相，没什么值得欣赏的。"

"怎、怎么会……"

这句话从他口里说出来，太过违和。

"我应该没给其他任何人错觉，我会对她们有兴趣。"他笑了声，"除开这些，她们又欣赏我什么？"

什么叫"其他"？

许希是好学生，阅读理解是她的擅长领域，不免分析起他的话。

那不就意味着，有例外吗？

"如、如果是你，你会欣、欣赏哪样的？"

"我？"陈致沉吟两秒，忽地拍了一下她的脑袋，笑说，"许希同学，你也这么八卦吗？"

他用了力，许希"嗷"地痛呼，捂住被打的地方，轻声说："随、随便问问。"

"等高考后吧，"他坐直了，"到时我告诉你，现在你要专心学习，别想那么多。"

他的气息撤走，带来的压制随即消失，她呼吸略微一松。

这之后，陈致便没和许希搭话了，安静地看晚会。

许希玩着那只纸鹤。

鹤鸣于九皋，声闻于野。

比起鹰的寓意，她更喜欢鹤。古人写鹤，总写它清雅高洁，忠贞不渝。

舍不得扔，晚会结束离场时，她揣进兜里。

一片乱糟糟间，陈致被人拉去讲话了，换了衣服的秦伊远远地看着他，眼中情绪不明。

许希想到他最后一句话，觉得怪。

他欣赏谁，为什么要高考后才告诉她？又为什么不让她多想？

就好像，是在安她的心一样。

三中元旦节只放一天假。

不少人约着跨年那晚聚会，唐黎也邀请许希了，但她出不去。叔母不让她一个女孩子玩太晚。

那年头禁烟不严格，有很多人在外面放烟花。

无奈这一片老城区居民楼建得又密又矮，十分遮挡视线，她只能听个响。

叔母在客厅看电视，看累了就去睡觉了。叔叔在外面打牌尚未回家，许凌八成是窝在房间里打游戏。

房里没空调，许希冻得手僵，写完两张试卷，拿起手机。

还不到零点，班级QQ群已经热闹起来了。

许希一直潜水，没发过言，看到有人艾特她，她才点进去，一直往前翻，翻到源头。

陈致发了个红包，说新年快乐。红包数量不多，但金额大，很快抢没了。

杨靖宇说：你同桌没抢到。

他的消息被淹没在一众感谢的消息里，没人注意。

过了几分钟，陈致发了个专属红包。

仅限许希领取。

陈致说：给我同桌的。

一群人抱着凑热闹的心情，艾特许希，说：陈致同桌快领。

往下跟了十几条一模一样的消息。

许希始终没出现，他们兴趣又转移了，聊起其他的话题。

许希没领，点开陈致的头像，进入个人主页。

那年头，玩QQ的基本上是年轻人，中学生大多都用网图当头像，昵称也一股中二、非主流风。

陈致的不是，他的昵称就是简单的"X"，头像则是一个彩色水笔画的橙子——笔触细致，画得栩栩如生。但受限于绘图工具，仍透出一种潦草感。

和他本人给人的感觉十分违和。

只有许希知道，那是她画的。

心毫无征兆地在胸腔内鼓噪不安，"怦怦"直跳，她险些以为，是屋外的烟花炸开了。她情不自禁地会去猜，他的用意是什么，还有一种难以言喻的被重视感。

对待礼物的态度，在一定程度上，等同于对待送礼人的态度。

明明那么拿不出手的东西，他却拍下来，换作头像。

许希的手指悬在手机屏幕上，良久，点了添加好友申请。

他很快通过。

X：红包怎么不领？

嘘：拿着没用。

她没绑银行卡，账号里的钱只能用来充游戏、会员什么的，可她平时也不太玩QQ。

X：领了吧，也不多。

X：算给我个面子？别人都领了。

许希只好领了。

他说不多，结果是一百四十八元。

这个数字很奇怪，谐音寓意还不好……

嘘：你不是在骂我吧？

X：我掐指一算，下次考试，你数学能考148，提前恭喜。

许希"噗"地笑了。

X：元旦有安排吗？

嘘：嗯，应该就是复习，写作业。

不出他意料，总是学习。

此时，陈致正半倚着床头，下半身在被窝里。

原本他打算睡了，手机进来新消息，嘀的一声，好巧不巧，他瞥了一眼。

好友验证消息就四个字：我是许希。

这的确是她的风格。

于是，他又坐起来，捧着手机和她聊。

X：明天张阿姨回家，我一个人在家，你来帮我补下课成吗？

嘘：啊？

X：包吃包路费。

X：学累了的话，可以看电影。

他这么一个个诱饵抛出来，跟钓鱼似的。

嘘：你好像诱拐小孩的怪叔叔……

陈致发了个尴尬的表情包过来。

嘘：好吧。几点？

X：都行，看你方便。

正聊着，突然响起几道震耳欲聋的爆破声。不远处传来的，不知哪家开始放烟花了。

许希分了下神，目光再转向聊天界面，看见他发来一条：方便接电话吗？

嘘：嗯。

过了两秒，他拨来。

她抿了抿唇，才接通。

听筒靠近耳朵，陈致久久没有开口，耳边只有接连不断的烟花声。

许希疑惑，可又没断线，她忍不住问："你……不说、说话吗？"

明明是他说要打电话的。

房子隔音差，她刻意压低了声音，也不知他听不听得见。

"新年快乐，许希。"陈致笑着，又说，"我是不是第一个？"

一看时间，恰好是零点整。所以，他是为了卡点，亲口跟她说新年快乐，才故意等着吗？

许希手指不自觉地抠着桌面，小声说："本、本来，就没、没人跟我说。"

她没加几个同班同学,连群发都收不到几条。

陈致"哦"了声,换了种说法:"那你是我第一个。"

"干、干吗说得这么……"

"这么什么?"他反问,"第一个送新年祝福的,有什么问题吗?"

"没有。"

"明天早点来?"

不是说随便吗?她没问,只轻轻埋怨他:"好不容易放假,你、你还压榨我。"

陈致还是笑,过了变声期的男声,更为低沉,萦绕盘旋在耳畔。

他说:"晚安。"

次日早晨,天气阴,北风阵阵,到了八九点,外面还是灰沉沉的。

许希按响门铃,迟迟不见人来应门,有些后悔,干吗听他的,一大清早过来。

她犹豫着要不要打个电话给陈致,门开了。

他穿着一身浅色家居服,肩上搭着一条白色毛巾,短发往下滴着水。

"不好意思,刚刚在洗澡,没想到你这么早就到了。"他弯腰从鞋柜里拿出一双拖鞋,"进来吧。"

"怎么早、早上洗?"

"上次你来,我那副样子,估计挺难看的。"

她摇头。不会,毕竟脸生得好。

她背着书包,跟他上楼,他说:"旁边那间是我的书房,你等我一下,我很快好。"

"好。"

她没想到,他卧室那么大,还有间单独的书房。书房陈设比卧室简单得多,只有一个书架、一张书桌和一张靠窗的布艺沙发,以及一张小桌几。

书架上塞满了书,乱七八糟的类型都有,上及天文,下及地理,甚至还有金融、社会学方面的,丰富得堪比书店。但看起来,似乎没怎么被翻开过。

许希没动屋里的任何东西,坐下来,拿出卷子开始做。

整栋房子都开着暖气,许希写了一会儿,便嫌热,脱了外套。

陈致吹干头发,另换了身衣服,进书房时,就见她穿着件乳白色高领厚毛衣,伏案写题,也许是因为静电,头顶有几根头发翘起来了,她还浑然不知。

有几分……憨态。

他无声地笑了笑,走过去,放下书,拉开椅子,在她旁边坐下:"今天怎么安排?"

许希觉得,以他的领悟能力,并不需要专门找人补课,但见他一副认真恳的样子,便拿来他的书,数理化生,每科都用铅笔圈了几道不同的经典题型,叫他写。

"实在不会的,再、再问我。"

陈致应好。

一个小时后，他叫她检查。

她看完，再讲解。像她这种踏实又勤奋的学生，学习基础扎实，了解高频考点，熟悉归纳总结，讲题也是条分缕析、逻辑分明的。

而且，她完全不藏私，有什么就教给他什么。

跟着她学，思路会很清晰。

快到饭点，陈致问她想吃什么，他点外卖。

那会儿外卖平台远不如十年后发达，能点的有限。她看了看，问："你、你不会做饭吗？"

他理所应当地说不会。

也是，他家有用人，哪用得着他学。

许希想说，要不她来吧，他又说："煮水饺还是可以。"

没想到的是，陈大少爷这也能翻车。

放的水少，开大火煮过头了，搅和得破了好些个，皮馅分离。

他逞强失败，自我找补："没事，能吃。"

有的吃就不错了，许希也不挑，十分捧场地吃完了。

吃饱了，人容易犯困，不适宜马上学习，两人便有一搭没一搭地聊天。

许希看着书架，问："你都看、看过吗？"

"没，他们觉得，学生得多阅读，拓宽知识面，一股脑买回来，也不管我感不感兴趣。"陈致随意抽出几本，"想看的话，你可以带走。"

她缓缓摇头："我只、只是挺羡慕你的。"

什么都不缺，应有尽有。

"小时候犯错，被关在书房，逼得我什么也干不了，只能看书。"他又将书放回去，"人总是有逆反心理的，越这样，我越不想看。"

除了看书，什么都觉得有趣。他还干过把书撕了，用来折纸的事。

陈致指着某一处地板："有一次，我躺那儿，睡了一晚。"

除了上厕所、吃饭，整天待在书房里，睡也睡在这儿。因为顶撞了父母，没得到他们的原谅。

他走到窗边，推开窗向下望，那是一丛茂密的灌木。他半开玩笑半自嘲地道："我甚至认真盘算过，要怎么从这里跳下去才能不摔伤自己。"

许希微吸一口凉气，没作声。

"当你成为一只笼中的鸟时，反而会羡慕贫瘠草原上自由自在的兔子。"

人一生诸事顺意，那是极小极小概率的事，只能是神话、传奇，现实里并不存在。

活在这个世上，永远有各种枷锁束缚你。

原生家庭、生活、学习、将来的事业、需要承担的社会责任，还有预料不到的变故、灾祸。绝大多数人，哪怕是其他人眼中的天之骄子陈致，都得被动接受。

陈致转过身，逆着光看向她时，神色变得郑重。

"许希，你不必羡慕任何人。苦难是一重重山，你应该羡慕自己，有攀登、翻越的勇气和毅力。"

那天，他看见她脸上的巴掌印时，很想问她，疼不疼。

他无从得知，她具体遭遇了什么，但他知道，她从来没松懈过那股向上的劲头。

闻言，她呼吸一滞。

沉默片刻，许希问："那、那你呢？你没有吗？"

"我啊？"

陈致的眼底忽地漾开浓重笑意，沉吟着思考，似有很长的回答，却就此没了下文。

下午又学了很久，陈致问她想不想看电影，放松一下。

许希正好觉得脖子酸，说好。

他家里有一间影音室，挑了部电影，插光盘投影播放。

灯光暗下来，少男少女独处的封闭空间，本极容易滋生暧昧，结果片头刚播过去不久，由于环境太暖和舒适，她又学累了，居然睡着了。

若不是陈致偏头，想问她喝不喝饮料，还没发现。

她两只手交叠着，搭在腿上，头歪到一边，胸口小幅度地起伏着，唇微微张着，呼吸匀长。

陈致干脆静了音，轻手轻脚出门，找了条毛毯，轻轻地替她盖上。

她睡得很死，没有察觉。

我啊……

陈致垂眸看着她，光映着他的侧脸，一阵亮，一阵暗，他在心里回答她之前的那个问题。

我想要努力，向你靠近。

如果可以，他想陪着她，一起奔向那或许没有尽头的未来。

许希醒来，发现自己不知何时靠着他时，立马坐直，感到抱歉。

"不、不好意思，你肩膀……"

"没事。"陈致小幅度地活络着肌肉，看见她往旁边挪了挪，被沙发扶手挡住，才没动了。

电影已经播了一大半了，前一半她差不多是睡过去的。

她生硬地转移话题:"中间讲、讲了什么?"

他大概讲了下,又补了句:"其实没看到也好,不怎么好看。"

她讷讷地"哦"了一声。

在她睡着的这段时间,男女主有一段大尺度戏码,他们这个年纪,正处于一知半解的阶段,做不到坦然,又是异性,一起看太尴尬。

沉默如一滴墨在水中晕开。

音响声很逼真,不比电影院的差,身边的细碎动静,按理是听不见的,但也许是心不静的缘故,她总能听到衣料摩擦的窸窣声。

许希偷偷瞥了眼陈致。

他的坐姿一如既往地不太端正,上半身向一侧靠着,一只手支着脑袋,腿则架着。这么坐一会儿,又似觉得不舒服,他直起腰,但仍是散漫的状态。

不知道是不是她的错觉,她感觉他有些心神不定。

变幻的光影打在他脸上,莫名地让她想起一句陆游的诗——灯火昏昏夜向阑。

不记得是在哪儿看到的了,可能是练习册页角印的拓展阅读。

他给人的感觉,就像是夜阑深处,青石板路铺就的巷子里,缓缓走出的一个背对万家灯火的白净落拓的公子哥。

明明有贵气,却毫无张扬奢靡的习性,甚至有些颓丧。

偷看点到即止。

在他发觉前,许希立马转开了视线。

陈致的余光也在注意她。

今天之前,他就清楚自己是什么心思了,但现在不是好时机。

高考之后,他会告诉她,他心里的想法。

只要有耐心和恒心总会有结果的,他也只要抱着这样的信念静候就好。

他们分坐两端,一个没心思看,一个没兴趣看,都在走神。因为陈致的疏忽,连零食也没准备,难以打发的时间,开始变得难熬。

总之,这是一场十分失败的"私人电影趴"。

陈致问:"你还想继续看吗?"

从中间开始看也没什么意思,许希摇头。

那天下午,他们很干巴、很高效地写完作业,连一句废话都没说。像是一种默契,不约而同地三缄其口,以免独处之时,再发生什么偏离正常轨道的事。

后来,天色也渐渐暗下来了,陈致打车送她回家。

许希原本拒绝了,他说他正好出去吃点东西,顺路。

谁顺路顺得这么远？但她也没再坚持，不然他还会找其他借口。

"就、就到这儿吧。"隔两条马路，她便停下来了，担心被叔母他们看见，"拜拜。"

陈致止步。

路灯照得他脚下影子很长，眼底映着夜色，他声线低沉："明天见。"

似乎毋庸置疑，在所有的期许里，"明天见"是最不需要努力，最容易实现的。

这方面许希比较迟钝，她同样回了句明天见，所以，见他笑时，有些不解。但她没多想，免得心跳又乱了，立即转身走了。

陈致晃了一圈，才折回家，远远地看见车库处射出一道远光灯。

他说在家写作业，放了陈叔一天假，那么，那辆车属于谁，就不言而喻了。

幼时的他，曾对父母产生过埋怨情绪：为什么总忙于事业，挣那永远挣不完的钱，一年到头也回不了几次家。

现在，他又宁愿不见，也好过一见面，彼此不是冷淡，就是争吵。

陈母已经进了屋，坐在沙发上等他。而车亮着灯，是陈父准备走了。

"你刚刚去哪儿了？"习惯性的开场白，总是带着质问的语气，不知道的还以为他是她的属下。父亲比她，则有过之而无不及。

陈致拖着步子，走到一边坐下，淡淡地道："吃饭而已。"

"老陈说你最近成绩进步了不少，是因为同桌的辅导有效？"

司机陈叔虽姓陈，实际与陈家没半分血缘关系，他是早年受了陈母的恩，才为她做事——陈致年纪长些后，也听过母亲与他的绯闻，无非你情我愿，却被棒打鸳鸯之类的悲剧爱情故事，但无从求证。

这消息，陈母自然是从袁老师那儿得到的。

陈致没什么可否认的，于是应了声是。

"是女孩子？"

他掀起眼皮看她，神色岿然不动："这重要吗？"

陈母正色道："对一个处于青春期的男生不重要，但对该男生的母亲来说很重要。希望你有点分寸，不要做出格的事。不然既耽误你自己和她，也丢我们的脸。"

一道刺眼的白光穿透玻璃，划过陈致的眼前。

陈父开着车离开了，光很快消失。

距离父子俩上次见面，已经过了几个月了。当时，陈父是为了处理陈致转学的事才特意赶回来的。

陈致一直搞不懂，他们对他的不信任感从何而来。

或者，是他们的经验告诉他们，十几岁的男生，普遍会做一些令家长头疼的事，譬如打架斗殴，譬如早恋。又或者，是他们的掌控欲，不允许未成才的他，出现任何腐烂的迹象。

与母亲辩论没有意义。

在某些传统观念里，作为儿子，替自己争取利益，极有可能被判为顶撞父母，乃至不孝。

他索性遂了她的心愿，向她保证："我和她就是纯同学关系，不会越过这条线，您放心吧。"

陈母表情略松，说："原本打算陪你过元旦的，有事耽误了，这么晚才到家。你有什么想要的吗？"

"我什么也不缺。"

"鞋、衣服、模型、游戏机？"她挨个试探。

不过是一种延迟补偿，类似于打个巴掌再给颗甜枣。

陈致忽然问："公司是不是出现危机了？"

陈母脸上僵了一下，转而遮掩过去，说："你不用操心这些，安心学习就够了。"

又是这老一套的腔调。

陈致语气讽刺："难不成，要等家里破产，都流落街头了，我才来问还吃不吃得起饭吗？"

"别胡说！"陈母语调陡然变高，"说什么晦气话，你是巴不得你爸妈不好过吗？"

尽管母亲不肯承认，但他也听出一个事实——他们碰到坎了。

也有可能，他们跨不过去。

陈母似也意识到失态，吐出一口气，从钱夹里抽出一叠崭新钞票，递给他："之前你生日，爸妈也没陪你，拿着当零花吧。"

他收下，起身，说："明天还要上课，我先回房间睡了。"

哪个高中生会不到九点就睡觉？

他们一家三口的关系畸形别扭已久，陈母听出搪塞敷衍之意，却也没点破他，对着他的背影说了声"晚安"。

第二天早上，母子俩难得同桌吃了顿早餐。

但陈母忙着看资料、接电话，餐碟中的食物几乎没动，也不知道陈致什么时候背着书包走的。

看着车窗外倒退的风景，陈致忽地又觉得，还是和许希待在一块自在。坦诚地说，他学习，不是为了所谓的未来、前途，他没有她那样坚定的理想目标，只是觉得，和她朝同一个方向前进，是件不错的事。而且，她那么热爱学习，估计也不会喜欢跟成绩太差的人交朋友。

陈致送了许希一把小木槌，告诉她，如果他上课犯困，或者走神，尽管拿来敲他。

她尽职尽责。

表面上,许希成了袁老师监督陈致学习的助手,实际呢,到了高三,他们成绩已经相差无几了。

这一年里,换了无数次座位,他们俩从同桌,变成前后桌,而许希的新同桌是蔡心怡。

或许是袁老师也觉得,男女生同桌太长时间,容易产生不该有的情愫。

但陈致的进步是实打实的,袁老师倒没有强硬地把他们分开,只是三番两次地在班里讲:高考为重,切勿早恋。

关于他们的流言,也从来没停过——

操场中间是足球场,有球向许希飞去,陈致伸手替她拦下;她身体不舒服(估计是生理期),他拿她的保温瓶给她打热水;有人在背后针对她的结巴,说了几句不好听的话,他出面维护她……

数不胜数。

虽然当事人没承认,但也没澄清过啊。

其实是有澄清的,陈致对杨靖宇他们,许希对蔡心怡她们,统一的说法是:他们只是普通朋友。

奈何不如谣言的力量大,传播不开。如此一来,有相当一部分人默认,许希是陈致罩的人。所以,到了后面,也没谁闲得再找她的麻烦。

包括秦伊。

秦伊无法理解,两个在所有人眼里天壤之别的人,是怎么走到一起的。但后来,让她心里稍感平衡的是,她听到陈致亲口跟杨靖宇说,他对许希没有男女之间的那种喜欢之情。

语气之笃定,之斩钉截铁,叫人无法怀疑。

她就说嘛,他怎么会看得上许希。

她也自嘲,她为什么要嫉妒许希。

到了高三下学期,许希更加专注于学习,无暇去顾及那些无关痛痒的论调。

大概只有陈致察觉得到,她身上存在着一种,即将挣脱牢笼的快活,以及不敢有丝毫松懈的紧迫。

那一年的春风,来得格外地晚。

到了二月底,仍是冰冻天气,树枝、叶尖、屋檐……随处可见一根一根的冰挂。

再过一周,出了太阳,冰雪消融,高三第一次模考也出了成绩和排名。

这次是联考,除了阳溪,还有多省市多校一起,题目出得难,似乎要给他们一个下马威。

有人崩溃，有人逆风翻盘，许希看着成绩单，内心平静。

自高三以来，她在班级排名波动不大了，基本稳固在前五，再差也不会跌出前十。

那段时间，有一部分同学准备出国留学，或者特招、竞赛之类的，她没有别的途径，唯有高考。她也不期望突然飞升，保持不退步，就十分了不起了。

高三生在家里大多被当成宝，而她得到的唯一特殊待遇，就只是少干些家务活。

叔叔夹枪带棒地说，快高考了又不是断手断脚了，还是说要进京当皇帝了，有什么做不得的？还是叔母心软，她有时见许希做事，会把许希赶回房间学习。

距离高考越来越近，试卷、习题越来越多，放学的时间越来越晚。

许希回家有一段路没有路灯，很黑，周围商铺也少，到了深夜，人烟稀少。

有一回，她感觉背后有人，回头一看，是个中年男人。她攥紧书包带，心跳躁动不安，慌乱地想着有什么能防身的，同时加快了步子。

后来，那人没跟上来，大抵只是恰好同路，却给她留下了心理阴影。

许希纠结犹豫了很久，才向许凌开口，问他能不能晚上来接她一段路。

许凌在打游戏，战局正酣，分不开神，口头敷衍道："咋的，你做亏心事了，怕鬼来敲门啊？"

她也想不明白。

为什么老实本分、一心学习的女生，要提心吊胆，害怕夜晚遭受侵犯呢？

一则则新闻闪过脑海，许希仍是低声恳求："就一小段，不、不会耽误你，很、很多时间的。"

许凌不耐烦："之前不是有个男生送你回来吗？你找他呗。"

许希愣了一会儿，才反应过来。

他说的是陈致。

"不、不是你想的那样，我跟他就是普、普通同学而已。"

"行了行了，再说吧。"

话已至此，许希知道，许凌这里行不通了，叔叔、叔母那边也没戏。

不加班的时候，叔叔通常在打牌，如非事态紧急，旁人是没法把他叫离牌桌的。

一入春，气候变得潮湿，叔母总说身体不舒服，睡得很早。

她谁也靠不了。

陈致？

自那次元旦之后，他再找她补课，会给她一笔报酬，说亲兄弟也要明算账，这是她应得的。是不是按市场价她不知道，但对她来说，已经十分丰厚。一沓红钞票拿在手里的感觉，分外不真实，沉得像肩上的书包和压得她醒不来的梦魇。

就是因为钱,叔叔和叔母经常吵架,她也只能依附于他们。为免被叔叔他们发现,她把钱存在唐黎那儿。这是她留给自己的退路。

一年里,陈致的成绩以肉眼可见的速度提升,而他们之间的距离,也越来越远。

她感觉到的暧昧,不过是她一时的错觉。他只把她当朋友。

到了高三,进入总复习阶段,他反倒是青出于蓝而胜于蓝,两人之间的交集由此逐渐减少。

她怎么可能开得了口,请他送她。

许希咬咬牙,在书包里备了一把美工刀,兜里揣一支钢笔,用以防身。其实她心知肚明,真碰上危险了,这些大概率不管用,也就是图个心理安慰。

这天下了晚自习,快进入那条小路时,她远远地注意到墙边暗处倚着一个人。

看身形,还是个男的。

她的脚步蓦地停下。

路就那么宽,绕又绕不开,也不知道他什么时候走。如果他是蹲她的,更不会走了。

她悄然攥紧了校服口袋里的钢笔,手心有汗,是因为紧张。

她挪着又轻又快的小步子,即将经过那人时,猝不及防地听到他开口:"等你老半天了,怎么这么晚?"

不耐烦的年轻男生声音,显然是许凌的。

许希心头一松,辩解说:"本、本来就是这、这么晚才放学。"

许凌两手插兜,直起身,瞥了她一眼,没说什么,径直走在前面,吊儿郎当的。

男生到了这个年纪依然会长个子,许凌现在快到一米八了,他吃得多,动得少,长得很壮,但莫名能给人安全感。

她亦步亦趋,说:"你、你不是说、说不接我吗?"

许凌说:"我妈昨天听见了,不是她让我来,我才懒得来。"

她愣了一下,转而想到,可能叔母是盼她考个好成绩,给他们脸上增光。

当然,也可能是单纯关心她的安危。

那个年头的小城市,治安并不太好,时有偷盗、扒窃之类的事发生,再往前推八年十年的,还有黑社会横行霸道。

一个女生独自走夜路,很容易被心怀歹意的人盯上。

"那也谢、谢谢你。"

许凌捋了把头发,被她的认真语气搞得有点不好意思:"你最后这几个月好好学就是了。"

"嗯……"她又问,"你,你是不是交、交新朋友了?"

他吓了一跳:"你怎么知道?"

"猜的。"她指着他腕上的红手绳，挂着一个银色小挂饰，他素来瞧不上这种玩意儿，突然戴，可能是应谁的要求。

"读书好的人，脑子就是好使。"他嘀咕。

许凌这人粗心，不会藏秘密，叔母爱唠叨，但不干涉他隐私，不然他闹起来很凶。

她很多时候知道他撒谎，欺骗父母，只是不说而已。

"我不、不会告诉叔、叔母的。"

他慢半拍地反应过来，眼一眯："你威胁我？"

许希抿唇，眼底泛起一丝狡黠。

"行啊，我看错你了，以为你老实，还算计我。"

她说："别没、没大没小，我、我是你姐。"

"才大几天啊。"许凌不想承认，也一直连名带姓地叫她。

她难得争辩："那、那也大。"

"服了你了，条件是什么？"

很简单，接她就好。

约莫是正值叛逆期的缘故，他有时说话做事挺讨人厌，但比起叔叔，他对许希还算不错。嘴上虽然抱怨不已，但那几个月，他还是每天接许希一段路。

时间很快到了五月底。

公告栏上贴的，还是最后一次模考里，年级单科前三的照片。高三学生每次路过都能看见。

这是许希第一次，也是最后一次上榜。

她是理科数学第三，隔着几排，理综第一是陈致。

人人胸口都挂着一朵大大的"状元花球"，表情各异，要么脖子僵硬，要么眼神空洞，唯独陈致不同。

不知道他怎么想的，竟然理了个寸头，唇线抿紧，也不笑，显得表情有些凶。

拍照时，他们是一起去的。

大家排队依次站在蓝布前，摄影师叫他们直视镜头，排到陈致时，摄影师说："小伙子，笑一笑呗。"

旁边有认识陈致的人调侃道："别人是耍帅，他是怕太帅了，惹得女生们不好好学习。"

连老师也笑了。

"算了算了，别耽误工夫了，拍吧。"

然后就留下了这么一张照片。

许希也没装模作样地笑。

她这时并没有即将自由飞向苍穹的激动,而是很淡然。

还有十天就要高考了。

放眼扫过教室,到处堆满了书、试卷,下课也少有人离开座位,都在埋头刷题;教室外,樟树长得郁郁葱葱,偶有麻雀啁啾,看得见的地方,无一不挂着助力高考的红色横幅。

这是属于十八岁的初夏。

后来回想,也是她和陈致唯一共同拥有的夏天。

距离高考还有六天,许希捡到了陈致的学生证。

校园卡上有姓名照片,大家几乎不用学生证,它会出现在校园超市的路边,八成是主人翻东西时被带出来的。

照片应该是他十六七岁时拍的,比现在还要白点、瘦点,没变的是他眼神的冷淡。

他刚转来时,就总是这样。

陈致应该还没走多远,也许可以追上他。但不知是什么想法驱动着她,她拈着留有钢印的相片一角,小心地、轻轻地揭下。

她像做贼一样,将那张小小的一寸证件照拢于掌心,尖锐的四角带来微微的刺痛感,仿佛提醒她:这是不光彩的。

第二天,他在座位上看到自己的学生证。至于他是什么表情,许希埋着头,藏起心虚的眼神,不敢抬头看。

陈致没有问是谁捡到的,反正快毕业了,也懒得追究照片到底是丢了,还是被偷了。

高考那两天,其实没什么特别的。

硬要说有什么不同,大概有两点,一是,叔叔状似无意地问了一句,考得怎么样。

许希说,还可以。

而另一点……不知道陈致从哪儿听来的她的考场,最后一场英语的收卷铃一响,就跑来堵她。

他是从另一栋楼跑过来的,额上出了汗,大口大口地喘气,似乎很急。旁边的人奇怪地看他一眼,又因为他的长相而多停留了一两秒。

许希有些茫然地看着他:"你……"

他匆匆打断她:"你明天有空吗?"

明天?

没人约她,于是她点头。

陈致笑了,眼睛在下午阳光的照映下,显得越发清亮:"我去你家找你。"

找我干什么?

还没来得及问出口，他先解释说："我有话跟你说。"

她于是点头，觉得好像对不起他的热情，又加了个"好"。

高考结束当天，陈致只是把她送到家，什么也没透露。

但可能，女生的第六感在那个时候起了作用，她的心跳加快了节奏。

她曾经觉得，等到某年某月，在某个街头再遇到陈致的话，她应该已经可以做到淡然一笑，以表示对过去的释怀。

但相亲失败后，被他叫"许希"的时候，她心里五味杂陈。

预先设想的平静，似乎不太管用。就像提前背好的考点，上考场便浑然忘记了。难以说明，究竟是惊讶更多，还是陌生感占上风。

面前的男人，相较十七八岁那会儿，气质已经完全不同了。

他一身质地考究、剪裁合身的休闲西装，搭白T恤、深色牛仔裤，腕上是一块石英机械表，深蓝色表盘，金属表带。五官更立体硬朗了，突出骨相的优越，眉眼之间，褪去少年的意气、稚气，尽是成熟内敛。

他依然矜贵，仿佛这些年，他从未落魄过一般。陈致依旧是那个天之骄子，众人望而不及的陈致。

但许年知道，不是的。

她定定地看着他半晌，他眼里的波澜已经悄然平息，取而代之的是摸不透的幽深。

陈致松开她的手腕，问："你改名了？"

许年"嗯"了声，手背到身后去，默默地转动了一下。

他是用了多大力？好痛。

"什么时候改的？难怪……"

我找不到你。

他话一出口，却变成一句貌似云淡风轻的话："刚刚叫你没反应。"

她说："前、前几年。"

"许年，"他听到她的相亲对象这么叫她，"是年岁的年？"

她低声："嗯。"

"许年。"陈致缓慢而清晰地念了一遍，似第一次接触这两个简单的字，在尝试熟悉。

他的声音也有了细微的变化，嗓音低沉，"年"像从他唇齿间碾出来的，有了黏湿沙砾的质感。

她的耳朵无端泛起一<u>丝丝</u>痒意。

彼此都心知肚明，他们本不是可以这么寒暄的老同学关系。

其实，到这里，该说"下次有机会再聚"了——成年人偶遇熟人一贯的流程。

但两人很有默契地都没提。

红灯跳绿，响起"请通行"的指挥音。

许年有些迟疑。陈致率先提步，她原本就往这边走，不好临时变卦，只好跟上。

过了马路，陈致才又开口："没交男朋友？"

她点头。

其他女生被前男友问，现在有没有男朋友，也会这样尴尬吗？

"怎么不交？没遇到合适的？"

"嗯……"

陈致略扬眉，语气含调侃之意："只有一个'嗯'回我吗？"

可她不知道说什么。

他似猜到她心中所想，说："随便说。"

许年正要回，突然觉得这样的对话万分熟悉，记忆如骤风，拔地而起，突然朝她袭来。

是那年元旦晚会，他和她一起坐在观众席最后一排，他鼓励她，说"随便说，多说点"。

她恍惚间，忘了作声。

陈致偏过头，目光落在她头顶小小的发旋上，转而又下滑，去捕捉她眼神的变化，说："你也可以问我。"

问他什么？

他回阳溪干什么？还是……这些年有没有交女朋友？

许年抿住唇，把探知欲堵回腹中，不咸不淡地说："你吃、吃饭了吗？"

典型的中国式问候法。快到饭点，问得理所应当。

本来，约在这个时间，是因为和那位杨先生有午饭之约，岂料闹得不欢而散。

想到那样的场面被陈致看见，她后知后觉地感到些许难堪。

如果有"早知道"，她一定不答应热情的邻居王大姐，加上男方微信，也不会因为他再三要求见面，去赴这场八成会黄的相亲局。

照他们的说法，过了二十五岁的女生，是很难去挑三拣四的了。

言下之意，她才是被挑的了。

何况她结巴。

在如今的社会，这点小毛病并不影响生活，可男人们总像在菜市场里抓住一点瑕疵，拼命和摊贩老板砍价的大妈。

许年厌恶极了那样的口吻和眼神。

她不想当论斤、论品相计价，到季节就大量上市的大白菜。

陈致应该是笑了一声，但当她下意识看去时，他嘴角分明无半分笑意。

他是笑她，技巧太差，话题转得太生硬，和当年一模一样的窘迫。但不是话当年的好时机，他便迅速敛起笑，正儿八经地讲："没有，就喝了杯咖啡。"

许年暗暗吐了口气，尽量自然地说："我、我请你吧。"

"行啊。"

陈致不假意客气推托，还"好心好意"地说："不用破费了，吃点家常菜就行。"

许年佯装听不懂，带他七弯八拐，去了一家隐藏在居民区里的小炒菜馆。

店铺面积不大，装潢简陋，只几套桌椅，甚至还在使用传统纸质菜单。

她将笔和菜单推到他面前，说："你、你点吧。"

陈致环视一圈，没什么太大反应，接过，笔在指尖转了两圈。

回忆总是猝不及防地扑人一脸灰尘，她想起，他每回写题思考时，就爱这么玩，笔掉了也不打断思路。

他随手勾画几道菜："你还是不吃蒜、姜、辣椒吗？"

是疑问句式，语气却像肯定。

她不挑食，只是吃不惯这些味重的调料，但看他点的，都是她偏爱的。

他不会知道她的口味十年如一，也不会是单纯碰巧，大概，是循着记忆，刻意如此。

想表达什么呢？

以此作为开头，缅怀一下过去吗？

抑或，试探她？

但他不说，她也不问。

——分手多年，对前任应有的态度。

事实上，许年以如今踏入社会几年的成年人角度，再去回想十八岁夏天的那场恋爱，多少觉得幼稚和青涩。

"久别重逢"这件事，她仍无法平常心处理。

可再看陈致，他好像泰然得多，仅有猝不及防抓住她手腕那一瞬间的失态。

他还能做到，起身替她去饮水机处，倒了杯不冷不烫的水。

"谢谢。"她及时收回漫天飞的思绪。

厨房传来炒菜声、碗碟碰撞声。

其实不该挑在这里的，烟火气太浓了。桌面有经年累月留下的油印，形成了一层光亮的膜。她看着角落的一条裂缝，看似出神发怔，实际是为躲陈致的目光。

她觉得他的目光里有一种她难以直视的东西，说不上来是什么。但在听见他说"我还以为你不会回阳溪"时，她不得已，抬起了头。

许年答得简洁而含糊："家、家里有事。"

他了然地点点头,没深究下去。

她一贯不爱和旁人诉说她家里的困难,说是逞强也好,坚强也罢,看着瘦弱的肩膀却从来没被压垮过。

"你不问我吗?"

"你自、自然是有、有你的事。"

"是。"陈致说,"回来处理一些以前遗留的问题。"

她顺着他的话问:"那处、处理完了吗?"

"还没有。"

"哦。"

好像又没别的话可聊了。

这时,一道铃声打破了令人闷窒的沉默。

陈致瞥了一眼,说"抱歉,我接个电话",便起身出了店。

他站在门口,许年一眼就可以望到的地方。

他侧身对着她,似乎有棘手的事,眉心微微蹙拢着,始终没松。从头到尾,他开口的次数都不多,基本是听。

看着看着,那道身影隐约和记忆里的少年有了重叠的部分,即使他的背挺拔结实了许多。

他突然瞟来一眼。

许年忙埋下头,假装在喝水。但她觉得,他肯定识破了。

过了几分钟,陈致打完电话,回来了。

她此地无银三百两地问:"有麻烦?"更加坐实了她刚刚在偷看他。

"还好,小事,不要紧。"他轻描淡写地说。

"如果你、你急着处理的话……"

可以先离开。

"民以食为天,总得先把饭吃了,不是吗?"

她噤声。

这纯粹是堵她的借口,他以前忙起来,一天吃不了两口饭也是有的。不是不饿,只是没有紧迫到一定要停下来,然后饭冷了,吃不了就倒了。

说话间,菜端上来了。

家常小炒,正如他所愿。

这家店油盐足,口味没那么重。许年常来,老板眼熟她,说了句"带朋友来啊"。她不是热络的人,澄清不是,承认更不是,模棱两可地应了声。

陈致定睛看她,无意义地扯了下唇。刚在咖啡馆见她敢对别人一口气说那么多话,甚至是带了嘲讽的口吻,还以为她变了很多。

其实她还是这样。

习惯固定去某一家店,吃某样东西,也依然不懂得隐藏情绪。

那对人呢?

他不敢妄下断语。

这几年是完全空白的,她也许早已淡忘那段短暂的感情。

陈致不急着动筷:"待会儿你回家吗?我送你。"

为了相亲,许年特意空出了一整天,既然不成,有这么半天白得来的休闲,当然是回家休息。

但她的第一反应是否认:"不、不用,我去店里。"

"之橙?"

话已出口,收不回来,她转而又感到惊讶:他怎么知道?

陈致淡声解释:"之前在那里碰到过,觉得那人像你,但没认出来。"

是很难认出来了,如果没听到她的声音的话。

她以前总是一丝不苟地扎着马尾,今天是披着的,发尾烫过,微卷,多了温柔娴静之意,长裙和风衣快及脚踝,胸口有枚蝴蝶小刺绣。她今天还化了妆,涂了贴近自然唇色的唇釉,颈上戴了一条很细的项链,衬出锁骨的骨感美。

意料之中的变化,是年龄增长和审美提升带来的必然结果。但也是意料之外,见到她这身为别的异性而特意打扮的装束。

然而如他没有立场,也没有资格介意。

许年夹着菜,小口地咀嚼,声音不快不慢:"你也、也变了。"

陈致说:"但是也有没变的。"

她避开这个话题,问:"你那天买、买的什么?"

"巧克力榛子蛋糕。你做的吗?很好吃。"

"你喜、喜欢的话,待会儿再给、给你打包一份吧。"

"你是老板?"

她沉默了两秒,才说:"是,我之前和、和别人一起,盘、盘下来的。"

当初的店名叫"知澄",是做鲜果茶的,因经营不善,决定转租。

她偶然路过,看到墙上贴的转让广告,觉得是缘分,没犹豫太久,很快盘下来。

音没换,她改了字,叫"之橙"。

她要是不解释,容易造成误会。

可解释了也没好到哪儿去。

陈致静了下来。

这在他的意料之外。

她沉静的性子，似乎和"创业""营业"这些词挂不上钩。

当时怎么没再多确认一下，那是不是她。

原来，看见 Logo 上的橙子时，冥冥中，就有了预兆，或者再早一点，脑海中突然萌生出想吃榛子蛋糕的念头的时候。

巧合，并非全然天公之笔，现实里，多是曾经埋下的伏笔在这一天终于显露出来。所以，他注定会找到她。

盘中的菜还没动几口，两人却同时停了。

默然相对。

许年看着他的眼睛，很轻，也很坚定地说："陈致，都、都过去了。"

薛宁对陈致还有点印象。

小小烘焙店迎来送往的客人不少，但长得又高又帅的男人并不多。

薛宁看到他跟在许年身后，一起走进店里时，没有第一时间将他们联系到一起去，只是尽职地念着迎客词："欢迎光临之橙烘焙，请问您需要什么？"

许年瞄了她一眼。

年纪不大的小姑娘，倒会看人下菜碟，平时没今天一半热情。但一般情况下，不是违反原则的小差错，许年并不加以苛责。

诚如陈致所想，许年不太会当老板。

尽管大学上过创业就业相关课程，但理论与实践终究有差别，而且，讲授的老师，也只是照搬旁人的案例。

幸运的是，小小一爿店，遇上好的店员，无须她太费心。

在店里仅有的两名员工看来，这个老板的脾气是顶好的，而且也和她们一样干活。与其说是雇佣关系，不如说是同事来得更准确。

许年去到柜台后，取了一份蛋糕，打包，递给陈致。

陈致接过，说："谢谢。"

薛宁正要操作点单界面结算，许年说："不用。"

"啊？可是会对不上账。"

她负责账目，每天都要算耗材、制作和售出份量，虽然一份小蛋糕不影响什么。

"算、算我的。"

他们认识？

薛宁八卦的目光在他们之间转悠一番，脑瓜子一转，联想到许年今天去相亲的事。

顾客变相亲对象，现实也不是不能这么狗血。

"许……"最后的音发得囫囵,陈致又吞回去了,改口说,"许年,我这段时间都在阳溪。"

许年没回答,手绞着用来擦台面的干净毛巾。

从旁观者的角度看,这两人之间,分明有某种氛围涌动着,但薛宁不敢问,不敢打断。

薛宁屏气凝神,生怕断了老板的好姻缘。

这时,门被推开,一位年轻父亲来取给他女儿定做的生日蛋糕。

"好的,稍等。"

薛宁将提前做好,并冷藏保存的蛋糕拿出来,悉心套上盒子,打上系带,递交给对方。

陈致再留,就显得怪异了,而且有外人在场,不方便说话。

他最后深深地看了许年一眼,说了声"再见",没等到她的答复,便走了。

如此一来,薛宁又在脑补的剧本里添了一笔:哪怕女方表现冷淡,男方依旧中意女方,并期待下一次见面。

俗归俗,但妥妥的是一出浪漫的爱情戏码啊。

薛宁迫不及待地问:"相得不错?"

没头没尾,许年一下子没反应过来。

薛宁鼓励道:"这个帅的啊,看看经济条件也好,可以试试。"

许年这才意识到她误会了,说:"他、他不是。"

"啊?那今天结果怎么样?"

许年脱下外套,扎起头发,戴上厨师帽,是准备进后厨的架势。

许年摇头,没戏的意思。

"嘻,没事。你又漂亮又能干,是那个人没眼光。拜拜就拜拜,下一个更乖。"

许年没想在短时间内再物色下一个了。

不好说,究竟是因为那位姓杨的让她对相亲失望,还是那位姓陈的让她对物色下一个提不起兴致。

半个小时前,她说了那句话后,没有迎来设想中的结果——她以为,他会生气,冷下脸,或者他用往事随风的语气附和她。

他眸色沉了沉,很轻地说了句"过得去吗"。

不知是问她,还是自言自语。

从前他就不是情绪外露的人,一别经年,历练出越发炉火纯青的情绪控制能力。至少,她无法从这四个字里,判断出他内心的想法。

这一下午,许年都有些心神不宁。

因为不忙,反倒更容易胡思乱想——想那些,她口中已经过去的前尘。

店一般是晚上九点半打烊。

除了薛宁,后厨那个也是个女生,叫何与沁,说是她妈妈姓秦,以谐音字取了这个名。

何与沁没上大学,中专毕业,上过甜点烘焙培训课,来许年的小店打工,赚得虽不算多,但好在自由。她还有个自媒体账号,用来发做蛋糕的视频。

晚上没什么生意,许年说可以提前回家。

何与沁还在练习裱花,闻言,抬头说:"你们先走吧,待会儿我锁门。"

薛宁背起包:"那你回家记得注意安全。"

薛宁的电动车就停在外面,出了店,问许年:"我载你一程?"

"我走、走回去就好。"

"好吧,拜拜。"

"之橙"离许年家不是很近,但这段路,她正好可以理一下思绪。

其实没什么复杂的,无非是个分手重逢的故事,可她清晰地感觉到,她平静许久的心湖,被他搅乱了。

如果没有那句"我最近都在阳溪"的话,"再见"还可以理解成简单的客套。

不怪薛宁误会。

还要再见吗?她不知道。

进家门时,唐黎正半躺在沙发上看电视,见她回来,招呼她过去:"给你留了半袋山楂球。"

许年在她旁边坐下,又起一个吃。

山楂裹着糖霜,又酸又甜。

"我、我今天碰到陈致了。"

唐黎心思放在节目上,没太在意地应了声"然后呢"。

静默了一会儿,唐黎陡然回过味来,腾地坐直了:"谁?陈致?你前男友的陈致?"

"嗯。"

不是他还能有谁。

许年简单地讲了今天的事,唐黎问:"他是回来找你的?如果是的话,你有什么打算吗?"

许年拈着竹签,有一下没一下地戳掉山楂表皮的糖壳,听罢,摇了摇头。

唐黎知道,这个小动作,是她心乱的表现。

"没事,"唐黎安慰道,"感情的事,不要勉强自己接受或者拒绝,顺其自然吧。"

当初,许年就是太顺其自然,才会不多作犹豫地答应了陈致,结果两败俱伤,草草收场。

许年低声说:"我觉、觉得,他这几年,过、过得挺好的。"

唐黎蓦地笑了:"你不是那种见不得前任好的性子啊。"

话虽如此,但私心里,见到他如今这般,她的心情十分复杂。

大概就是,既希望他人生顺遂,又不高兴没有她他更一帆风顺,这两种想法的矛盾和冲突。

"那你有问他是否有女朋友吗?"

许年摇头。

"虽然这么说是一棒子打死所有人,但现实就是,男人发达之后,妻子成了糟糠,白月光成了白米饭,他们大多数人的爱情廉价又奢侈。"

他们可以将爱雨露均沾地分给很多女人,但女人所需要的"唯一"的爱情,他们给不起。

唐黎大学学的中文,迄今没谈过恋爱,约莫是看多了现实主义文学,导致对爱情很悲观。

就像之前,她看完张恨水的《金粉世家》,同许年说,浪漫的面纱揭下后,是阶级、身份、性别差距带来的残酷与真实,美好的爱情,大多只存在于女人的想象里。

不可否认,她说得没错。

诚然,那时许年已经和陈致分手,便也没有去想,如果他们走到后面,会不会也面临同样的问题。

许年沉默,动作也停了。

"不过我相信你很清醒,我也用不着劝你。"

许年说:"你明明刚才还、还让我顺、顺其自然。"

唐黎正色道:"因为感情很主观,我不想用我个人的观念和经验去影响你的判断。"

就像唐黎知道她和陈致交往和分手,从未劝她应当如何如何,给予一定的建议就好。得或失,都是她该体验一遭的。

从这点看,她们俩是相似的。

"好吧,对不起,我还是忍不住输出了不少。"

"但、但是,很切中肯綮。"

"哦,还有一点,如果有可能的话,拍张照片给我。我想看看当年风靡三中,堪比校草的帅哥,长成什么样了。"

许年笑了,唐黎的悲观爱情主义和颜值即正义主义,真是完全不冲突。

当年的贴吧在网络上还有一席之地,学校官方贴吧曾有人无聊发帖,问校草推选谁,其中有陈致的名字,也贴了照片。但抓拍的角度不好,显得他不上镜。

全校几千号学生,不是所有人都见过、认识他,对此不予苟同。

总之，最后没有个准确的结论。

以唐黎的审美，陈致是当得起这个头衔的。

许年说："嗯……没、没有变丑，也没有发福。"

两个女生一下子莫名笑开了，是因为共同想到了以前看到的，关于白月光发福后崩溃的帖子。

这么一笑，许年眼里的郁色都散了。

那么努力地从那段暗无天光的日子里走出来了，有了自己的店、小家，那就继续往前走吧，不要耽于过去。

她这么想。

许年吃完山楂球，起身去浴室刷牙。

唐黎看着她的背影，有些唏嘘。

高考后的暑假，他们在一起的事，就个别几个人知道，她是其中之一。后来消息还没传开，他们就分了。过了这么多年，连她都快忘记了。

许年洗漱完上床睡觉。

她这几年养成了固定作息，几乎不受失眠困扰，早上也不需要闹钟唤醒。

梦境如期而至。

不同的是，以往时常出现的模糊面庞，变得清晰了。

六月下旬的蝉鸣，已经很响了。阳光刺眼火热，就像锅上"吱吱"冒烟的黄油。

男生穿着普通的T恤、休闲短裤，站在树荫下，手里拎了罐汽水，她一过来，他便拿汽水冰她的脸。

她被冰得下意识一缩脖子，又感到凉爽。

他朝她笑："喏，橙汁。"

她没应话，接过来。脸是滚烫的，不知是因为天气，还是他刻意的话。

许年醒来后，心里一阵说不上缘由的空荡。

橙汁也好，榛子巧克力蛋糕也好。

陈致一直在用他的方式，让她记住他。

许年看到手机推送的消息，才知道今天是立冬。

秋冬之交，古时传下来的习俗，吃饺子防冻耳朵。冰箱里有包好的饺子，她煮了一锅，端出来放凉。

唐黎洗漱完出来，边扎头发，边深吸一口气："你怎么连饺子也能煮这么香啊？"

许年打开牛肉香菇酱罐，舀出一勺，当作蘸料。

房子是许年贷款买下的，面积不大，一个人住也足够了。

唐黎上份工作干得不满意，辞职闲在家，前些天为逃避父母唠叨，暂时躲来她这里。

两人多年好友，当初许年说要开店，唐黎二话没说，投了五万进去，说当入股，每月按比例给她一定分红就好。不管对她们俩谁来说，这都是一个极具风险的决定，但唐黎说，自己之前赌她考得上好大学，赌赢了，再赌一次不会让自己亏钱也无妨。

学习也好，经营也好，许年踏实、肯钻，至少到现在为止还没亏。

唐黎反而自夸，说就知道她没看走眼。

吃完早餐，许年又做了煎饺，用餐盒装着，带去店里分给何与沁和薛宁。

"我妈之前听说我老板才二十多岁，还怕我干不了多久。"

饺子还热乎着，薛宁边嚼边含混地说："不过我决定了，要是你开一辈子，我就跟你干一辈子。"

许年笑笑："借、借你吉言。"

"不过你之前工作不是挺好吗，为啥还回阳溪啊？要是我……"

闻言，何与沁拐了下她："还不快点吃？待会儿有客人要来。"

薛宁反应过来，这是忌讳提这个话题的意思，虽然不懂，倒也很快咽下食物，开始忙活了。

上午，许年订的东西到了，她出去清点签收。

做甜品，面粉、奶油、鸡蛋、牛奶等原材料消耗量大，基本得一周一订。

"好，没、没问题了，谢谢。"

结算完，她签了字，对方拿着单子，开车走了。

许年正要弯腰搬箱子，一只手从旁边伸过来，抢了先。

男人力气到底大得多，来回两趟，就把东西全搬进去了。接着，他从架子上取了包吐司，拆开，兀自吃起来，还毫不客气地问："有水吗？"

薛宁看着他，一脸茫然，愣愣地拿一次性杯子接了杯水，递给他。

她又看向许年，像是问：这是谁啊？

许年走过去，拉着他的手臂，用力把他拽出店。

许年语气不善："许、许凌，你来干吗？"

这人还是跟以前一样，不问自取，以为这些理所应当是和他共享的。

其实无异于强盗。

但许年倒也没那么在乎，皱着眉，猜到他八成又有事求她。

许凌就水咽下面包，说："老话还说，打断骨头连着筋，没必要把我拒之门外吧？"

"有事你就、就直说。"她懒得和他兜圈子。

"我妈前两天去医院检查，那几颗瘤子长大了，要做手术割掉，我也没什么钱……"

叔母前两年去医院体检，查出子宫里长了肌瘤，但医生说不大，不影响生活，可以先观察。

去年临近过年，她摔了一跤，年纪大了，骨头变脆，这一跤摔得不轻，动了手术，在床上躺了一个多月，到现在也没完全恢复，不能干重活。

许年问："还、还在一院？"

"嗯，昨天刚办理住院。"许凌说，"我妈对你也算不错，做人不能不讲良心，是吧？"

又搬出这老一套。

这么多年过去，许凌依旧不长进。

他难道以为，她还是那个受欺负只憋屈自己、不知反抗的许希吗？

许年说："得了吧，要、要说欠你们的，拿了那、那么多钱，也早就还清了。"

"什么事都谈钱？我妈照顾你，给你买衣服、做饭，这些用钱算得清吗？"

"许凌，之、之前，就是因为叔叔，我才、才辞职回阳溪，我已经够、够仁至义尽了。"

"照你这么说，你是要坐视不理？"许凌冷着脸，"你上大学，我妈给你塞了五千块钱，你别当我不知道。"

店开在十字路口边，车来车往，天色灰暗，风也大，裹挟着鸣笛声一道拂来。又冷又吵，钉子似的，被锤子敲着，直往骨头深处钻。

今年大抵是个寒冬。

"没谁的钱是、是大风刮来的。"许年深吸一口气，继续说道，"我、我会去，但你说的那、那句'做人要讲良心'，也、也奉还给你。"

至于原因，他自己心知肚明。

转身前，她又说："下、下次别直接来这里找我，有事发、发消息就好。"

背后的一声冷笑，未阻碍她脚步分毫。

第二天上午，许年前往市第一人民医院。

叔母住的三人病房，她是中间那张病床。许年一进去，便见她穿着粉白条纹病服，盘腿坐在床上，和邻床在聊天。

她已过了知天命的年纪，因为常年干活，脊背佝偻许多，头发花白了大半，但说话的嗓门没减弱半分。

许年把水果放到桌上，塑料袋发出窸窣声响，叔母招呼说："希希来了啊，坐。"

许年坐下，看到住院单、检查单，问："住院费交、交了吗？"

"不交哪会让人住进来哦。预交了三千，不知道用了多少，之后肯定还要补的。"

许年说："我待会儿再、再帮你交七千，医保可以报、报一部分，应该够了。"

叔母瞥她一眼，猜到她的心思。

没直接给钱,是怕钱被花到其他地方。

许凌高考考得很差,读的民办不知名二本院校,一年学费加住宿费几万,相当于花钱买个本科学历。依叔母的观念,他们就是举全家之力,也得供他上大学,不然将来不好讨老婆。待他毕业,到了找工作阶段,奈何他眼高手低,一直找不到满意的,女朋友和工作换了一个又一个,花钱大手大脚,迄今为止,一分钱积蓄都存不下来,平时都啃老。

他变成如今这副烂泥扶不上墙的样子,叔母的宠惯逃不了干系。

说许年心硬,她又不会真抛下他们。

说她心软,她也不可能尽叫他们吸血。

邻床问:"这是你女儿啊?"

"没,侄女,但也跟闺女差不多。她爸妈去得早,她十来岁就跟着我们生活。"

邻床打量了下许年,又问:"长得蛮漂亮,结婚了吗?"

"别说结婚了,连个男朋友都没有,整天守着她那蛋糕店。"叔母翻着袋子,拿了几个橘子,递给邻床及其家属。

"现在的女孩子啊,都这样,我一个表姐的女儿,三十了,也是不结婚,急死人了。"

叔母边剥皮,边摇头叹:"你说,一个女孩子,那么要强干吗呢?还不如趁早嫁个好夫家。"

对方笑着:"时代不一样咯,念多了,还要急眼,讲我们老古板。"

"她主意大了去了,才不会听我的。"

许年忽地离座,拿起开水壶,也不管里面其实还有水,只想离开这里:"我、我去打水。"

走到门口,犹听到叔母的声音:"看吧,说她,她可不乐意听了……"

到了开水房后,许年抹了把脸。

她把水壶放到龙头底下,拧开,不料水出得太大,向四周溅开,她猛地缩回手。

恰好有人进来,帮她关上,提醒道:"这个龙头松,要拧小点。"

许年低声说:"好,谢谢。"

好心路人接完水,便离开了开水房,她还立在原地。

手背被烫红了,钻心地疼。铺天盖地的无力如海啸,瞬间淹没了她。

一心想离开阳溪的她,依然被现实绊住脚,绳的那端连着叔叔一家,他们会以各种形式,把她拽回来。

可又能怎么办呢?

人一生下来,就要经受痛苦、匮乏,一时逃脱了,也会有在未来等着的要挑个"好时机"给人打得措手不及的糟糕事。

果真是，人生关，关关难过。

许年接满开水，找值班医生问了下叔母的情况，才进去。

叔母不想吃医院的盒饭，嫌难吃，许年便去外面买。

医院附近开着各种快餐店，她打包了一份烤鸭饭和排骨汤，刚出店，便看见一道半生不熟的人影走过去。

上高中的时候，大家都穿校服，可她总能一眼认出他的背影。

人群里，高挑又夺目。

这几年，经常在社交平台刷到一些帖子，讨论说，暗恋一个人，是青春的遗憾，是青春无法释怀的回忆，是遇见他时，死寂的心怦然的瞬间。

当时，她想到的只有陈致，没有杨靖宇。

可能，对于她来说，真正承载了她少女情怀与隐秘心事的，独他一人。

也许是这样深刻的执念，让她认出他来。

即使他已经变了很多。

陈致的步子迈得又快又大，跟上去很容易被他发现，许年犹豫了两秒，选择远远地缀在他身后。

医院人流量大，险些要跟丢时，他进了门诊部。

他生病了吗？

她脚步蓦地停住。

明明前天看着还好端端的啊。

不过也跟她没关系了。

许年回了叔母的病房，把饭递给叔母，随后坐在一旁削梨子。

她一直就长得不丑，只是高中时不擅打扮，还有些稚气未脱，如今长开了，五官虽不变，但出落得越发精致秀气。垂眼安静地坐着，身上自有一种恬淡温柔的气质。

叔母看着她，忽然说："你跟你妈妈长得很像。"

闻言，她抬起头。

"越大越像了，性子也是。"

叔母回忆着说："你妈和你爸谈恋爱的时候，大家都说她怎么找了你爸，但他们结婚之后，你爸对她好得没话说。怀你的时候，你妈说想吃糖葫芦还是豆花，还下着雪呢，你爸大老远跑去买。"

也许是因为遭遇家庭重大变故，也许是因为身体越来越差，叔母近两年越来越爱提当年。好的坏的，不厌其烦地提。像嚼甘蔗，嚼到最后，就会变得索然无味又干涩不已。

但这些关于父母感情的事，许年确实不曾听说过。

至少她记忆里没有。

"那会儿穷啊，你爸要赚钱养你们娘俩，想出去打工，你妈说行，她一个人带你带了两年。后来你爸听说有人以为你妈丧偶，想追她，就立马跑回来了。"

听到这里，许年不禁一笑。

爸爸当年还吹牛，说是妈妈离不开他，妈妈笑了，却没反驳。

"可惜啊，姓许的不知道是不是遭了诅咒，不然……"

不然什么？

叔母没说下去。

麻绳专挑细处断，厄运只找苦命人，这句话，她已经用大半辈子去领会了。

但许年不信，哪怕是雪崩被埋在底下，但凡留有一口气，也要努力地往外爬一爬。不然，怎么知道，不会迎接新的阳光？

陈致此时此刻在输液室。

他昨天胃炎发作，来医院吊了两天水。

护士大概刚来没多久，扎了两下没扎准，尽管他血管挺明显的。

"不好意思，要不我换人给你扎。"

陈致看她都有点急出汗了，说："没事，再试一次吧。"

扎上输液针，护士问他是不是一个人来的，他说是，她叮嘱道："那你记得别睡着了，待会儿快吊完了按铃，我来换。"

"好。"

护士收拾东西离开，同事走近，揶揄她："哟，被帅哥晃了眼，连针都不会扎了？"

护士紧张地往后瞥了一眼，压低声音："别瞎说，人家听得到。"

"这两天他都是一个人来的，也没戴戒指，八成是单身，试一下呗。"

"哎呀，都跟你说了，没有的事。"

陈致把笔记本电脑架在腿上，左手操控触摸屏，处理这段时间积累的工作。

"小伙子，身体要紧，都生病了就别忙工作啰。"

他看过去，是个六七十岁、身形瘦小的老太太，说话带着浓重的口音。

她带着发烧的孙子来吊水，小孩子趴在她腿上睡着了，她动弹不得，又闲得慌，便跟陈致搭腔。

都说南方是十里不同音，百里不同俗，各地之间方言差异很大，他离开阳溪多年，再没在别处听过这么地道的本地话。

他礼貌笑笑："没事，习惯了。"

"女朋友不心疼哟?"

心疼?

毕业那年的暑假,他和许希一起吃路边摊,她好端端的,他吃得拉肚子。

她说是他肠胃不耐造。

他不满:"你不心疼你男朋友,还幸灾乐祸?"

她从家里跑来找他,见他脸色发白,吓了一跳,说带他去医院,他不想去。

她用他的话反驳:"那、那你怎么不心疼你、你女朋友?"

许希谈恋爱也一本正经的,不像说情话,像辩论。

最后,他被她说服了,去医院输液。

她陪了他一下午,输完帮他叫护士,还怕他无聊,买了本数独,和他一起填。

陈致说她最爱的是学习,他连前三都排不到。

她反而好奇:"第、第二第三是什么?"

他理直气壮地说:"不知道,反正不会是我。"

十八岁的对话,幼稚得连旁人听了都忍不住发笑。

回忆似雾,一漫开,就铺天盖地渗入人的每一寸肌理脉络。

陈致强行敛神,定了定,回答说:"没女朋友。"

"长这么帅,怎么会没有嘞?"

"太忙。"

话题又兜圈子绕回来了。

"所以说嘛,工作不是生活的第一位,钱永远赚不完,哪有健康、家庭重要。"

陈致没有解释。

这几年,他经历的种种,又哪是一两句话解释得清的。

小孩被他奶奶的声音吵醒,老人问他想不想上厕所。输液容易尿频,他点头。

他们带着输液架去了洗手间,面前的走廊人来人往,陈致看着某个角落发怔,随即被手机铃声唤回神。

杨靖宇打来的。

他在那头说了一通,陈致说:"知道了,我在看合同。"

"你在哪儿?"杨靖宇听到医院的广播声,但太嘈杂,没能听清。

"外面,看完发你。"

陈致无意多说,敷衍过去。挂电话时,电脑往下滑,他忙伸手去捞,扯到输液管,他疼得倒吸一口凉气。

脱针了,血争先恐后地冒出来。

输完液已是下午四点多钟。

来拔针的还是那个护士,他皮肤白,手背那块青肿格外显眼,甚至有些触目惊心。

她告诉他:"可以把土豆切成薄片,敷一会儿就好。"

"好,谢谢。"

护士没好意思直视他的脸,不经意瞥到他沾了血迹的衣角,看布料就知价格不菲。

她心说,这还试什么啊?人家哪看得上一个小护士。

陈致收回手,提包离开门诊楼。

不知何时,外面竟下起了小雨,天地间一片雾蒙蒙的。移动的各种颜色的伞,似一枚枚圆纸片漂浮在水面。

他停在门口。

这两天他忙着处理公司的事,没顾得上找许希,他思忖着,要不要去"之橙"。

他看了眼手背,又想,还是算了,别吓到她。

也就是这个时候,他看到提步向他走来的许希。

或者说,许年。

第四章

梦也好，醒也好，往事皆了了

她撑着一把米黄色的伞，面容被雨雾遮挡，变得模糊了，眉眼像清淡的墨笔勾勒，是疏浅写意的美。

尽管这个形容，与充满焦躁、悲情、压抑、忙碌的医院格格不入。

走到屋檐下，她收起伞，距他仅两步之遥。

陈致一下没反应过来，忘了藏手背的瘀青。

那么大一片，她果然注意到了。

许年的目光被吸引，落在上面，不自觉顿了下。

"你……"她抿了抿唇，示意他的手，"怎么了？"

"没事，跑针了。"陈致不以为然，轻描淡写地带过去，反而更关心她，"你生病了吗？"

她摇头："我、我叔母住院。"顺带解释了一句出现在这里的原因，"我来帮、帮她取药。"

取药窗口在门诊楼一层，但只有她自己知道，有多少欲盖弥彰的水分。

她胡思乱想，坐立难安了近一个小时，起身走到门诊楼却只花了几分钟。

疾病降临的概率也许比幸运大得多，比如母亲罹患癌症，再比如叔叔，平时身体没有大毛病，某天突然中风，救不过来。

在医院这个特殊的地方，难免多想，却不敢多想。

不如亲自向他求证。

好歹是……相识一场。

她这么找借口为自己开脱。

陈致忽然抓住她的肩膀，将她往自己的方向带。猝不及防地，她跌入他的怀中。

"麻烦让让。"

有护士推着转移病床，要从他们旁边的无障碍通道往下走。

避雨的人群纷纷避让开，有人撞到许年，她的身子被迫往前，手下意识地撑住他的胸口，似能感受到他的心跳，一下一下，强劲有力。

他身上有淡淡的木质香气，混着消毒水的味道，从四面八方朝她侵袭。

感觉这样熟悉又陌生。

过去，他喜欢搂着她的肩和她讲话。明明很热，但他身上是清爽的。他说，见她之前，他都会洗澡洗头。

霎时，她的呼吸都仿佛受阻，心跳漏了两拍。

静了几秒，人已经过去了，陈致这才松开她："抱歉，事发突然。"

肩头隐隐还残留着他手心的力道，许年不自在地往耳后挽了下鬓发："没、没关系。"眼一瞥，他手背上的针孔因用力，渗出血珠来。

她从包里翻找纸巾，刚拿出来，又停住了。

后知后觉，她根本没必要因为这点伤，这点接触，而兀自乱了分寸。

他们当初是和平分手，不是吗？

她也不再是被他亲一亲额头，就会脸红的许希，不是吗？

"刚刚没按好，"陈致主动接过她手里的纸，抽出一张，剩下的递还，"谢谢。"

许年默默收起来。

她怀疑他看穿她了，所以他笑了。尽管他嘴角上扬的弧度稍纵即逝，她也没错过。

陈致问："不是要去拿药吗？"

"嗯……"

他看了眼腕表，提醒她："他们快下班了。"

哪有什么药可取。

她走到窗口处，那里零零散散排着几个人，她立了一会儿，折返。

结果陈致还没走。

他也不问她为什么空着手，说："你要回去吗？我送你。"

不等她开口，他又补充一句："我没带伞，电脑里有重要文件，或者你就当捎我一程吧。"

破绽百出的一段话。

这么小的雨，哪能淋坏他的电脑，何况，这里离大门也没多远。

但想到他或许生病了，拒绝的话到嘴边又咽回去了。

许年正要撑伞，他说："我来吧。"

他个子高,她纵是踮着脚也难遮住他,索性让他接过去了,她替他拿电脑。

雨不大,但被风刮着,肉眼不可见的水雾扑在脸上,很冷,还有些睁不开眼。

陈致稍微向上风口倾斜雨伞,另一只手揽住她的肩。

她僵了下。

然而伞下空间有限,路上有车开过,她也没挣扎。

他稍稍偏过眸看她。那双眼睫因紧张簌簌地扑着,似蝶翼,往下,是小巧的鼻头,淡色的唇。

这几年,许年长了些肉,但还是瘦,刚刚半抱在怀里,那么小只。她脸颊褪去婴儿肥,更紧致了,五官长开,显得眼睛大,分明没有阳光,瞳仁却很亮,眼神里多了沉静。

谈不上一眼惊艳的长相,在陈致半梦半醒间,出现过无数次。

还是不太一样的,他又想,他记忆里依然是她十几岁的样子。

陈致的车停在医院外,是一辆黑色的迈巴赫。

许年设想过,分手之后,他会过得很好,毕竟以他的出身和能力,他应该像电视剧里拍的那样,被老天偏爱,人生一帆风顺,被艳羡,被众星拱辰。

可没过多久,再听说他的消息,却是他家破产,父母双亡。

这则消息在阳溪十分轰动。

许年跟高中同学都断了联系,他们怎么看,怎么讨论陈致的,她无从得知。

反而是唐黎,担心地打电话问许年的状况。只有她知道他们交往过。许年说没事,他们分手了,他家如何与她无关。

事实证明,他的确不会出事,他还是那个万众瞩目的天之骄子。

陈致拉开副驾驶座的门,她坐下,他方收伞上车。

他发动车,将空调调到最大,很快有热气从风口吹出,驱散身上的寒意。

因为下雨,又临近晚高峰,路上很堵。车流缓慢地动着,许年两手搭在膝上,脊背没完全放松,脸偏到一旁,怔怔地看天色越来越沉,路边店铺亮起灯。

城市变得比人快。

现在的阳溪与毕业那年相比,早就是两副面孔了。

汽车的鸣笛声和雨声里,夹杂着陈致的声音:"你还没告诉我你家在哪儿。"

"前面路口,随、随便找个地方,把我放、放下就好。"

"雨下大了,天气也冷,而且车多,不好靠边停。"

许年转头看他,男人神色坦然得很,没半点别有所图的意思。

她到底松了口。

到家了，许年解开安全带，去开门，没拉动。

门是锁着的。

陈致手腕随意地搭在方向盘上，半转过身，慢声问："正好快到饭点了，不留我吃顿饭吗？"

"我家没、没什么可吃的。"

"随便做点就行。"

她还想措辞委婉拒绝，他说："要点辛苦费，不过分吧？"

话都让他说了。

分明是他非要送她的，末了还讨车费，哪有这么强买强卖的。

她像被蛛网围困的蚊蝇，往哪儿飞都飞不出。

目光在空中对峙，他眼底有什么东西，太浓烈炽热，许年似被烫到，率先败下阵来。

她住的是十来年的老小区，地下车库没位置，她指挥着他到后门找停车位，又担心他这么贵的车，露天停放，万一被剐蹭了怎么办。

正犹豫着，陈致已经熄了火，说："走吧。"

进门面临的第一桩问题就是：家里没有男士拖鞋。毕竟这个家里，除了搬家电的工人，没有异性进来过。

许年瞟了下陈致那双切尔西靴，叫他不用换了。

听见关门动静，唐黎从房里出来："希希，今天……"

晚上吃什么。

戛然而止。

看到玄关处那个个子快赶上门框高的男人，她瞳孔骤然放大，嘴巴也合不上了。

许年只顾尴尬，忘了唐黎白天在家，也忘了提前知会她一声，结果把人吓愣了。

许年能猜到唐黎望来的那道眼神的意味，大抵是：是你疯了还是我在做梦，为什么你前男友会来家里？

陈致则淡定得多，略一颔首致意："你好，叨扰了。"

唐黎还没回神，愣愣地回："你好。"

陈致又问许年："有鞋套吗？鞋底脏，免得你拖地麻烦。"

许年灵光一闪，去厨房拿来两个一次性保鲜膜套："将、将就一下吧。"

他没说什么，躬身套上。

"只、只有纯净水和、和椰子水，你要喝、喝什么？"

"水就好，谢谢。"

他没想到的是，她给他的是一瓶……农夫山泉。

这是第二桩问题，家里只有两人专属的杯子，许年只能拿前段时间停水时买的瓶装矿泉水给他。

陈致不动声色地环视一圈屋子，两室两厅，不大，一眼就能扫完，目光所及的每个角落，尽是女生生活的痕迹。

至少可以判断得出，她自从住进这个屋子以来，没谈过恋爱。

许年不知他所想，脱了外套，挽起袖子，准备进厨房："你、你随意坐吧，桌上有、有水果。"

唐黎忙不迭说："我帮你。"

一把青菜丢进水池，借着水流声，唐黎按捺不住八卦之心，问："你们不是前天才碰到吗，进展这么快？"

许年磕开两个鸡蛋，用筷子搅散，低声说："晚、晚点再跟你说。"

唐黎觑她："吃完饭要不要我给你们腾个地儿？"

"不、不用。"

许年打算饭后就让他走。

不然，前任同桌吃完饭，还要叙叙旧吗？

许年本来也不是这样热络的性子，何况多年未见，没什么好聊的。

唐黎择着菜，说："不过他更帅了哈，第一眼我都没认出来，也可能是因为有衣装的加持。"

许年笑笑，低着头，没接茬。

他穿高档的奢侈品牌羊绒大衣、真皮靴，开名贵轿车。

她呢，即使经济独立，不用再抠抠搜搜地花钱，但靠一片小店，又能赚多少。他们之间的差距并未随着岁月的流逝、年岁的增长，而有任何实质性的改变。

陈致站在这间屋子里，都那么格格不入。他坐着的那个沙发，是许年趁打折，以一千出头的价格买的，怕是还没有他平时一顿饭贵。

马太效应在他们身上，演绎得那么现实又残酷。

这样的两个人，打从一开始，就不该有什么太深的交集。

许年简单地做了两荤一素，荷兰豆炒肉片、虾仁蒸蛋、素炒莜麦菜，另从冰箱里取出之前卤的凉菜。

不知道陈致有什么忌口，她都往清淡的做。

其实他都不大能吃。

医生叫他最好吃无油无盐，好消化的面条、粥之类的。

可他要是谨遵医嘱，现在也不会复发了。

他原本肠胃就不大好，后来工作忙的时候，经常顾不上三餐，久而久之，折腾得更糟，还动过手术。

他没说，也不准备说。

许年做饭很家常，但色香味俱全，他以前开玩笑说，连她泡的泡面都是好吃的。

时过多年，他们相对而坐，中间饭菜冒着袅袅热气，没了话讲，静默得怪异。

最尴尬的非唐黎莫属。

她很想说一句"我这个电灯泡是不是太亮了"，这样的氛围让她硬生生憋回去了，继续默默扒饭。

陈致将碗里的饭吃光，起身帮忙收拾碗筷菜碟，手背的瘀青在许年面前晃啊晃，好像更严重了，颜色几近变黑。

她问："你、你手怎么办？"

"护士叫我用土豆片敷，不过我住酒店，没这条件，等它自己痊愈吧。"

家里正好有土豆，许年削皮，切下薄片，找来创可贴，一起给他。

他求助地看着她："我单手不好弄。"

许年定了定，撕开创可贴。

他主动伸出手，积极得有些殷勤，但她没注意。

她低头，耳后别着的鬓发滑落下来，她没管，新切的土豆片有些滑溜，她一手按住，另一只手将创可贴贴稳。

刚贴好一边，他的指尖擦过她的脸侧，惹得皮肤微痒。

再是耳尖。

她耳朵十分敏感，她又怕痒，即使是短短一秒或半秒的短暂触碰，仍令她条件反射地缩了缩脖子。

像含羞草的应激反应。

许年手上的动作停了，抬眼望他。

唐黎不知何时躲到房里去了。

唐黎敏锐地察觉到，她再待下去，浑身如蚂蚁爬过一般难受的绝不是他们，而是她。

陈致视角比较高，他垂着眼皮，缓慢地收回手，嘴唇动了动，像有话说，却只是嗓音沉沉地唤她："希希……"

尾音悠长，似带着缱绻。

许年撇开眼，加快速度贴好，往后撤了半步，拉开距离，说："挺、挺晚了，再见。"

她连多余的话都不想说，干脆利落地逐客。

陈致顿了顿，阵阵疼痛突如其来，他不禁皱了下眉。

她以为是她惹得他不快，但也无惧，又加了句："慢走，不、不送。"

陈致到底还是走了。

他出了门，捂着胃部，走到便利店买水。

结账时，收银员见他脸色不好，多问了一句："帅哥，你没事吧？"

他摇头。

他与胃病共存了几年,自知已经熟悉这个"老朋友"了,这次不算严重,只是刚刚吃太多。

　　陈致回到车上,翻出药盒,忽略剂量,抠出几粒药和水吞了。

　　他缓了十几分钟,感觉稍有缓解,方开车离开。

　　路过她住的那栋,他向楼上看,正好错过下楼丢垃圾的许年。

　　陈致离开后。

　　许年洗完碗,擦净桌面,把厨房的垃圾袋拎出来,没想到底部破了洞,汤汤水水流了出来。

　　她蹲下身收拾。

　　唐黎探出半个脑袋,见陈致不在,问:"你把他赶走了?"

　　许年"嗯"了声。

　　"你今天不是去医院了吗,怎么跟他在一起?"

　　许年简单把今天的事说了。

　　"你说……"唐黎犹疑着说,"陈致是不是还喜欢你?"

　　许年下意识地否认:"怎、怎么可能。"

　　"你以前不是还觉得,他不可能喜欢你吗?结果他就跟你表白了。"

　　许年没作声。

　　"希希,你也动摇了。"唐黎一语道破,"你是心软,但你明知道他是在用奶酪引诱你进他的陷阱,还是自愿上钩了。"

　　许年又不傻,她岂会不知,他所有的说辞都站不住脚。

　　没有她的准许,没谁撬得开她的心。

　　"你可以自欺欺人,骗我,但你保证你骗得过陈致吗?"

　　许年说:"他还、还喜欢我也好,我忘不掉他也罢,我们不、不可能了,你知道吗?"

　　何况,她不信他一直喜欢她。

　　他们分开不是一天两天,不是一年两年。

　　这七八年的时间,不是电视剧里一句简单的"多年以后",更不是镜头一切,中间所有的经历都可以忽略,是他们无法跨过的鸿沟,很多感情、回忆遗留在那头,带不过来的。

　　他念念不忘的,是她吗?

　　或许是那个燥热得浑身冒汗也要相拥的夏天,那段抛去所有顾虑无人知晓的热恋时光。有时候,人拥有的越多,越会怀念失去的。

　　她理智又清醒,她认定,陈致如今顶多是有那么一点初恋情结,再靠近,他自然会明白,她和他从来都不适合,没必要让事情发展到那步。

许年拿了新垃圾袋,套上那个破的,下楼去扔。

不远处,一道黑色的车影闪过。她似有所感,望了一眼,车很快开过去,她擦了擦手,转身回去。就这样吧,她和陈致,还是不要再有纠葛了。

叔母的手术定在周四下午。

事前,主治医生把病人和家属叫过去,告知手术风险,以及签手术知情同意书。医生说是小手术,恢复得好的话,以后不会太影响生活。

但签名的时候,叔母心里还是怕。

薛宁和何与沁两个人守店,店不能不开门,每天的店租不是一笔小开销,许年就医院、店里两头跑,很累,睡眠也不足。

许凌不知忙些什么,一天到晚见不到人,连叔母动手术,他也只是打了通电话来,叫许年照看着点。

叔母恨铁不成钢,反反复复念那几句车轱辘话,许年早听腻了。

她骂归骂,从来狠不下心治这个独子。

"还是女孩好啊,一样是我带大的,希希你比这逆子懂事多了。"

当初她可不是这么说的。

她和叔叔一起,骂许年是喂不熟的白眼狼,赚了钱就不念他们的恩了。

许年说:"我在、在外面等您。"

手术时间本身不长,但排队、醒完麻醉,一个下午就过去了。

许凌也终于来了。

"你、你陪床吧,我先走、走了。"许年说完就走了。

她饥肠辘辘,去医院外买了点热乎的东西垫肚子,这才回"之橙"。

没想到,店门口居然挂了打烊的牌子。

许年推门进去,问收银台后的薛宁:"怎、怎么关门了?"

"有个人买光了,没烤完的也买了,叫我们早点下班。"她对此也感到很迷惑,"你电话没接,我就留在店里等你了。"

许年一看,果然全空了。平时基本卖不完,但面包、蛋糕类的保质期短,有的可以隔夜低价处理,或者让她们带回家,有的就只能扔掉。

卖得这么空是第一次。

"谁?"

"就上次买榛子巧克力蛋糕的那个帅哥。"

陈致?

许年又问:"他人、人呢?"

"不知道,走了挺久了。"

正说着,有人叩了叩玻璃门。

许年闻声转头。

那个一只手插在大衣口袋里,头发在寒风中微动的男人,可不就是这个"一掷千金"故事的主角吗。

薛宁锁了店门,回身正好看到不远处两人的背影。

天色暗成靛青色,街道两边路灯亮起,北风卷得树枝打寒战,这样的一幅画面,莫名给人一种电影镜头的质感。

她脑海中不由得浮现出一个念头:他们还挺般配的。

许年站在路边和陈致说话。

她语气无奈:"你这手段挺、挺老套的。"

陈致说:"去看老师总不能空着手,送你一单大生意,不也挺好?"

她关注的是前半句,转过头:"你、你回学校了?"

"嗯,"他声音很淡,"袁老师老了很多,他现在不带毕业班了,说精力跟不上。"

"袁老师有、有五十多了吧?"

"你没回去看过?"

她垂眸:"没、没什么可回的,袁老师大、大概也不记得我了。"

大学一开学,她就改了名,下定决心,与过去断干净。

放寒暑假,她能申请留校就留校,阳溪也不大回,更别提回母校。

有关那座校园的大部记忆,都是黯淡阴沉的,角落爬满青苔,像潮湿发霉的雨天。唯一一点色彩,也被她抛下了。

"陈致,我、我们分手这么久了,你也、也有更好的生活,别再浪费时间找、找我了。"

她吐出一口气,凝成淡淡白雾:"不、不是说好,各自安好吗?"

光是说这么几句话,她都感觉疲惫,四肢提不起劲,又觉骨缝里泛着湿冷,裹紧外套。

"许年……"

我想重新追求你,可以吗?

现在不是恰当的时机,她抗拒的意图已经很明显了。

"……你现在过得好吗?"

这句话,本该是所有烂俗的久别重逢的开头问候,却这么不合常理地,现在才问出口。

过得好吗?

许年自己也不知道,在世俗的定义里这样算不算好。

应该还不错的。

她开了自己的店,有一套遮风挡雨的小房子,生活规律而乏味。

但她在陈致面前说不出来,不然多少有点班门弄斧的意思。

这像是一种与生俱来的自我保护机制——维系这点微不足道的自尊心。

她没作声,眼皮耷拉着,更累了。

放过她,让她回家休息吧。

陈致的声音都像覆了层玻璃砂纸,变得隐约而模糊了:"我没有再交女朋友,许希。"

又是这个名字。

叔母、唐黎总改不了口,始终叫她"希希",可她觉得这么美好、充满希冀的字眼不属于她。

她应该像鲇鱼,寿命和人差不多长,但住在水底的坑洼,或是黑暗的涵洞,与树的根系、腐烂的叶子、河底的沙砾为伍。

许年眼睛快睁不开了,不知道是不是因为太困,慢慢地合上了。

然后,她感觉有人托抱住她,既陌生又熟悉的气息,拥住她的手臂有种令人安定的力量。紧绷的神经忽然放松了,情绪也得到安抚,她放纵自己靠着他的怀抱睡过去。

许年再睁开眼,是在车上。

城市的霓虹被车窗框住,如胶片底片,一张张划过。

"去、去哪儿?"

她开口才发觉嗓音哑得不像自己的,嗓子眼深处拉扯着,隐隐发疼。

旁边的驾驶座传来一句回答:"医院。"

"我没、没事,就是太困。"

停在红灯前,陈致才转过头,光没完全照进来,他的面孔故而不甚清晰,夜如墨晕开那般浓。

"你发烧了。"

许年挣扎着坐起身,抬手触了触额头,没什么感觉,大抵是因为手也是热的。

"不、不用去医院,回去吃、吃点退烧药就行。"

他想也不想:"不行。"

她口吻变得强硬:"我要回家。"

但这只是她自以为,实际上,她音调软绵绵的,带着疲倦,根本没威慑力。

陈致知道她倔,也不想这个时候惹毛她,在下个路口掉头去她家。

许年听到背后的关门声,但懒得阻止他跟上来,迈着悬浮无力的步子上楼,进屋。

她边走边脱鞋和外套,进卧室扑到床上,过了半晌,才缩紧身子。

唐黎今天和人有约,屋里冷冰冰的,但入鼻的不是医院的消毒水味,入耳的也不是嘈杂的人声。

她像回笼的家禽,卸去所有防备。

"药在哪儿?"

许年没回,她只想好好睡一觉。

她这几天总做梦,梦到叔叔去世,他们急忙叫她回来办丧事;又梦到胡子拉碴的男人伸手拍她屁股,笑得一脸奸邪;还有,男生扯住她的衣领,声音凶恶粗嘎,叫她把陈致叫出来。

她厌恶极了那些人,那些事。可阳溪太小了,他们化成魔,缠绕着她,好不容易赶走了,却卷土重来。

她半昏半睡,彻底失去分辨陈致做了什么的意识。

不知过了多久。

"希希,起来吃药。"

许年或许无意识地哼了声,又或许没有。

唇瓣被人拨开,几粒小小的药片被塞入口中,随即是杯沿抵住下唇,温热的水漫上来,润湿干燥的嘴唇,多余的顺着嘴角往下流。

有人替她揩去。

"乖,咽下去。"他柔声哄着。

她依言老实地吞咽,又被放倒在枕上。

陈致站在床边,弯腰,先解开她扎着的头发,再帮她脱了毛衣,免得她被束缚得不舒服。

里面是一件薄薄的内搭,因为贴身,勒出内衣的形状,胸口随着呼吸小幅度地起伏着,领口不正,袒露一片白皙细腻的皮肤。

他气息一滞,略显狼狈地撇开眼。

最后,他帮她掖好被角,调好空调温度,离开卧室。

刚巧漏听了她呢喃的那声"陈致"。

第二天早上,许年是被热醒的,她浑身说不出地酸痛,每块肌肉都被捶打过似的,异常高的体温烘着,汗闷在被子里,黏得不舒服。

她看了眼身上的衣服,极力回忆,仍想不起昨晚的细节。

许年披了件外套,踩着床边的拖鞋,出卧室叫唐黎。

声音还没来得及发出,便生生堵在喉咙口,枣核一样,不上不下。

陈致听到脚步声，睁开眼，看到她，从沙发上坐起来，说："我等你朋友等了很久，看到她给你发消息说不回来，就没走，怕你有事找。"

许年沉默了一会儿，又看向厨房。

不知道他放了什么熬粥，电饭煲保着温，散发着浓郁的鲜香。

这么窄的沙发，他怎么忍了一整晚。

一贯不会下厨的大少爷，又怎么洗手做起羹汤来。

其实心知肚明，他做这些是为了什么，但她下意识地又不想承认，仿佛承认等于认输，心理防线会因此一溃千里。

陈致咳了两声，像冻着了，他拎起大衣："你记得量体温和吃药，我先走了。"

"陈……"见他要走，她急忙叫住他，"吃、吃完早餐再走吧。"

洗漱台旁边的柜子里有新牙刷，许年拉开柜门，从镜子里看到自己的脸。

脸潮红得不正常，唇发白，起死皮，头发乱糟糟的。

这副样子委实不好看。

自从开始工作，免疫力下降，她每年都会感冒发烧那么一两次，大多时候不太严重，吃两天药就能好。

但基本是自己一个人熬过去的。

他既然都看见了，许年破罐子破摔，也没管，把牙刷交给他，准备离开。

结果浴室空间太狭小，卡住了。

她低声说："你让、让一让。"

陈致个子高，挡在门口，她挤不过去。

离得这么近，空气也变得稀薄。她权当是生病的缘故，而非他。

他看了她一会儿，才退开放她走。

许年步子急，还要伪装得不那么像落荒而逃。

待收拾停当，她揭开锅盖，蒸汽扑面而来。

满满一锅，大米里有剁碎的香菇、玉米、肉，说实话，卖相不佳，水放少了，过于黏稠。

她没说什么，盛出两碗，摆到餐桌上。

一时安静，只余碗勺碰撞的清脆声。

许年说："谢谢。"

是该谢。

无论他们目前是什么关系，普通高中同学，或者旧情人，他对她的照顾都是实实在在的。

陈致说："我以为你能照顾好自己。"

她为什么从他的语气里听出责怪的意味？她又为什么要辩解？

"最近事、事太多了。"

叔母做术前多项检查,要去其他科室,有时候排队一排就是半个小时,她得陪着,还要买三餐和打水。

"之橙"是她目前唯一能依靠的,更放不下,材料、账单,前天有台设备出问题,又得叫人来修……

事堆到一起,加之寒流南下,她便发了烧,自己也没意识到。

"许年,背一直挺着会累,会僵,适当休息一下,好吗?"

从高中起她就这样,不敢放松。

许年笑了下:"你站、站在现在的高度,说这、这话,自然轻松。"

她很平静,没有嘲讽,也没有针锋相对。

陈致未吭声。

轻松?

他们缺席彼此人生的这几年,一两句话填补不了,他便没讲,她所谓的高度,他一路是爬得如何鲜血淋漓的。

她生硬地转换话题:"你、你好点了吗?"

他以为她问手背的瘀青,说:"土豆片挺管用的,消退了很多。"

她心口闷了下,没有再问。

又是无言。

吃完,许年要收碗,他抢先,说:"我来吧,你好好休息。"

她没争。

陈致将碗洗净沥干,放上碗柜,继而拿出体温计:"你昨晚烧到三十八度三,后来退了点,待会儿再测一遍吧。"

"嗯。"

"你的药有的过期了,我给扔了,另外买了新的补上了。"

"嗯。"

他张了张口,末了,还是那句:"好好休息,这两天别忙了。"

"嗯。"

陈致走了,这屋子什么都没变,不剩任何他留宿一晚的痕迹。

良久,许年打开架子上的药箱。

她注意到有一盒未拆封的创可贴,他那天用过两枚,一道补给她了。

卡通图案的,印的是橙子。

许年坐到他躺过的地方,捂住脸,慢慢地,感觉掌心一片湿热。

许年迄今仍记得那天的情景——

高考完的第二天,知了一声一声地喧嚷着,太阳烧得发白,薄薄的亮片似的贴在天上。

她煮了绿豆沙,放到冰箱里冷藏一夜,早上就着玉米、鸡蛋一起吃。

叔叔上班,许凌上学,叔母还没起,她轻手轻脚地出门,小跑着下楼。

事实上,她也不清楚,为什么自己脚步那么轻快。

她穿了一条纯棉长裙,样式略显旧,绣着数朵小花,领口是花边,露出两段藕节似的胳膊,白生生的。裙摆随着她的跑动扬起、落下,像只白粉蝶。

陈致在拐一个弯的路口的树荫底下,她叫他远一点等,不想叫认识她的人瞧见。

他说好。

后来那里成了他们经常见面的地方。

她远远地看见他时,心脏无故跳脱掌控,在胸口闹嗡嗡的。

许希脚步慢下来,太阳大,照得影子淡,有风刮过,吹得她的神思微晃。

陈致之前理得只剩发茬的头发长长了些,像才洗过,格外柔软,有点……毛茸茸的。

他穿得很清爽简单,就是宽松的T恤、短裤,朝她望过来的眼神亮而灼热,像那个夏天,占据一天中大半时间的日光。

她没法继续拖沓,走到他面前。

与他离得近了,男生身上的清香被晒得散开,混着热气,铺天盖地地围拢她。

"吃冰激凌吗?"

"都、都行。"

她手指无意识地揪着裙子,鼻尖缀着几颗汗珠,掌心也有。

陈致带她去了麦当劳。

那年头,阳溪这座小城市还没入驻多少大品牌的快餐店,奶茶店也没开得遍地是,吃的基本是路边摊。

再早一点的时候,吃顿麦当劳甚至算得上奢侈,许希还是小时候过生日,父母带她来过一次。

后来,全省整治市容市貌,餐饮行业就规范许多,反而失去了熟悉热闹的烟火气。

六月初,中小学尚未开始放暑假,店里人不多。

他点了一份甜筒,问她还要什么。

她说她吃过早餐了,多的也吃不下了。

陈致又问她,有没有想去的地方。

她摇头,说没有。

事实上,在阳溪生活十几年,她仍像初来乍到,不知道哪里有好玩的、好吃的。

"看电影吗?"陈致没有和女生单独约会的经验,在脑中搜刮着可行方案,"或者,游戏厅?"

说完,他又觉得俗不可耐。

是了,他们成年了,也毕业了,没有任何地方限制他们进出。

许希犹豫了下,试探地问:"可、可以去酒吧吗?"

"酒吧?"他显然有些惊讶,"你确定?"

"嗯。"

她以为他会拒绝,毕竟这种听起来乌烟瘴气的地方,和她这种好学生极不搭边。

但陈致只是说:"现在还太早,大概没开门营业,晚点去吧。"

许希点头:"好。"

天气热,手上的冰激凌融得很快,一不留神,就滴到手上了。

"我来。"

陈致掏出纸巾,帮她擦。

她的手被他托着,下意识地想收回来。

"别动,不然滴得到处是。"

他指腹好烫——许希恍恍惚惚,只记得这个。

"快吃吧,"他把废纸团了团,扔进垃圾桶,"不然就融完了。"

陈致低头在手机上点着什么,她也没有要窥探的想法,一下下地舔着冰激凌。

"杨靖宇说县里有个漂流景区,你想去吗?"

她一怔:"怎、怎么去?"

"包车。如果叫家里司机的话,我爸妈会知道。"

她无可无不可:"行。"

陈致包的是一辆面包车,司机常年跑市县路线,说是杨靖宇推荐给他的。

等他们上了车,司机操着一口半生不熟的普通话问:"还要再上两个人,你们的钱减免一点,可以吗?"

陈致皱眉:"说好是包车的。"

"我老熟客,人家家里有急事,下趟大巴得下午了,能不能通融一下?"

他正欲开口,许希说:"那我、我们,坐到后面去吧。"

他本来也是为她考虑,她都这么说了,他也没别的意见。

是一对夫妻,皆是农民工的打扮,没多余的行李,就挎着一个褪色的大包。他们连连道谢:"小孩生病了,我们实在没别的法子,太谢谢你们了。"

陈致说:"没事。钱也不用免了,就按原本商量好的,算我们包车。"

车驶上高速。

从市区到景区,约两个小时。

车身微微晃动,又是后排,呼出的二氧化碳全闷在车里,纵是开了冷气,也抵不过阳光炽热的温度。

许希有些晕车。

前排的夫妻焦虑地打着电话,似乎是在问小孩的情况,还有风声呼啸,发动机的响动,混合起来,越发显得扰人。

陈致小声说:"你靠着我吧。"

她看他,他挪过来一点,和她肩抵着肩,将她的脑袋往下按:"别顾虑太多。"

胃里翻涌,脑袋也晕,因此她未反抗,而是顺从地靠着他。

"要不要说说话,可能会好一点。"

"说、说什么?"

"比如……"他思忖着,"你跟我单独出来,不怕被我拐到深山老林里卖了吗?"

许希摇头。

"这么信任我?"

"你又、又不缺钱。"

陈致失笑。

"那再问你一个问题。"

她合着眼,"嗯"了声。

"许希,可以当我女朋友吗?"

他声音很轻,轻得只有她听得清。至少,前面的人没有因为他这句话,有半点惊讶。不奇怪吗?

高速行进中的车里,两个人挤挨着坐,空气闷窒,遑论浪漫的氛围,他居然问……

她身体瞬间僵硬,像被施了定身咒,眼皮跳了跳,再作不出别的反应。

陈致估计也察觉到了。

他打圆场似的笑了一声:"我昨天说想跟你说的话就是这个,你可以不用着急回答,反正我也等了挺久了。"

所以,他喜欢她?

可为什么,为什么会是她?

她第一反应不是惊喜,而是质疑。

那么多漂亮、优秀的女生喜欢他,给他送礼物、情书,向他表白,他没有接受任何一个,原来是喜欢她吗?

他喜欢她什么呢?

放在膝上的手,被人轻轻地碰了碰,然后拢住,不紧不松地,继而摩挲着指缝,似乎有五指相扣的意图,但又畏缩不前。

陈致手心里也有汗,她无从得知,是因为热,还是紧张。

许希装作睡着,没有动。

不久前吃的冰激凌的甜味又涌了上来,在口腔和心间晕开。

最后,陈致也没有完全握住她的手。

车子先送那对夫妻到目的地,然后绕另一条路前往景区,那时已近中午。

许希这才"悠悠转醒",睁开眼直对阳光,一阵目眩。

陈致被她靠了一路,也不敢动,半边身子麻了,他缓缓地活动筋骨,眯起眼看她。

她怀疑,他已看穿她其实是不好意思面对他才装睡,但他没说什么,先领她去一家家常菜馆吃饭。

因为靠近景区,最普通的菜要价也不低。

他接了杯水放到她手边:"随便点,不用担心钱。"

许希抿了抿唇,说:"你、你这是……"

"追你啊。"陈致扬眉笑着,承认得坦荡,"杨靖宇跟我说,要投其所好,但我也不知道你喜欢什么。"

"你怎么还、还跟别人讲。"

"说是我一个朋友,他信了。"他音量也跟着她一起低下来,像和她咬耳朵,窃窃私语,"万一追不到,岂不是很丢人?"

她没作声。

"你还好奇那个问题吗?"

"什、什么?"

"高二元旦晚会,你问我欣赏什么样的女生。"

她下意识地屏住了呼吸。

"我怕影响你学习,说高考后告诉你。你还想知道吗?"不待她回答,他迫不及待地揭晓谜底,"没有哪样的女生,那些形容词不重要。我就喜欢你。"

陈致不是急性子,但他确实等太久了。

他不想继续隐藏、压抑。

一口气说完,陈致见迟迟没点好单,挑了几样菜,问她可以吗,她恍惚地应了一声"好"。

菜端上来前,一直是陈致说,许希应,怎么听,怎么敷衍。

服务员进包厢上菜,有蔬菜,有汤,有河鲜,几乎摆满一桌。

她后知后觉,他居然点了这么多。

蟹是本地的河蟹,青壳,个头小,胜在鲜。他去骨剔肉,蘸了蘸酱料,夹到她碗里。

"陈致,我有、有什么值得你喜、喜欢的啊?而且,我们也不、不合适。"

"聪明、坚定、善良、有耐心……"他想也不想,脱口而出,一一细数着,又说,

"你想去酒吧,不就是因为没去过,想离经叛道一回吗?不如试试谈恋爱?"

许希动摇了。

这些年,她很想不考虑那么多,顺着本心,干一桩只令自己放松快乐的事。

就像他说的,万一恋爱的滋味不错呢?

况且,她也喜欢他。

十八岁,最是容易萌生朦胧情意的年纪,她原以为,她对他也是如此,如果得不到,过了那个阶段,自然就释怀了。

但不是。

他每一次靠近,都在加剧这种感觉。日积月累,压迫在心头,沉甸甸的。忘不掉,也忽略不了。

许希犹豫间,他又在摇摇欲坠的天平一端增加砝码:

"我虽然没谈过,但当男朋友,应该不会太差?有七天无偿试用期,不满意你再退货,好不好?"

她"噗"地笑了。

哪有人这么极力推销自己的,而且,他是陈致啊。

她从鼻腔里发出一声"嗯"。

陈致倾身,在她额角蜻蜓点水地啄了下:"盖章了。"

快得她来不及感受他唇上的温度,他就撤开了。但一片绯红还是悄无声息地爬上她的耳根。

山里气温比城市低,他们穿上救生衣,和其他人一起坐上漂流艇。工作人员和他们说明安全注意事项后,推充气筏下水。

飞溅起来的水珠带来凉意,风也被滤掉了暑气,带着淡淡草腥、树叶的清香。

牵着的手却那么热,那么热。

年华匆匆过,梦也好,醒也好,往事皆了了。

许年缓了一阵,因为情绪波动,头晕得更厉害了,测了体温,不降反升。

她打电话给许凌。

"我、我不舒服,今天你、你留在医院吧,实、实在不行,就叫个护工。"

"行,"估计这几天把事全丢给她一个人,他也心虚,答应得痛快,"你好好休息。"

说完,他就挂了。

许年也没指望从他那儿得到什么真心实意的关心。

远近亲疏,人情世故,幼时不懂,长大之后,就像风暴平地而起,自然而然会被卷入其中,不可幸免。

唐黎快到中午才回来。

她昨晚和之前的同事去酒吧了,碰上喝醉闹事的,到派出所去了。

许年问清情况,得知她无碍才放下心。

"你知道那男的多贱吗?"唐黎一边翻冰箱,拿蛋和西红柿,准备下碗面吃,一边吐槽,"有老婆孩子,还晚上跟女人喝酒撩骚,他老婆抹着眼泪给他收拾烂摊子,我看着都心疼,真不是个人。"

唐黎忽然发现锅里有剩的粥:"怎么煮这么多?"

"陈致煮、煮的。"

做饭不熟练的人,很难把握好量。

唐黎福至心灵:"他昨晚睡在这里?"

"嗯。"许年披着毯子裹住自己,昏昏沉沉的,"他照、照顾了我一晚。"

唐黎尚未意识到她生病了,激动地问:"那你们有没有发生点什么,比如,春风一度之类的?"

许年说:"你、你想什么啊?我们从、从来就没过……"

"不是谈了快三个月吗?"

"我们也、也就亲过两次而已。"

"这么纯情?"

许年无奈地看着她:"你怎么还、还有点失望的样子?"

"那倒不是,主要是没想到。那会儿又没老师和家长管,炽热的夏天,少男少女,没点互相探索的意图,太不合情理了。"

事实就是,连初吻都是很后面的事了。

而且非常非常青涩。

今天回忆过去太频繁,越想,心里越闷得慌,像盛夏雷阵雨欲来前的空气。

许年让这个话题止于此:"吃饭不、不用叫我了,我、我先睡一觉。"

"你怎么了?不舒服吗?"唐黎这才注意到她脸颊异常地红,"吃药了吗?"

许年简单回答完,回房间上床。

许年睡得不踏实,又做了混乱的梦,怪谲得像海底漩涡。

烧到了第二天才完全退下去。

病去如抽丝,身体依旧不爽利,但好歹头不痛了。

许年打开窗户通风,吹去病气,准备去医院看望叔母。

刚出门,她便看到地上一个打包的纸袋,上面贴着一张橙子样式的便利贴,什么字也没留。

她弯腰拎起,打开一看,里面装着车厘子、草莓、橙子,还有一个针织挂件——还是橙子。

另外还有一个信封，封着口，摸着硬硬的，似是张卡。

她犹豫了下才拆开。不是想象中的银行卡什么的，而是阳溪一家近两年新开的高档 SPA 会馆的 VIP 卡。

再就是一张折叠的信纸，字迹潦草，像匆匆写就：

> 需回章州，手机号码没换，有事随时可以找我。卡里存了钱，累的话，去放松一下。生病多补充水分和维生素。别的，也不知道你需要什么了。
>
> 好好照顾自己。

没有落款，像是笃定读信人能猜到写信者是谁。

纸张轻飘飘的，拿在手里，却沉重不堪，压得胳膊直往下坠。

许年吐出一口气，放下水果，打车去会馆，问前台，对方说："卡内一共有五万元整，可以选择任意套餐消费。"

许年被这个金额吓了一跳："可、可以退吗？"

穿着职业套装的前台摇头，礼貌而官方地道："抱歉，小姐，此卡不能退，不能转让，如若丢失，可凭本人身份证前来挂失。"

"好、好吧，谢谢。"

"小姐请慢走。"

五万对陈致来说，估计算不得什么，却是许年店里几个月的净利润。

卡退不了，她也没有他现在的住址，不能寄还给他。甚至于，她连他在章州的消息，都是才知道的。

许年缓缓输入那串烂熟于心的十一位数字，拨过去。

果然通了。

但听到那声"喂"时，她醒过神，迅速按下挂断键。

她其实压根儿没组织好语言，不知道该怎么和他说。

过了一会儿，手机收到一条短信：许年？

手指在屏幕上悬了好一会儿，她才回：是我。给我你的账号，我把钱还你。

陈致：抱歉。我现在有点事，晚点回你。

许年：行。

文字沟通就方便多了，不需要管理情绪、控制语气。

许年去到病房，见叔母躺在床上吊水。

"许、许凌呢？"

"说是去吃早餐了，半个多小时了也没回来。"叔母伸出手，"你扶我去下洗手间，憋得很。"

蹲下时，不可避免地拉扯到手术刀口，叔母"嘶"了一声，喊痛。

许年背着身，听见背后响起淅沥水声，过了一会儿，声音停止，她搀叔母起身。

因为吊水，叔母每隔一小段时间就要上趟厕所。到第三趟的时候，许凌才姗姗而归。他拎了一袋子水果，还有卤味、鸡架，许年说："叔母不、不能吃这些。"

"我自己吃的。你来点不？"

她摇头。

许凌靠着墙坐，一边打游戏一边吃，满屋子香味。

叔母明知道不能吃，但闻到这味道又馋，眼巴巴地看着，终于忍不住，说："给我尝一小块，过过嘴瘾。"

正好，护士进来换药，瞟了眼许凌，严肃道："病人需要忌口，家属注意点。"

许凌不耐烦："我出去吃，行了吧？"

护士又说："病人也是，这样不利于伤口恢复的，万一发炎更麻烦。"

叔母悻悻地"哦"了声。

许年忍俊不禁。

笑完，她又看了眼手机，始终没动静。

医生叮嘱叔母，不要一直躺在床上，于是叔母吃完午饭后，就下地慢慢地走动。

许年陪着她一起。

叔母边走边刷短视频，"啧啧"几声，说："现在怎么这么多家暴的，哟，还正好是阳溪的。"

许年随意瞥了一眼。

是一段男人殴打女人的视频，显示地点是阳溪。

叔母点开评论区，她年纪大了，视力退化，手机字体设置得大，许年在旁边也看得清。

很多网友在底下义愤填膺，大骂家暴男该死。

置顶的一条，是关于家暴男的信息：林政，199X年生，对妻子实施长达两年不同程度的家暴行为，打得妻子三次进医院，伤情检验报告如下，民警也上门调解了一次。要不是畏惧他报复，早就离婚了。

林政？

许年隐约觉得熟悉，不待她想起来，叔母已经刷过去了。

后来回到病房，林政这个名字再次浮现在脑海里，她才想起来。

当年，就是因为他，陈致才从昂立转学到三中。

关于他的记忆，对许年来说如同噩梦。不仅仅是因为目睹过他带人群殴陈致，还因为他们第一次去酒吧,也碰到了他。

那时他们已经交往有一段时间了。

人老怕过夏,叔母娘家有老人去世,她独自回去了,许凌在房里打游戏,许希偷摸出门,到楼下,心还"怦怦"跳个不停。

陈致在老地方等她。

虽然早就成年,但迈进灯红酒绿的酒吧时,她心里仍有一种隐秘的、出格带来的刺激。

——迟来的叛逆期。

陈致紧紧牵着她的手,怕被人群冲散。

与她想象的大差不差,酒吧里也有许多学生样的年轻人,大多穿着清凉、暴露,有的男女叠坐在一起,甚至旁若无人地接吻。

乱且吵。

音响像贴着耳朵播放,是那种很high(兴奋)的摇滚乐,离远一点,都听不清陈致的说话声。

她贴近他,后悔和放纵两股情绪撕扯着,到底没有提离开。

他带她找空座坐下,拿来菜单。

酒水名字取得花里胡哨,标价也高,最普通的白开水都是十块钱一杯。

他想给她点杯无酒精的饮料,她说她想喝酒。

"你能喝吗?"

许希不知道自己酒量如何,但跃跃欲试。

她攥着他的衣角,眼睛睁大望着他。在他看来,就是无声的撒娇。

陈致妥协了:"就抿一口,可以吗?"

"好吧。"

他刚离开座位,许希就感觉衣领被一股暴力扯住。

"陈致呢?"男生似喝多了,身上有浓得熏人的酒气,"躲哪儿去了?叫他出来。"

她心慌害怕,试图挣开。

男生语气越发凶悍:"看到你们一起来的,叫、他、出、来!"

"林政,别动她。"

陈致去而复返,一双眸子紧紧盯着林政的手,语气平静却有力:"松手,你不是要找我吗?"

"这么紧张她?女朋友?没想到你喜欢这种款的。"

林政说着,要摸她的脸。

许希就着他的手狠狠咬了一口,他吃痛,手上一松,她连忙跑开,跑到陈致那儿。

"死贱人。"一句接一句的脏话从林政口里冒出来,他冲过来要抓许希。陈致挡在她面前,朝林政小腹挥了一拳,趁他不防,拽着他胳膊,压制住他。

"再骂一句试试?"陈致从头到尾都没有愤怒的迹象,音量也不大,压迫感却极强,"欺负女生,算男的吗你?"

林政喝醉了,使不上劲,他啐了一口,说话颠三倒四:"装什么英雄救美,忘了被我们揍得哭爹喊娘了是吧?"

他不是一个人来的,这边闹得动静大,引起了他狐朋狗友的注意。

许希喊道:"我们报、报警了,别、别乱来。"

他们暂时定住了,谁也不想招来警察。

林政嗤笑:"结巴啊。"

陈致扭着他一条胳膊,摁着他,往下压得更低:"搞清楚,现在是你受制于人。"

许希拉着陈致,低声说:"我们快、快走。"

等那群人反应过来时,他们已经挤着人跑出去了。

肺部被夏日的风充胀得发疼,衣服鼓成帆,他们像被推着,不停地往前。不知跑了多远,精疲力竭,确定没人追上来,他们才停下来。

两人俱喘着气,心跳得很快。

陈致抹去她脸上的汗:"没想到你胆子挺大的。"

许希用同样的句式回他:"没想到你、你力气也挺大的。"

两人停了停,莫名地对视着笑开了。

末了,她心有余悸地说:"他们那、那么多人,你、你又打不过。"

"但是帮你出了一口恶气,爽不爽?"

他眼底浸满星星点点的笑意,很亮,很意气风发,却只映着她一个人。

心也如帆,在海面上扬起。

自和陈致重逢,许年越发频繁地想到和他有关的过去,好的、坏的,桩桩件件,清晰如昨。

她强迫自己收敛思绪。

直觉告诉她,继续这样下去,心会越来越失控。

那天一直到晚上,许年才收到陈致的回复。

他发来一串英文,zzxcsdxl,像是乱码,随后又说:*我私人微信。*

结果真搜索出来了,微信名叫"XYZ",头像更敷衍,是天空中斜斜插出一根枯树枝。

和他本人不搭的风格。

她懒得多想,发送好友申请,很快通过。

许年的头像和名字都是"之橙",朋友圈发的也都是店里上新、折扣什么的,没有任何个人痕迹。

所以陈致问：店号？

之橙烘焙：我就这一个号。

反正她没多少需要联系的亲朋好友，懒得分管两个账号。平时收钱、联系顾客也是用这个。这样方便。

她打算转钱给他，结果因为微信支付的单日转账限额为二十万，额度快用完了，五万转不过去。

之橙烘焙：给我你的银行卡号，或者支付宝号吧，我转给你。

XYZ：转什么？

之橙烘焙：那张会员卡的钱。

XYZ：有空去试试。

之橙烘焙：？

这人怎么已读乱回呢。

XYZ：今天从早到晚一直在开会，见客户，刚刚才到家，不是有意不回你的。

之橙烘焙：哦。

许年心说，我又没问你。

XYZ：烧退了吗？

许年不想回，怕越回纠缠越多，索性眼不见心不烦地倒扣手机。晾着他，他也不会自找没趣。

哪承想，他直接打来电话。

突如其来的铃声吓了她一跳。

她翻过手机，手上动作快过大脑反应，错按了接听键。

不得已，她只得拿近耳边。

许年尽量使语气平静："你、你干吗？"

"烧退了吗？"陈致口里像含着什么，说话声不甚清晰，随即是一声吞咽，"你没回，怕你烧昏过去。"

她说："退了。"

"是不是你传染给我了，感觉我也有点烧。"他又咳了两声。

"啊？"她一愣，心间涌上一股愧疚，"不、不好意思啊。"

毕竟他守了她一晚，又给她量体温，又熬粥，哪怕不是被她传染，也可能是睡沙发冻着了。

"你吃、吃药了吗？多喝、喝热水。"

陈致没接话，低低地笑着，笑声断断续续地从听筒那边传来，低频率地震着她的耳膜。仿佛能叫人想象到，他笑得胸口颤动的样子。他脸上也一定有揶揄之色，笑她居然信以为真。

明显是耍她。

许年气急:"你无、无不无聊。"

他话锋一转:"好饿。晚上光顾着喝酒,没吃饭。"

她说:"饿就点、点外卖,或、或者自己做,跟我说有、有什么用。"

带着她自己都没意识到的慌乱。

总觉得,他这话,像是男朋友对女朋友撒娇。

"是没用。"他语气里的笑意散了,声音变得沉而喑哑,"就是……想念以前的味道了。"

许年没作声。

两端的静默如大水,瞬间灌入耳蜗,堵住所有声音,只剩彼此的呼吸。

"会馆是朋友家开的,去捧个场。我也用不了,你去吧。"陈致顿了顿,才说,"挺晚了,挂了。"

"嗯。"冷漠得不近人情,没必要这么对他,她补了句,"晚安。"

陈致在原地站了一会儿,把手边的锡纸板塞入药盒,又另外接了杯水喝。

凉水入喉,以刺冷的痛感压制住胃的不适。

本来就没完全好,加上喝了酒,搅得更难受了。

他估计是医生最头疼的那类患者。

陈致脱了外套,靠在沙发上。

客厅里一点多余的装饰品都没有,像样板间,屋子空到一个轻微的动作就能引起回音。

这几年,他拼命工作,还清父母的债务,但他不能停。他怕一旦停了,所积攒的这一切力量,将在顷刻之间尽数化为乌有。

所以直到今年,他方抽出时间回阳溪。

陈致重新点开手机,看到律师发来的消息:

△视频发到网上了,这几天发酵得很快,闹得他单位尽人皆知。出于舆论压力,他单位已将他开除了。

△已经替赵小姐拟好离婚协议书,如果林政不答应,她愿意起诉离婚。

陈致回:好,郭律师,辛苦了。

烟和打火机都在口袋里,他掏出一支,点燃,没抽,架在烟灰缸上,看着猩红的火星舔舐烟丝,吐出一截灰。

他想问许年,帮你报仇了,爽不爽?

但这哪够呢,犯下罪孽的人,还没亲口向受害者道歉,这哪够!

陈致不是睚眦必报的人,但林政欠下的债,哪怕过去多年,他也要讨回来。

如果不是林政找到她家，在附近的墙、电线杆上贴一张张骂她、辱她的纸，她怎么会被她叔叔打，他们又何至于走到分手这步。

当时的陈家已走向式微，陈致的父母苦苦支撑公司，甚至顾不上陈致。

她顶着被扇得红肿的脸，跟他说，别去找林政了，冤冤相报何时了。林政这人记仇又心狠，她不是怕林政，是不希望再惹出多余的事。

陈致那会儿羽翼未丰，赤手空拳的，没能保护好她，反而让她受自己牵连。

所有的怨，所有的仇，现在他要亲自了结。

许年拿不准怎么处理那张卡。

她知道陈致的性子，给出去的东西，绝对没有收回的道理，除非以他喜欢的方式还。以前就是。

那年七月底，录取通知书下来，她和陈致如愿被江大录取，一个计算机专业，一个金融专业。

他说要庆祝，送了她一条项链，镶着钻，一看就价值不菲。

她压根儿回不起这礼，他说亲他一下，就当回了。她也就是亲了下他的脸，他笑得像得到了什么珍宝一样。

薛宁的话打断她的思绪。

"哇，许年，你什么时候背着我们发大财了，卡哪儿来的？这家会馆好贵的。"

算了，终归是要还的，用就用了吧。

叔母是昨天出的院，一个月后再复查，这段时间不用许年操心了。许年累了多日，又生了场病，也想休息一下，于是扬了扬卡，说："今天晚、晚上早点关店，一、一起去吧，算是员、员工福利。"

薛宁难以置信："真的假的？"

许年含笑点头。

薛宁激动地跳起来："许年，老板，我的姐，我爱你，么么么！"

何与沁按住她："地板都要被你踩塌了。"

"你不懂，我是山猪没食过细糠，这种高档SPA会馆我平时进都不敢进。"

许年笑了笑，发消息问唐黎要不要一起。

唐黎正好闲着没事，应下了。

晚上，"之橙"提前打烊，她们一道前往会馆。

套餐有很多种类，什么泰式古法、黄金热油、泰式磨砂，会员折后价也不低。

作为被请客的，她们也不好意思宰许年，选了价格偏低的。

许年说："平、平时工作累，难得来、来一趟，就、就体验贵的吧。"

她做主选了，刷了卡后，由服务员领她们去换衣间。

四人选的大包间，都是年纪相仿的年轻女孩，以往没有这样的机会，按摩师给她们按摩时，她们便闲聊起来。

感情是绕不开的话题。

薛宁先开的头："许年，你之前谈过恋爱吗？"

因为许年从没端过老板架子，这又是下班后，她问得随意，没什么顾忌。

香气弥漫，人的精神也不由得放松，许年合着眼，懒懒地回："嗯，谈、谈过一次。"

何与沁接茬："什么样的人啊？"

"就……普、普通人吧。"

唐黎说："她谦虚了，是个大帅哥。"

"多帅啊？"听到是帅哥，薛宁就来劲了。

见许年没反对的意思，唐黎继续说道："那会儿他在篮球场打球，好多女生冲着他去看。后来快毕业，有个喊楼活动，有人做了横幅，专门祝他高考顺利。"

薛宁和何与沁双双咋舌。

素日里，许年不爱讲自己的事，她们只知道她是江大毕业的，去年辞掉工作回阳溪，开了"之橙"，关于她的家庭、感情史，她一概不知。

"谁追的谁啊？哦，不，肯定是他追的许年。"

许年好奇反问："你怎、怎么这么笃定？"

"感觉你不是会主动的性子呀，而且，你这么优秀，值得被追嘛。"

从薛宁的角度看，许年漂亮，聪明好学，脾气性格都好，做事认真踏实……数不胜数的优点。

当然应该要男生追她。

大概是身体的舒服令许年松弛了，她第一次和唐黎之外的人提那段初恋：

"其实，他、他也没怎么追。"

才高考完，他就表白，她也没想着吊他两天，直接就答应了。算哪门子追。

"那后来为什么分手啊？"

许年沉默了一会儿，才说："我们不、不合适。"

薛宁感慨道："感情也讲究个天时地利与人和，有时候，不是相互喜欢就能一直走下去的。说不定到哪个岔路口，就该说告别了。"

何与沁说："这么说，你是有切身体会咯？"

"我母胎单身呢。不过我高中暗恋我同桌，那会儿他经常给我讲题，我理科思维特别差，他耐心可好了，我一遍没听懂，他就再讲一遍。你们懂吗？我感觉他身上会发光。"

薛宁悠悠叹气："最后他考了好大学，我嘛，我就不提了。后面听说他跟大学同学谈恋爱了,感情好得人见人羡,估计快结婚了。"

许年听到这里,眼睫颤了颤。

做同桌时,陈致喜欢用笔尾戳她,毫不客气地把题摆到她面前,撑着下巴,散漫地看她在草稿纸上演算。

他脑子本来就灵活,学得很快,几乎不用她讲第二遍。偶尔扭过头,她会猝不及防地和他对视上。

男孩眼神平静而纯澈,像她曾在书上看到的冰裂缝的海水,深邃,望不见底。那里面,映着小小的她。

拿到录取通知书后,他畅想着,以后可以一起去图书馆学习,要是他没课,可以蹭她的上。

那时,她逛累了,他们坐在树荫下的木椅上,蝉鸣声离得很近,显得聒噪吵嚷。

他去买了两支不同口味的甜筒,叫她挨个尝一口,挑喜欢的,剩下的那个归他。

旁边有个大爷扇着蒲扇乘凉,听到他们聊天,笑着说,年轻就是好哟。

然而,没到大学开学,他们就分手了。

陈致也没有去江大报到。

人的青春似乎总容易留有憾事。

因为不成熟,因为前路未知,也因为当时的纯粹美好在现实面前往往不堪一击。

或爱情,或友情,或学业,无一例外。

许年,你的遗憾呢?

她问自己。

她无数次想过,那天,她如果没迷了心窍答应和他在一起,后来是不是就不会那么痛苦。

现在是不是就不会猝不及防地被回忆击溃心防,任由最脆弱的部分被滋生的蔓草裹缠,紧得快无法呼吸。

第五章

> 她是他的希希,是他的希望。

一个小时SPA做完,许年浑身筋骨都松快了,皮肤在光下白嫩得像新剥出来的菱角。

她巴掌大的脸更是跟水煮蛋似的,眉弯弯的,眼神温婉,唇是盈盈一点樱花粉,恰到好处的颜色。

她的长相是那种完全没有攻击性的秀丽、柔美,不算大美人,但很舒服,耐看。

比之高中,她五官没太大变化,但又像脱胎换骨一般,不再会被轻易忽略。

唐黎摸了一把她的肩,笑得贱兮兮:"真滑溜,还跟十几岁小姑娘似的。"

许年脸皮薄,灵活躲开,轻嗔道:"小心我告、告你骚扰啊。"

薛宁说:"去吃夜宵吗?"

她刚刚在大众点评上看到附近有一家不错的烧烤店。

许年回阳溪这么长时间,没有过娱乐活动,身体舒服了,心情便也不错,说好。

阳溪不大,生活节奏慢,夜间活动多,极其容易碰到熟人。

这不,今儿赶巧,就撞上了。

唐黎她们说请许年,她没什么忌口的,就由她们点。

"鸡中翅和鱿鱼四串会不会不够?各八串吧,五花肉多来点。"

"蔬菜呢?光吃肉太腻了。"

许年起身去拿饮料,问她们要什么。

薛宁说:"烧烤当然得配啤酒。"

许年拿了四瓶哈尔滨啤酒,抱在怀里,被人拍了拍肩。

"许……希?是你吧?"对方舒了口气,还担心认错了,"刚刚看到你,还不敢上来打招呼,你变太多了。"

是蔡心怡。

毕业后,她们也没联系了。

蔡心怡比高中时还要胖,下巴多了一层肉,一笑,挤得快没眼睛了,但看着开朗很多。头发烫染过,做时髦发型,披在肩上,脖子上还戴了条细细的金项链。

许年客气一笑:"好、好久不见。"

蔡心怡语气热络:"你什么时候回阳溪的?没听你说过。"

"去年。"

"前段时间陈致不知道怎么找到我,跟我打听你。"蔡心怡唠家常般地说着,"我说我好久没跟你联络了,也不知道你在哪儿。"

许年闻言一愣:"陈致?"

他找她?

她俩站在过道,挡到别人的路了。

蔡心怡拉着许年避让开,许年这才注意到,她小腹微微隆起,似是怀孕了,又听她问:"是呀,他是有事找你吗?"

蔡心怡不知道他俩谈过,主观代入,觉得他俩也一样没有交集了。

许年含糊其词道:"我也、也不知道。"

"那要不,"蔡心怡提议,"你把你微信给我,我转给他。"

"不、不用了,我见、见过他了。"

担心蔡心怡追问下去,许年转移话题:"你结、结婚了?"

"早结了,这二胎都五个月了,实在嘴馋,就来打牙祭。"蔡心怡笑了笑,一抬下巴,示意角落的一桌,"那是我老公。"

许年看过去,是个很普通的男人。不丑,也不好看,乏善可陈就像大多俗世之人。

是这样了,毕业、工作,再找个差不多的人结婚、生子,按部就班。

原本,在叔母的期待里,许年也会,或者说,理所应当走这样的路。然而,正因为太庸常,仿佛一眼望得到尽头,才令她心生抗拒甚至恐慌。像一群朝生暮死的蜉蝣,死前回想一生,平淡而匆匆。

许年有了这种意识时,也分不清,究竟是出于茫然,还是觉醒。但至少,当她选择租下"之橙"那间店面,她便下定决心,她努力的目的,绝非对抗谁,而是要绝对拥有掌控自己人生的权力和能力。而别人的抉择,不在她的管控范围之内。是以,她既不过多问候蔡心怡的情况,也不对此加以评断,只浅笑道:"恭喜。"

"你呢,你结婚了吗?"

为什么要跳过谈恋爱的步骤呢?还是说,年纪到了,这个过程便不值一提了?

许年摇头说:"没有,我、我单身。"

好了,说完这句,她不用去对蔡心怡的眼神做分析了,因为那八成会令她不快。

她现在不满二十七,在阳溪,姑且算是个"老姑娘"了,所以之前相亲的杨先生——她已经记不得他的名字了——才那样趾高气扬。

但她自认为,目前的生活状态不错。

许年说:"我去找、找我朋友了,再见。"

"哦,好,下次有机会再聚啊。"

这当然只是客套话,毕竟她们连联系方式都没加上。

蔡心怡拿着饮料落座,对面打游戏的男人抬头看她一眼,问:"碰到谁了,聊这么久?"

"高中同学。"她拧开瓶盖,喝了口,"成绩挺好,高三经常教我写题,她高考考得挺好,江大呢,也不晓得她现在在干什么?"

"你们不是挺熟吗,怎么不知道?"

她耸耸肩:"唉,她脾气好是好,就是感觉很难跟她交心。"

男人不以为意:"那说明你们没缘。"

蔡心怡嘀咕:"也不知道她那样的,跟谁有缘?"

这一声淹没在嘈杂的人声中。

另一边。

唐黎直接将啤酒瓶沿挨着桌沿,猛地向下一扣,瓶盖受力,被撬飞,引得薛宁惊呼:"厉害啊。"

她给其他两人倒满一杯,问许年:"你能喝吗?"

"喝吧。"

许年其实酒量不好,大学毕业那天,是宿舍四人最后一次聚餐,吃的火锅,点了酒,她没喝几口就醉了。

但她忽然有些想醉。开心也好,为消解过去的遗憾也罢,醉一场吧,明天又是新的一天。

一大盘烧烤端上来。

这家店实在,是炭火烤的,没图快而用油炸,料也实在,干不干净就不清楚了。

"嘶,好辣,"薛宁忙拿起啤酒,"早知道让老板少放点辣椒了。"

何与沁尝了口韭菜:"我觉得还好啊,是你太吃不得辣了。"

薛宁一口干掉半杯啤酒,何与沁说:"你快把你家地址留下来,怕你待会儿醉得不省人事。"

"我酒量好着呢,过年陪我爸喝白酒能喝二两,这点算什么。"

薛宁又满上,敬许年:"感谢我们的许年同学,我们人美心善的老板。"

四个女生一起碰杯。

醉得最快的果然是许年。

一次性塑料杯，也就两百毫升吧，她到第二杯脸就红了。

她撑着脑袋，眼半合半闭的，能听到她们的声音，但大脑没法运转思考，说话颠三倒四的。

"酒、酒喝完了，再来一杯吧。"

"你还喝啊？"

她伸出一根手指，噘着嘴："就一杯。"

薛宁象征性地给她倒了浅浅一个底，她不乐意："没了吗？我去、去买。"

许年起身，东倒西歪的，险些没站稳。

唐黎忙扶住她，哄着她说："不喝了，待会儿我们回家。"

"不、不，我要喝。"许年抱着她的胳膊撒娇，"黎黎，你对、对我最好了，我给你钱，你、你帮我买一瓶，还要这个。"

何与沁笑："从来没见过她这么多话。"

薛宁想捏她的脸："好可爱哦。"

许年打开她的手，嘟囔着："不许，怎么跟陈、陈致一样喜、喜欢捏我。"

"谁？"薛宁没听清。

唐黎两条胳膊架住许年，喝醉了的人比平时重得多，对薛宁说："我带她回家，你们结一下账吧。"

"还剩这么多。"

薛宁不想浪费，找老板打包。

何与沁问："你一个人可以吗？我帮你吧。"

"行，那麻烦你了。"

两个女生一起把许年弄到家里，她喊了一路还要酒。

唐黎喘着气对何与沁说："谢谢你啊，回去路上注意安全。"

"没什么，应该的。"何与沁看向许年，"她平时太压抑自己了，发泄一下也挺好。"

朝夕相处久了，谁都看得出来，这单薄的身体，独自承担了太大压力。也许她不需要别人的同情、怜悯，但同为女生，她们最清楚她多不容易，难免心疼。

刚开店装修的时候，工人趁左右无人，想揩她的油；她不会做蛋糕，关店后，还一个人留下来练抹奶油、裱花；因为太累，中午她趴在桌上睡觉，又猛地惊醒。

她不是软弱，只是没有家庭庇护。处于社会劣势地位的女性，在走向强大、独立的路上，要遭受太多不公、白眼、欺压。

她们也很敬佩她。

唐黎送走何与沁，冲了杯柠檬水喂许年喝，然后又帮她脱了衣服，扶她上床。

"等你酒醒自己洗澡吧,好好睡一觉。"

许年乖乖点头:"好吧。"

等唐黎出去,关了门,许年又坐起来,打了个酒嗝,下床,摸黑从衣服口袋里翻出手机。

拿手机是要干什么来着?

她想不起来了,翻了翻微信列表,看到XYZ。

哦,对,她要还钱给陈致。

字有些发花,许年眯起眼,想看仔细。

转账,对,因为红包不能超过两百,但她忘了,她账号超出限额了。

她手指一偏,点到视频通话按键。

"丁零丁零……"铃声在空荡的房间乍然响起,她慢两拍地反应过来,要挂,却怎么也按不中,然后,对面接通了。

陈致的脸出现在屏幕上,而右上角的小框一片黑。

"许年?"他问,"你在哪儿?"

"我,呃,我在家啊。"

"找我有事?"

"我、我没找你啊。"许年迷迷瞪瞪的,"你找我干、干吗?"

一段完全牛头不对马嘴的对话。

"不是你打给我的?"

"今天,蔡、蔡心怡跟我说,说你找我。"

陈致一时没说话,也没动。

"嗯?"许年疑惑地拍打着手机,"坏了吗?"

他这才发觉她不对劲:"你是不是喝醉了?"

"咦,好了。"她一个劲地摇头,"没有,我才、才没醉。"

"那我换个问法,你是不是喝酒了?"

"嗯,就喝了两杯,但我还、还可以继续喝。"她着重强调,"我没醉。"

陈致百分百确定,她就是喝醉了。

也是,他想,若非如此,以她的性格,怎么会大半夜打视频给他。

他放柔嗓音:"我下个月回阳溪,到时候再告诉你,我为什么找你,好不好?"

"哦。"

这个时候的许年,卸掉了一身坚硬的壳,露出小女生的姿态。

很乖,很可爱。

女生不一定是娇弱的花,但哪怕是坚硬的木材,最内里也有松软的髓。没有谁永远坚不可摧。

许年躺上床,侧过身子,看着屏幕里他完整的脸,怔怔地问:"你是真、真的陈致吗?"

"不然你觉得我是谁?"

"不、不知道。"她的语气陡然低落下来,"但我很久以前,就、就把他抛弃了,他那、那样的人,怎么可能还、还会回来找我。"

陈致心蓦地一软,冰冻瞬间消解,冻土变成沼泽那般,软烂潮湿得一塌糊涂。

他拿着手机,走到一个光线更亮堂的地方。仿佛是怕惊扰到隐居的仙灵,不由自主地,他声音落得更轻了。

"我是陈致,许年,看清楚,我就在你面前,我回来找你了。"

接到许年的通话请求时,陈致在出差。

他和杨靖宇飞去北方和厂商见面,白天达成协议,约定第二天签合同,双方心情都十分愉快。

厂商尽地主之谊,定了包厢,宴请他们。

席上的酒,杨靖宇都替陈致挡回去了,说他们陈总前几天犯了胃病,才进了趟医院,喝不得。

杨靖宇其实不知道,但瞎猫撞上死耗子,叫他说中了。

杨靖宇好歹是个副总,面子给够,对方也不会为难他们。

陈致晚上就喝了点果汁,难得没有碰酒。

杨靖宇酒量很好,但容易上脸,红得像油桃。

回酒店的路上,他攀着陈致的肩,说:"你就说,哥们讲不讲义气,你回阳溪那么久,都是我顶着,还帮你挡酒。"

"知道了,给你涨年薪。"

"你懂我。"杨靖宇拍他一把,又问,"你跟许希怎么样了?"

陈致看向窗外,语气寡淡,像是不想提:"她不想见我。"

"你就是放不下你那大少爷架子,她嘴硬心软,你多卖卖惨,刷点存在感,不就自然而然地和好了吗?"

他睨一眼杨靖宇,蹙了下眉:"卖惨?"

"有句话叫'会哭的孩子有糖吃,懂事的孩子没人疼',你不知道吗?"杨靖宇喝多了嘴就碎得不行,"比如你可以渲染一下你的胃病,发作多疼,多要命,多需要她关心照顾。她要是拒绝你,你就装委屈。男人得适当服点软。"

闻言,陈致轻嗤一声:"得了吧。"

他就知道这家伙不靠谱,否则何至于从大学起交的几任女友,全分了。

杨靖宇突然叫停车,推门下去,到路边,撑着膝盖,躬着上半身,一阵一阵地干呕。

他头也没回，喊道："陈致，帮我拿瓶水。"

陈致的手机恰巧在这个时候响了。

一个意料之外的人——许年。

车里光线不甚清晰，他往外走，杨靖宇在后面喊："不是，我叫你呢，你去哪儿啊？哎！"

陈致没搭理。

男人一身西装，长身而立，北方气温已经跌到零下几度，干冷的风卷起他的衣角，路灯的灯光打下来，显得他五官越发冷硬，可他看向手机屏幕的眼神却万般柔和。

许年也喝醉了。但跟杨靖宇不一样，她嗓音软软的，像毛茸茸的猫爪挠着心。

她听到他说要回来找她，约莫是酒精作用，突然哭了，哽咽地控诉，说："陈致，我讨厌你。你干吗还要找我，我们不是分手了吗？"又为自己的眼泪狡辩，"我没有哭，你不要觉得我还想你。"

不管她说什么，他都应好。

许年吸了吸鼻子，很轻很轻地说了句什么，他没听清，正要再问，屏幕一闪。

断线了。

陈致猜手机大概率是关机了。

薄身孤立风中，他嘴角扬了扬，如常覆眉眼之上的霜雪瞬间消融，他无声地说："许年，晚安。"

杨靖宇吐也吐不出来，吹了一会儿风缓过来，进车里等陈致，等得无聊，拿手机玩消消乐打发时间。

陈致坐上车关门，杨靖宇退出游戏，睨他一眼："谁的电话？打这么久？"

他答得风马牛不相及："我下个月回阳溪。"

也不顾杨靖宇有什么意见，陈致叫司机开车。

手指叩了叩手机壳，陈致略一思索，点进资料卡，加上备注，盖住原本的"之橙烘焙"。

——X。

X是未知数，是他以前的QQ名，也是希。

许年断片了，还是中午看到长达三十二分钟的视频通话记录，才知道昨晚打给了陈致。

早上一醒来，她发现手机没电关机了，连上充电器，嗅到自己一身的酒气，拿衣服进浴室洗澡。

热水从头顶淋下来，脑海里突然响起一道声音，隐隐约约，似乎来自远方：

"我回来找你了。"

男声，像……陈致的。

但他什么时候对她说过这样的话？

她完全没印象了，绞尽脑汁，怎么想都想不起。虽然身体没有感到明显不适，但她还是自我反省、告诫：这酒喝不得，伤神经。

洗完澡，她又觉口渴，去厨房倒水。

唐黎被她的动静吵醒，走出来，打着哈欠说："你都不知道你昨晚多闹腾，我跟小何两个人才把你弄回来。"

"我、我保证，绝对没、没有下次了。"许年双手合十，道歉诚意满满，"吃土、土豆泥拌面吗？"

唐黎轻易被收买。

"吃！我来切土豆，你先吹头发，待会儿你做。"

许年收拾停当，扎头发，挽袖子，麻利地干起活。

热好锅，倒油，先放蒜末、小米辣炒香，放土豆块，加调料，然后倒开水闷煮。同时另起一个灶，炒熟肉末，盛出，再烧水煮面条。

还没做好，唐黎就循着香气过来了："闻得我肚子好饿。"

她迫不及待地尝了口肉末，竖起大拇指："好吃！"

许年把土豆捣成泥，和面拌在一起，端出两大碗拌面。

唐黎"啧啧"称赞："难怪都说要抓住女人的心，先抓住女人的胃，我觉得我离不开你了。"

许年开玩笑地说："那你就一、一直跟我住呗。"

"那哪行。"

唐黎夹了一大筷子，吹凉，吸溜吸溜地吃，含糊地说："你收留我这段时间我已经很感激了，我还是要回去的，不然我妈能轰了我。"

"你不、不是不想和他们住吗？"

"你知道我的，我没什么太大志向，只求安稳度日，不然也不会一毕业就回阳溪了。"说罢，她又叹了口气，"能苟几年就苟几年吧，实在不行，我到时出去租房。"

唐黎家中条件虽算不得特别好，但是那一代难得的独生女，思想又独立，她有放弃和重头再来的底气和勇气。

她身上最令许年羡慕的一点，就是潇洒自如。

她打定主意不婚不育，纵是亲生父母，也不能干涉她。

许年问："那你打、打算什么时候回？"

"过两天吧，我在找工作了。"讲到这里，唐黎又愤愤，"文科女、未婚未孕、双非本科、非应届,在他们眼里,就像烂白菜一样。"

许年开玩笑道:"要不然,等、等我把生意做大,你就坐、坐享其成好了。"

唐黎也笑:"那感情好,好姐妹,靠你了。"

吃完早餐,碗交给唐黎洗,许年准备去店里。

许年拔下手机充电头,也没空仔细看,刚到"之橙"就忙起来了。

一直到中午,许年翻了下消息列表,才看到那条通话记录。

"啊!"许年懊恼地捶了下脑袋。

她昨天晚上到底干了什么?不仅打了半个小时,还是她主动拨过去的?

许年咬得下唇发白,纠结好半天。似乎,好像,她哭了?但她说了什么,她是一点也不记得了。万一说了什么不该说的,找陈致问的话,岂不是更尴尬。

而这段时间里,他也没发来任何消息。

薛宁问:"咋了?"

许年退出微信,摇头:"没、没什么。"

她也没空分神惦记这事。

周末是生意最好的时候,有几款甜品、面包搞活动,薛宁极力推荐客人试吃,一上午就卖完了,下午得接着做。

晚上关店也比工作日晚一些。

何与沁提前备好第二天的材料,去外面倒掉垃圾。

薛宁打扫完卫生,伸了个懒腰,想到什么,说:"听说旁边那间门面的老板有转让的意思,许年,咱要不要盘下来?然后再多雇一两个人,把店扩大。"

许年有些动心。

她算了下手头目前的闲钱,又犹豫了。

之前开店,有一部分是存款,另一部分是唐黎出的,但她还有房贷。

她当初盘下这间店面,并不完全是一时冲动。

阳溪小,进公司薪资待遇远远比不上一线城市。她毕业后进的互联网大厂,刨去各种生活开销,三年攒了十几万,足以用来创业。

她做了调研,找装修工人,购入设备,办各种手续、证件,东奔西跑了几个月。

因为没有创业经验,最开始定的预算成本成了一团废纸,花钱如流水,那段时间她焦虑得梦里都是亏钱、倒闭。

开店初期,她不停地尝试各种法子,设计、印发广告,搞朋友圈集赞活动,和何与沁研发产品,又摸索自媒体经营。

许年做事,习惯把自己逼得没退路,至少卓有成效。到现在,不仅回本了,她还可以按月给唐黎一笔不小的分红。

但她不会因为一时的成功,就脑子一热,拍板做决定。

何与沁说:"我们可以搞DIY(自己动手做)体验活动,不是有些情侣、小姐妹喜欢这种吗?"

薛宁附和:"对,还要搞饥饿营销,每天只开放少量名额,在网上多推广引流,打造网红店。"

"哦,对,还可以找企业、单位合作,卖储值卡。"

"有活动的话,还可以承包他们的甜品。"

许年失笑,她们倒是比她还有劲头。

"我、我先问一下房东,今天下、下班吧。"

听完许年的想法,唐黎表示十分支持。

"现在很多都靠流量,找个噱头营销,说不定立马就火了,没两年就在阳溪开成连锁店。"

许年摇头。

阳溪小,年轻人占比也不大,整体消费能力有限,她没有这样的奢想。

人的欲望是无底洞,赚钱之路不会有尽头,她的目标一直只是让自己不受任何人的牵制。

她先联系房东,问清转租费,又算了一笔装修、人工的账。等她做完这些,已经十二点了,一忙起来,她就忘了陈致那茬。

十一月二十一号那天。

陈致零点整收到杨靖宇发来的"生日快乐"。

这几年,也就杨靖宇雷打不动地给他卡点送生日祝福。

他们俩高中玩得好,后来也一直有联系。陈致回国说要创业,杨靖宇二话没说,跟他一块儿干。

陈致当时在日本,跟了一个做新能源汽车零部件的企业家,叫钟俞诚,是陈父的大学同学。陈父生前联系他,把陈致送去了日本。

为了还债,陈致一边工作一边学习。

钟俞诚很看重陈致的聪明才智,原本不想放他回国。陈致告诉钟俞诚,自己这么苦苦支撑,仅仅是为了一个人。

他说,他不想放弃她。

钟俞诚给陈致投了一笔钱,要求他在五年内,实现这笔数额的十倍利润。

陈致做到了,甚至远远超过。

杨靖宇本科专业正好是机械工程，他放弃了更好的offer（工作邀约），来章州帮陈致。这几年，没有杨靖宇，大概也不会有今天的陈致。
　　"为了庆祝你又向中年处男迈进一步，晚上给你办了个小聚会。"
　　陈致说："滚。"
　　"地址发你，记得来啊。"说完，杨靖宇就挂了。

　　一整天，陈致收到无数祝福与礼物，来自各合作商和银行，也有来自以前的同学、朋友。
　　杨靖宇给他办聚会，不过是找个由头，一帮人凑一起吃喝玩乐。陈致坐在主位，却是兴致乏乏地翻看手机。
　　微信唯一置顶的聊天框，最后一条消息仍是视频通话记录。
　　"来来来，寿星公，切蛋糕。"
　　是榛子巧克力千层。
　　杨靖宇不知道陈致一个大男人怎么这么爱吃这个，但今天天大地大，寿星最大嘛。
　　陈致拍了张蛋糕，又随手把手机丢给杨靖宇："帮我拍一张。"
　　杨靖宇一愣。
　　陈致倒也不是抗拒拍照，这么主动，是第一次。但杨靖宇完全是直男拍法。
　　陈致草草翻了几张，眉心越皱越紧，杨靖宇不满道："干吗？你是要选秀出道啊？"
　　陈致懒得计较，也不用他拍的照片了，编辑朋友圈，设置仅一人可见。
　　XYZ：祝你此生多喜乐。
　　——是十七岁生日，许希写给他的生日贺语。
　　但只有他自己知道，这是他十八岁后，每年都许的生日愿望。
　　如果再直白一点，其实是：祝许希此生多喜乐。

　　这几天，许年刚把旁边的门面租下来，要办手续，要雇人，一堆事。等她洗完澡上床，已经是十一点多了。正准备关灯入睡，她又猛地想起什么，拿起手机，看向日期。
　　今天是陈致的生日。
　　快过十二点了，虽说还来得及，但似乎没有必要。
　　只是，她偏偏又鬼使神差地点开那个头像。
　　他空空如也的朋友圈多了一条，就一张蛋糕照片和一句话。
　　回忆太汹涌澎湃，被裹挟其中的许年，一时之间有些无措。
　　他发得太刻意，好像就是为了让她看到似的。但她并不愿意相信，不然，多少有点自作多情的嫌疑了。最后，许年纠结十数分钟，到底还是卡在十一点五十九分，点了个赞，评论：生日快乐。

没想到，他居然秒回。

XYZ：谢谢。

十二月初，许年陪叔母去医院复查。

坐在外面等叫号时，叔母说："你这段时间又在忙什么？给你打电话，老说不了几句话就挂了。"

"店、店里的事。"

"你一个女人，那么好强做什么？你现在还没男朋友，再拖两年就嫁不出去了。"

叔母忧心忡忡，仿佛预知未来的神婆，已经看到她人老珠黄、形单影只的凄惨境况了。

许年没反驳，因为心知肚明，没半点意义。

"许凌也是，花那么多钱供他上学，班不好好上，整天在外面闲晃，今天聚餐，明天打牌，跟他爸简直一个鬼样。

"唉，你们兄妹俩，没一个省心的。"

经典总结陈词。

叔母中年丧偶，又生病，亟需通过这些念叨来找寻某些早年遗失的东西，增强个体存在感、获得感，生命的长度不会因此得到延长，但若无人回应，她本就衰老的心灵渐渐凋零，病痛会越发大肆侵略她的身体。

许年也想叔母好好过完后半辈子，便不与她争论。

护士出来叫号，叔母拿着单子和病历过去。

许年接到电话，是装修师傅的。

有点问题，三言两句说不清，她需要亲自过去看看。

她刚把"之橙"旁边那间门面租下来，就马不停蹄地找设计师、报备门头、开始装修，希望能赶在年前竣工，重新开张。

"师傅，你、你们先弄其他的，我待会儿过、过来。"

"行，快点的啊，不然我们不好搞。"

等叔母做完检查，许年叫车送她回家，自己打了另一辆车去店里。

刚下车，她还没走到店门口，手臂忽然被拉住。

回头的一瞬间，她听到一声："我还以为你走了。"

她抬眼，是陈致。

陈致刚到的时候，看到"之橙"闭店装修，一下子愣在原地。

他以为，她又要走。

九月初开学，许希提分手是八月底。后来，她谁也没告诉，一个人踏上去江城的火车。人头攒动的车站，无人送她。

陈致之前一回到阳溪，立马去她家附近问。街坊邻里都说，许希叔叔把家底败空之后，她家就搬走啦。

再问搬去哪儿了，他们摇头说，那就不晓得咯。

他也问过袁老师，袁老师的确不记得许希了，经陈致一提，才隐约有印象，说，没联系过了。

至于同学……

她更像一个不曾真实存在过的虚拟人物，他们记得，却又都不知道她现在的情况。也不是完全没其他办法了，他想到她高中有个玩得很好的朋友，多费一点工夫，也能联系上。

这时，他在咖啡馆遇到了相亲的许年。

她为了和过去断干净，甚至连名字都改了。对她来说，开起来的店，也不是羁留她的铁锚，她是船，还会离开渡口，再次航行，去他找不到的地方。

若真如此，他该如何？

陈致忘了去打听证实，她是不是转让了店铺，只是那么立着，像灵魂抽离，只剩躯壳，又像提线木偶，四肢失去控制，手无力地耷拉着。

他陷入了无边的茫然与无力，像漂浮在海面上等待救援的人。

几分钟后，他方重振起精神。至少，他现在还有她的联系方式，知道她的住址，也许来得及。但他很快意识到，老天从来不曾真正狠心，摧毁他的希望。

他看见她了。

心跳如鼓噪，有慌张，有庆幸，强烈地冲击大脑，使他一阵阵发眩。

"我还以为你走了。"

许年看着他，尚未开口，装修师傅的电话又来催了。

"你、你先放开，我有事。"

陈致放开她，但没走，紧紧缀在她身后，跟她一起进去。

这里原本是家开了很多年的干果零售批发店，包括水电、地板、吊顶等，都要彻底改，工程不小。店面才拆掉不久，裸露着丑陋、斑驳不平的灰色水泥墙体。

许年买了几瓶饮料，分给在场的工人。

其中一个工人看向陈致，见人长得帅，穿得也好，闲唠似的问了句："那是你先生啊？"

许年看了陈致一眼，很快又移开视线，说："不是，普、普通同学。"

这么空荡的地方，说话甚至有回音，陈致自然听到了。

但他沉默着，没说任何。

"师傅，是哪儿有问、问题？"

装修师傅给她指出一块,说要怎么改。隔行如隔山,她听得一知半解,先考虑的是预算,问需要花费的材料、时间。

陈致在不远处看着,听着,没有参与进去。

许年穿的是白色毛衣,驼色大衣外套,鬓边留几缕碎发,脑后的则绾上去,露出一张不施粉黛的脸,侧脸柔和而恬淡。

她低头在手机上搜索着什么,大概有点临时抱佛脚的意思,又抬头问道:"那个管道要、要多长,直径呢?"

他忽然感到一种类似于欣慰与自豪的情绪,同时,心中又有些酸涩。

她依然话少,但和人交流沟通,不再像以前一样怯怯的,也没有任何自卑、黯淡之色。就像玉经过打磨、雕琢,变得透亮前,也只是一块不起眼的石头。

伟大的圣人,从另一个视角来看,也是孤独的。

外人只看到他的成就、光环,不了解,也打心底认为无须了解他这一路走来,背负了什么,又经历了什么。

当初那个,东西用旧用破舍不得换,生活费精确计量到一元五角的女孩,需要费多大力气,吃多少苦,才长成今天的模样?

遗憾的是,他没有见证,更没有陪伴。

她很少主动向人袒露她的脆弱与伤疤。或许,某个漏声迢递的夜里,她也像喝醉那晚一样,哭得不可自抑又悄然无声,枕巾吸走所有的苦,只有遥远的星月做伴。

假如他在。

假如他们从来没分开。

但,没有假如。

当时他那样的情况,怎么能,怎么敢继续跟她在一起。

和装修师傅沟通完,许年打算亲自去趟建材市场。

自己买麻烦是麻烦了些,但货比三家,再砍点价,能省则省。

陈致说:"在哪儿?我送你去。"

正好,许年有话想跟他说,就上了他的车。

她摘包,系上安全带,说:"建材大市场,在、在汽车站那边。"

陈致太久没在阳溪待,对现在的路不熟,在导航上输入地址,又问:"冷吗?需不需要开暖气?"

"没、没事,不用。"说完,她猝不及防地捂住鼻子,打了个喷嚏。

他赶在她翻包前,抽出两张纸递给她。她接过,瓮声瓮气地道谢。

被她触碰的掌心有丝丝缕缕的麻意,他攥了攥手:"感冒了?"

许年摇头:"没,就、就是鼻子痒了一下。"

144

陈致启动车，好巧不巧，赶上十字路口一个九十多秒的红灯。

他问："又租了间门面？"

她"嗯"了声。

他笑了笑："挺好的，看来经营得不错。"

"还行，不、不如你。"

本来该是恭维的话，因为她语气太平静，反倒有点敷衍的意味。

许年拿出一瓶未开封的茶饮递给他，说："买多的。"

他知道，但他只当她是专程给他准备的。

"正好渴了，谢谢。"

空塑料袋没地方扔，她叠成一小团，塞进包里。犹豫片刻，她才开口道："那、那天我喝醉了，如果说、说了什么不好听的，你别、别放在心上。"

陈致偏过头，扬起眉梢，眼神意味不明，声音沉下几分："你不记得了？"

"嗯……"

"一句也不记得？"

他这个反应，让她心里更没底。

不会是真骂他了吧？毕竟唐黎说她很闹腾。

许年低声道："不、不好意思。"

不管是与否，先道歉为上。

陈致的手搭着方向盘，心口堵着一股躁郁之气，在追究和妥协中选择了后者，说："算了。"

双双沉默几秒，她又说："我还、还是把钱转给你。"

"那么有钱的话，用不着还我，对自己好点。"

门面、装修费，可不是仨瓜俩枣的小钱。她要是真阔绰，何苦亲自跑这趟，费时又费力。

"我知道你看、看不上这点钱，但、但是无功不受禄，我不想白受你的。"

陈致反问："我不收，你是不是会一直追着我还？"

还是这么犟，许希。

许年面露无奈："陈致，你、你到底想干吗呢？这一点都不、不像你。"

他才不是死缠烂打、不讲道理的人。

多年不见，先是要蹭饭，又一定要她收下这张卡，完全不是他的行事风格。

陈致吐出一口浊气，明白自己是急了点，便放软了语气："你就当我是欠你的。"

"你没、没欠我什么。"

明明是她甩的他，他从来没有对不起过她。

相反，在一起的那个暑假，是她前二十几年中，最快乐的一个夏天。

一定要说亏欠，是她欠他的才是。
"如果不是我，你当初也不会被你叔叔……"
许年打断他："他已、已经去世了，死、死者为大，我也、也不想追究一个已故之人犯的错。"
他胸口憋得酸胀，仿佛变质的柠檬水："你不恨他们吗？"
林政、她叔叔、伤害她的所有人。
她久久未言。
红灯此时跳绿。
她提醒他："走吧，不、不然后面的车要催了。"
后面的路就没碰到什么红绿灯了，陈致找地方停好车，和她一起下车。

在此之前，许年基本都是一个人，要么就是唐黎陪着她。
她习惯独来独往了，而谈恋爱又是太多年前的事，感觉很奇怪，也很不适应身边突然多出一个男人。
但她很快发现更为不同的一点。
那些建材店的老板，不管男女，都变得客气了，她砍价也容易了不少。
许年求职时就明白了，男女的不平等，不仅体现在社会地位上，那是显性的，隐性的则是，人们差异化的态度。
这是一种群体性的病症，积年累月，病入骨髓。
她不喜欢抱怨和指责别人，过好自己的生活就很难了，她宁愿过得"钝"一点。
就像她懒得去想，陈致做这一切的目的是什么。
这一带聚集了各种品牌的建材、家具、电器店。
许年逛了很多家，陈致偶尔会提一下意见，帮她少走一些弯路。
具体数据都是装修师傅给她的，她数学也没丢，精打细算，免得多花冤枉钱。
这样一来，在别人眼里，他们"两口子"，她是当家做主的那个。
选墙漆的时候，老板娘带他们看样板，又倒了两杯热茶给他们。
老板娘深谙经商之道，能说会道得很，介绍自家产品那是其次，先得把顾客哄开心了。
"你们是夫妻俩一起开店吗？你先生看起来年轻有为，对你也体贴，真幸福哟。"
老板娘刚刚看到陈致伸手帮许年挡了一下头，免得她被磕到。那么自然而然的动作，显然不是一朝一夕养成的。而且，从头到尾，他都始终跟在她身后。
"你们现在生小孩了吗？如果要装修家里的话，用这种艺术漆是最好的，它主要成分是天然矿物，没什么甲醛含量，非常适合有老人、小孩的家庭。"
老板娘话太密了，根本不留许年解释的空隙。而陈致嘛，他是没有澄清的意思。

许年有点想走,但对方给的价格又实在优惠,还有砍价的空间,能省不少。

最后依旧定的这家。

签完送货单,许年扫码付钱,老板娘说:"现在这年头,像你们这样,老婆全盘拿决定的不多见啰。"

尤其是男方条件这么好的情况下。

陈致笑了笑,没接这茬。

许年搞不懂他是不愿拂老板娘的热情,还是想占她便宜,终于忍不住说:"其、其实我们不是夫妻。"

"啊?"老板娘一愣。

怕她乱猜,许年补了句:"我们是、是同学。"

"同学啊。"老板娘讪讪一笑,"完全没想到,你们还挺般配的。"

"嗯,高中同学。"

这话也没错,两年同学。但许年分明感觉陈致看她的眼神里,有什么压抑的情绪。

出了店,许年见已经到中午,便说:"我请、请你吃饭吧。"

"感谢我陪你?"

不然呢?她眼里直白地写着这三个字。

就不能是因为想和我吃饭?这话陈致没说,他们之间虽未生龃龉,但到底有好几年时间的空白,于她,于他们的关系而言,都需要一个过渡和缓冲。

不能操之过急。

"既然如此,那这回我选地方。"

她答应得爽快:"行。"

陈致带许年去的是一家粥底火锅店。

不是双休日,人不多。他们找了个靠边角的位置。

许年说:"你确定吃、吃这个?"

"不是随我挑吗?"

只是她觉得,这既不像粥,也不像火锅的东西,且不论正不正宗、好不好吃,其实并不太合阳溪人的口味。

至少陈致不爱。

他以前家里有阿姨,做饭都是专做他爱吃的,肉不吃太肥或太柴的,蔬菜不吃香菜、芹菜、胡萝卜之类味重的,也不吃黏糊糊、没处理干净的,比如秋葵、带血丝的牛排。

所以上学时,他挑挑拣拣,很难吃得饱。但跟她在一起,她吃什么,他就跟着吃。

陈致说:"医生叫我饮食清淡,多摄入优质蛋白。"

"你怎么……"

"没什么,就是胃不好。"他轻描淡写地说,"前几年有段时间心悸心痛、胸闷气短,还失眠，医生说话挺难听的，说不想英年早逝，就少熬夜，少饮酒。"

许年失语半晌，说："别、别拿自己身体开玩笑。"

他抬头看她一眼："我家破产，父母自杀，但欠的债不会因此抵消。他们把烂摊子丢下，终归是要我来收拾的，不是吗？"

她呼吸一滞。

虽然知道，但从他口里说出来，感觉又不一样。

他点好配菜和锅底，放下手机，直视她的眼睛："快撑不下去的时候，你猜我在想什么？"

她没作声。

"我想的是你。你说'希'是希望，我想看看，荒瘠的土地上，究竟还会不会有希望之花盛放。"说完，他笑了笑。

没想到，他还是卑鄙地用了这一套——卖惨博她心软。

她就是那种，即使自己身在苦难之中，也会同情别人的人。她也是即使遭受恶意，也不会以同等的恶意施加报复的人。

温柔、善良，永远是珍贵的品格。

许年微微垂下眼睑，轻声说："不、不是的，我也有你看、看不到的阴暗面。"

他问她恨不恨那些人，她恨的，甚至恨得希望他们彻底消殒。但恨不是止痛药，更不是麻醉剂，它只是像五指山压得孙悟空喘不过气一样，如若摆脱不掉，一生都将为其所困。所以，大脑会自动启动防御机制，打扫那些不好的记忆，哪怕无法根除，随着时间流逝，它们也会越来越淡，只留一道浅印。

凝视自己的心，接受它的不完美，以及它的魅力。

——这些年，许年一直在尝试和解，和自己，和仇恨，和苦难，和千疮百孔的现实生活。

许年的脸像一朵白描的栀子，浅淡几笔，不起眼，像是画面的点缀，睫毛忽地扑闪，以为有栖息的蝴蝶飞走了。

一下子生动起来。

陈致想，他是一截火车，骤然驶到断崖前，是许希，是她，为他架起了悬浮的轨道，救他于坠崖前。

即使她自己并不知道。

这是他们重逢后，第一次这么坦然地聊起过去，对彼此来说，极其陌生的一段人生。又极其默契地，对感情相关缄口不言。

但也许心境并不相同。

许年以为，无论老同学，还是老朋友，都胜过前任，回忆曾经的亲密八成会令彼此尴尬，或者，产生越轨的风险；而陈致则觉得，这是个好时机，先慢慢熟悉二十六岁的许年,也让她不抗拒自己的回归和靠近。

账最后还是陈致结的。
等许年回过神来的时候,陈致已经拎起搭在椅背上的外套,朝她一扬下巴,说:"走吧。"
许年跟上去:"一顿饭我、我还是请得起的。"
"等'之橙'重新开张了,请我吃蛋糕吧。"他又补了句,"榛子巧克力的。"
她抿了下唇,踌躇半秒,到底还是问出口:"你、你这次,在阳溪待多久?"
陈致不答反问:"你想让我待久一点吗?"
她撇开眼,不看他:"别耽、耽误你的工作了。"
他笑笑:"这段时间,你要盯装修?"
她"嗯"了声。
不盯的话,保不齐他们偷工减料,或者不好好做,盯着放心些。不过也不用整天待在那儿,偶尔去看一下进度就行。
他若有所思地点了下头:"行,知道了。"
许年后知后觉,他其实一直绕开问题,答非所问。
算了。
她懊恼地想,她在意那么多做什么,显得她旧情难忘似的。

那天之后,许年没再见过陈致,便理所应当地以为他回章州了。
唐黎找到新工作,就搬回自己家了,有时约许年吃饭。
说来,许年其实从来没有得到过真正的休息。
上大学后,她忙于学业,她的绩点、综测,一直是专业前几名,为了平时成绩,她得回答问题,做好小组作业,也参加各种活动、竞赛。所以才能年年拿奖学金。
寒暑假,她又找了几份家教。毕竟叔叔放了狠话,一分钱都不会给她。
毕业后,九九六的工作机制,挤压侵占了她的生活,每周仅有的一天休息,也总耗在各种事情上。
辞职回阳溪,开了店,更不用说,天天早起晚睡。幸好不太累,客人不多的时候,她还可以用零碎时间看看剧、电影。
重新装修"之橙",反而多捞了一大段空闲时间。
这两天在铺地砖,暂时不用许年操心,于是,她和下班后的唐黎一块儿去看电影。
"他没联系你吗?"
唐黎点了两杯奶茶,排队的空隙,和许年聊起陈致。
"没有。"许年摇头,"其实我、我搞不懂他的想法。"

"要不怎么说男人奸诈呢,做一些暧昧不清的事,说一些似是而非的话,吊着你的胃口,让你念念不忘。"

"我、我才没有。"

"没有?那你之前为什么喝醉了只打给他,没随便打给一个无关紧要的人?"

店员问包还是现喝,唐黎说现喝,她接过,插上吸管,递一杯给许年:"说实话,虽然这些年你没提过他,但我觉得你从来没忘记过。"

许年咬上吸管,吸了一小口。

温热的芋泥,给人一种甜而腻的口感。

"不过也是啦,要是我谈过这么一个男朋友,也不可能说忘就忘的。而且,我觉得你完美契合了那句话——"

两人同时想到。

"年少时不能遇见太惊艳的人。"

"而且,"唐黎面带揶揄,"'之橙',陈致,你敢说没有别的寓意?"

许年露出求饶的表情:"你、你放过我吧。"

"哎呀,希希,我是希望你认清自己的感情,做想做的事,不要日后后悔。碰到一个真正喜欢的人很难的。"

他们分手的原因,唐黎并不完全清楚,但可以浓缩成一句话:爱不逢时。

陈致家出事前夕,他父母突然说要把他送出国,具体缘由陈致当时无从得知,但他只能接受这番安排。而许年被她叔叔逼得走投无路,再也无法忍受,狠心决断。

但归根结底,他俩的感情并没有真正破裂。

当然,唐黎也明白许年为何下意识选择远离。

现实不是童话,一分别就是数年,物是人非事事休,也许他们并不合适了。

十八岁的感情,不可能像昆虫封进琥珀那样,千年万年,依旧如始如初。

许年的成长经历,让她跳过了会幻想会做梦的少女阶段,直接长成独立坚韧的成年样子。

可她也是人啊,人哪能没有七情六欲。

她们找了座位坐下,等检票入场。

许年捧着奶茶暖手心,沉默了一会儿,说:"我有没有和、和你说过,我二十岁那年,他、他来找过我?"

唐黎蒙了:"啊?"

其实许年没有见到他,但除了陈致,她想不到会是谁。

过去一直走读,刚上大学,和三个人同处一个屋檐下,许年不习惯。但她没试着主动去融入她们,尤其在得知其中一个女生是富二代后,她更为清醒地明白,她们之间横亘着一重重山，而她不会干愚公移山的事。

事实就是，她们平时出去玩，或是买吃的，一开始还会叫许年，被拒绝多了就知道，她没钱。而且，她平时忙于学习、兼职，和她们打交道的时间亦是少之又少。

大学才过去不到一年，四个人分成泾渭分明的三派，那三人是两个有交集的圆，唯独许年是孤独的点。

这件事有好坏两面。好的那面就是，她和她们几乎没有矛盾；还有，她们不会打听太多她的私事，譬如，那天她拎回宿舍的大包裹，是什么东西。

说是包裹，其实没有快递单，只贴着一张 A4 纸，上面写着"许希"。

刚入学，她就改了名字，她起初不觉得这是她的，在院系名单搜了下，没有同名的，才确定。

外面套了两层，一层泡沫纸，一层塑料袋，里面也用盒子装着。

两样东西，一只背着挎包、憨态可掬的小熊布偶和一座罩了亚克力防尘罩的樱花树模型。

模型做得栩栩如生，树旁有马路、房子、电线杆，还有一男一女，女生穿着白衬衫、黑色百褶裙，裙摆微微翻飞。

在一起的时候，他们看了很多部电影，他们的初吻发生在看《秒速五厘米》的那天。

所以，许年一下子想到陈致。她发了一会儿怔，放下东西，立即跑出门。

关门声太响，惹得室友看了她一眼。

许年像无厘头的苍蝇，到处找他，跑得着急，肺部隐隐作疼。

可哪能找到呢。

她双手撑着膝盖，弓着上半身，大口喘气，茫然地看着路边人来人往，又看着天边夜色侵蚀暮色。

除了陈致，谁会不留只言片语，送她这样的东西。

除了陈致，谁会知道她学计算机，却不知道她早已改名。

计算机院女生少，都住在一栋宿舍楼。在学校随便多找几个人打听，总能打听出来。

许年找到宿管阿姨，借口说停在门口的单车被偷，想查看监控。也不知道出于什么心理，明知道是他，非要亲眼确认。也许……仅仅是想看他一眼。

但宿管阿姨说，要上报辅导员，学生没有权限。

她不想闹大，于是作罢。

那只玩偶被许年放在枕边。宿舍的床本身就小，玩偶却不小，她有点转不开身。也因为这样，她无意间碰到了小熊的小挎包，才发现里面塞的硬物。

她解开小纽扣，掏出一只玻璃瓶，里面装满了金豆子。

她蒙了。

转而又想不明白，这是什么意思，分手费吗？他们分手快两年了，有必要吗？

她想过要联系陈致,将东西退还。但当初是她说的,她不想再让任何人找到自己。最后作罢。

毕业后,许年将东西一起收进了箱子里,从江城带回阳溪。这事唐黎不知道,若不是这次提起,连许年自己也快忘了。

唐黎听完,有些瞠目结舌:"陈致他是……散财童子吗?"

交往前,他就很大方。她给他补课,他甚至会给她补课费。

其实她知道,他就是找个由头给她钱罢了,何况,以他的条件,完全可以找家庭教师。

交往后,出门约会,他也从来没让她出过钱。

如果没有他,她连第一年学费都交不起,更遑论买笔记本电脑、手机。

叔母在她临行前,偷偷给她塞了五千块钱,是叔母自己攒很久攒下来的,叔叔不知道。

那瓶金豆子,她猜,是因为给钱太显眼,所以换成了硬通货。而他也无从得知,她当时自己攒了一笔钱,不会再拮据到天天吃食堂几块钱的便宜饭菜。

唐黎又不解:"不过他那会儿,不是出国了吗?"

许年摇头:"我、我不知道。"

唐黎唏嘘:"要是当时他家没出事,你们现在也许都结婚了。"

"分了也好,我、我们差得太多了。"

她这样的家庭,只会成为他的拖累,叔叔、许凌指不定怎么吸他的血。而且,他父母若没出事,怎么可能接受得了她。当时,屈从于对彼此的喜欢,没顾虑那么多。若真到结婚那步,现实的种种壁垒,他们也许无法跨越。

就像她和那个富二代室友的差别。

室友动辄出国旅游,她却连江城都没逛完;室友和人聊奢侈品牌的化妆品、服装,她网购清仓打折商品;室友不想写论文,花钱找枪手,她熬夜写代码、找bug(故障)……

身份差距带来的矛盾,不会隐藏或消解。它如同潜伏的水兽,终有一日,会跃出水面,吞掉他们的感情。

遗憾只是因为,没等到那一天,他们在最喜欢彼此的时候分开了。

"算了,我们进去吧。"

快到放映时间了。

电影结束,时间不算早了,但这一带晚上有很多夜宵摊、美食店,依然十分热闹。

唐黎想吃烤生蚝,许年陪她在摊位前等,炭火的白烟混着香气弥散,视线转动,忽然捕捉到一抹熟悉的身影。

男人高大的身量在南方很打眼，更吸睛的是他旁边的那个女人。

许年只看到背影，她身形窈窕，一头鬈发披散，白色短款羽绒服搭半身羊绒裙、黑色马丁靴，肩上挎着一只小包。显而易见，这是一个年轻女人，或许，也可以加个漂亮当前缀。

他们站在路边说话，风将女人的头发撩起，发梢似乎蹭到了男人的脸。

"希希。"

许年回神，"嗯"了一声。

"你尝一个吗？"

许年没胃口，摇头。

"我也没啥想吃的了，我们要不回去吧。"

她们经过一个卖糖葫芦的老爷爷，唐黎才注意到那两人："哎，那不是……"

一辆网约车停在他们面前，男人率先拉开后车门，女人弯腰坐进去，仰头和他说话，脸才露出来。

化着精致妆容，柳眉红唇，的确漂亮。

"走吧。"许年急急掐住唐黎的话头，声音压得低。

许年没再看他一眼，转身投入人海，与他背道而驰。

理智告诉许年，如今陈致开启一段新的感情，无可厚非，甚至于，应当如此。

没人会一直沉湎于过去。

但她辗转反侧又是为什么呢？脑海里，仍会不由自主地浮现出那一幕——

他一手搭着车门，微躬下身和女人说话，脸上带着笑意。

陈致笑的样子，仍和以前一样，有点漫不经心，有点捉摸不透，浮在面皮，未达眼底。

女生喜欢他，很难说有没有一部分原因是，被他这副看似从不把谁放在眼中的样子吸引。歌词不也唱吗，得不到的永远在骚动。大家都想成为被他偏爱的那个。

越回想，越是拓印般深刻清晰。

不知是不是开了空调的缘故，空气太燥，心也跟着一起躁。

许年捞来手机，点进 XYZ——她到现在都没给他备注——的朋友圈，还是只有他生日发的那条。

说不定他是把她分组了。

刚产生这个念头，上方就弹出一条来自 XYZ 的新消息。

这么巧？难道她不小心拍到他的头像了？

她手蓦地一松，手机砸到脸上。

啊，好痛。

她整张脸皱到一起，眼角冒出几滴泪。缓了一会儿，她才打开消息。

XYZ：*许老板，明天有空陪我去个地方吗？就当帮我个忙。*

之橙烘焙：去哪儿？

XYZ：还没睡？

之橙烘焙：那你还这个时候给我发消息？

他好脾气地回：刚忙完，想着你早上醒来再回就行。

忙什么忙到这么晚？

XYZ：到了你就知道了。

之橙烘焙：我上午要去趟店里。

XYZ：那我来接你过去。

之橙烘焙：好。

许年梳洗完，煎了鸡蛋饼，又洗了一小碗草莓，再看手机，陈致几分钟前说他到了。

她不习惯让人等自己太久，利索收拾完，下了楼。

她远远地看到他倚着车门，一手拎着一袋东西，一手拿着一杯饮品。

车和人，俱有极高的回头率。

许年无端地想到，他不是开了车吗？昨晚怎么不送那位女士，而是让她打网约车？

来不及想明白，她便听到他说："给你带的早餐。"

"我、我吃过了。"

他怔了一下，似乎有些晃神，定了定，问："这个烤奶还热着，喝吗？"

她一时未动。

以前就是这样。他喜欢在来找她的路上买些吃的喝的，一见到她，就递到她嘴边，叫她尝。永远只买一份，他吃她剩下的，说是不想浪费。但他吃不下的，从来没叫她吃。

他刚刚，是也想到了吗？

——那些彩色的、明媚的、带着盛夏暑气的画面。

许年接过，轻声道了声谢。

微微温热的红枣烤奶，甜而不腻，极佳的冬日热饮，莫名地让她尝出苦涩味。

许年每次去店里查看进度，都会给装修师傅带些吃的喝的。因为她要求多且细致，怕麻烦人，这算是一种补偿。地砖砌得差不多了，这会儿就一个人在收尾。

她将饮料递给他："来，师傅，解、解解渴。"

"哎，您真客气，谢谢了。"

师傅又看到陈致，露出一抹意味深长的笑。估计是觉得，普通同学怎么会跟她出现在这里。

角落里堆了一些废料垃圾，有的很大，得拿去远一点的垃圾集中收集点扔掉。

许年正要动手，陈致说："我来吧，别弄脏手了。"

他脱了大衣外套,递给她:"帮我拿一下。"

动作快于思考,她捧住,呼吸间霎时盈满淡淡的木质调香,和他车里的是一样的。再抬眼,便见他挽起袖子把那些都拿起来,切割下来的瓷砖、硬纸包装之类的,又多又重,他却毫不费力的样子,然后脸转向她:"扔去哪儿?"

许年走在前面领路,偶尔回头看他,想问要不要帮忙。

他像是猜到了,说:"我一个人可以,好好看路。"

到垃圾收集点,陈致抬起胳膊,将东西扔进去,"哐当"几声响。约莫是扔掷的动作快了点,瓷砖边缘剐蹭过他的手指,立即现出一道不短的血口。

她像是也感到疼痛,惊呼出声:"你、你先放下来。"

陈致挺喜欢她为自己紧张的样子,笑了下,反倒安慰起她:"没事,不痛。"

几乎和手指等长的伤口,血珠一粒粒地涌出来,都滴到地上了,还不痛?

她手忙脚乱地从包里翻找纸巾,抽出好几张,先替他止住血,把他拽到一边:"你在、在这儿等我,我去买药。"

她仓促得甚至忘了把衣服还他,让他在寒风中受冻。

陈致看着她跑走的背影,丝丝的疼慢半拍地刺激神经,他眉眼间的笑意却没褪下去,反而越来越浓。

看吧,多么口是心非。

她对他做不到毫不在乎的。

许年结账的时候才发现,她的手机连带包一起落在店里了,怀里只有陈致的大衣。

她犹豫片刻,掏了掏他的大衣口袋,想看有没有现金。

大衣口袋里有个钱夹,装着几张信用卡和少量现金。她取出一张付款,将零钱塞回去时被一张硬卡纸卡住。

她只能抽出卡纸,再放钱。她瞥到纸上的图案,手上动作一僵。

是她送他的生日贺卡和书签,他裁去空白,贴到卡纸上,又贴了层膜以作保护。

这么多年……他居然还留着吗?甚至,妥善地收在钱包里,除了毛边,连细小折痕都没有。

许年无法找到合理的理由说服自己这是他的无意之举,也做不到淡然处之。

她的心里像山间起了大雾,白茫而潮湿,每个边角、间隙,都遭到了细小水分子的入侵,看不清自己所想。

直到有其他顾客来收银台。

许年回到原地,陈致还在那儿站着。

他手里的纸被血浸透了。

许年静了静,说:"抱歉,我没、没带手机,用你的钱付、付了。"
"没关系。"
他们在附近的石椅上坐下,石椅表面冰凉,倒唤回许年几分神志。
她还没来得及把药递给陈致,他先主动伸出了手,让她帮他上药的意思。
虽说他伤的是左手,右手还能动,但是……算了,本来就是因为她受的伤。
她拧开生理盐水瓶,正要拿棉签蘸,他说:"省得麻烦,直接倒吧。"
伤口不深,破的是最外一层皮,只是血流得多,看着可怖。
生理盐水滴上去的那刻,她分明看到,他的手几不可察地抖了一下。
她停下来。
"没事"到嘴边绕了一圈,他出口的话变成了:"好痛,要不你给我吹吹?"
好了,陈致,你真该听听你的语气,你彻底沦为你以前最讨厌的、装可怜博同情的男人了。

她白了他一眼,说:"别、别装。"
她还是换成棉签,不厌其烦地换了一支又一支,动作很轻,又细致。
陈致一直注视着她,想替她挽鬓边碎发,手已经抬起,想到脏,到底没碰她。
她一无所觉。
他忽地说:"知道你过得很好,我应该替你高兴,但我又担心,你再也不会回头看,哪怕一眼。"
她始终垂着眼,答:"走路回、回头容易摔。"
四两拨千斤地把球踢开。
陈致被堵得憋了口气,呼出后才说:"你知道我什么意思。"
"可你,我,不是好端端地在、在往前走吗?为、为什么要回头?"
河流不会,它的目的地是大海;落叶不会,它的归宿是化尘化土。人更加没必要。
他苦笑一声,声音很轻很轻,快被风吹走似的:"我倒想像你这样洒脱。"
许年想到昨晚见到的那个女人,又想到刚刚见到的他钱包里的东西。
她洒脱吗?一点也不。但对她来说,比起流连过去,最重要的是当下的、未来的自己的生活。
清理完创口,再涂碘伏消毒,涂了层药和生长因子,贴上无菌敷料,才算完事。
"这里有、有祛疤膏,到时你记得涂。"
他左手食指被包成了茧,耷拉着,有些颓:"我一个大男人,没必要。"
"这、这样的手,留疤不、不好看。"
她说得就像不希望一盏瓷破碎,一朵花凋零,顶多是惋惜——艺术家般的手,不该留疤。
陈致穿上衣服:"走吧,带你去一个地方。"

"你还、还能开车吗?"

"问题应该不大。"

"我、我来吧,免得一、一车两命。"

他淡笑一下:"行,第一次让女生给我开车,倒也新奇。"

许年没作声,回店里取了包,又跟师傅交代几声。陈致拉开驾驶座门,等她上车。

他倒真是绅士。

她坐上去,先兀自研究了一会儿。

她在江城有一辆代步车,三菱的,平时上下班开,回阳溪前卖了。但没开过迈巴赫这么高档的车,不熟悉操作。

他坐上副驾驶座教她。

许年很快上手,车驶上大路,不过车速不快。

按照陈致输入的地址,车停在一栋居民楼下。

地方比较偏,新建没两年的楼盘,到处有装修的动静。

许年跟着陈致进了电梯,轿厢上贴满了各种广告,又见他按了楼层。

这是要去拜访谁吗?

她猜不透,干脆直接问。

"一个,"他目视前方,"我们的旧相识。"

开门的是个年轻女人,约莫和他们差不多年纪。

居然是她。

昨晚和陈致在一起的人。

许年没反应过来,听到她打招呼:"陈先生,你们先进来吧。"

普通的房子,许年环顾一圈,却莫名觉得眼熟,待目光落到沙发上那人时,她想起来了。

这是林政的家,视频里,他实施家庭暴力的地方。

林政留着青色胡楂,体型壮实了很多,得有两个许年那么重。他脸色黑沉,指间夹着一根烟,没抽,就那么燃着。

他旁边还坐着一个穿西装的男人。

赵雯雯倒了两杯热水,端给他们,又搬来两把椅子。

许年说:"谢谢。"

陈致率先坐下,跷着二郎腿,受伤的那只手搭在膝上,冷眼看着林政:"签了吗?"

林政面前摆着两份离婚协议书。

烟灰积得太长,断裂,掉落在上面。

旁边的郭律师说:"都签了。"

陈致抿了口茶,慢条斯理地道:"她来了,说吧。"

林政猛地拍桌而起，双眼瞪着："陈致，我现在是惹不起你，但你让我跟一臭娘们道什么歉？"

"你做过的事，才过了几年，就忘了？"陈致嗤笑，语气冷嘲热讽，"贵人多忘事哪！"

"就为了她，你这么搞我？"

"对，"陈致一字一顿，掷地有声，"就为了她。"

许年心口一紧。说不上来的感觉裹挟了她全身，一时之间，她连手指都动弹不得。

林政胸口起伏半响，终究狠下心，往前迈了一步，在许年面前跪下，咬着牙说："对不起，我不是人，是畜生，我当初不该那么对你，对不起！"

陈致说："然后呢？"

林政往自己脸上重重扇了一个巴掌，第二个，第三个，一个比一个重。

"对不起，我是畜生，对不起……"

许年完全愣征住了。

陈致微偏过头，终于得以问出那句："君子报仇，十年不晚，解气吗？"

"你……"

喉咙像是被堵住了，许年心情很复杂，按理，她是极憎恶林政的，但她从没设想过，得到他这种恶人的道歉。

更想不到，过去这么久了，陈致会用这种方式，帮她出气。

"林政，"陈致走到林政面前，居高临下地看着他，"我们之间的梁子，你把一个无辜的女孩子扯进来，当时你就该想到，会有亲手射出的子弹正中自己眉心的一天。"

林政咬牙切齿，两拳紧握，却发作不出来。

"也不指望你真心悔过，但你记住，不管她从今往后和我什么关系，都不是你可以侮辱的人。不然你就试试，看我还能有什么法子整你。"

现在的陈致，许年觉得陌生极了。

她发觉，他的好脾气，原来是分人的。他这副口吻、姿态，不凶也不厉，偏偏叫人寒彻心骨。就像，从刀山火海里走出来的。

他也变了，他不再是那个，任人殴打，惧于父母压力而不敢还手闹大的男生。

"够了吗？"陈致问。

这话是冲许年问的，意思是，停下或继续，全凭她定夺。

然而，第一次掌握这种"生死大权"，她却觉得烫手。那一道道清脆的掌声，听得她心尖颤。

"够、够了。"

陈致轻扬下巴："得了，走吧。"

地板硬，林政跪得膝盖疼，他撑地起身，抓起桌上的离婚协议书，夺门而出，带着泼天怒气,门摔出一声巨响。

许年说:"你、你怎么做到的?"

"别胡思乱想,我没干违法乱纪的事。"陈致重新坐下,"只是适当地让他明白,现在的社会,只有蛮力的人,处于食物链最底端。"

钱也好,权也罢,尽可能多地掌握资源,才能不当受人欺负的生产者。

郭律师站起来:"陈先生,协议书签完了,我就先走了。"

"好。"

郭律师又对赵雯雯说:"赵小姐,有事再联系我。"

赵雯雯送他到玄关:"郭律师慢走。"

许年小声问:"我、我们不走吗?"

陈致说:"赵小姐说要感谢我,请我吃饭,正好今天顺带一起了。"

赵雯雯折返,说:"许小姐不介意的话,留下来吃顿便饭吧,你有什么忌口吗?"

许年摇头。

赵雯雯温婉一笑:"招待不周,你们随意,桌上有零食、水果,晚一点才开餐,你们可以先垫垫肚子。"

"好,谢谢。"

这下,就剩许年和陈致面面相觑。也无甚话题可聊,许年顺手从果盘里拿来一只橙子,他说:"我也想吃。"

他眼神示意他那只不方便的手。跟刚才寒意凛然、咄咄逼人的他,简直判若两人。

许年剥去皮,连白色果络也仔细剥干净,分成一瓣一瓣的,放到他面前:"不、不用我喂你吧?"

他笑说:"不用。"

"你、你什么时候开始的?"

"见你之前。"

她沉默。

那起码是一两个月前的事了。

"陈致,"橙子的清香随着溅开的汁液弥散开,她垂眸说着,"我、我不需要你为我做这些。我……受不起。"

"不完全是为你。"

他往口里塞着橙子,缓慢地咀嚼着,眼睛一刻不离地看着她:"我是为我自己。"

她当然不是睚眦必报、将仇恨刻进骨子里的人。但他不知道,没有这样的信念,他靠什么支撑下去。

父母不爱他吗?

如果是,为何要送他出国,为他寻求庇荫?

159

如果不是，又为何要自杀，给他留下巨额债务？

这一世，他注定没有体会家庭和睦、父爱母慈的缘分。

但他从来没想过放弃。

他想的都是她。

同学看不起她，叔叔一家轻待她，那么多人欺负她，没有他，谁能替她挡住那些路上飞洒的泥水？

他矛盾至极，希望有人爱她、怜她甚于自己，又希望，她像无须依附的大树，自己茂盛，自己顶天立地。

唯一坚定的是，如果她还在，如果她没嫁与他人，他要把她找回来。

天不由他，命不由他，唯一爱过的人，他想找回来。

可能就像她说的吧，往前走的路上，频频回头容易摔，从去日本开始，一直到见她前，他已经血肉模糊了，还要拼命爬。

他不需要林政身败名裂，跪地道歉也无所谓，他只是需要这么一个由头，让自己撑下去。只有她在他面前的时候，他才会真正觉得，荒瘠的土地上，也有希望之花盛放。

她是他的希希，是他的希望。

赵雯雯很是麻利，一个人做了一桌子菜。

"我也没什么拿得出手的，还望你们别嫌弃。以果汁代酒，感谢陈先生对我的帮助。"

"赵小姐客气了。"

许年插不上话。

后来，陈致去阳台接电话，许年才知道他帮的什么忙。

赵雯雯说，林政追她的时候，百般好，万般哄，结婚之后才暴露本性。他这人性情多变，尤其是喝了酒后，上一秒还抱着她你侬我侬，下一秒就大发脾气揍着她打。

"为、为什么不早点离婚？"

"我之前恋爱脑，想着他能变好。但他工作不顺利，常常回家冲我发脾气，摔碗摔杯子的，我受不了，提离婚，他就去我娘家、我单位闹。"赵雯雯叹了口气，"我也是怕了他。"

前几个月，陈致辗转联系到她，说他可以找律师助她离婚。

一开始，她自然怀疑他的意图。非亲非故，谁会好心费钱费力帮你这个忙？

他跟她讲了一桩旧事，说动了她。

"我真的难以置信，会有人念念不忘到这种地步吗？"

但后来，他的确不遗余力地搜集林政家暴、出轨的证据，发到网上，安排团队在背后推动，又去他单位揭发。

林政空有一身狠劲，没钱没权势，哪玩得过他。

离婚协议书上要求林政净身出户，家庭存款、房子，都归赵雯雯，林政也只能签字。

"那他怎么会、会愿意向我道歉？"

这才是许年真正想不通的。

"林政打小父母就离婚了，各自重组了家庭，他是爷爷、奶奶带大的，他爷爷早几年去世了，他奶奶身体不好。他干的事都不敢叫老人家知道。

"他在外面欠了不少债，都是炒股赔的。他还想靠这个发财呢。讨债的来家里要过好几次，没钱给，他们又去找他奶奶，被陈先生拦住了，他用这个和林政做了交易。"

所以，他帮林政还了债，让林政跟她道歉？

"这些事都是我告诉陈先生的，我也是在赌，赌林政良心未泯。我实在受不了了，林政只是会装，其实早就烂了根，好不了了。"

许年艰难开口："陈致他……还了多少？"

"具体我不清楚，十来万是有的，利滚利，估计更多。原本林政都想把这套房子卖了，但这套房子首付是我爸妈出的，我怎么肯。"

十几二十万，耗费这么长时间，就为换一句道歉？

不傻吗？

赵雯雯笑了笑："如果不是知道他心里有人，因为吊桥效应，我估计会喜欢上他。"

许年不免产生怀疑，也许这位赵小姐是陈致请来的说客。

一个素不相识的人告诉你，他依然喜欢你，为你做了这么多，你会心动吗？无须逼问，她已经听到自己的心像八月的苹果坠落，"咚咚"作响。

十八岁的陈致或许不会这一套，更不会筹谋数日，用一种猎人狩猎般的方式，果决地、强悍地将仇敌一击击败。

无论她怎么退，怎么躲，他势必要斩断她的后路，让她直面他。

他做到了。

许年的余光瞥向阳台上的侧影。

陈致脸上露出淡淡倦色，冬日中午的阳光亮而不暖，照得他鼻翼半透，周身多了不真实感，像是劣质投影幕布上的人像。隔着窗玻璃、客厅，他的声音传不过来，只隐隐感觉到，他在头疼。

高领毛衣托着她的下巴，她下颌微收，不再看他。

陈致挂电话前，赵雯雯说："经过林政，我终于明白，最可怕的不是爱上一个人渣，而是在爱里迷失了自己。如果可以坚守本心，爱本身并没有错。"

"赵小姐，祝、祝你能遇到一个，值得真、真心以待的人。"

"谢谢，也祝你得偿所愿。"

第六章

强势地夺心，清醒地沉沦

他们向赵雯雯告辞。
陈致说："车你开走吧，我得去机场。"
"现、现在吗？"
"嗯。"
许年说："我送你吧。"
他看了她片刻，说："那麻烦你了。"
两人一下子又回到生疏客气的关系。
阳溪的机场位置很偏，得上高速，开一个小时车才到。
陈致打了一路电话，许年便专心开车。
"我现在乘最近的一趟航班去江城，转机去日本。"
许年察觉到他看着自己，才反应过来，这是在跟她说话。
她"嗯"地应了一声，又干巴巴地补了句"注意安全"。
到达机场，陈致单手从车后备厢把行李箱拎出来，停在她面前。
"这么多年，我辗转各地，国内、国外，这是你第一次送我。"他眼中涌动着无名的情绪，"希希，抱一下，可以吗？"
希希，他还是这么叫她。
在尚无法预知，年少时的爱情会贯穿一生的那年夏天，他总爱一声声地唤她的小名。
每一次的尾音，无限延伸着，终端都是他的心脏。
许年抿着唇，身形未动。

陈致松开行李箱拖杆,手臂绕至她的身后,将她揽入怀中,小心翼翼地,仿佛害怕惊扰到安眠的月亮。两颗相挨这般近的心,宛如恒星与它的卫星,一颗始终环绕另一颗转。

他的手不轻不重地搭在她的肩后,没有完全抱实,但他胸膛的温度能真切地传递给她。温暖得令人几乎落泪,几乎压抑不住回拥的冲动。

陈致先松开她,朝她笑了笑:"谢谢,我走了,天冷,照顾好自己。"

他拖着行李箱转身,大步离开。

不要心软舍不得,他告诉自己,等处理完一切再回来,踏踏实实地重新追求她。

许年看着他的身影快消失在人群中,攥紧的手松开,下定决心般,忽然跑过去,用了很大的力气喊道:"陈致!"

他停下脚步,回头。

不单是他,很多路人都被她这一声唤回了头。

但她没管。

许年一贯是沉稳的、理智的,在人多的地方,她往往会主动降低自己的存在感,不引人注意。现在,她要干一件出格的事。

她跑得微微气喘,扯住他的衣领,踮脚,上半身前倾,在他唇上印了一下。

一个蜻蜓点水的亲吻。

足以定住陈致。

彼此的唇都因天气有些干燥,有些冰凉,但太短暂,来不及仔细感知。

许年一双羽睫扑闪着,似慌乱,似紧张。她向后倒退一步,没直视他:"你、你快走吧,别误机了。"

陈致难以从她的神情中窥出她这个吻的深意,心湖荡起阵阵涟漪,无法止息,再开口,多了两分暗哑之色:"等我回来。"

她低低地应:"嗯。"

外界声音嘈杂,他仍是听见了。

"天快黑了,走吧。"

两人都在催促对方,却没有谁先走。

到底还是许年推了他一把,才终结这个局面。

那天回到家,许年手背抵着唇,发了很久的呆。说不上来后不后悔,但她的确是遵从那一刻内心最为真实的想法。

所有人,陌生的、熟悉的,要么以为他们是一对,要么认为他们该在一起。为什么?她有答案,却一直逃避,不想去面对。

他们都觉得,她已经足够强了,学业、事业,对人生的掌控力,什么事都自己来,可她一直是胆小鬼。

高中时,她不敢袒露心迹;交往时,她不敢成为他的阻碍;现在,她依然不敢再次袒露心扉。

或许,是因为她从来不信情比金坚,更不信爱像生命一样恒长。

人世恶,欢情薄,十年离索,半生漂泊,没有人始终都在身边,在她习惯独自一人的时候,他偏偏又回来了。

告诉她,他这几年没交过女朋友。还让她知道,他仍念念不忘,仍喜欢她。

这真实吗?

她收到他的消息,他说,他在候机,大概凌晨降落日本东京。

之橙烘焙:陈致,等你回来,我有话跟你说。

XYZ:好。

之后连续数日,他们联系得都不频繁,陈致偶尔给她发路上的风景照、美食图,或者早安、晚安。

许年则忙着店里的装修。

她得购置一些桌椅、灯具、装饰品之类的,她既得顾及预算,又得考虑整体搭配,线上线下一起对比。

一转眼,到了十二月下旬。

今年冬天来得比往年晚,又格外冷,阳溪气象台发布暴雪蓝色预警,雪却迟迟下不来,寒风砭骨,路上行人都少了许多。

陈致回国了,留在章州处理公司的事。

十二月三十日那天,阳溪下了雪。

凌晨时分,许年在睡梦中隐约听到窗外的风声,早上醒来,发现地面的雪已经积了薄薄一层,有小孩在楼下堆雪人。

手机不断推送各种消息,提醒居民雪天安全出行,局部地区暴雪,省内高速封路,铁路停运……

许年洗漱完,懒得自己做早餐,决定出去吃,顺便买菜。

这种天气,菜价涨了不少而且种类也少。她挑了点青菜,又称了半斤肉、半斤排骨,够她吃两三天的了。

她穿得很厚,及膝的羽绒服,帽子和围巾把脸裹得严严实实,依然觉得冷,骨头缝里似乎都渗着*丝丝*寒意。

她抄近路回家,途经一段下坡路。她看见一个妇人扶着腰,跌坐在地,正是邻居王大姐。

王大姐是很热心肠的人,她前两年退休,儿子在外地工作,家里就她和先生两人。

许年一搬来,她就热情地来串门,逢年过节的,也要送些老家种的水果、蔬菜来。也因太闲,她培养出说媒的兴趣,那位杨先生便是她介绍给许年的。

许年忙走上前,欲搀她:"王大姐,您、您这是摔了?"

王大姐疼得"哎哟、哎哟"直叫唤:"别别别,动不得,尾椎骨怕是断了。"

"您叫、叫救护车了吗?"

"还没。"

雪还在纷纷扬扬地下,地上冷,许年又不敢乱动患者,以免造成二次伤害,焦急地等着。

救护车过了好一会儿才到,大概因为路面湿滑,开不了太快。

两个医护人员将王大姐抬上担架,这时候,她先生也赶到了,跟着一起上车去医院。

凑热闹的人群还没散开,有人强硬地挤进来,一把抓住许年的胳膊。隔着那么厚的衣服,都能感受到他的力道。接着,她身体失去控制,被拽得往后跟跄一步,跌入一个怀抱。

许年裸露在外的手、脸冻得没有知觉了,脚也生疼,意识跟着慢了半拍。

这个气息……

是陈致。

耳边是救护车的鸣笛声,以前从未觉得,这声音如此刺耳。陈致胸口剧烈起伏着,庆幸地说:"我刚刚有一瞬间,还以为是你……"

以为她出事,心瞬间冻结,不再跳动。

被他抱住的许年整个人像只长条的北极熊玩偶,手里却拎着一袋子菜。

这样子,怎么看怎么奇怪。

"好、好紧,你先、先松开我。"

他照做。

呼出的热气在围巾上凝成水珠,闷得不舒服。许年往上扶了扶帽檐,视线开阔些,方才得以看全他的脸。

雪落在他头顶,迅速消融殆尽,但留下了湿意。他本身皮肤就白,耳朵、鼻头冻红得明显。一个月不见,他下颌线又清晰了些,眼睛下浮着一层没休息好的青色。

"路不是都封、封了吗?你、你怎么过来的?"

"昨天就出发了,本来想给你个惊喜,结果在高速上堵了一晚上,今天早上才被放出来。"

许年小声地说,似埋怨:"都下雪了,还、还过来做什么?"

陈致笑了笑:"想陪你跨年。"

她视线下落,不知是有意还是无意,瞥到他离开前,受伤的手指。伤口完全愈合了,但留下一条淡淡的疤。

陪她跨年比自己的安全还重要吗？

他放软语气："能先去你家吗？我现在又困又饿。"

许年心底叹息一声："走吧。"

锅里的水"咕噜噜"地翻滚着，一个个水泡升腾、破裂，许年怔了两秒，才抓了把面下锅。简单的番茄鸡蛋面，最后撒了把葱花点缀。

走到客厅，她才发现陈致不知何时睡着了。

他保持坐着的姿势，头向后仰，一条胳膊横搭在眼睛上遮光，呼吸匀长。

桌上那杯之前给他倒的热水已经凉了，冒不出白雾。

她轻轻地放下碗，在他旁边坐下。

他睡得沉，竟未察觉。

天色大亮，疾风已消，雪花漫天飘落，似将天地间所有的声音都吸收了。

许年耳边却回响起那年夏天，聒噪万分的蝉鸣。

两个孩子都放暑假了，叔母回娘家参加丧礼，干脆多逗留了一段日子。买菜的钱，是许凌找叔叔要的，条件是，许希得给他做饭。

天气热，许希做了点凉拌菜，放冰箱冷藏，在电饭煲里焖了粉蒸肉，再炒了道小炒，便叫许凌出来吃饭。

许凌穿着背心、裤衩，踩着拖鞋，顶着一头鸡窝状的头发，口里还叼着根牙刷，显然是刚醒。

他懒散地抬眼瞟她："要出去啊？"

"嗯。"

"天天出门，不热吗？"

许希故作镇定："图书馆有、有空调，还好。"

许凌没起疑心，毕竟她平时在家也是一天到晚学习、看书。

"回来时帮我带瓶可乐，大瓶的。"

她忍不住说："听、听说，可乐杀精。"

许凌恼羞成怒："亏你还是学霸，这种没有科学依据的话也信。"

她朝他伸手，他说："干吗？"

"钱。"

"就几块钱的事，用得着吗？"

"用得着，"她点头，"亲、亲兄弟，明算账。"

许凌掏了掏口袋，空的，回房间，拿了几张皱皱巴巴的零钱拍到她手上，没好气地说："多余的别还了。"

天气太热,盛夏的阳光照进客厅,风扇完全不管用,吃顿饭的工夫,浑身汗涔涔的。

许希没什么胃口,扒了小半碗饭就吃不下了。

她看看时间,快到和陈致约定的时间,于是挎上一只白帆布包,叮嘱许凌:"记、记得洗碗。"

他应着"知道了"。

她躬身换鞋的时候,他忽地看过来:"怎么感觉你最近心情很好?"

她怕被他抓住把柄,随口扯道:"等、你高考完,你也会高兴。"

然而,学习成绩一贯吊车尾的许凌,既体会不到高考带来的压力,也想象不了升入大学的期待。反正他逃课、上课睡大觉,一样不落。

许凌说:"得,多读点书,等你成功了,别忘了我们就行。"

许希系好鞋带,没回答,转身出门。

燥热的暑气如有实质,扑面而来,逼得人睁不开眼。

她撑起伞,去老地方找陈致。

他每次都会提前到,这次也不例外。

她说:"不、不是说好,我去找你嘛,干吗专程跑过来?"

陈致牵起她的手:"等不及了,想见你。"

许希不答,嘴角漾开笑意。

没来由地,他想到一些葫芦科植物的卷须,细细软软的。

陈致叫了出租车,带她去自己家。

"张、张阿姨不在吗?"

"她小儿子中考完,我跟我妈说,放她一个月假,让她带孩子旅游什么的。打扫、做饭叫钟点工就行。"

闻言,她瞄瞄他:"你、你是不是别有企图?"

他笑着搂她,近得她能感知到他口腔里的薄荷清香,他捏捏她的脸:"你是在怀疑我的人品吗?"

她别开脸,小声嘀咕:"男生、都一样。"

最早听到男生开黄腔,是小学。上初中后,男生处于一种心智不成熟,但身体开始发育的阶段,他们对"性"有了朦胧的认知,不避忌地将之摆到台面上——尽管是以一种粗俗的方式。

许希也想过,他会不会有这个想法,如果有,要不要接受。

想过好多次,依旧得不到明确的答案。

理智知道这是正常的。他们成年了,又处于交往中,有进一步的亲密行为,无可非议。事实上,他们到现在还没有接过吻。

她觉得,陈致是想亲她的,因为他总会吃薄荷糖,尽管他并没有口臭。可能……

是想给她好一点的体验?

之前其实有过一回,两人差点亲上了。

那天上午大太阳,午后顷刻间乌云密布,下起大暴雨,一道接一道的雷震天撼地。

他们只有一把遮阳伞,挡不住两个人,雨将他们半边身子浇湿,许希拉他去沿街店铺避雨,伞收拢搁在脚边,漫开一小圈雨水。又是一声惊雷,伴随着闪电,吓得她浑身一颤。

他把她抱进怀里,两手捂住她的耳朵,往后退了一步,缩在角落。

她靠着他的心口,他的心跳声近在咫尺,她分辨不出,究竟是他心跳真的乱了,还是雨声太嘈杂,扰了她的判断。

她抬起头和他对视上,才发现,他一直垂眸凝视着她,转而目光又落到她微启的唇瓣上。

那一刻,她看到,他眼底有她读不懂的渴望。

背后,雨雾弥漫,世界都模糊了,他眼里只有她。

被打湿的衣服贴在身上,要干不干的,黏着皮肤,不舒服。

僵持了数秒,她轻轻地挣开,说:"没、没事,我不怕,就是刚刚被吓、吓了一跳。"好像比往日结巴得更严重。

他应该是察觉到了她的紧张,所以,从那之后,他没有再展现过类似想亲她的眼神或举动。

这不是她第一次来他家,却是第一次以女朋友的身份来。

还是在那间影音室,心境已经完全不同了。

陈致让许希挑一部电影,她选了新海诚的《秒速五厘米》。班里有同学爱看日漫,她听他们推荐过。

贵树在樱花树下亲吻明里时,她抿唇,偷瞄陈致一眼。

他表情平静,只是握着她的手,一下下地摩挲她的掌心、指腹。

痒,又有什么念头蠢蠢欲动,呼之欲出。

贵树说了什么,许希没听进去。

分别之际,他们隔着电车门的玻璃,两只手有了短暂的交叠。再后来,就是无尽的遗憾与错过。电影很短,结束后,陈致起身:"你再挑挑想看什么,我去洗点水果。"

她答:"好。"

许希没什么想看的,选了半天,他迟迟未归。她放下遥控器,掀开腿上盖的毯子,下楼去厨房寻他。

蓝莓、草莓装在玻璃碗里,用盐水浸泡着,另一边,还有切成小块的西瓜、哈密瓜。

而陈致正靠着料理台发呆,听到脚步声,他回神。

她轻声问："怎、怎么了？"

他不答，冲她招手："希希，过来。"

她走过去。

他拉着她的手，把她圈在自己和大理石台面之间。

许希穿的是短袖、短裤，裸露的皮肤被冷风吹得冰冰凉凉，但这么与他贴近，又能感受到他高于自己的体温。

他低着头，胳膊虚虚地揽着她的腰，腿和她的相挨。

热恋中的少男少女，像盛夏的一切，火、烟花、日光、晚霞、石榴花，都是热烈的，炽烫的。

她有点猜到，他想做什么。

也许是受电影刺激。

又也许，是藏在心底许久的渴望，如摇晃后的汽水，"咕噜噜"地冒出二氧化碳那样，失去控制。

她缓缓地呼吸着。

鼻息间，尽是男生清爽的气息和水果清甜的香味。

整栋别墅开着中央空调，奢侈浪费至极，冷气轻拂，她却觉得，好热好热。

陈家别墅外围树木葱翠茂盛，蝉不间歇地鸣叫，风撞碎了云，狂热的、货真价实的夏天，枯渴的灵魂等着爱人的浇灌。

"现在，可以亲你吗？"

他就是想这个想出神了吗？他是不是憋很久了？

实际上，当时的许希压根儿想不到那么多，只是怔怔地问了句："为、为什么问我？"

陈致笑起来，胸膛震动，捎带着她的心尖一起共振不休。

笑完，他说："对不起，我好像是有点笨。"

她的手指，悄然地爬上他的T恤下摆，攥住一角，小声得几不可闻："那……你、你还亲吗？"

他没作声，静了一会儿，俯下头，气息落在她脸上。

她睫毛微颤着，闭上眼，鼻尖轻擦过他的，接着，她感觉到他柔软的唇落下。

男生的唇也这么软吗？

许希一时僵硬，不知作何反应。

他慢慢地贴实了，手掌按住她的后脑勺，在她唇上辗转着，似也在摸索下一步。

青涩的、纯粹的吻，两人甚至不知道张开口。

陈致离开了，她以为是结束，手心里的汗还没来得及濡湿他的衣角，他抓着她的手，让她圈住他的腰。

下一秒,他再度亲下来。

因为身高差,即使他迁就地弯颈,她仍是被迫仰起头。

学不会接吻时换气的她,为了攫取氧气,启唇,也就给了他可乘之机。

男生对于这方面,大抵有着与生俱来的领悟能力,才这么一会儿,他已经领先她数步,到达下一阶段。

许希更不懂得迎合,完全是处于被动地位。

她听到了细细的响声,耳尖、脸颊因此感到滚烫不已,心跳频率越发地快,手指攥得很紧,将布料攥皱巴了。

在她濒临窒息前,陈致松开她的唇,将她抱起,放在台面上坐着。

她睁开眼,眼中如蒙了一层雾,湿润的、茫然的。

他摩挲着她的侧脸,叉起一块西瓜递到她嘴边,看她嚼完,接过她吐出的籽,问:"甜吗?"

她瓮声瓮气地"嗯"了声。

他又吻上来,食髓知味又贪得无厌般。

接了不知多久的吻,间隙,他会喂她吃水果。

口腔里充盈着各种水果的甜,和彼此的气息。

她整个人都像烧起来了,被他抱下来的时候,她不好意思地把脸埋进他的怀里。

陈致在她头顶说:"我觉得我好像会接吻了。"

所以,刚刚是拿她做实验咯?

许希羞赧地掐他一把,没什么力道,像小仓鼠咬一口那样。

他贴着她的头发,喃喃道:"许希,我好喜欢你,好喜欢你,想跟你说一万遍,说到你烦,说到你再也忘不了。"

一语成谶。

她的确忘不了。

他的吻,他的体温,他一切一切的好,永远在她记忆中驻扎。

那天一整个下午,她都晕晕乎乎的,好像没干什么,就是和他抱着闲聊,连看了什么电影也不记得。要带给许凌的可乐,是陈致从家里的冰箱里拿。张阿姨用各种不易坏的食物填满两个冰箱,才安心离开。

陈致往袋子里装了很多饮料,怕她拎不动,送她到家附近。

许凌特惊奇:"你发财了?买这么多?"

"你喝、喝就是了,以后别、别叫我帮你带了。"

为了伪装不自然的神色,她刻意扮凶。

夜晚,屋外凉风吹不进屋里,老旧风扇动起来"嘎吱嘎吱"的,蝉也不消停,她翻来覆去地睡不着。

唇上、舌根，似乎还残留着酥麻的感觉。

最最扰心的，是那一声声"好喜欢你"。

…………

许年见陈致没有醒的迹象，怕他受凉，欲回房间拿毛毯。

她刚一起身，腰被人从背后环住。

他的脸贴着她的后腰，嗓音喑哑低沉，倦意浓重："希希，别走。"

许年分不清，此时此刻的陈致，意识到底清不清醒，但她的脚步的确立即停住了。

她像是裂隙，穿堂风自由穿梭，他伸臂，将她弥合，大风、冰雹、霜雪，皆被阻挡在外。

许年垂眸，拍了拍他："我、我没有要走。"带了几分不自觉的哄的意味。

力道松了，她拉开他的手，转过身。

陈致掀开眼皮，仰视着她，眼底浮着一层本不该属于他的……脆弱。

脆弱、软肋，是有罪的——对于一个强者来说——若没有彼此，他们都应当如此。

可惜，在无法自抑感情的时候，这注定就只会是一种假设。

许年说："你先把、把面吃了，待会儿去房、房间睡。"

他清了下嗓，再开口，声音清了点："好。"

"我、我去收拾客房。"

"不用麻烦了。"他端起碗，面有些坨了，"我就是来看你一眼，待会儿就走。"

她看了一眼窗外："雪还、还在下，开车不、不安全。"

话说到这份上，不能再听不懂她的意思了。

陈致笑了下，告诫她："女生独居，不要随便让男人留宿。"

许年轻声说："你会、会对我怎么样吗？"

他定定地看她几秒，说："不会。"

仿佛那年，他问她，不怕被拐卖吗，她说他又不缺钱。

她不是毫无戒心，只是对他有独特的信任。同时他也知道，得到她这种信任的人，寥寥无几。

他埋头吃面。

味觉的记忆往往难于声音和图像，但又最容易勾起回忆和情感。

初吻那天过后，她频繁出入他家。两人在一起，做什么都有意思，包括烦琐的做饭。番茄鸡蛋面是他跟她学的第一道菜。他做过很多次，无论分手前，还是分手后，都做不出她做的味道。

他刚到日本时，吃不惯，也吃不饱，后来回国，胃不舒服，失眠，总会想起她做的食物。又或许，仅仅是想念那些对视一眼都会想亲吻她的日子。

微微热气，蒸得他几欲落泪。

许年这时才看手机，发现不久前，有两个他的未接电话，正好是救护车来的时间。

难怪他会那样以为。

也不知道王大姐的情况怎么样。

她起身，走到窗边。雪落无声，偶尔刮起一阵风，雪花霎时乱了，四下飘散，漂亮得像梨花瓣。积雪像巨大的绒毛垫，覆盖整个世界。

阳溪许久没下过这么大的雪了。

外冷内热的温差，使得窗玻璃上凝起一层水雾。

许年划拉出三个大写英文字母。

身后有脚步声，她没回头，问："你微信名，什、什么意思？"

"猜猜？"

不就是二十六个字母的最后三位，怎么猜？

陈致手撑在一边，眼睛含笑："猜出来，我答应你一个条件。"

她略一思索："空、空间坐标轴？"

他摇头。

"英文单词缩、缩写？"

他摇头。

许年瞬间蔫了，伸手抹掉："算了，猜、猜不到。"

她不擅长玩这种揣摩人心的游戏。

"长期有效，猜到随时来找我兑奖。"

陈致握住她的手，她掌心残留冰凉的湿意，他覆盖住，渡以自己的温度，慢慢地说着："这次回日本，是我的老师突发心肌梗死。幸好抢救过来了。"

钟俞诚忙于事业，但一贯注重养生和锻炼，这一遭事发突然，吓坏了妻女。

她听得发怔，忘记抽回手。

"我爸妈一开始，是想将财产转移，所以先把我弄过去。但出了纰漏，失败了。在被传唤前，他们一起从公司顶楼跳下来。我回来，亲自送他们去火葬场。"

时隔多年，他已经能用平静的语气，以类似于旁观者的角度，描述这些伤痛过往。

"说是老师，其实更像叔叔。那几年，他照顾我，算是半个家人。"

"你在日本……"她踌躇片刻，方将话说全，"过、过得好吗？"

"不好。"陈致根本不用多想，"语言不通，学业、工作压力都很大。有的日本教授对中国留学生有很强的恶意，施以学术霸凌，还有无处不在的歧视、偏见，只是有的人会隐藏。"

他一边上学，一边跟钟俞诚做项目，为了早点还清债务，根本没有喘气的空隙。

他也不习惯日本的文化，一心想逃离。

三言两语，难以概括。

最重要的是，他很想她。

同时，他又不敢探听她的消息，怕思念成狂，忍不住回国见她。

或者说，他过得从来都不好。

许年咬着下唇，说不出话。

将她的手焐热了，陈致改为揽她的腰，却被她抵住胸口推开。

她低声说："我还没、没答应你……"

"好，"他妥协，撤退半步，和她保持距离，"我等你。"

对她，他早就习惯等待了。

等毕业表白，等她下楼找他，等清除一身累赘回来找她，也不差多这几天。

许年直视着他，说："你有没有想、想过，会不会，你不过是不、不甘心，根本就、就不是还喜欢我这个人。"

"不是。"他字字斩钉截铁，"许年，你不了解我，更不了解你对我的重要性。"

她说："可我们也、也就谈了两个多月。"

两个多月，足够这么刻骨铭心吗？足够他惦念数年吗？

许年不爱看浪漫爱情剧，那些就像是给成年人看的童话，人活在世上，需要一些虚假的东西用以抚慰。

陈致笑了："你好像也不了解自己。"

她就像玩躲猫猫的小孩，藏在一个自以为安全可靠，实则一眼被看见的地方。

是吗？

也许是吧。

不管是不是，许年需要一些时间，去接受这段于自己已然陌生的感情，还有他。

她确实对他还有感觉，但不会再像十八岁那样，凭一时冲动，答应和他在一起。

她没闲心，更没有精力，再尝试一段叛逆得突如其来的青春。

在她有限的生命里，最重要的是她自己。

雪下了一天，到晚上才小了些。

新闻报道说省中部、西南部、东南部发生雪灾，有些市县交通堵塞，甚至断电。

天寒地冻，家里空调暖气顶不上太大用处，许年窝着取暖，不想动，甚至忘了还多了一个人。

午饭和晚饭还是陈致做的。

本来，她想到上次那锅粥，没对他抱什么期望，没承想，土豆焖排骨、白灼菜苔，加一道萝卜汤，卖相一般，口味还不错。

他说："之前咖啡馆那位，说的什么，女人做家务、带孩子的一套理论，全是放屁。男人怎么就不能做了？"

"你、你全听见了？"

他说是，又问："你之前相亲也碰到过那种人吗？"

"没……"以免产生歧义，她补了句，"那是第、第一次相亲。"

也不会有第二次了。

陈致不觉得生气，只是心疼。那样歧视性的语言，她估计没少受。

他低低地说："你知道吗，有时候我会想，假如我足够强大，就能让你免遭这些。"

许年摇摇头，说："人总是喜欢给、给别人套上枷锁，要、要求该做什么，不该做、做什么，明明没、没有这样的规定。"

就像，没有任何法律条例、道德标准上写着，到达适婚年龄的女性，必须结婚生子人生才算完整。也没有明文规定，女性一定得落落大方，不卑不亢，广交良友，按照世俗刻板印象打扮自己。事实上，所有人都活在这样的条条框框里。当有些人想要挣脱，便会衍生激烈的矛盾冲突。

她选择平和地对待。

造成悲剧的因素，就有反抗。她没有伟大的救世观念，她唯一能救赎的是自己。

"我想，既、然已经生活在这、这个不公的社会里了，与其指责，不、不如忽略。何、何必弄得自己不开心，有空、空的时候，散步、睡觉，或、或者，就是没意义地发呆。"

所以，不必担心她，哪怕没有他，她也可以好好过。

陈致苦笑一声："是，你一直很聪明、清醒。当初你提分手是正确的。"

她说："我其实有、有想过，和你好好在、在一起的。"

只是，那时彼此的境况，并不容许两只手紧紧牵着。

饭菜已经凉了。

他们坐在餐桌两端，头一回客观、理智地谈论起这些事。

许年郑重地说："陈致，我选、选择你，是因为你够、够好，我放弃你，也、也是因为你太好。"

他声音低缓下来："我知道。"

打从她提分开的时候，他就知道。

"不管我们还、还能不能在一起，我都会记、记得你对我的好，但、但我也希望，你可、可以放下。"

放得下吗？

单凭她这一句话，他就觉得，他这辈子也不可能放得了。

说这么多，许年口有些干，打算收了碗筷去倒水喝。

"我来吧。"陈致起身,偏了偏头看她,灯光衬得她娴静、温柔又坚韧。

"许年,我还是那句话,你可以不用一直自己挺着,是人都会累,都会犯懒。当我是椅背也好,坐垫也罢,你随时可以取用。我永远为你托底。"

他又说:"想说'谢谢'的话,请明白,道谢的前提是,我所做的对你有用,并且你表示接受。"

许年静默良久,"嗯"了一声。

她说的是:"谢谢你这、这么真心地喜欢我。"

晚上,许年把客卧收拾了出来。

房间小,床也不大,之前唐黎睡着刚好,陈致这么一个大高个,就显得又窄又短了。她有些纠结,要不然,把主卧让给他?

陈致洗完澡出来,身上穿着件白T恤和黑色休闲裤,头发半湿地搭在额上,脸刮得很干净,没了半点舟车劳顿的疲惫感。

跟在校男大学生似的。

"有吹风机吗?"

她猛地回头,差点撞到他的胸口,往后趔趄一步,被他扶肩稳住身形。

呼吸间,一阵阵熟悉的柠檬海盐香传来,是她的洗发水味道。

往日闻惯了的气味,掺杂了他本身的气息,变得有那么几分不同。

隔着薄薄的布料,似乎能看到他胸肌的形状。他以前老是密不透风地抱她,肌肉结实归结实,但轮廓没这么明显。

她定了定神:"你怎、怎么,走路没声音的?"

"是你想得太入神了。"

行吧。

"你刚刚问、问的什么?"

他说:"吹风机。"

"哦,在、在我房间里。"

许年取来吹风机,见他趴在床上了,眼睛合着,不知是睡了还是没睡着。

她戳戳他的背:"吹干头发再、再睡。"

陈致含混不清地"嗯"了一声:"帮我放那儿吧。"

这么快就困了?

她在床边的插座上插上电,坐在床沿,帮他吹。

他发质不软不硬,十分黑亮。男生头发短,边吹边拨,很快就干了。

拔掉插头时,她见他睁开眼,一瞬不瞬地看着她。

他说:"我是答应你,不会对你做什么,但你是不是对我太没防备了?我好歹是成年男人……也会想亲你。"

此时两人的姿势,是有些暧昧不清的。

许年坐在枕边,背靠床头,陈致趴着,脑袋稍稍一偏,目光刻意地定在她的唇上。

再结合他那句话……

她伸手捂住他的眼睛,微恼道:"看、看什么看。"

"看你漂亮啊。"

明显是调侃她。

"什么时候,你也这、这么油嘴滑舌了。"

"我什么时候没觉得你漂亮过?"

陈致拿下她的手,握住她的指尖,打量着。

指甲修得很短,粉粉的,有形状好看的白色月牙。只是,因为经常干活,手心有茧,掌纹略深,保养得没那样精细,一看就知不是不沾阳春水的手。

即便是这样的一双手,他也觉得漂亮。

他执着她的手,在她手背上落下轻柔一吻。

她的心,像顷刻间被河水倒灌,映着银河,与明月相照,令人晕眩地亮。

令人有……泪流满面的冲动。

宛若穿梭数年深沉的昏昏的梦境,抵达那个盛夏。

在第一次接吻前,陈致最多就是亲亲她的手背,然后牵住。他喜欢十指相扣的牵法,哪怕再热。他说,这样不容易分开。

分手那天,他应是有了预感,牵得格外紧,但他没留住她。

到底没有唐突她,就这一个吻,以解他多日相思。

陈致翻身起来,盘腿而坐,问:"'之橙'装修完了吗?"

"差、差不多了,剩一点收、收尾。"

她催得紧,没让师傅们磨洋工。他们颇有微词,但也没辙。这两天下雪耽误了,下周大概就能完工了。

他嗓音低沉缱绻:"想吃你做的榛子蛋糕了。"

许年无端觉得耳朵痒,摸了摸:"家、家里有工具,下次去超市,买、买点材料,也可以做。"

"明天不下雪的话,带你去一个地方,再去超市,好不好?"

"嗯……"

他不是困了吗?怎么跟她聊起来了?

"你睡、睡你的觉,我走了。"

许年卷起吹风机的线,起身离开,顺便带上了门,但他没错过,她耳根那点红。

这么多年过去了，她还是脸皮薄。

他兀自笑了笑，环顾一圈。

白墙灰砖，陈设简单，就只有床、书柜、床头柜，他拉开抽屉，空空如也。

她生活太过于清心寡欲，东西整齐地收纳后，更显得精简，除了厨房东西多些，各种调味料、锅碗瓢盆的，旁处都没有太多物品，也没有她的照片什么的。

他能够留下的，只有一张毕业照。奈何像素实在一般，看不大清脸。第一排是老师、校领导，她个子不高，站在第二排，半边身子被遮挡。

终归是聊胜于无。

只是后来，到日本收拾行李的时候，照片不知掉到哪儿了，最后一点念想也没了。

南方的雪好像很难积深，第二天清早，路面的雪基本消融完了，只剩屋顶、草丛、树梢还残留一些。

许年醒得挺早，开空调太干，她想给自己冲杯蜂蜜水润润嗓，发现陈致已经穿戴整齐，在厨房研究早餐。

"怎么起这么早？"

两人异口同声。

"习惯了。"

又是同时。

陈致扬眉笑笑："因为工作，平时最多也就睡六七个小时。"

"嗯，开、开店也是得早起。"她看向他找出来的食材，"要做、做什么？"

"不知道，现学。"

许年说："随、随便做点吧，我早上胃、胃口一般。"

他故意松了一口气："那就好，我也不会做什么。"

她好笑："你、你昨天不是做得挺好的吗？"

"只能说明，我学习能力还不错，就是动作慢了点。"

"也是，毕竟，你不、不需要自己做饭。"

"主要是没时间，真忙起来，连饭都顾不上吃。"他又问，"蔬菜饼，可以吗？"

"嗯。"

陈致按照教程，将胡萝卜、土豆、包菜擦成丝，开水焯熟，放一点肉末，加面粉、鸡蛋搅匀，上锅用小火煎。

许年看他："这样没、没味道。"

他定了定，才反应过来，忘了加调味料，转头问她："现在加是不是入不了味？"

"嗯，算了，不加也、也没事。"

他屈指蹭了蹭鼻尖，想说什么，又见她"噗"地笑了。

177

是他手上沾了面粉，蹭到鼻子上了。

"幸灾乐祸。"陈致倒了点面粉在手上，一手按住她，去抹她，"看你还笑不笑。"

"小、小气鬼，"许年笑着躲，"别弄到我头、头发上了啊。"

她从他的桎梏里气喘吁吁地逃开，脸上东一块西一块的白，忙提醒他："要焦了。"

陈致忙去翻面，火开得小，幸好没煳。

她趁此空当溜走，去浴室洗脸。

冬天正是柚子上市季，家里有几个，也是先前王大姐送来的。

陈致剥了一个，把果肉分离出来，用碗装着，又泡了杯蜂蜜柠檬水。等许年洗漱完，正好可以吃。

唐黎不在，许年自己通常比较随便，也很少有人做饭给她吃。

很寻常的三餐，偏偏，因此多了几分热闹的生活气。

对他们两个来说都是。

因为习惯独自生活，习惯屋中冷清，习惯安静寂寞，所以这种感觉格外强烈。但奇妙的是，并不让人抗拒。

饼上刷了层酱，就不会味淡了。她咬了一小口，他问："好吃吗？"

"嗯。"

他抽了张纸，动作自然地替她擦去唇边沾上的酱，自己才开始吃。

许年心知肚明，他做这些，是想让她尽快熟悉、接受他的存在，或者，准确地来说是侵略。

陈致这人看似做事漫不经心，从不咄咄逼人，甚至算得上包容大度，其实比谁都有盘算。

高中时，他就是如此，让她不知不觉走入他早已设下的陷阱。

尽管他口头答应，选择权全交予她，无论最终结果如何，他全盘接受，但他这番架势，决计是不欲给她留退路。

现在不过是，一个强势地夺心，一个清醒地沉沦。

吃过早饭，两人一道出门。

陈致的车露天停放，一整天过去，披了件厚厚的雪衣。

"等等，我找人借一下工具铲雪。"

他去和旁边店铺的老板交涉，借来一把扫把，叫许年离远点，扫去前后挡风玻璃和车顶上的雪。

大团的雪"扑通"落下。

她忍俊不禁。

哪有人这么粗暴地对迈巴赫的。

陈致见她在笑,说:"回来之后,第一次见你笑得这么开心。"

闻言,许年愣了一下。

他若不说,连她自己也没察觉到。

"希希,我跟你说过,我不信有什么命、什么运能帮我实现愿望。但我一直都真心祝愿,你这一生是喜乐的。"

就像当年他想的,十七岁的女孩子该多笑笑。

所有心愿的主语从来都是她。

陈致清理完雪,手都冻红了,坐进车里先开暖气吹玻璃。

许年低着头,无意识地拨着指甲。

她说:"原、原本,我打算再、再也不回阳溪的,我叔叔突、突然去世,我叔母哭着求、求我回来,我就心软了。"

去年,叔叔突然脑梗,很不幸,是在晚上睡觉的时候。等叔母发现,人都凉了。

叔母当了这么多年家庭主妇,没了丈夫就如同没了主心骨。尽管叔叔对她不好,但传统的"嫁鸡随鸡,嫁狗随狗"的观念,让她半边天都塌了。

在电话里,她哭着喊:"希希啊,你叔叔人没了,我怎么办啊?我就剩你许凌了,你不愿意回来,许凌又是个不成器的,我下半辈子孤零零一个人,要怎么过啊?希希,你可怜可怜叔母吧。"

归根结底,许年恨的是叔叔。她离开的这几年,叔叔没有找来江城闹她也是因为被叔母劝下了。

她到底还是辞职、退房、卖车,回了阳溪。

还有一方面原因,她感觉身体禁不住那么熬。

互联网这个行业性别歧视严重,她找了学长帮她内推,加上她确实够优秀,便留了下来。尽管各自的薪资是保密的,她也能感觉到,她比同岗位的男性薪资低,而且产出价值高的工作不会交给她,但一些零碎的杂事又总找她,理由是:她刚毕业,年轻,又没结婚,有空闲。

这一切,对她身体、精神的消耗都不小。

她攒的钱虽然不是很多,但回阳溪也够花一阵了。

既已做决定,她就不会再犹豫、后悔。

"你、你说得对,我大、大多数时候,都感受不、不到强烈的喜悦,和你在、在一起的时候,我的确会更、更放松。"

陈致从来不强迫她做什么,或者给她灌输某些观念。他一直告诉她,她想如何就如何。他不吝啬夸赞，说她漂亮、聪明，也会逗她，故意惹她恼。

可是他总是太想向她索取——她的关心，她的爱。

这会让她隐隐感到压力，她怕自己给不起。或许，她宁愿让爱情的纯粹与美好停留在记忆里，也不想靠得太近，玷污、破坏它。

所以说，从一定程度上来说，他们都是人格有缺陷的人。

这个世上，谁又不是呢？

她不过是一个，最普通的，缺爱而又不敢爱的胆小鬼。

听完她说的，他大致能明白她想表达的意思，也知道，她愿意用类似于，换一种生活方式的勇气和决心，再尝试接受他。

陈致摸了摸她的后脑勺，轻声道："希希，你已经做得很好了。"

他们都在人生这条路上不断地和他人错过，经历跌宕起伏、坎坷崎岖，也要原有自己的错误，想停歇的懒怠，以及不够完美的结果。尤其是独行的过程，没有支援、鼓励、纠正，走到今天，已经很厉害了。

许年也好，许希也罢，她灵魂蕴藏的力量，始终如一。

陈致带许年去了城隍庙。

今天是一年中的最后一天，不少人前来上香祈福，男女老少都有。

庙外一条街摆了很多摊位，以小吃为主，还有卖手工艺品的，到夜晚生意应该会更好。

陈致伸手，征询地看她："要不要牵着我？"

她摇头："没事。"

他也不勉强，将手插进口袋，和她始终保持着一拳的距离。

许年很少来这儿，一是她没有求神拜佛的习惯，二是这边游客太多，尤其是节假日。

他们走走停停地逛着。途经卖针织品的小摊，陈致看见橙子挂件，驻足，问道："请问可以定制吗？"

老板是个年轻女生，坐在摊位后，一边钩一边卖，闻言抬头："是送人的吗？你想要什么呢？"

陈致颔首，想了想说："橘子树盆栽，可以做吗？"

"可以啊，不难，我做过，不过要几天工期。是送女朋友还是长辈领导？"

他说："算是女朋友。"

"要不你先加我微信，到时再跟你报价，底盆的话，你可以自己挑。"

"行。"

许年走着走着，发现身边人不见了，这才转身去寻，正好看见他拿手机扫对方手机。桌上不就摆着付款二维码吗？

她走过去,问:"你干、干吗呢?"

女生好似明白了什么,说:"帅哥,这是你女朋友啊?"

陈致摇头:"还不是。"

女生心领神会,笑起来:"那就快是了咯。"

不知道为什么,许年心里隐隐有点不爽。不是才说要追回她吗,怎么就主动加陌生女生微信了。但也不好表露出来,她站在旁边,没作声。

陈致挑了几朵玫瑰、风铃、雏菊,让老板包成一束,转而送给许年。

他慢声道:"突然想起,从来没正儿八经地送过你一回花。"

这种东西,尤其是玫瑰,太过张扬,又寓意昭然,她不方便拿回家,就不让他送。

仅有的一次,他们到河边,他从路边草地摘了一把小雏菊,笨拙地编了条手链,给她戴在手腕上。歪七扭八的,不好看,一会儿就松了。但那时年纪小啊,她本就不图他的物质,又是初次恋爱,有情饮水饱,和他一起做什么都好。

傻得可以,也单纯得宝贵。

现在再也无法重复那样的心情了。

东西不贵,她还得起礼,于是接过:"谢谢。"

陈致看出她的想法,说:"希希,我拥有的这些,都是为了让你……"

人来人往的,旁边还有新的顾客来挑拣,许年不想被人听见这些,觉得尴尬,拽住他的手腕就走。

才走出一段路,他蓦地反过手,趁她不防,手指穿过她的指缝。掌心相对,一热一冷,既是相克,又是相扣。

他说:"要么就这样牵着。"

许年挣了挣,他耍赖般地扣紧,纹丝不动,她力道不敌,微愠道:"陈致!"

他坦然:"是你主动牵我的。"

"你、你什么时候这么厚、厚脸皮了。"

"薄脸皮追不到女朋友——杨靖宇跟我说的。"陈致走到她前面,"这样就不会把你弄丢了。"

她一顿,抿了抿唇,到底放弃了挣脱,跟着他。

男人体温高,本来冰凉的手,不知不觉都被他焐热了。

许年望着他的后脑勺,越发意识到,若她是守擂者,在这样强悍的、连续不断的攻势下,她迟早会告降。

迟早。

许年一手拿花,一手被他牵着,穿梭在密密匝匝的人群里,不停地与人擦肩而过,没留意包。等她意识到时,早寻不到偷手机的人了。

181

她仍残留一丝希望，打去电话。对方立马关机了。

附近人这么多，就算摄像头拍到了，估计也无济于事。

许年眼带埋怨地看向陈致。

还不是怪他。

"对不起，"陈致被她这副模样逗得绷不住笑，"我的错，待会儿赔你一部新的。"

"你还、还好意思笑。"她转而心痛不已，"手机里、里面有好多东西。"

她上份工作离职后，有关数据都清空了，开店相关的重要资料，她都备份了，丢的是聊天记录。

她和陈致的。

分手后，她准备删掉他所有联系方式，却鬼使神差地，将和他的聊天记录都想办法全部导出来。尽管她没有再回头看，但即使她换了两次手机，也一直留着。

但是……

似乎也没有必要了。

毕竟，他人就活生生地在身边。

许年吐出一口气："算了。"

他们进了城隍庙。

这是阳溪香火最盛的庙，古刹浓香，白烟氤氲，仿若仙境。

他们在门口买了两把香，进去后，正对着一棵百年古香樟树。

树的直径约有三人合抱那般粗，且树冠浓密，生机勃勃。树梢挂满红绸带，上面似有字样。

这是一则收费项目，可以在红绸带上写下愿望，再由人系上去，接受香火熏陶。

陈致问她："去吗？"

"不、不去了吧，反正，过不了多、多久，他们就、就会清理掉的。"

否则，树上早就无处可挂了。

"能挂多久就挂多久呗，本来就是讲究个心理作用嘛。"

许年无可奈何。

他们排了一会儿队才轮到，陈致不用多想，提笔就写。她瞟了一眼，还是那句老话：*祝许年此生多喜乐。*

她忍不住问："你就没、没别的愿望吗？"

他写完，将红绸交递过去："除了你，我本就无所求。"

她没接话，他转过眼，轻声提醒："快写啊，不然别人该催了。"

许年也没什么愿望，一定要许的话——

她略一思索，弯腰，写：*祝爱出者爱返，福往者福来。*

奉献爱和布施福德的人，也会得到爱与恩惠。

其实也是变相地祝福陈致、唐黎他们。她从小到大，只有他们是不求回报地对她好。在陈致眼里，意味就不一样了。

他笑了笑，说："你就是那种，'世界以痛吻我，我却报之以歌'的人。"

这么说有点矫情，可自他认识她以来，就从不见她对谁施以恶意。

"我倒没、没那么无私，但大多数人都、都生活得不容易，我做不了什、什么，就许一个愿、愿望而已。"

他们离开树下，去燃香敬佛。

每次燃三支，拜完所有的殿，手上要留有余香——陈致还真去搜了注意事项。

庙里有六个殿，每个殿里供着数尊佛，一一拜过去，费了不少时间。

从城隍庙出来，陈致开车到手机专营店，直接挑了最新款。

见他要付款，许年忙说："我跟你开、开玩笑的，我、我自己付。"又不是真被他弄丢的。

她很认真地说："陈致，我有钱。"

他看她两秒，妥协了："行吧。"

许年刷信用卡结账，又去营业厅补办了张手机卡插上。

陈致突然说："之前我没说完的话是，我所做的努力，不仅仅是为了找回你，更是为了配得上你。"

钱，外貌，都是父母赋予他的。当剔除这几样因素，他在她面前，几乎一无是处。

他不在乎那些，他只是想，能够有足够的实力站在她身边。

她如果不需要别人替她挡在前面，或是殿后，那就，站在她身边，和她相配。

不等许年回答，他牵起她："走吧，去逛超市，说好的。"

才多久，他牵手就牵得越来越自然了。

她懒得再白费工夫去挣了。

陈致好说话、无欲无求是表象，他骨子里其实十分固执，一旦认准什么，很难有人能动摇、改变他的想法。

从这点来看，他俩是一样的。只是他们坚持的点不同，譬如，许年不愿事事倚仗他，陈致也不喜她事事拒绝他。在矛盾冒头、激发前，总有一方先退让一步，故而，他俩也从未吵过架。

超市今天人也格外多。

毕竟好巧不巧地，周末和跨年撞上了。

陈致推着购物车，他也不知道许年需要买什么，跟着走就是。

许年拿了一盒淡奶油，看了眼生产日期和保质期，放进去，然后是黄油、巧克力、牛奶、榛果……

做甜点麻烦，当初她废了许多食材才学会，最拿手的就是榛子巧克力蛋糕。

她心里列着清单，很快挑完这些，去冷藏区买肉。

陈致双臂撑在购物车推杆上："多买点吧，我可能还要再蹭住几天。"

许年瞟他，说："又没、没下雪了。"

他随口胡诌："我胃不好，外面的饭菜吃不惯，还是喜欢家里做的。"

她毫不留情地点破："你、你之前不也是这么过的吗？"

他继续厚颜："现在不是有你了嘛。"

她好气又好笑，明明是追人，他怎么端得起这么理直气壮的架子呢？

陈致一面伸手拿肥牛、虾滑、牛排，一面说："我付你房租，要多少，你报个价就是。"

她说："够、够了，冰箱塞不下了。"

她正往回放，突然听到一声："许希？"

得是有多巧，在这里碰到老同学。

又得是有多不巧，相隔不过一个月，碰到蔡心怡两次。

蔡心怡这回是一个人，待她看到许年身边的人时，惊讶得合不拢嘴，目光在两人身上来回转。

"陈致？你俩这是……在一起了？"

这该怎么解释呢？

许久未见的普通异性同学，一起逛超市，这合理吗？

陈致没作声，瞥许年一眼。

许年含糊其词："就一起吃、吃饭。"

蔡心怡刨根问底："只有你们俩吗？还是叫了其他同学？"

许年答不上来，陈致适时救场："难得联系上，就约了顿饭，毕竟她以前在学习上帮助我不少。"

"哦，这样。"蔡心怡又问他，"你现在是回阳溪发展了吗？"

"有事回来一阵子。"

"刚好，明天我家办乔迁宴，要不你们俩一起来吃个酒呗。"

许年一贯拒绝不了这种邀请，何况又是人家的喜事。

高中她俩坐过同桌，关系不错，也实在不好拒绝。

许年只好答应下来。

蔡心怡说："那我加你吧，我发你地址。"

许年调出二维码，蔡心怡边加边说："之橙烘焙？你现在是开烘焙店啊？"

"嗯。"

蔡心怡挺意外的："没想到你会做这个。"

许年淡笑了下，说："我、我自己也没想到。"

人生千百事，九成在意料之外。就像她想不到，当年内敛少言的女生，变成如今这样。

蔡心怡发了张电子邀请函给许年，说："好了，记得来哦，那我先去买菜了。"

"好。"

蔡心怡走出一段距离，又不由自主地回头看了一眼。

他们并肩走着，没有发生任何肢体接触，乍一看，不算亲密，但莫名让人觉得，他俩之间关系非同寻常。

就跟当年元旦晚会，他们坐在一起，几乎是头挨着头，低低地说话一样。

许年最后买了一购物车的东西。

到自助结账机处扫码时，陈致抢占了先，说："这回别跟我争了。"

许年一样样装袋，说："我也没、没打算争，本、本来就是你要吃的。"

他笑了笑："我来拎吧。"

她莫名产生一种错觉：他们已经过上了婚后生活。

事实上，他们目前连情侣关系都不是。更为诡异的是，他们彼此并没有察觉到不对劲。

在今天之前，大概没人能把陈致和逛超市、做饭这种事联系起来。他看起来太……十指不沾阳春水了。

有两个小孩嬉笑着，推着购物车横冲直撞，他们的母亲跟在后面，没叫住人。

陈致手疾眼快，把许年拉到自己背后，伸手挡住冲过来的车。

小孩母亲见状连忙说："不好意思，不好意思，小孩太调皮了。"又气冲冲地叫他俩道歉，"叫你俩闹，快点跟哥哥、姐姐说对不起。"

他们低着脑袋："哥哥、姐姐对不起。"

陈致问许年："没撞到吧？"

她摇头。

他弯下身，严肃地对他们说："在公众场合不能这么闹，万一撞到人了，辛苦的是你们妈妈。下次不能这样了，知道吗？"

"知道了。"

他重新拎起袋子，她这才注意到，他手心刚刚受那一下力，都红了。

"没事，好好的。"

她说："你这手还真、真是多灾多难。"

吊水走针、被刮伤，都是左手。

"'拿金像奖衰三年'，梁家辉得奖后真摆了三年地摊，可能，我的运气都拿来和你重逢了吧。"他玩笑道，"指不定后面还会碰到什么糟心事。"

她蹙眉："净胡、胡说八道。"

陈致说："不是说，所有命运的馈赠早已暗中标好了价格吗？有所得，就会有所失，别人看到的'完美'，只是他们臆想出来的。我得到我求的，付出一定代价，不是合情合理吗？"

许年闷声道："但、但是，我不想听到你说这、这种话。"

就好像，他真的要出事了一样。

他听懂了，笑着问："假如我和……嗯，唐黎，同时掉进水里，你先救哪个？"

她觉得荒唐，张了张口，就憋出一个"无聊"，转身就走。

陈致大步跟上，继续说："如果你不救我，也不用担心我，我会游泳。"

"你、你什么时候这么烦人了？"

"我一直这样，只不过之前你喜欢我，情人眼里出西施。哦，不对，你现在也喜欢我。"

"你好烦。"许年加快步子，不想再听他絮叨。

走着走着，她却越发控制不住嘴角的弧度，抿紧唇，才生生压下笑意。

陈致在背后喊："这么多东西，你不帮我提吗？"

她果然停了。

他施施然走过去，许年要接他手上的袋子时，他又说："不用了，我提得动。车钥匙在我右边口袋，你拿一下。"

她去掏，空的。

"哦，那就是在左边。"他眼里的笑快溢出来了，像逗她很好玩似的。

她拿出车钥匙，打了他一下，一字一顿地说："你、真、的、好、烦。"

但这种时候的陈致，却又无比生动。

高中的他，总像盛夏的车轴草，提不起劲，不怎么爱笑，也不像其他男生那么活跃。

就像是，故意只展现给她看。

陈致慢悠悠地跟着。

昨天才下过一场大雪，今儿个就出太阳了。

日光淡，但紫外线强烈，他微眯起眼，看着前方的女生。

许年个子不高，穿着蓬松的面包羽绒服，显得圆鼓鼓的。

头发折射着光，呈浅金色，露出一小截手，白白的，像新生的春笋剥去了皮。

色彩、形状，在他脑中拓印出一幅幅画，所有的主人公皆是她。

回家后，许年一下午都泡在厨房。

她先打发奶油，做了蛋糕，放冰箱冷藏后，烧水煮果茶，还另做了几样小吃，到晚上，一起端到客厅桌上。

陈致说："你好像很喜欢做这些。"

"就是做、做惯了。"

"我从小到大，就很少和爸妈在家一起吃饭，一直是阿姨带我，给我做饭。"

他喝了口茶，混着橙子、苹果清甜的茶香十分浓郁："那个时候，总觉得吃饭没什么意思，学习也没意思。反正没人关心我的感受。"

如同养了只宠物在家里，他们想起来了，就回来看他，关心一下，但绝不容许他犯错，或给他们惹麻烦。至于他孤不孤单，吃没吃饱，穿没穿暖，总归有人照料，他们分不出闲心，也没想过抽空顾及。

而许年是身处逆境，也会好好学习，好好过日子的人。也就是和她在一起，陈致才有"生活"的真实感。就连杨靖宇都不明白，他到底为什么这么执着，甚至将执念熬成了毒，渗进身体的每一寸骨肉，和他融为一体。

或许，他喜欢的是，凛冬寒里，萌发的这一片新叶的蓬勃生命力。

他是濒临枯死的枝，干涸的溪，荒芜的林，需要靠它活下去，哪怕是一点点也足矣。

陈致举杯，偏过头，定定地看她："敬你。"

她不解："敬、敬我什么？"

他沉吟两秒，说："敬你的存在，就是奇迹。"

她"噗"地笑了："好肉、肉麻。"

话是这么说，她也举起马克杯，和他轻轻碰了一下："那、那也敬你。"

敬你如星星，如篝火，照亮我，温暖我。

难得有一个并肩长聊的夜晚，两人就这么消磨时间。

电视上放着《诺丁山》，是一对恋人相爱，分离，又重归于好的故事。

  she may be the reason I survive（她，也许是我生命的理由）

  the why and wherefore I'm alive（是我生存的原因和方向）

  the one I'll care for through the rough and rainy years（是我要精心呵护走过风雨的伴侣）

  …………

  the meaning of my life is（我生命的意义永远是）

  she……（她……）

简直没法认真去计较这个故事的逻辑。

一个事业如日中天的大明星又怎么会和普通人在一起。就像七仙女私许董永，卖油郎独占花魁。它就是个爱情童话。

应该说，爱情本就是个童话。

许年洗过澡了，穿着毛茸茸的睡衣，头发披着，整个人显得无比柔软。

电影进入片尾曲，陈致问她还看不看其他的。她"嗯"了一声，尾音也是软的。

他选了《恋恋笔记本》。

好了，这又是一部富家女和穷小子破镜重圆的爱情片。

许年问："你、你是不是故意的？"

他佯装不解："什么？"

她说："为、为什么电影总喜欢拍不、不相匹配的爱情？"

陈致放松地靠着沙发背，拈了颗草莓喂她："因为讲究门当户对的是婚姻，不是爱情。"

"已经破、破了的铜镜，即、即使费劲修复了，不也有痕迹吗？"

一个个问题，指向的不单是电影，更是他们的关系。

许年是个较真的人，她是真的在质疑。

陈致说："也许是因为，镜子从头到尾就没有真正破过。"

吵架、冷战，两人分开，破的从来不是感情。重新在一起，反而会更珍惜对方。

这部电影的初恋或许纯粹动人，然而相知相伴到白发苍苍，再到两手相握一同离开人世，更为震撼。

他一手撑着沙发，一手拿草莓喂她："许年，我们也可以重新开始。"

她嚼着，后知后觉："我、我刷过牙了。"

模样有点呆憨。

他宽慰她："反正没事干，再吃点，待会儿再刷一次。"

其实许年有些困了，按平时的作息她差不多就是这个点睡，但她在等零点。

桌上还剩许多吃的，她干脆边看电影边吃。

电影看到一半，到二十三点五十九分时，陈致以为她会第一时间和他说新年快乐，满怀期待地扭头一看，结果——

她低着头，在手机上编辑一大串文字。

对面是唐黎。

他又气又好笑，等她发出去，他捧住她的脸，让她看着他。

"许年，我要当第一个听你亲口说新年快乐的人。"

许年愣了一下，眼弯了弯，像着讨糖吃的小孩，说："陈致，新年快……"

戛然而止，最后一个"乐"字湮灭在唇齿间。

陈致低头，在她唇上啄吻了一下。

被他的脸全部占据的瞳孔瞬间放大。

"礼尚往来。"他的大拇指轻轻摩挲着她的唇,柔软得如花瓣,"还那天你亲我的。"

"希希,"他一笑,露出浅浅的酒窝,缓声道,"新年快乐。"

许年一时屏气,仿佛是怕呼吸与他相触。

那次她主动,是在人来人往的机场,光天化日,堂而皇之。

而这回,孤男寡女,深夜独处,暧昧气息在彼此之间流动——极容易擦枪走火的氛围。

新一年一月一日的零点零一分。

这悄然溜去的一分钟里,他们对视,眼神拉扯,似在较量,看谁会先败下阵来。

直到他的气息离开她周身。

他遵守承诺,没有对她做任何更过分的事。

电影就停在这里,陈致说了晚安,去客房睡了。

许年神思恍惚,看到唐黎也回了一段新年祝语。她们俩无论身处哪儿,都是卡零点,当第一个给对方发新年祝福的人。

她想跟唐黎说,她想放弃了。

放弃无谓的抵抗,放弃现实的重重顾虑,放弃扮演成熟稳重的成年人。

答应陈致,重新和他在一起,哪怕最后是水中花,镜中月。但深夜会使人的欲望膨胀数倍,容易行冲动之事,她到底什么也没说。

第二天临近中午,他们前往酒店,参加蔡心怡家的乔迁宴。

下车时,许年说:"我、我们错开一点上去。"

可能还有其他高中同学会来,免得被人看见,误会他俩的关系。

陈致应得好好的。

但到宴会厅门口,蔡心怡说"这么巧,你们俩一起来的啊",许年才发现他一直跟着她。

她无声地瞪他一眼,回道:"刚、刚好碰上。"

蔡心怡忙着和她丈夫接待宾客,匆匆对他们说:"你们坐高中同学那一桌吧,正好空两个位置。"

果不其然。

成年人打交道,似乎就不像学生时代那样论喜恶、关系疏远,而是更讲究利益往来。

听说,蔡心怡丈夫家里是做生意的,条件不错,她现在赋闲在家安胎。她高中在班里没什么存在感,毕业后,反而和曾经的同学有了联系。

人生的际遇,当真难料。

就比如，那些高中同学见到许年和陈致一块来的，也很是惊讶。

那会儿，一个沉默寡言，一个众星拱辰，他们俩就像密度不同的河流与海水，注定有道分明的界限，没人想得到他们会走得那么近。

到了高三，两人自动疏远了，他们反倒觉得正常。

暌违多年，他们怎么会一块儿来吃酒？

空着的座位是连着的，许年先坐下，陈致紧跟其后，言笑晏晏地和其他人打招呼："好久不见。"

有人反应过来，寒暄道："哟，陈总，听说你跟班长在章州开公司，发展得很好，还以为你们都不记得我们这些老同学了。蔡心怡好大的面子，居然把你请来了。"

"这几天恰巧在阳溪，就过来了。"

"许希你也是，多少年没你的消息了。好似听谁讲，你结婚嫁到外地了。"

许年摇头："我、我单身。"

哦，看来她跟陈致没什么关系。

"菜还没上，就着凉菜喝点酒吗？"

"开那瓶红的吧。"

"来来来，倒满。陈致，你开车没？"

"瞧你说的，人家这身价，还自己开车吗？再不济，不是能请代驾吗？"

陈致笑笑："之前胃动过手术，就不喝了，我以茶代酒吧，望见谅。"

闻言，许年一怔，斜瞥他一眼。

她知道他胃不好，居然严重到这种程度了吗？

他们听陈致这样说，也没有勉强。

旁边的人开始挨个倒酒，问许年要不要，她摆手："不了，我、我酒量不好。"

有人问陈致："你公司是做什么的？"

"新能源车零部件。"

"要不怎么说聪明的人到哪儿都吃香呢，这几年新能源车行业正在新风口，发展快，潜力大，又有政策支持，你们估计赚很多吧？"

"运气好，赶上了好时候。"

"哎呀，你也太谦虚了，怕我们惦记你怎么着。"

陈致笑笑："勉强养家糊口而已，能怕你们惦记什么？"

"陈总结婚了？"他们惊讶，"没听到一点风声啊。"

"一人吃饱，全家不饿嘛。"

"那你们是不是跟那些大厂有合作？还是做出口贸易？"

"国内、日本都有。"

许年默默夹着凉菜吃,没有参与进去。

自陈致回阳溪,她第一次听他聊工作方面的事。

无论过去还是现在,他对外表现出来的,都是不骄不躁、万事不挂心头的姿态。云淡风轻得就好似,成与败于他而言,皆不过尔尔。故而,不了解他的人总会觉得,他是尽得上天偏宠的天之骄子。

如果许年不曾和他有过那样一段,大概也是如此以为。

他们的确是一类人,所有的不甘、脆弱、忧愤,都藏在面具之下。

社交场上,陈致依旧秉持那个风格,不冷场,也绝不热络。旁人问什么,他看似答了,却句句是擦边球,无一直中要害。

聊着聊着,话题还是绕不开当年唯一和他走得近的异性——

"记得一开始你转来的时候,跟许希坐一块儿吧,你俩现在还有联系吗?"

赶在陈致接话前,许年说:"没了。"

他淡淡瞥向她,眼中包含什么意味她没管,她又补充说:"我、我跟陈致同学也是,很多年不、不见了。"

"是吗?前几个月,陈致是不是还跟我问许希来着?"

这是说她嫁人的那个。

他到底向多少人打听了她的下落?

陈致说:"后来偶然联系上了,毕竟以前跟许希同学同桌一场,想找机会叙叙旧。"

这是顺着她的话说的。

只有彼此知道,叙的是什么旧。

普通同桌会接吻吗?

普通同学会同住一个屋檐下吗?

但表面上,他们就是相识而不相熟的状态。

秦伊今天也来了。

蔡心怡给很多留在阳溪的同学发了邀请,她是其中之一。原本她是不想来的,昨儿听说,蔡心怡还叫了陈致,临时决定过来。

秦伊是好面子的人,不可能对曾经拒绝过自己的人念念不忘,就是想来亲眼看看,他现在过得如何。

以前陈致就是班里最引人瞩目的那个:高而帅,成绩优异,家里有钱。

物是人非,以为他潦倒没落了,结果今日一见,他反而越发地耀眼。

更没想到的是,许希也在。

秦伊当初不喜欢她,但说不上讨厌。现如今,她像变了个人似的,漂亮得让人有点妒忌。

不单是外貌，变化最大的是气质。

她虽不大出声，虽仍然结巴，但就是，脱胎换骨般不一样了。

她脱了外套挂在椅背上，身上是一件白色高领打底针织衫，身段窈窕，而非干瘦。袖子向上撸，露出一截细腕轻搭在桌沿，手里执着筷子，慢慢地吃东西，间或喝口茶。偶尔有人话语里提起她，她会抬头，浅淡一笑，再无半分自卑怯弱的模样。

不过……

秦伊眼尖地注意到，她拿错杯子了，右手边的是陈致的。

桌上小菜口味略重，咸、辣，当他口渴，想喝茶时，发现杯中已空。他略挑起眉梢，侧眸看她，像无声"质问"。

许年脸色一窘，想给他再倒一杯，手刚伸出，陈致左手拿走她的，一口饮尽，又去和旁人说话了。

两个空杯子放在一处，不分彼此。

许年只得重新倒满，拿走自己的那杯。

从头到尾，他们没有任何语言交流，甚至连眼神交汇也短得难以捕捉。

桌上聊天气氛正酣，除了秦伊，没有谁关注到他俩这段。

这像没有联系的样子吗？

秦伊没有贸然出声点破，欲再继续观察。

她看不见的是，桌布遮掩之下，藏着一段隐秘——

许年掐了下陈致的大腿，示意他别太过分。

他肌肉紧实，她那点力道，掐不痛。他伸手抓住她的手，脸还朝着别人，笑容适宜得当，叫人看不出半分端倪。

他显然是存心逗她，料到她不敢闹出大动作。

十指交握，格外紧。

许年不习惯左手用筷，进退两难间，把手机拿到桌下，打字。

陈致放在桌面上的手机进来一条新消息。

之橙烘焙：快放开我。

她余光瞥到他给她的备注。

X？XYZ？

陈致拿起手机，回：谁叫你来招我的？

她左手单手打字慢，过了一会儿，他才收到新消息。

之橙烘焙：之前你不是答应我，猜到你微信名的意思，就答应我一个条件吗？还算数吗？

XYZ：当然，我从不诓你。

之橙烘焙：希与致，是不是？

XYZ：是。

之橙烘焙：快放开我。

一言既出，驷马难追，陈致松了手，低声说："仗着我对你好，滥用奖励啊？"

许年不予理会，手都被他攥痛了。

没过多久，服务员开始陆续上菜。

穿马甲的服务员推着餐车过来，说："先生，麻烦让一下。"

陈致搬椅子挪了点位置，旁边留出一个缺口，方便上菜。

这样一来，他就和许年挨得更近了，她夹菜时，胳膊难免撞上他的。

但左边的男同学她又不熟，避无可避，于是小声跟陈致说："你、你碰到我了。"

陈致无辜："我又没动。"

许年无语，她不是这个意思，她是叫他把胳膊往里收一收。

他笑了下，抽开手，让她安心吃东西。

不管是什么聚会，许年都是话最少的那个。但她和陈致坐在一起，没法做到存在感最低。

她夹在两个侃侃而谈的男人中间，显得格格不入。

为了避免起身，她干脆只夹外沿的菜。

陈致发现了，在聊天中分出神问她："同桌，你想夹什么，我帮你。鱼不错，没什么刺。"一副热心肠的口吻。

好几个人都听到了，她不理就太拂他面子了。

许年静了静，不得已，说："谢、谢谢陈致同学。"

他抽了张纸擦了擦手，用公筷夹了一块鱼腹处的肉，蘸了蘸汁，放到她碗里。

她吃鱼最喜欢那儿，因为脂肪厚，肉质最嫩，但一般大家都是默认先从脊背处下筷。

以前吃饭，他总是先把鱼翻个身，把那块让给她。

离她远的菜，陈致各夹了一点，不多不少，够她尝个鲜，不至于腻，又问："还要什么吗？"

"不、不用了，谢谢。"

"不客气。"

努力地扮作不熟，但不知是他演技太烂，还是压根儿没想好怎演，没多久就露馅了。

第七章

重新相爱的信号

蔡心怡和她丈夫来招呼他们。

因为她怀孕了,不能喝酒,杯中盛的是牛奶。

"我们班同学好久没有聚得这么齐了,许希和陈致第一次跟咱们聚,先敬他们一个吧。"

陈致遥遥一敬,微笑道:"客气了。"

有人问:"蔡心怡,你预产期多久啊?"

"四月中旬。"她笑吟吟地说,"到时候请你们吃我儿子的满月酒啊。"

"你怎么知道是儿子,查过了?"

蔡心怡笑而不语,默认了。

"好家伙,我记得上次吃你女儿的满月酒,也就前年年底吧,这才多久,送你多少份子钱了都。"

"等你结婚,我肯定包个大的。"

"你女儿呢?"

蔡心怡抬手唤道:"妈,抱悦悦过来,让她叫叔叔、阿姨。"

她女儿才一岁多,说话口齿不清,看着倒是可爱,穿着粉棉袄,肉嘟嘟的粉团子似的。

他们逗了一番,哪料小孩子怕生,一下子哭出来,被她外婆抱走哄去了。

"你女儿才这么点大,就着急生二胎啊,带着不累吗?"

"嗐,她奶奶想抱孙子,趁年轻,身体好恢复,就要了嘛。"

蔡心怡丈夫暗地里拍了拍她,她说:"那你们吃好喝好啊,我们去下一桌了。"

许年一时心里五味杂陈,坐下闷着头吃菜。

陈致对她的情绪变化很敏感,凑近了些,低声问:"怎么了?不舒服吗?"

她摇头:"没。"

她左手边那位男同学正要点烟,陈致朝他说:"有女生在场,换个地方吧。"

用女生当幌子,实则指的就是许希一人吧。那男同学两指夹着烟,晃了晃打火机,调侃道:"毕业多长时间了啊,还这么关心同桌。"

后来数次调换位置,陈致都是和杨靖宇那些男生坐,直男之间没什么好八卦的,独独他和许希的同桌关系非比寻常。

同学相见,免不了挖旧料。

"没有同桌的滴水之恩,约莫也没有现在的我,涌泉相报还来不及,小小关心罢了。"陈致答得滴水不漏。他的成绩在许希的辅导下有了卓越进步,是全班有目共睹的。

话落,陈致起身:"一起?"

"带我一个,我也想去抽一根。"

有女生玩笑地轻哩:"你们男人什么毛病,抽烟还要勾肩搭背去扎堆。"

说要同行的人嬉笑着回敬道:"不就跟你们女人喜欢一起上厕所一样咯。"

两侧陡然空了,许年有点不自在,过了一会儿,干脆也离座,去洗手间。

她出来时遇到了秦伊。

秦伊一贯爱打扮,头发烫染过,金堆玉砌的,妆容精致,香水浓郁。

秦伊开门见山:"许希,你跟陈致有一腿吧?"

这话说得不好听,许年皱眉,正要开口,又听她说:"没别的意思,我又不喜欢他了,就是想不通他怎么会喜欢你。"

秦伊对镜补妆:"你俩高中时就暗度陈仓了吧。"

许年淡声说道:"我、我知道你看不上我,但你没、没必要一副我配、配不上他的语气。"

"许希,你真是变了。"秦伊毫不介意地一笑,"刚刚过来,我听到男生们也在讨论你们,你猜他们怎么说的?"

"与我无关,也、也与你无关。"

"哎呀,八卦嘛,嫉妒是有点,但我什么时候害过你?"

这倒是。

秦伊自视清高,看不上这,瞧不起那,却没掩饰的意思,从来都表露在脸上,也不屑于使阴招。

"他们说,陈致暗恋你,但是你一门心思学习,把他拒了,现在还是他眼巴巴地来追你,多掉价呀。"

许年沉默几秒,说:"谁编的?不去当编剧可、可惜了。"

"依我看，确实是他主动更多没错呀。"秦伊若有所思，"现在回想起来，高三心愿墙上那句话，应该是他写的咯。"

许年心头一跳："什么？"

"'许希得偿所愿'，感觉你不是这种性子，就只能是他了。"秦伊越说越觉得有迹可循，"你们不是一起上过榜吗？照片刚贴出来的时候，他站前面看了好久，杨靖宇还笑他自恋，其实是看你吧？"

秦伊顿了顿，又想起什么："我有几次看见他给别人钱，买一堆零食，但从没看他吃过，给你买的？"

他不是说别人送的吗？

看她表情，秦伊就知八九不离十了："啧啧，看不出来，陈致是大情种啊。"

心跳的节奏像摇滚乐，很奇妙的感觉——从旁人口里听到鲜为人知的、久远的、他喜欢自己的种种细节。

许年说："谢谢你告、告诉我。"

"我又不是来当红娘，谢我什么。"秦伊轻哼一声，"你们要是终成眷属，婚礼千万别叫我，我可不想看你们恩恩爱爱的样子。"

许年笑笑，没作声。

陈致没有抽烟，旁边有自助饮料机，他扫了瓶无糖乌龙茶，拧开，仰头喝了一口，喉结滚动。

一个男同学吐了口烟圈，在白雾中笑说："你别说，我要是女生，也愿意被你钓。"

陈致轻啐一声："去你的。"

"你又不抽，跟我们一块来干吗？"

因为他临时想到，哪怕清了口中烟味，身上也有，不好闻。

陈致没回答，垂眸把玩着打火机，低声道："别乱开她玩笑。"

"谁？"对方反应慢了两拍，"许希啊？你们不是不熟吗，你怎么这么维护她？"

"只说没联系，没说不熟。"

陈致不欲再说，收了打火机，摆了摆手："先回了。"

陈致走后，他们几个有些搞不清状况。

"不是，我刚也没说啥吧？他这是'威胁'吗？"

"许希不是那种喜欢被关注的人，开他俩玩笑，搞得她不自在，陈致不就来找你'算账'咯。"

"所以他们到底啥关系？"

"管他们呢，男未婚女未嫁，搞点暧昧怎么了？你横插一脚，不嫌你才怪。"

"主要是真看不出陈致喜欢许希这款的。"

"许希也还好吧,比高中时漂亮多了,名校毕业,说不定人家现在早就不跟咱一个 level(水平)了。"

"我以前就挺佩服她的,我要是有她那种学习的劲头,也不至于混成现在这样。"

"得了吧,就是人傻,别找借口开脱。"

"滚啊你。"

陈致重新落座,过了好一阵,许年才回。

他问:"去这么久?真没有不舒服?"

她将碗里残留的油汤倒到碟子里,说:"跟、跟秦伊聊了一会儿。"

"秦伊?你俩关系不是不好吗?"

"我和你一、一开始关系也不怎么好。"

陈致无可辩驳。

可不是,她还误以为他嘲笑她的结巴,生他的气。

其他人陆续回来了,包括秦伊。

许年轻声说:"晚点再、再说吧。"

散场出酒店时,许年看到一个喝得红光满面的男人,攀着身边人的肩,大着舌头,高谈阔论,但实则前言不搭后语。

她的脑海里,莫名多了一段无比陌生的对话——

"你是不是喝醉了?"

"我没醉。"

"你是真的陈致吗?"

"我是陈致,许年,我回来找你了。"

"陈致……我好想你。"

到此中断。

如梦似幻的一段记忆,叫人不敢置信真实发生过。

啊,还有什么比喝醉发视频给前男友,说一些胡言乱语后,突然想起来更尴尬的事?

许年简直没法直面陈致,加快了步子,把他甩在身后。

"同桌。"一道声音叫住她。

那边,陈致和人道完别,朝她走来。

因为酒店里闷热,他外套没穿,搭在胳膊上,寒风吹拂着他额前的碎发,他嘴角噙着淡淡的笑,和应酬式的不同,这是冲她的。

他步子迈得大,很快走到她面前。

"怎么一直盯着我看,今天才发现我很帅?"

她别开眼:"臭、臭屁。"

陈致笑出声。

她无语:"你、你干吗老是逗我玩?"

"没干吗,就是喜欢看你笑的样子。"他拿出车钥匙,"走吧。"

车停在比较偏一点的地方,许年跟在他身后。

上了车,陈致将外套随手丢到后座,说:"我明天回章州,车还是存你这儿。"

她不乐意:"我又、又不用开车,还得防止你、你的车被剐蹭。"

"我一个人总不能开两台车。"

他那辆迈巴赫停她家楼下,回阳溪开的是一辆城市越野。

许年说:"你不都是陈、陈总了,怎么没司机?"

"才清完债务,不得攒钱娶老婆吗?可不能大手大脚。"

他见她没系安全带,探过身来,替她扣好,没第一时间撤开,维持这个姿势,抬眼看她:"为什么心情不好?"

许年推开他,拽了下安全带,声音闷闷的:"蔡心怡以、以前跟我说,她想、想当背包客、撰稿人,过、过自由的生活。她说起这些时,明显是真、真心向往的,结果现在……"

尽心尽力当好别人的母亲、妻子、儿媳,过着庸常、乏善可陈的人生,就像亵渎了她当初的梦想。

作为一名旁观者,都感到痛心。

许年无法对蔡心怡的选择加以评价,只是眼睁睁看着一位朋友——姑且算是她高中疏浅的人际关系网里,举足轻重的一位吧——亲手将她的初心彻底丢弃,感到惋惜。

同情、怜悯之类的情绪,往往容易投射自己的经历。但从某种程度来说,它们多余得只会给人平添负担。

陈致坐正,说:"希希,你对别人的同情,甚至胜过对我的。"

许年好气又好笑:"你连这也、也计较?"

"世上有很多人没法像你一样,坚定地朝自己最初设定的方向前行。也许别人眼里的'堕落',是她自认为最好的抉择。"

比起她,他要冷心冷肺得多。

他没有那么多悲天悯人的情怀和闲心。

"与其遗憾她变得不像你认识的那个人,不如怜惜一下你面前这个,苦苦求你回头的男人。"

她抿了抿唇:"陈致……"

他"嗯"了声:"在呢。"

她说:"别、别这么步步紧逼,好不好?"

给她留多一点的时间和空间，让她厘清自己的感情，好不好？

不要放任那些过去，那些失控，蚕食掉她的理智，好不好？

陈致沉默下来。

车内静得针落可闻。

良久，他说"行"，随即启动车，驶入主车道，汇入车流。

其后，直到他离开阳溪，都没有再提过复合的话题。

许年隐隐察觉到他生气了，尽管他表现得无任何异常，帮她打扫屋子，清理厨房，倒垃圾，也会夸她手艺好。

陈致不会冲她发脾气，事实上，他在她面前，一直是情绪稳定的样子。

也许是曾经谈恋爱延续下来的默契，也许是她心思本就细腻敏感，她就是知道，他不开心。

一月二号一早，陈致说："不用送我了，外面冷。"

她应了声好。

"照顾好自己，别生病了。"

"嗯。"

交代完这些，陈致没再说什么，走了。

许年心里有些茫然，又有些空落落的，像戒断反应。

短短几天，感觉屋里到处留着他的气息。

沙发上的吻，厨房里的玩笑，客卧里的暧昧……

她的心确实乱极了，无论走到哪儿，都能想到他们之间相处的点点滴滴。

像无数只吸食骨髓的蛊虫，随着时间推移，在她的四肢百骸，越钻越深。

陈致离开后的第二周，许年挑了个良辰吉日，之橙烘焙重新开业。

早上，许年一到，就有人送来开业花篮，淡雅的黄白系鲜花在店前排开，声势不小。

上面有贺卡，她取下来。

不出意料，果然是陈致送的。

在这段分开的日子，他们维持着不频繁，但规律的联系。他自然知道她的开业时间，但他没说要送这些。

她感觉，他八成还是在气恼，她那样一而再，再而三地推开他。

薛宁见状，咋舌不已："哇，谁这么阔气，送这么多？这季节，鲜花不便宜吧？"

许年随口敷衍："朋友。"

不仅是花篮，下午还有人来问："请问许年在吗？"

薛宁正忙着收银，头也不回地扬声喊道："许年姐，有人找你。"

许年摘了手套、围裙,从后厨出来。

是一个有两分眼熟的女生,但她想不起在哪儿见过了。

女生拎了一个大袋子,说:"这是给你的。麻烦你看一下有没有问题。"

许年满心疑惑,又是陈致?

她打开一看,是两盆针织桔树盆栽,上面挂着牌子,分别是:

△心想事橙。

△大桔大利。

袋子里还有一些小摆件、挂饰,用来装点店铺的,皆是暖色调。

她这才想起来,面前的女生,是他们在城隍庙遇到的那个,陈致还主动加了微信。原来是为了送她这些吗?

女生笑说:"小姐姐,祝你开业大吉,财源滚滚。"

许年叫店员打包了一份小蛋糕送她:"谢谢,辛苦你专、专程跑一趟。"

"没事的,没多远,打车十来分钟就到了,自己送也省得别人不小心碰坏了。"

女生又问:"那你们现在是男女朋友了吗?"

当时陈致说,暂时还不是。

许年摇头。

女生略感诧异:"看陈先生挺优质的,没想到追这么久还没追到啊。"

许年笑笑,没作声。

女生见店里忙,就告辞了。

许年给陈致发了条信息:谢谢。

定了定,她补上一句:很好看,我很喜欢。

XYZ:喜欢就好。

晚上,没什么客人了,许年把盆栽拿出来,找地方摆放好,拍了几张照片,发了朋友圈。

之橙烘焙:一切顺利![耶][图片]

她设置了仅部分好友可见。

过了一会儿,朋友圈多了两条新的点赞和评论通知——

XYZ:开业大吉![碰杯]

他也许知道她是故意发给他看的,却仍只像普通朋友一样道贺。

许年抿抿唇,收起手机。

这两天有开业活动,加上这条街里最醒目的两排花篮,吸引了不少顾客。

店里新招了两位女生,分别负责销售和烘焙。饶是如此,几个人仍是忙得脚不沾地,晕头转向。

许年的安排是,线下举办充值、满减活动,线上多平台做推广营销,运营自己的账号。

收效显著。

头一周的营业额非常可观,赶上装修前一个月的量了。

后面人流量就迅速减少了,不过尚在她的预料之中。

蔡心怡介绍她丈夫公司的采购过来,想办一批会员卡,当员工福利。

这其中门道不少,既不能抬价,也不能任由对方占便宜,而且交易一旦完成,日后可能会产生更多纠葛。

许年考虑了很久,决定公事公办,给对方一个较为优惠的价格,签了合同。

再过一阵,学生陆陆续续放寒假,她们推出几款新品纸杯蛋糕,漂亮、小巧、精致,价格也不太高,符合年轻人消费偏好。

这半个多月,许年成天两点一线,大抵是因为太忙,加之气温低,她像是有要感冒的迹象。

她想喝点药预防,打开药箱,又看到陈致先前买的创可贴。

其实,陈大少爷并不会照顾人,他素来是被照顾的那个,但容易令人产生错觉,他极有恋爱天赋,才会将这些细枝末节做得尽善尽美。

天赋或许是误会,上心却是实打实的。

他对她,没有一刻不认真过。

可重重现实问题摆在他们面前,性格、经济差距且不说,异地便是棘手的一桩。

她不可能放弃注入了这么多心血的店,他又如何能抛开他的事业不顾?

似乎无解。

喜欢,心动,情之一事,统统难解,枉费她数年如一日地当个积极上进的好学生,此时同样束手无策,无从落笔。

二月初,临近农历新年,天气越发严寒,竟下起冻雨。

店里客人不多,但有外卖的单子,照常要忙。

薛宁感慨:"这几年气候越来越异常了,感觉好些年没这么冷过了,夏天又热。"

许年清理着客人雨伞带进来的雨水,向落地窗外望。

真是冷得离奇。

一出门,风刮在身上像细针一样刺痛。潮湿的寒意像龟裂土壤里的蚂蚁,在身体深处四下流窜。雨落地凝结,树叶表面结了一层薄冰,枯树冻成了艺术品,屋檐挂着一条条冰棱,停在店外的车辆,不消半日,就整个被冰包裹。

陈致的车还停在许年家楼下,她没买地下停车场车位,只能付费停放。

这样的天气,致使人的心情也难以放晴。

左右没什么生意，许年干脆将店早早打烊。

许年撑着伞，顶着沙沙的风雨声走回家，影子拖得很长很长，无端多了萧索的意味。

天色黑沉，因为雨雾，街道的景色也模糊了。行人寥寥，步履却又匆匆，不远处驶来的汽车打着远光灯，刺得她眼睛一眯。

和陈致分手那年的冬天，她没有回阳溪，江城也如今年一般，格外冷。

叔叔怎么骂她白眼狼、没良心，她不在乎，当初闹成那般，她不想再演逆来顺受的羊羔。

学校宿舍寒假不能留人，她住在青旅里，找了份不错的家教工作。

教一个初三女孩英语、数学两科，时薪两百元。江城是一线城市，平均薪资高，这个价格是因为许年口吃，降低了一点。但对当时的她来说，已经很好了。

女孩住复式楼，有个刚学走路的弟弟，家中还养了猫、狗。每次上课，她母亲都会准备水果盘、小甜点，但许年通常不会碰。

十九岁的许年明白一个道理，许多有钱人的大方，往往建立在一种优越感之上，作为被雇方，被一点小恩小惠收买，便是主动接受了对方的凌驾。

所以对方留她吃饭她也不曾答应。

只是那个时候，她仍骨肉纤薄，走在路上，快被寒风穿透身体般。

这一路，她就像披蓑衣，穿草履，挂竹杖的逆旅人，然而前路无论是极寒之地，还是炙热火山，她只能义无反顾地踏上去。

不能回头，不能停。

许年快到小区大门时，听见脚步声，紧紧地缀在她身后。地面积着似水似冰的混合物，硬鞋底踩在上面，"嘎吱嘎吱"的，类似碎玻璃的质感。

伴着雨声，在空荡的夜里，显得格外刺耳。

独居的女生，势必要提高警觉心。

她的第六感很清楚地告诉她：那人在盯着她。

她的心忽地漏跳一拍，呼吸也停了一瞬。

她瞬间想起高三毕业那个夏天的事——她不愿，也不敢思及的事。

一团浓雾黑压压地笼罩在她的心间，令她感到一阵窒息。

许年将伞柄换到左手，握紧了，埋头加快了步子，同时从口袋里掏出手机。手指冻得又僵又疼，操作笨拙。她点开和唐黎的聊天界面，刚拨出语音电话，先听到的，却是一道男声——

"希希，是我。"

她身形当即一定。

下一刻，唐黎也接了。

"喂？希希，怎么了？我还在加班呢。"

许年呼吸一松，缓了两秒，低低地说："你先忙吧，下次再、再跟你说。"

"咋啦？"唐黎忙关切地问，"你遇到什么事了？我老板不在，没事儿，不耽搁，你说吧。"

"就、就是最近忙，都没、没怎么跟你联系。"

"嗐，是啊，上这个破班烦死了都。入职没两个月，年终奖又没我的份，还把我当驴使。"对面的唐黎抱怨着，许年神思却恍惚，没太听进去。

男人走到她面前。

他一身黑色冲锋衣，没打伞，戴了帽子，遮住半边脸，肩头、头顶都被淋湿了，呼出的气息在空中凝成淡淡的白雾。

路边一棵树挡住了路灯，光线昏暗，越发看不清他的样貌。

只隐约辨得出，这是个五官立体、长相俊朗的年轻男人。

听筒里，唐黎再三确认："你真没事哦？"

"嗯。"

"那我继续忙了，等我这周末去你家蹭饭。"

"好。"

许年挂了语音电话。

许年握着手机，向前迈了一步，伸直胳膊，抬高伞，遮过男人头顶，向他那边略微倾斜。她的目光落在他的领口之上，喉结尖锐，下巴淡青，极具男性荷尔蒙特征。

他从她手里接过伞，另一只手包住她的手。

同样没有温度的两只手，似乎没有谁能给谁取暖的意义，但她没挣，他也没松开。

雨滴落在伞面，发出不规律的窸窣响动。

零碎得像梦里的声音，不真实。

陈致说："看不太清，怕认错人，没第一时间叫你。对不起，刚刚吓到你了。"

许年摇摇头，抿了下唇，问："你怎么过来的？"

他好像有通天的本领似的，像跨年前那次，突然地降临。

可，近日多省天气恶劣，不是冻雨就是雪，航空、铁路都被迫停运，高速也封了，他怎么过来的？

"走的国道。"

"那你、你的车呢？"

他笑了笑："出了个小车祸，车拉去修了。想去'之橙'找你，结果你不在。猜你回家了，就顺路找过来了。"

小车祸？

他怎么说得这么轻描淡写？

她一惊，忙打量他，脸上没任何异常，身体被衣服包裹得严实，也看不出什么。

"你没伤、伤到哪儿吧？"

"没有，就是开车太久，有点累。"

她这才注意到，他语气里尽是疲惫，不免气恼道："这、这种天气，你干吗要来？不知道不、不安全吗？"

"知道啊。"他嗓音磁而沉，带着自嘲的笑意，像是知道这辈子就这样了，却无能为力，"可是想见你，没办法。"

许年一下子就说不上来话了。

手指动了动，血管都像被冻住了，僵硬得不像自己的。

她缴械投降般，说："先走吧。"

陈致跟她回了家。

南方不比北方，没有集中供暖，即使门窗紧闭，屋子里也冷得如同冰窖。

许年开了空调，温度调到最高，把他拉过来，让他对着风口吹。尽管他强调说，他真的不冷。

她又烧了水，煮姜片和葱，煮沸后，盛出来，叫他喝。

他吹凉了些，继而一口闷，放下碗，问："这么冷，怎么不开车？"

"没、没地方停，停在外面容、容易结冰，清理麻烦，不、不如走路。"她捧了杯热茶，暖着手，"你干、干吗不打伞？"

陈致轻笑一声，说："不这样，怎么让你心疼我，把我带回来？"

她张口结舌，他疯了吗？

或许，从他开十几个小时车回阳溪开始，他就疯了。

许年说："我现、现在赶你，也、也来得及。"

他反问："你舍得吗？"

她从储物盒里拿出车钥匙，拍到他面前："你好、好手好脚，有钱有车，我有、有什么舍不得的？"声音轻软，不似怒撑，倒像嗔怪。

陈致扫了一眼，腿一架，上半身往后一靠，不以为意："我没伞。"

"我、我借你就是。"

"我没订酒店。"

"一公、公里外有汉庭，五星级也、也有，打车过去顶多半、半个多小时。"

"你好狠的心。"他拿眼觑她，轻飘飘的，带着怨气，"那也没有你。"

争论不过，索性耍赖。

"反正我累了，我不走。"

许年好气又好笑:"这么个小、小破房子,陈总住着,不、不憋屈吗?"

"跟你住地下室我也乐意。"

她发现陈致这回回来,风格一下子变了。

他什么时候这么死乞白赖过?

其实又是杨靖宇给他出的馊主意。

关于他追了这么久也没追到人这件事,杨靖宇实在想不通,说:"你脸也没垮,又守身如玉的,她干吗不答应?"

陈致说:"她心思细,顾虑多,我也能理解。"

"不,你得改改你这少爷脾气,追人你不能端着啊。"

他气笑了:"我都说'能不能可怜可怜我'了,这还端着?"

"你说完不就像小媳妇赌气回娘家似的回来了?何秘书还偷摸来问我,你为什么心情不好。哇,你没发现,大家大气都不敢喘吗?"

陈致这个老板,平素要求严归严,但不发脾气,对下属也和气。

前段时间,不知道他怎么了,脸总是黑着,开会也偶尔走神,不然就是看手机。

杨靖宇苦口婆心:"烈女怕缠郎,正好马上除夕了,这次千万别放弃。"

陈致看穿他的心思:"这几年太辛苦,今年想早点放假,是吧?"

"老板英明,祝老板早日抱得美人归。"

陈致也不知道这法子对许年管不管用。

他哪是出车祸了,其实就是杨靖宇把车开走了而已,路况不好,是他俩交替着开的。

他这辈子没耍过这样的心机。

他语气软下来:"许老板,我在阳溪没家,劳烦你再收留我几天,可以吗?"

许年盯着他几秒,别开脸,小声嘀咕了句什么。

他却听清了,她说的是烦人。

陈致靴然,问:"今年过年,你回你叔母家吗?"

她摇头说:"我一、一个人过,就、就大年初一去拜个年。"

爷爷、外婆两边都没什么还走动的亲戚,倒乐得轻松。现在她开店,只休大年初一一天,初二就开工了。

许年垂下眸,慢慢地转着杯子,说:"章州、阳溪两地相隔不近,你有、有没有想过,即使我们重、重新在一起,这也是道坎?"

"我和杨靖宇商量过这个问题,我们打算这两年在阳溪成立分公司,建两条生产线。我来这边,他留章州。"

她怔住。

陈致说:"我们之间哪怕隔着一万里,只要你愿意向我迈出一步,我纵然是爬,也会爬完剩下的路。"

所以，这些都不是问题。

他们之间所有的阻隔，他会一一清除，只要她愿意。

深夜，没有再下雨了，但窗外仍有风声，和冰化水的滴答响。

许年做梦醒来，是凌晨五点多，黎明前的夜，不见群星，安静得宛如位于宇宙深处。她翻身下床，打算去洗手间，却感受到一股寒风，是从客厅涌进来的。

窗户边，一点明明灭灭的猩红火光悬在空中。

是陈致。

听到脚步声，他回头，但夜太黑，彼此眼里，只有隐约模糊的轮廓。

她摸到墙上的开关，按下。习惯了黑暗，她下意识地遮挡眼睛，再移开手，世界旋转几轮，方看清他。

陈致穿着先前那件冲锋衣，单薄的休闲裤，坐在椅子上抽烟，架着一条腿，头向一侧倾，以手支撑，透着一种消沉颓靡的风流。

和他不搭，却也迷人。

他碾灭烟，许年轻声问："怎、怎么一个人坐在这儿？"

待烟味散尽，他方关上窗，答道："做噩梦醒了，睡不着。"

她上完洗手间，在陈致旁边坐下，一时没作声，是他先开口："当初跟踪你的那个男人，我找他算过账了。"

静了两秒，他又说："其实，原本还有你叔叔的。"

但他已经过世了，就算他遭到报应了。只是他去得太安详，让人不那么痛快。

许年淡淡笑了一声："你比我还、还记仇。"

何止是记得，他没有一刻忘记过。

所有画面，如镌刻般深。

高三晚自习回家，要走一段夜路，许希叫许凌来接，一直安然无事。后来，她和陈致在一起了，一日白天反倒差点出了事。

盛夏正午，又晒又热，蝉鸣不歇。

许希走过树下，感到脸上一阵湿意，抹了下，是水，以为是空调外挂机滴落的，也未在意。

陈致说："应该不是水，是蝉的尿。"

她惊疑："真、真的假的？"

"不过蝉吸食的大部分是树木的汁液，能安慰到你吗？"

她恨恨地拍了他一下："你不如别、别告诉我。"

少年笑得眉眼舒展开来，伸臂去搂她，作势要亲她的脸："没事，我不嫌弃你被尿浇了。"

她躲开，曲肘顶他："你还说！"

他丝毫不恼，捧着她的脸："我的希希生气也好漂亮。"

"胡、胡说八道。"她轻嗔，又推他，"会被、被人看见。"

家附近很多人认识许卫民，保不齐把这事捅到他面前。

"你到家给我发消息，到时我再走。"

前一天晚上，陈致一时兴起，问许希想不想看日出，她竟也答应了。

于是，两个人凌晨跑到河边，并肩坐着等太阳升起。

玩了一上午，他送她回家。

许希步子不由自主地变得轻快，嘴角犹挂着笑意，也没注意到背后的脚步声。突然，一只手搭在她肩上，她以为是陈致，回头。

是个半生不熟的男人，约莫三十出头。说熟，是因为见过他和许卫民打招呼。

他穿着条纹T恤，黑色裤衩，踩着一双棕色皮质拖鞋。

她不自在地往后退了一步："有、有什么事吗？"

男人常年抽烟，牙齿被熏得发黄，身上带着一股混着汗臭的烟味，刺鼻难闻。

他从头到脚打量她一番，咧嘴笑了下："一下子长这么大了，比以前漂亮多了。"

许希心里一阵不舒服的异样，因为他的眼神，因为他这句近似调戏的话。

说不上来的怪异。

她虽不经人事，也未真正走入社会，但女生与生俱来的直觉，和自我防御机制，让她感到被冒犯，以及威胁。

许希扭头就走，男人没跟上来。

但那天之后，她又有好几次碰到那人跟着她，盯着她。甚至有一次，他离她只几步远，跟了她一路。可当她加快步子，或者拐弯，就不见他了。

她没法和叔叔说这件事，没有实质性证据，他未必信她，更有甚者，会骂她神经病。

次数多了，脑中始终有一根弦紧绷着。

一个周末，叔叔打电话到家里，叫人给他送钱去麻将馆。许凌懒，叫许希去。

钱在主卧衣柜底下的抽屉里，是一家的开销。她拿了几百，想到身份证快过期了，顺便把户口本拿走，准备去办一张新的。

麻将馆烟雾缭绕的，许希捂住口鼻，找到叔叔的位置。同时，她也看到了跟踪她多日的男人。

男人抽着烟，说话间，口鼻间溢出白烟，见她，又露出一抹意味深长的笑，对许卫民说："老许，有这个侄女，好福气啊。"

"福气？"叔叔嗤道，"赔钱玩意儿，哪门子福气？"

牌桌上的其他人说："你侄女不是高考考了重点大学吗？等她工作，再找个有钱人嫁了,你们一家不都跟着沾光?"

叔叔码着牌,笑而不语,从她手里接过钱,挥手赶她:"走吧。"

许希正要走,那个男人猝不及防地伸出手,飞快地摸了把她的腿。

"别碰我!"她猛地甩开他的手,破声尖叫。

麻将馆里所有人的目光都被吸引过去。

叔叔蹙眉道:"叫什么叫,不嫌丢人啊?"

那男人一脸无辜的模样:"你离我这么近,不小心碰到你了而已,反应这么大做什么?"

许希气得胸口不断起伏,手指发抖。

当然,这个世界没有一处角落是不存在危险的。

偷盗、抢劫、车祸、斗殴、高空坠物……无时无刻不在上演着。但作为女性,不仅要面临这些,还要提防男性窥伺的眼,猥亵的手。

面前所有的中年男人,像一只只未被驯化的野兽,嘴边流着贪婪的涎水,眼里发着觊觎的绿光。那么面目可憎,令人作呕。

孤立无援的她只能咬紧牙关,离开这猎笼一般的地方。再留下去,她会被吞得尸骨无存。

那天,叔叔回到家后,对她破口大骂。说她在外面丢了他的脸,白受这么多年教育。

许希死死地咬着唇,几乎咬牙切齿,憋出一句:"他侵犯我。"

"人家客气客气,夸你两句,你就以为你很有姿色吗?人家有老婆有孩子,看上你什么?"

她就知道。

她这自私自利、好面子的叔叔,怎么会站在她这边。

这件事简直没有逻辑可循:父亲和这种人,居然是同一个娘胎的亲兄弟。

许希只跟陈致说了。

但陈致还没来得及有任何行动,林政开始实施了他的报复。

林政说她勾引男人,当小三,怎么难听怎么来,胡乱造谣,那些围观的路人竟也信了。或者,其实不需要实打实的佐证,也不需要他们相信她的为人,这件事本身,就够他们看热闹的了。

叔叔大发雷霆,连叔母也从乡下娘家赶回来了。

许希挨了巴掌,还要遭受叔叔的侮辱。

她舌头都要咬破了,反复地说"我没有"。

"你没做这样的事,谁会到处贴这个?许希,我花那么多钱供你上学,供你吃穿,现在把我老脸丢尽,你可真够孝顺的,书都读到狗肚子里去了吧你!"

许希目眦欲裂:"那些明明是、是我爸爸的钱,你独吞了多少,别、别以为我不知道。"

"你翅膀硬了,还敢顶嘴是吧?!"

她的脸被扇得偏过去,鼻子流出一抹殷红,滴到地板上。

是血。

叔叔寻不到称手的工具,脱下拖鞋,要来打她。

叔母失声喊道:"许卫民,你是要把她打死吗?就算她犯了错,那也是你亲侄女!"

许凌也看不过去,劝道:"爸,许希真不是那样的人。"

"就算是打死她,我也要泄了这股气。他们看见这些东西,背地里会怎么说我?说许卫民教出这样的贱货!"

许希脑子里嗡嗡的,像被千万只苍蝇围攻,根本听不清他们的话。

她浑身疼,皮肉连着筋,处处泛着刺痛。

陈致自然也看到了墙上那些纸,一直在给她发信息,安慰她,开解她,说他会去找林政算这笔账。

她像只流浪狗,在床上蜷缩成一团,无声地掉眼泪。

眼泪流干了,她才给他发消息:后天我叔叔上班,我想办法来找你,这两天你什么也别做。陈致,算我求你。

她不再看他的回复,闭上眼,昏昏睡去。

见到陈致的时候,许希脸上的肿还没完全消下去。

她疲惫地说,这件事到此为止,不要再折腾了。

林政是条疯狗,别人向他丢一颗石子,他势必会发了狠地咬回来。

没完没了,无止无休。

陈致又恨又心疼,眼眶都红透了,蕴着泪,没敢让它落下。也许他后来去找林政了,也许没有。

又过了几天,风言风语渐渐消停,许希一直没有出去。

叔叔总会突然发脾气,骂她,踹她的房门,是她那句话刺到他了。

她和陈致提了分手。

他说要跟她见一面,她同意了。

陈致,我很喜欢你,和你在一起的这段时间,我也很开心,前所未有的开心。

可是怎么办呢,我深深陷在沼泽里,你没办法拉我出去,我害怕溅你一身泥泞,甚至把你也一起拽下来。大概只能靠我自己往岸上爬了。

谢谢你给我搭造了几十天的幻境,让我感受到,被人珍视是件多么美好的事。但你知道,梦的意义,不是沉溺,而是叫人认清现实。

她组织了很长很长一段话,可一个字也没能说出口,陈致先一把将她抱住。

"希希,我知道,我都知道。我对不起你,是我牵累的你,也保护不了你。"

她轻声说:"所以,我、我们分手,好不好?"

陈致一再摇头,哽咽着,发不出声音。或许,他心里知道,他们没办法走下去了。

"男孩子哭、哭成这样,算什么啊?"

她找纸帮他擦泪,说着说着,眼眶也酸胀不已,抿了抿唇,继续说:"我想逃、逃到一个,谁、谁也不认识我的地方,包括你。"

应该,再不会有人像他这么喜欢自己。

她也再碰不到这样的感情,但她还有自己。她要努力地生活下去,连带她父母对她的那份期待一起。

伤好后,许希去派出所改了名字,办了新身份证。然后,她换了手机号码,删除所有高中同学的联系方式,只留下和陈致的聊天记录。

再之后,她收拾行李,独自坐火车去往江城。

那是一座,无人认识她,大得足以包容她的城市。也是一座,人很多,却很空的洞穴,她在那里躲藏、逃避,始终孑然。

大概,在近十年后的这个冬夜,他们不约而同地做了类似的梦。

她顺利大学毕业,找工作,叔叔去世,开了店……

他们又回到最初相遇相恋的地方。

十年不觉,恍然一梦,好像什么都变了,又好像什么都没有变。

许年很冷,抱紧双臂,下巴埋在膝盖与胸口形成的窝里。

一道铃声打断她想说的话,是她定的闹钟,她该准备洗漱吃早餐,然后去店里了。

她刚起身,陈致就揽着她的腰,将她拉回来。惯性所致,她跌坐在他腿上。

接着,是一个夺去她全部呼吸的深吻。

这个吻来势汹汹,压根儿没给许年挣扎的空间。或者,她也没那么想挣扎。

一呼一吸间,尽是彼此的气息。

久违的、熟悉的气息。

陈致微微仰着脖子,含住她的嘴唇,舌逼近得迅速,在她来不及设关的时候,立即攻城略地。

许年只反抗了一下,感觉到腰瞬间被箍得更紧。

她眼皮颤了颤,眼睛映着他,完整的他,完整的陈致。

梦里那个、被她狠心甩掉的少年,依然赤忱地、毫无保留地爱她。

岁月之钟訇然而响,在彼此的灵魂深处轰鸣,激荡。

抽象的爱情,此时变成具象的吻。不过是简单的唇与唇的触碰,勾出心底压抑已久的，最隐秘、最不堪的欲望。它们在狂欢，在沸腾，在叫嚣着抓住他，拥有他。

她顺从地闭上了眼，彻底地沉溺进去。仿佛坠入了热带旋涡，整个世界倒悬、逆转、扭曲，在她的感知里，幻化成奇异、绚烂的样子。

房间里的闹铃依然在响，但没人能顾及。

清晨六点，本该是人睡得最沉、意识最糊涂的时刻。

他们却用尽力气在接吻。

她的手臂，也许是被迫，也许是主动，圈住他，交叠在他颈后。

浑身的血液都像顷刻汇聚起来了，澎湃着，向大脑、心脏涌动，冰凉的身体，渐渐有了温度。

陈致一只手按住她的后脑勺，手指陷进她的发间，轻软细滑的发丝穿过他的指缝，缠绕着他，像水草那样，越缠越紧。

也越吻越深。

肺部的氧气被尽数掠夺，心口紧缩得发疼，疼得人清醒，又越发沉沦。

是一个死循环。

陈致在她濒临窒息之际，向后撤离，看着她发干的唇瓣被吻得泛水光，柔软得一如春日晴天的云。

"许年。"

"嗯……"

"希希。"

"嗯。"

他小心翼翼地、不厌其烦地反复唤着她的名字，好似是为了确认，她还在，这不是做梦。

如愿以偿得到她的回应，他又眷恋地啄吻着她的唇，吻毕，下巴抵着她的肩，转过脸，呼吸喷洒在她的颈窝。

如飞倦的鸟，栖在她肩头一般。

许年上下眼皮粘连着，睁不开，人也几乎脱了力，只能这样依偎着他。

"咚、咚、咚……"

好似是重新相爱的信号。

陈致以手作梳，理着她的头发，慢声道："不久前抽了烟，应该忍一忍再亲你的。"

他在说什么啊。

许年不想说话，更不想回应他这句。

他流连地吻着她的耳朵、脖颈、锁骨。

每一个吻都带着细小电流，惹得她的身体小小地打着战栗："痒……"

"我听到了。"他覆在她的心口，"你依然喜欢我。"

零下几度的冻雨,可以冰冻枯死的草木、流动的河流,可以冰冻一切,却冻不住一颗鲜活的、炽热的心。

她气息依然不稳,说:"我也没、没否认过。"

大概,她从来不擅长掩饰,她既瞒不了唐黎,更骗不过他,一直都是她自欺欺人。

"你比以前胖了些,太瘦了不健康,这样挺好。"他是搂她的腰感受到的。

闻言,她从他腿上站起来:"你别、别得寸进尺。"

亲了她,还说这种话,不是得寸进尺是什么?

陈致低笑了声,好整以暇地道:"你不是要去店里吗?再不去,会不会来不及?"

许年瞪他一眼,走了。

对镜梳洗的时候,她才知道唇瓣红得异常。

大概是气血不足的缘故,平时她唇色呈淡粉,需要靠唇釉提色,现在变成樱桃色了。

她想到刚刚陈致那个浑蛋又吮又咬的,不禁抿了下唇,加快速度,往脸上扑了把水,冲净洗面奶。

今天耽误了时间,来不及做早餐,收拾停当后,她就准备出门。

陈致叫住她。

她回头:"怎、怎么了?"

他走到她面前,拿着一条羊绒围巾给她系上。

口鼻被遮住,她向下拉了点,仰着巴掌大的脸,问:"你哪、哪儿来的?"

"昨晚杨靖宇帮我把行李送过来了。"

杨靖宇?

他们一起回来的?

许年又问:"那车祸?"

他扯了扯嘴角,实话实说:"也是骗你的。"

她气恼不过,踢了他一脚。他不躲也不闪,生生挨了这一下,就当是哄她了。

她头也不回地走了。

陈致拉开门,在后面喊道:"许年,路面滑,注意安全。"

她莫名觉得,这情形,多像妻子送丈夫上班。只不过她是被送的那个"丈夫",至于妻子……

所幸他看不到,她抿唇兀自笑开了。

到"之橙"开门,许年走了一路,觉得热,摘下围巾,放到一旁。新来的小店员看到,问:"许年姐,你这是正品吗?"

许年不解:"嗯?"

薛宁无条件站许年,说:"什么正品 A 货的,咱老板又不是买不起奢侈品。"

小店员解释说:"我昨天才刷到,这是爱马仕今年新发的款,不好拿到货,阳溪应该买不到吧?许年姐,你是有渠道吗?"

许年当然不穷,但她是忍受过困苦的人,知道钱来之不易,平时吃穿用度很朴素,跟她们这些打工的差不多。

她摇了摇头,说:"别人送、送的。"

"是那次买了全部蛋糕的那个帅哥吗?"薛宁瞬间福至心灵,"开业的花篮也是他送的?"

素来不爱探听八卦的何与沁也凑过来:"有人追你?"

许年总算知道流言怎么传开的了。

"开、开工了,别问这、这些有的没的。"

薛宁和何与沁跟她一年多了,一下子就看出来她的反常,那便是真的咯?

她们交换了个眼神,各忙各的了。

现在天冷,客人少,一般会根据昨日的销量,做相应的调整。

她们先将昨天发酵好的面坯分批送入烤箱,另外还有几份生日蛋糕的预订,做好后,再叫跑腿的来拿。

天亮后,陆陆续续开始有顾客,平台也接到外卖订单。

上午十一点多,薛宁正和新来的妹妹闲聊,余光瞥到一个身形颀长的男人走向这边。她定睛一瞧,这不是许年那位疑似的暧昧对象吗?

嗯,爱吃榛子蛋糕的帅哥。

趁许年在后厨,薛宁努努嘴,压低声音道:"待会儿你别作声,咱们说不定要有老板娘了。"

小店员一愣。

陈致收伞,伞放门外的架子上,推门走进去。

薛宁笑脸相迎:"欢迎光临之橙烘焙,请问需要什么?还是榛子巧克力蛋糕吗?"

陈致一顿,似没想到对方还记得他,"嗯"了一声:"麻烦了。"

等打包的空当,他环顾了一圈店内。

合并了旁边的门面,面积大了一倍,货架多了,蛋糕面包的种类也多了,分为两种,传统和创意,前者顶饱,后者精致。

整体装潢保留了原本的风格,亮堂,以暖色调为主,点缀一些绿色盆栽。

他看到自己送的两盆桔树盆栽,无声地笑了。

薛宁说:"先生,您还需要点什么吗?可以再看看,那边有我们的新品,杏仁核桃包,还有贝果、碱水包,都是刚出炉不久的。"

陈致手指一下下地轻点着柜面,笑着摇了摇头:"不用了,谢谢。"

难不成他就只是来买蛋糕的？

薛宁心中疑惑，面上不露，将袋子递过去，说："那欢迎下次光临。"

陈致却也不走，在窗边坐下，低头看手机。

薛宁借口拖地，状似无意地走过他身边，问："先生，需要给您倒杯热水吗？"

陈致略惊讶："还有这种服务吗？"

薛宁心道：当然没有，这不是看在你可能是老板娘的分上，对你好点吗？

她替他倒了一杯，见他依然岿然不动，到底按捺不住心底的八卦之火，忍不住说："要不，我帮您叫一声我们老板？"

陈致说："没事，我在这里等她忙完就好。"

薛宁走了。

两个女孩在柜台后小声议论。

"我之前怎么从来没听说过，许年姐有喜欢的人啊？"

"我也不知道，但是我觉得她肯定对他有意思，才这么一而再再而三地有联系。"

"不过他长这么帅，还对许年姐献殷勤，他好爱哦。"

"毕竟感觉许年这方面挺冷的，他不主动点，他俩哪有戏？"

…………

许年拎着一个蛋糕盒，掀开布帘出来，径直往门外走，完全忽略了陈致。

骑手过了一会儿才到，她叮嘱说："麻烦小、小心点，别碰坏了。"

她重新回店里，心里惦记着单子，也没留意。薛宁提醒她："那什么……"

顺着薛宁的目光，许年扭头，方看到陈致。

"你、你怎么来了？"

他背靠着椅子，一双长腿在桌下无处安放，便侧过来，架着，小臂搭着桌沿，另一只手把玩着手机，姿态闲适，不见半分被忽视的恼怒和不耐烦。

薛宁忙给小店员使眼色，示意她过来。

陈致说："当然是买蛋糕。"

许年"哦"了一声，说："你、你买吧，我去忙了。"

"你们午饭一般怎么解决？"

"自己带、叫外、外送，或者就、就在附近随便吃点。"

陈致若有所思地点点头："开店是挺辛苦的。"

她说："陈总打、打探这么多，是想、想抢我生意吗？"

他反问："为什么不能是我想给许老板打工？"

"我们不、不缺人。"

"我不需要工资，只要你……"

"陈致！"店员还在，许年怕他说些乱七八糟的，忙打断他，"小店容不下你、你这尊大佛,别打、打扰我干活。"

"许老板总要吃饭的吧?我等许老板忙完好了。"

两个人你来我往,在旁人眼里,完全就是调情。

当许年看过来时,柜台后的两人忙憋住脸上的姨母笑。

许年脸上一窘,越发结巴:"我们就、就是,高中同学,嗯。"

好像没什么说服力。

但许年也不管她们信不信了,进了后厨。

再看陈致,仍是好脾气地笑着。

这顿狗粮她们简直吃饱了。

到中午十二点,许年问她们想吃什么。

她当初顾及收支平衡的问题,开的薪资待遇里,并没有包吃一项,不过营收好的话,她经常请客,发放福利。

"我请你们吧,"陈致说着,眼睛始终看向许年,"正好,我和许老板讨论一下兼职的问题。"

何与沁先前在后厨忙活,不知前因,一脸茫然:"什么时候要招兼职了?"

薛宁说:"这你就不懂了,他是以兼职之名,行追人之事,近水楼台先得月。"

"叫你少看点偶像剧吧,脑补得遥遥领先。"

薛宁叹气:"唉,你个大直女。"

陈致点了一桌子菜,鲍鱼猪蹄煲、香辣油爆虾、清蒸鲈鱼……有荤有素,有汤有饭,丰盛得很。

"这位先生,怎么称呼哇?陈总?"

薛宁听到许年这么叫,她倒是想喊老板娘呢。

"陈致,耳东陈,致敬的致,我跟许年是同班同学,你们随意。"

"那陈致哥?"薛宁是外向的性子,很适合在前台收银,"今天沾了你的光,难得吃一顿大餐。"

陈致笑笑。

许年说:"你们先、先吃。"

许年把陈致叫到一旁,压低音量说:"你做、做什么兼职啊?你没事干、干吗?"

有货架挡着,她们看不全他们的身影。

陈致故意扭曲她前半句的意思,笑得酒窝浮现,回答说:"兼职当你的男朋友啊。"

他揽着她的腰,头低下来,吻要落不落的,气息若有似无地呵在她唇上。

"我不要薪酬,还倒贴,稳赚不赔的买卖,许老板,你看怎么样?"

分明不是第一次谈恋爱,许年却还是被他撩得耳尖泛起热意。

"不、不怎么样。"她手虚握成拳,抵着他的胸口,欲搡开他,"她们会看、看见……"

他顺从地松开手:"亲也亲了,你总不能不对我负责。"

许年瞪眼:"到底是谁、谁亲的谁?陈致,你……"

他抢答:"我什么?我好烦?我无赖?"

她语塞。

陈致捏捏她的脸,脸上漫着清浅笑意:"第一次是你主动亲我,今天早上你也回应我了,只有你亲过我,你不负责谁负责。"

一副丢了少男贞洁的口吻。

她哭笑不得。

跟流氓讲法律,和跟无赖讲道理,一样地困难。

他的手垂下来,轻轻地捏住她的手指,然后,缓慢地滑入指缝,十指扣住。

背后,是几个女孩的说笑声。

她们极有眼力见儿,刻意地忍住,不偷看他们,免得破坏老板这难得的一桩好姻缘。

陈致低声,磁性嗓音直往人心底钻:"今天算第一天,好不好?"

犹记得,他当初说,有七天无偿试用期,不满意退货。

她其实没放在心上,当这是他哄她的把戏。结果到第八天,他煞有介事地拿来一张手写表格,叫她评分。

△物流速度 (是否随叫随到。)

△商品质量 (帅不帅,身材好不好。)

△服务态度 (有没有不耐烦、凶。)

…………

亏他绞尽脑汁,列了长长一串。

她很认真地,给每条都打了五星。

陈致笑着说:"那从今天起,就算正式交往咯?"

她也展颜,点点头。

时至今日,许年深刻领悟到一个道理,若能避开猛烈的欢喜,就不会有悲痛袭来。

父母去世之后,和他分手,是她经历过的最漫长、最折磨人的一次病症。

她设想过,如果一定要找一个伴侣共度余生的话,应该是一个,各方面条件很契合,但她并不爱,或者不深爱的人。

她以为,她仅有的、能付出的,那微末的爱,早已随着她舍弃"许希"这个名字,一道被抛弃了,又在时光轻擦间,无声无息磨灭了。

现在,陈致又将它拾起来,抹去灰尘,重新捧到她面前。

告诉她,他需要她重新爱他。

她有信心过好自己的生活——除了命运,唯一受她控制的东西。可她拿不准他们的关系,他们的未来。

她无法确定,届时的自己,能否再经历一次失去重要之人的痛苦。

每次,都是陈致推她入深渊。

又似乎不是。

许年望着他的眼,也许,是他一直在渊底,静静地等候她,和她共同进入轮回。

外面又下起了恼人的、沙沙的冻雨。

这的确是个罕见的寒冬,而他们被温暖的麦香包围。麦穗里蕴藏着,亟待春天到来而破土萌芽的欢喜和爱。

没人能阻挡生命的焕发,就如,没人能浇熄爱情的燃烧。哪怕是自己。

她向前挪了小半步,敛着眸,用只有彼此听得见的音量说:"如、如果我说'好',你就不要让、让她察觉。"

她们一定会起哄,进而打听更多。

她平时对她们太随和,导致她这个老板实在没太大威慑力。

无论过去还是如今,她都不想她的私人感情被太多熟人关注。

陈致斜睥一眼:"可她们总会知道的。"

"现在太、太突然了。"

她天天在店里,没有约会,没有和异性接触,却凭空多了个男朋友?

是人都好奇。

他无条件答应:"行,听你的。"

许年说:"那你松、松开我。"

他还牵着她。

陈致恢复成一本正经的模样,摆出谈判的姿态,问:"要签兼职合同吗,许老板?"

"我这、这里不收兼职,只招全、全职。"

"啊,这样。"他拖长音,"全职的劳动合同签多久?无固定期限吗?"

她反问:"你想多久?"

倒真像在应聘。

"那当然最好是……"他说着说着,又想去够她的手指,却被她闪开了,顿了下,继续说,"续到倒闭为止。"

怎么说呢,"只有死亡能将我们分开"一类的情话,经他这么一说,带上了资本主义的味道,没有诗意浪漫,全是吸血压榨。

"晚上几点打烊?我来接你。"他屈指,摩挲着下唇,破功了,兀自笑开,"我还从来没接过女朋友下班。"

她失语片刻,说:"到时给你发消息。"

陈致没留下吃饭，许年多给他打包了几份面点，托他带给杨靖宇。

"你怎么知道我要去找他？"

"你俩不、不是好得能穿一条裤子吗？"

他走前想捏捏她的脸，思及答应她的，手落到她肩上，掸了掸。

她一脸莫名。

他走后，薛宁又闹不明白了，这是谈妥了，还是聊崩了？

许年伸手在她眼前晃晃，说："你怎么对这事这、么上心？"

薛宁说："俊男靓女在一起养眼啊。"

何与沁点评："典型的犯花痴。"

薛宁反驳："优秀基因结合，能够为人类繁衍事业做出重大贡献，我这是着眼于人类未来大业，不要那么肤浅。"

何与沁说："要不然，你去联合国设个月老办事处。"

许年无奈。

陈致的确去见杨靖宇了。

杨靖宇父母很早就离婚了，也都各自再婚，他成年后就独自生活，交往过几个女友，因各种原因分手，现在孑然一身，反而乐得轻松。

现在他一个人住在他父亲送给他的房子里。

杨靖宇给陈致泡了杯伯爵红茶，说："专门跑我这儿来蹭饭的是吧？"

看见旁边印着Logo的烘焙店纸袋，他说："陈总也忒小气了些，就带这个？不得带两瓶红酒才行？"

陈致垂眸，轻啜了一口："不好意思，我空手，这是我女朋友送你的。"

杨靖宇瞥他一眼："有人说过你很闷骚吗？"又"嘁"了声，"谁没谈过似的，瞧给你嘚瑟的。"

陈致摇头："是如获至宝。"

"许希亲口答应你复合了是吧？"

着重"亲口"两个字，像怕他自作多情。

陈致颔首。

"那喝什么茶啊？"杨靖宇夺过他的茶杯，"来一杯。"

"不知道我喝不了？"

"可得了吧你，之前医生警告你，再喝要胃穿孔了，你不照样喝，现在装柔弱了？"

杨靖宇换了杯子，倒满两杯："农家酿的米酒，不烧胃，就喝一杯庆祝一下，恭喜陈总终于如愿以偿。"

陈致笑着，和他碰杯。

杨靖宇颇为唏嘘:"别人不清楚,这些年,只有我知道你多不容易。"

公司刚起步那会儿,他俩没少被刁难。尤其是应酬,为了签笔单子,对方将白酒洋酒兑一起,叫陈致喝。仗着那会儿年轻,身体底子好,陈致一口气闷完,整个人都晕得天旋地转的。

陈致父母欠下的债数额庞大,银行、债主,轮番催,他拆东墙补西墙还债,差点没被拉进征信黑名单。

最穷的时候,为了省钱,他俩挤一个不到五十平方米的单间,吃喝拉撒睡都在里面解决。

可以说,陈致就是拿命在换。但他又没办法一走了之,他还要回来找许希。

他不爱诉苦,连杨靖宇有时候都觉得,他马上要撑不下去了,他也没怨天尤人过一句,爬起来,继续。

说是喝一杯,两人聊到后面,一瓶都喝光了。

米酒味道绵厚醇香,酒精含量低,但后劲足,喜酒醉人,陈致酒量算好的,也有些架不住。陈致撑着头,一动不动,听见杨靖宇说:"好不容易把人找回来,可千万别再弄丢了。"

良久,陈致才应:"嗯,不会了。"

天不到下午六点就黑了,陈致站起来,穿上外套。

杨靖宇说:"你干吗去?"

"接我女朋友下班。"

"你看看时间,这才几点,哪有这么早?"

"那我去等她。"

杨靖宇压根儿拦不住他:"随你吧,别冻死了。"

雨已经停了很久。

陈致被寒风一吹,脑子清醒多了,他没立即去"之橙",而是拐到了三中。

临近除夕,只有高三生仍留校奋战,教学楼亮着一隅。

保安缩在值班室里,烤着"小太阳",手机架在桌上,播放着某部新上的古装剧,乐呵呵的。

陈致进了校门,他也没察觉。

毕业太久,他们曾留下的痕迹荡然无存,熟悉的建筑也换了面貌。

他走到操场,看着许希常常背英语单词的位置。

其实班里的嘈杂并不会打扰到她,她只是需要一个能心无旁骛念出声的场合。

天上没什么星星,他背靠栏杆,点到置顶联系人,拨去语音电话。

手机响时，许年在算今天的流水和耗材。

她瞥了一眼来电人，拉开门出店，走到树下，这才接通。

"大概还、还要一个小时才好。"

她以为他来催她了。

陈致说："好像有很多话没问过你，大学和室友关系好吗？有男生追你吗？为什么不读研，第一份工作压力大不大？"

她没作声，等他后文。

叶片上的冰渐渐融化，一滴滴地落，落到她额上，令她不由得想起"蝉的尿"。

"我也有很多话没告诉你，高中我请全班吃蛋糕，其实只是为了请你吃；我跟他们说，我对你没有同学以外的情谊，是怕他们干扰你学习……"

他的声音，混着凛冽北风，不那么清晰。

她像第一次站上舞台，演话剧里，一个结巴的滑稽角色，比起紧张，更多的是空白。

剧本原封不动，按照排练好的表演就行。

但就是不可避免地，大脑脱离了掌控，经验作废——似乎需要她临场发挥。

"还行，有，但是我、我拒绝了，想早点工、工作赚钱，压力很大。"

她一一回答他的问题。

好了，回到原轨了。

接下来是她的即兴演出。

"我想、想过你，梦、梦到过你，经常。"

陈致的呼吸被风吹散了。

他说："出息了，许年，学会反撩了。"

她笑了笑："我知道，你为我做、做的那些，我都、都知道，陈致。"

也不知道为什么，明明不久后可以面对面地说话，偏偏要吹着冷风煲电话粥。

可能……彼此都想弥补一些，没有校园恋爱的遗憾。

这几年除夕，许年都是自己吃年夜饭，今年倒是多了个搭子。

她早早关店放假，去超市买这两天的菜。

到处是年货促销活动，人群拥挤，陈致一手搂着她，一手推着购物车，在缝隙中艰难穿梭。

"杨靖宇？他一个人吧。"他不大上心的样子，"他就今天中午请他爸妈吃顿饭，初一去拜年。"

是许年突然问起杨靖宇。

"你不会是想叫他一起来吃饭吧？"

她并非热情好客的人，从来也只对身边人好，不过是因为——"好、好歹是你兄弟。"

他有理有据:"我们才复合,他也不会来当这个电灯泡。"

视线一定,他拿起一样物品。

今年生肖样式的卡通绒毛发箍,红红火火的,喜庆。

"希希,别动。"陈致给她戴上,"笑一个。"

许年不肯,作势要摘:"好傻。"

"那我陪你一起,"他调成自拍模式,头挨着她的,取景框拢住两人,"我们都没有拍过合照。"

他们本身不是爱拍照的人,尤其是许年,对上摄像头就浑身不自在。

当初谈恋爱,他们一心和对方你侬我侬,甚至忘了通过照片的方式,留存某些记忆。

陈致比她先意识到,这件事亟需得到补偿,他的措施也就是,随时随地拿出手机拍照。

现在,没有了青涩、稚气未脱的面庞,更没有怕被家里发现而横加阻拦的担心。

传统年龄算法是,过了年就长一岁,这么算来,他俩也要奔三了,戴着儿童发箍,该有多违和。

偏偏他兴致勃勃。

许年被迫配合,扬起一抹浅笑,按下快门前,他猝不及防地亲在她嘴角。

她都没反应过来。

摘下发箍时,许年才注意到,一个小女孩一直看着她们。

那小女孩突然扬声喊:"妈妈!我想买这个!"

许年觉得带坏小孩了,把陈致拖走。

"我小、小时候,最喜欢和我爸妈一起逛、逛超市。"

她挽着他的胳膊,闲侃着:"经常买、买一种蜂蜜小面包,两口一个。"

十几年前,物质生活不如现在发达,丁点儿大的她,一点零食就能轻易收买。

"我还走、走丢过,我、我妈急坏了,到广播站找人叫、叫我。"

找到她之后,妈妈差点哭出来,难得动手打了她,连抽几下她的屁股,说还敢不敢乱跑。

"你爸爸、妈妈一定很爱你。"

"也有可能,是、是我的记忆美化了他们。"她踩着地砖缝走直线,小时候她就爱这样,"其实,我连他、他们的脸都记不清了。"

陈致说:"真相不重要,你相信这件事,是因为你需要力量,不是吗?"

他很懂她。

再强悍的人,也需要支撑的精神力,否则只是一具躯壳。

十岁出头就开始寄人篱下,被当成拖油瓶,她相信已逝的父母爱她,正如她日后相信努力可以改变现状。

他吻了吻她的额角,却有一种依赖她的姿态,好像歌里唱的,不为日子皱眉头,只为吻你才低头。

"我跟你妈妈一样,把走丢的你找回来了。"

"假如,找、找不到呢?"

许年仰脸,脸盘白白净净,像他苦寻不得的月亮降临人间。

陈致知道,她说的不仅仅是人,还有感情。

"我没想过,也不想去想。"他扣紧她的手,"大过年的,不提不开心的。"

她轻声应好,乖顺得不可思议,像十八岁的许希。

倘若她愿意,她的温柔、耐心、好脾气,其实很招人喜欢。

奈何骨头天生生得硬,学不来谄媚、阿谀,在职场上,就显得呆板,像好欺负的主。

唯独陈致如此爱她的优缺点。

海鲜、肉、蔬菜、干货,买了几大袋,许年这才有种过年的实感。

冰箱快被塞爆了。

陈致提议说:"要不换个大的?"

"放、放不下。"

"房子也换。"

她无奈地看着他,他像是怕她,忙解释:"以后两个人住,东西会越来越多,总归得换套大的。"

"谁说、说要跟你住。"

他揽"罪责"揽得毫无心理负担:"是我、我死乞白赖要跟你住。"

侧边是未关上的冰箱门,冷气扑来,他低了头,含住她的唇,慢慢地咬、研磨,像品尝,口腔深处挤出含糊的音:"嗯?"

"东西还、还没清好……"话语没说完,被他碾碎,吞咽下去。

陈致太爱和她接吻,连这他也想尽可能地找补回来。而且,他非得吻得湿乎乎、黏腻腻,绝不像过去那么纯情,只是唇与唇的相接。

许年搡也搡不动他,冰箱发出"嘀嘀嘀"的提示音。

她妥协:"住就住吧。"

他轻啄她的唇,贪得无厌地一下接一下:"选个离'之橙'近的,方便你来回。"

"随、随你……"

"杨靖宇之前说我家像样板间,装修风格还是你来选比较好。你喜欢宠物吗?猫、狗,或者……"他思索片刻,"乌龟、金鱼?"

"干吗这、这么急?"

他们才复合没多久啊!

陈致眼底笑意弥漫，浮现的酒窝也在诱惑她："我们之间错过了太多年，恨只恨，没办法再快一点。"

她静了两秒，久违的那种心头被填满而酸胀的感觉又涌上来了。

余生有限，除去工作、社交，他们能单独在一起的时间，一再压缩。

他嫌不够，她竟也没有排斥、忧虑的想法。

不愧是聪明人，她想，早些时候，他不择手段地留宿她家，怕不是就已经打着这样的主意。

他俩的关系倒真是奇异。看似她是被动的那个，任他予取予求，可他甘愿身心臣服于她，做她的附属。

许年踮脚，指尖犹沾着冰箱的冷气，贴上他的后颈。

"陈致……"她叫他，不由自主地带了缠绵悱恻的缱绻之意，"我们还、还有很多很多年。"

唇一启一合，泛着被他吻过后的湿润光泽。

在苍白的语言里，他为她所低吟的未来而心颤。

她闭上眼。

他抬高她的腰，迫使她上半身贴近自己。进屋后，她脱了外套，只剩一件贴身针织高领毛衣，绵软的、紧致的，压着他的胸口。

野火经东风一燎，吞噬荒野，只需一刹那。

如果没有那声叩门声，也许这顿年夜饭就吃不成了。

许年以手背触了下脸颊，不是太热，又理了理头发，方去应门。

是隔壁王大姐的先生，姓刘。

王大姐之前摔伤，动了手术，许年提着营养品去医院看望过。现下她早已经出院了，正在家卧床休养。

刘先生感念于她施以援手，特地送来两块自家做的腊肉，还有一些水果。

"王大姐恢、恢复得怎么样了？"

"还行，能下床走一走了，就是还会痛。"

刘先生看到走出来的陈致，略惊讶，毕竟，许年搬来这儿快两年，一直见她只有一个朋友来往。

是陈致先打的招呼。

"您好，我是许年的男朋友。"

刘先生回神："你好，你好，小许，没想到你谈对象了，还这么帅。"

刘先生倏然又觉对方眼熟，再仔细一打量，想起来了，楼下停的迈巴赫，不就是他的车吗？

这姑娘，平时不声不响，一谈就谈了个条件这么好的。

许年笑笑:"刚交、交往没多久。"

"那行,我不叨扰了,提前祝你们新年快乐。"

"您也是。"

关上门,陈致说:"听见是男声,还以为是哪个男人来献殷勤了。"

"如果是呢,你会吃、吃醋吗?"

"得看情况,歪瓜裂枣,你肯定也看不上,毕竟谈过我这款的,也不至于审美降级太夸张吧。"

她失笑:"臭屁。"

他撩起眼尾,意味深长地望着她:"继续?"

许年从他身边走过:"做饭了。"

年夜饭是两个人一起做的。

陈少爷处理波士顿龙虾的时候,险些被钳住手,她旁观他手忙脚乱,没有要帮忙的意思。

"许老板,抓哪儿啊?"陈致挥舞着一把牙刷,无从下手,"要爬出来了!"

"你怎么这、这么笨手笨脚啊?"

她好笑不已,说他中看不中用,叫他捏住,搜教程学怎么放尿、清秽物。

他们买了一堆不太会做的食材,现学现做,最后做出来的一桌,卖相竟也很好。

结果,许年吃得太撑,在屋里来来回回地走。

电视里放着春晚,在中国家庭里,这似乎是个传统,即使不看,也要放着,图个过年的氛围。

陈致凭空变出一个红包,说:"希希,喏,给你的压岁钱。"

看着大,但薄,八成不是现金。

她猜他又有什么花样,于是接过。

居然是张自制的简陋的登机牌,飞往日本东京的,航班、日期时间处空白待填。

不止一张,下面还有。

"还记得我们当时看的《秒速五厘米》吗?"

怎么会不记得,贵树亲吻明里之后,是他们的初吻。

"今年花季,想带你去东京看樱花。"

还有。

"你之前告诉我,你从小到大,没出门旅游过,当然,也许你大学去了不少地方,但我希望以后是我陪你。"

陈致说:"你想去哪儿都可以。"

东京也好,东帝汶也好,只要她想,只要他在。

他走过那么多地方，哪里都没有区别，陌生的人，陌生的城市，没有她，心一直是空的，无处是归乡。

"陈致，谢谢你。"

实在不算浪漫的一个人，挖空心思，讨她欢心。

而她也实在不算幸运，却得他如此。

"等我一下，我也给、给你准备了新年礼物。"

她小跑回卧室，小心地捧出一只很大的盒子。

他揭开盒盖，居然是一座房子。

严格来说，是用巧克力和姜饼做的，上面撒着榛果碎、糖霜，还有一男一女，两个饼干小人。

非常精细，生动。

"你这几天下班晚，就是在做这个？"

她点头："也不、不难，比较费时间而已，"她期待地看着他，"我第、第一次做，好看吗？"

陈致瞬间有些失语，不知该怎么表达他的喜欢才好，问："舍不得吃的话，是不是会坏？"

"就、就是用来吃的，但是可、可能，没那么好吃。"

"没关系，这是我收到过的最珍贵的礼物，真的。"

他将房子放到一边，把她抱到腿上坐着："是因为我送了你那棵樱花树吗？"

"嗯。"

"我是找了一个日本老手艺人学的烫花，她说，我是第一个找她学这个的年轻男生，我告诉她，因为我想亲手做来送给我喜欢的女孩子。"

"学了很、很久吗？"

"久，本来想给你当十九岁生日礼物，但是没空，也做毁了很多，最后才做出那么一棵。"

他贴着她的脸，厮磨着："我很喜欢，希希。"

在乎的不是其本身，是她的心意。

——千金难抵。

快到零点的时候，许年在工作群里发红包，祝她们来年顺利。

何与沁：新年快乐！［玫瑰］

薛宁：祝老板新年赚大钱！感情顺利！［亲亲］

许年：？

薛宁：许年同学，你们太明显了啦！

新人妹妹：对啊对啊。

好吧，谁叫这位正在休假的陈某人闲得没事，天天接送她，难免被她们看到。

陈致伸臂搂过她，下巴搁在她的肩上："话说回来，为什么你招的都是年轻女生？"

"女生做、做事细心认真一些。而且，现、现在就业环境差，普遍对女生不、不太友好，能帮一点是、是一点。"

她也经历过艰难的求职期，阳溪是小城市，女性要找到薪资待遇适合的工作，更难。

她想着，等稳定一些，再多招两个人，实行轮休，大家就不会那么辛苦。

"那你是不是得亲自带人？"

"嗯，之前新招、招的两个，就带了挺久，不、不过她们学习能力挺强。"

"刚到日本，有同学问我，去不去看脱衣舞秀。我没去，后来听说，整个包厢全是男的，看舞女脱衣服……还有更过分的表演秀，整条街的红灯区。这些在日本，全部是合法的。"

许年默了默，说："因为，她们都被当、当作商品消费了。"

"但很少有人会像你一样想能帮则帮。"

她会怜惜那些出身不好，学历平平的女生。尽管提供的，只是一份微不足道的工作。

她这一路走来，不曾伟岸到凭一己之力反抗某些社会风气，但渐渐强大时，也留有余力，去拉别人一把。

许年咬了下唇："你总、总是神化我。"

他笑："可在我眼里，你比任何人都耀眼。"

她转过头，他轻轻地亲她："不是情人眼里出西施，你真的很厉害，希希。"

春晚的意义，大概是歌舞升平的热闹、繁荣，如今也足够温暖这方小小的天地。

他们无声地接着吻。她心口热热的、胀胀的，和他靠在一起，继续看电视。

要准备倒计时了。

陈致又问："你想没想过，开分店，做成连锁品牌？"

她摇头："暂时没有，我一个人管、管不过来，等过两年再、再看看。"

他托着她的手，一根根玩过去："那你有什么新年愿望吗？"

"嗯……不、不求青云直上，但求平地无险。"

有人说，命是一生下来就定好的。

可能，她不得老天眷宠，得到这些，已经付出了很多，再贪求，怕是求不来了。

对于现在的她而言，无虞已是上上签。

主持人开始倒数："五、四……"

陈致解开她的皮筋，一头细软头发他在指间散开，他贴近她的耳郭，喁喁私语般地说："但我有想要的。"

"什么……"

"三、二、一！新年快乐！"

"新年快乐，希希。"

阳溪市里禁放烟花，但在这个中国传统的特殊日子，并没有那么严格。

远远的、接二连三的轰响，几乎盖过了他的声音。

许年说他得寸进尺，也没说错。

同处一个屋檐下，日夜相对，他一个血气旺盛的男人，不可能不生出点旖旎的念头。

她不是不谙人事、单纯天真的小姑娘，过去谈恋爱，她有次就发现，他起了反应，但那时不合适。

他连理论经验也缺乏，只是本能地，为喜欢的女孩而昂扬兴奋。而她也害羞、害怕，没做好半分准备，甚至觉得，这是到谈婚论嫁才能进行的步骤。

现在不一样了。

他这样一副有所求的模样，她纵是装傻充愣，也没法蒙混过关。

"可是……没买那个。"

许年的意识开始混沌了，但还记得这个最要紧的问题——不可以，会怀孕的。

陈致最初想的是，慢一点，循序渐进，但到底还是忍不住拉快了进度。

想和她共同生活，想和她彻底融合。

这是不用仔细规划，就会觉得很美好的事。

因为是她。

吻来到她细颈处白皙的皮肤上，蜿蜒的、淡青色的血管，像上好的白瓷被细笔勾勒描摹几枝蒲柳。

她像被雨拍打的花枝，往后弯折，哆嗦着，抖落一地清滢。

"不用，我就看看。好不好？"是征询的语气，他的手指却徘徊流连在她的毛衣下摆处。

许年不知道应，还是不应。

她要是拒绝，他定不会强行为之。

若同意，破窗效应带来的"恶果"，她又是否承担得起呢？

每次都是问"好不好"，像下了温柔蛊，一点点化解她的铜墙铁壁。

非刻意的触碰，使得那一小块肌肤泛起阵阵痒意，似被羽毛挠过。

"真、真的就只是看看？"

她浑然没意识到，她的语调变了，泥塑遇水似的，慢慢地瘫软，腰也是，坍塌下来，得亏背后有沙发扶手抵着。

陈致说："我何时骗过你？"

是没骗她，但这有几分娇惯宠溺的口吻，分明是试图诱她成为他的共犯。

电视太吵,他索性捞起遥控器,关了。

她分神看了一眼,又被他吻住。

"你知道吗?男人一般都会有一个性幻想对象,也许是初恋,也许是明星,我只想过你。"

一股热意,从心口往颅顶涌。

她呼吸收紧,没说话。

最开始,他在日本租住的房子很简陋,完全不隔音,隔壁有时会住进情侣,他被迫听现场。

无须精通日语,他也听得懂那最简单的几个词汇。

他坦言相告:他想的就是她。

到底没敢放烟花放得那么嚣张,屋外的声响渐渐弱下来了。

如果不是他手机开了免打扰,这会儿该"叮叮当当"地吵个不停了。

天时地利与人和,无人打扰的深夜,情潮暗涌,两人挨得这么近,呼吸、心跳近得可以听见,谁也逃脱不了。

欲望与理智角斗,谁胜谁负,似乎早已成定局。

毛衣被兜头脱掉,丢落到一旁,然后是内衣搭扣。他的头倾过来,垂眼,两手并用,端的是做实验一般的严谨态度。

不是结束,是开端。

许年的手指微蜷,脖子也缩了缩。

不习惯这么被人注视自己的身体。

他没有见过这番美景,有些愣怔,又有些惊叹。

她不自觉地环抱起双臂,尽管已经被看了个全,但好像还想挽回些什么,又好像只是怕冷。

"你很美,希希。"

她从小到大得到过很多夸赞,努力、踏实、吃苦耐劳……从长辈、领导的角度,这些品质尤为珍贵。

但第一次,脱离世俗眼光,也无关任何"实用性",仅仅是纯粹的美。

美是游离于主观之外的东西,或平庸或稀缺,是绝对的特征,此时此刻,只属于她。

他对她是不吝啬夸赞的,他像是浪漫的诗人,她的发端、指尖,都是他吟咏歌颂之物。

"希希,许年。"

陈致喃喃地唤她的名字,像受到什么诱惑,拉开她的手,自己取而代之。

她躲不开,反倒做出了相迎的姿态。

她躺倒,他覆上。

吻一枚一枚地落，似雨似露。

渐渐留下清亮的湿痕。

许年攀着他的头颈，不记得用了多大的力，指尖划出了红印，也不见他表达出疼痛，约莫是他沉浸得太深。

天花板的光，好生晃眼，她紧闭着眼，其他感官故而无限地放大。

从未有哪次，她这么清晰地感觉到他的存在。

说不上来是反感，还是喜欢。太奇怪了，身体异样得好似不属于自己。

明明说好，是看看，不知不觉发展到这步，她也没加以阻止。

她还是纵容了他。

她冬天手脚畏寒，脚上穿着厚厚的棉袜，纯白色的，和他的黑裤子形成强烈的对比。

她开口叫他，每个音节都风化、破碎，成了齑粉。

她眼角湿润，生理性分泌的泪水，滑入发际。

等他再抬起头，她发现他的唇上也沾了晶莹。

陈致拿来一条毛毯，将她整个包裹住，嗓音低哑得不行："我帮你洗澡？"

"我、我自己来……"

"能站吗？"

许年想撑起身，但浑身确实绵软无力。

他抱她去浴室，用热水打湿毛巾，替她擦拭，再套上衣服。

她破罐子破摔，闭着眼睛，干脆不看他。

"今晚一起睡，好不好？"

又是这个句式，又是这个语气。

她钻进被窝，翻了个身，背对他，算是作答。

陈致熄了灯，出了房间。她当真以为他这么老实。迷迷糊糊快睡着的时候，旁边的床垫向下一陷。

一米八几的高个子，体重不容小觑。

许年转过身，在黑暗里瞪他，说："我没、没答应你。"

好像他是登徒子。

陈致主动靠上来，胳膊搂住她，说话间，一股浓烈的、清新的薄荷香，不知道是漱了几遍口。

他说："你不作声，我就当你默认了。"

她轻哼："反正你怎么样都、都有话说。"

他身上很暖和，是绝佳的大型热水袋。她躺了这么久，还没焐热被窝，于是往他怀里拱，把冰凉的脚丫子挤进他腿间。

他笑着说："以后早点上床给你暖被窝。"

许年闷了一会儿，憋出一句："下次别、别做那样的事了……"
"不舒服吗？"
他以为女生会喜欢。
"也、也不是。"
就是，她没经历过，很陌生的感觉，让她无所适从。
陈致说："多来几回，你习惯就好了。"
她失语。
"是不是一早要去你叔母那儿拜年？"
"嗯。"
"需要我陪你去吗？"
她想想："也好。"

叔叔去世，叔母和许凌不足为惧，何况她经济独立，对自己的生活有足够的控制权。但叔母爱念叨她不谈对象的事，而她又不是会顶撞长辈的人，带男朋友给她看看，好堵住她的嘴，也好安她的心。

叔母对她的感情很复杂，有愧疚，耽误了她的前半生；有埋怨，养她这么多年，没有生恩也有养恩，她却疏远他们；有讨好，毕竟那个儿子实在不成器。

这样的关系实在折磨人，可是不能说断就断，就这么不远不近地维持着。

"你亲、亲戚呢？"
"我家出事后，基本都不来往了。"

巴结、依附他家的，一夕之间，全跑光了。要么联系不上，要么找借口百般拒绝他，仿佛他身上沾了瘟毒。

人情冷暖，世态炎凉，不外乎如此。

他挺过那段黑暗的日子，如今还能玩笑道："所以跟我在一起，你就不用担心婆媳关系和乱七八糟的奇葩亲戚，是不是很值？"

许年轻声说："这么极力地推销你、你自己，很怕我不、不要你吗？"
"是啊，得让你知道我多好，过了这村就没这店，记得别再甩我了。"
她把脸靠在他心口，心跳和他逐渐同频："陈致，我有和你说、说过，我爱你吗？"
陈致静了一瞬，消化完这三个字，才说："没有，但我知道。许年，我也爱你。"
分开的时间太漫长，再爱上，炽热的爱意如岩浆，汹涌得几乎将他们淹没。
说出口，却平静得像说了一万次。
她亲了亲他的下巴："新年快乐，晚安。"
"晚安。"

第八章

我没有家,我只有你

许年大年初一一早是被热醒的。

她靠在陈致怀里,被他的体温暖着,通体都是烫的。

这是他们第一次同床共枕,她睡得沉,醒来才感觉别扭。

他呼吸匀长,手臂仍搭在她腰上,头向她这边靠。床本身不大,她都挨着床沿了。

她轻轻挣开他,掀起窗帘一角。外面起了浓雾,预计今天是个久违的艳阳天。

"嗯?"身后男人发出困意浓重的鼻音,人再次偎过来,"还早,再睡会儿。"

"别、别挤了,我快被、被你挤下床了。"

陈致仍合着眼,啄吻她的后颈,喟叹般地说:"这些年我睡眠质量很差,昨晚难得睡得好。"

想工作,想债务,半夜容易惊醒,他去医院开药,医生说是压力太大所致。

事实证明,她比安眠药管用。

许年说:"得早点去、去我叔母那儿。"

赖了两分钟,他长叹一声:"真想时间过慢点。"

她下床,去衣柜挑衣服。

陈致坐起来,手向后撑着身子,看见上层有个大盒子,想到什么,问:"那是我送你的?"

许年顺着他的视线看了一眼,应了声"嗯":"其实我那、那天找过你,但没找到。"

她往床上一件件地丢着衣服,是前段日子新买的。小时候母亲年年给她买新棉衣,不到过年不让穿。那是生活窘困的岁月,现在却还保留了这样的习惯。

"抽空回来的,就在江城待了半天。但是我见到你了。"

她扭头看他:"在哪儿?"

"也许不是你吧。隔得挺远,看到一个女生身形像你,跟了一路,跟到图书馆,我没门禁卡,进不去,就走了。"

他想起那场景,自嘲地一笑,自己都觉得魔怔:"就当是个心理安慰。"

那天她去图书馆了吗?

不记得了。

好像也不重要了。

就算他们见了面,又能怎么样,他们在各自的苦海里挣扎,谁能救得了谁。

"那你干吗送、送我黄金?"

"应急。知道你哪怕再困难再走投无路,也不会低头求人,怕你过得不好。"

他那时处也不好,机票都是买的特价的,省吃俭用,才攒下那些。

前十八年不愁吃穿的陈少爷,哪受过这样的苦。比起穷,更难接受的是从"天界"掉入"凡间"的落差。

即便如此,他还是怕她过得不好。

"我没用。"

哪怕是一周连着吃食堂五毛钱一个的馒头,她也没用。

她踮脚,将箱子搬下来,拿出几个小玻璃瓶,如数家珍地摆开给他看。

里面都是金豆子。

"全是我大、大学攒的。"

那会儿辛辛苦苦兼职赚了钱,不敢炒股、买基金,或者投资。受他的启发,每个月囤一两颗金豆子,反正保值。

不知不觉,就存了这么多。

陈致略惊讶地扬眉:"我的希希这么能干吗?"

"这也不、不值多少。"

"许老板比我想象中的富啊。"他握着她的腰,开玩笑道,"要不我把公司交给杨靖宇,你养我好了。"

许年笑着推他的脸:"软饭吃、吃上瘾了你。"

"大丈夫能屈能伸。"

她不跟他贫嘴,准备换衣服,却见他还是那个姿势坐着。

"你不、不出去吗?"

他理所当然:"又不是没看过。"

晚上是意乱情迷,半推半就,现在白天的清醒状态下,她可没那么厚的脸皮,动手驱逐他。

陈致一攥、一拽,她猝不及防,被拽倒在床上。他身手灵活,翻身压住她,坏心眼地挠她腰窝的痒。

她"咯咯"笑出声,拼命躲闪:"啊,你好烦,别、别挠了。"

他低头吻她的脖子、锁骨。

两个人在被窝里翻搅好一阵,被子几乎掉下床。

许年脸通红、头发凌乱地起身,"砰"的一声,把陈致拦到房间外。

她低头看看自己的睡衣,领口歪斜,一半滑到肩头,露出小半幅丘壑起伏。

真是烦死了,她暗暗骂道。

等两个人收拾齐整出门,已过九点。

雾也散了,太阳已经升起。

陈致将车停在叔母家楼下。

叔叔去世后,许年替叔母租了套电梯房,一是老房子爬楼梯上下不方便,二是那个地方给她留下的记忆实在不堪。

这个小区位置较偏,环境清幽,周围配套设施也齐全,适合叔母这样的无业中老年人居住。

陈致打开后备厢,拎出几箱年货。

许年在一旁说:"你就说自己是一般的生意人,具体资产、收入不要详说。"

"她要是怕我坑蒙你的怎么办?"

"你随、随意发挥吧,总之,我不想让、让他们知道太多。"

叔母说,她孝顺的同时藏了八百个心眼。

属实是被坑怕了。

许凌从她开店起,找她借了几次钱,金额还不小,从几千到几万不等。她说她开店,又不是开印钞厂,要钱没有。但她也补贴过叔母几次,还有一回被她逮到,叔母前脚刚收,后脚就转给许年了。反正,她不能将自己的经济情况对他们如实相告。

家家有本难念的经,他应下。

叔母来开门,见到许年身边的年轻男人,诧异道:"希希,这是?"

许年坦然介绍道:"我男朋友。"

临时决定,她还没来得及和叔母通气。

"叔母,新年大吉。"陈致将东西递过去,"我叫陈致,您随意称呼。"

"那……小陈?"

叔母忙迎他们进屋,拉住许年,低声问:"希希,你不会是随便找了个男人,免得我唠叨你吧?"

她无奈道:"您想、想多了。"

叔母这把年纪了,身体又不好,平时没什么娱乐活动,也就看看电视剧,此时思维发散，居然往那么狗血的方向想。

"这才多久，你上哪儿找的？他多大了？看他条件这么好，按理早该谈婚论嫁了呀？"

"我高、高中同学，前段时间联、联系上的。"

许年不想解释太多，随口敷衍过去。

叔母叫许凌沏茶，又招呼陈致吃水果、零食。

许凌倒来两杯，放到陈致面前时毕恭毕敬地说："姐夫，喝茶。"

许年说："你喊、喊什么呢？"

"你这都把人往家里领了，不就是打算结婚了吗？我叫一声姐夫也没错咯。"

"平时也、也没听你喊我姐。"

"人家是客人，那我不得客气点，跟你有什么好客气的。"

许年懒得跟他扯。

陈致低头啜着茶，廉价的茶叶，入口涩，口感单一。他只笑不语，似是很满意这个称呼。

许年悄悄戳他一下，暗示他别蹬鼻子上脸。

他笑眼回看她，像在说：你弟弟挺上道。

叔母见他们眉来眼去，不似作伪的样子，心里疑虑消了大半。

许凌在一旁坐下，从果盘里抓来一把炒香的花生，边剥边问："姐夫，你莫不是高中就看上许年了？"

陈致笑笑，说："算是吧。"

"不至于吧？"许凌咋舌，桌上的花生皮都被吹起来了，"看上她什么啊？因为她成绩好？"

陈致顺着他的话说："是啊，我成绩可差了，许年教了我很多。"

"但姐夫你长了一副……嗯，学霸脸。"

学不学霸的，许凌这个学渣也分辨不出来，就是看他一身穿扮、气度，不差钱是肯定的了，于是上赶着恭维讨好。

许年看出他的心思，说："许凌，你得了，别想这、这些歪门邪道的。"

许凌"喊"了声，又说："我高中就觉得你早恋，你还嘴硬，装好学生。"

"胡、胡说什么呢。"

陈致倒是饶有兴致："什么早恋？"

"就看她跟一个男生走得挺近的吧，那男生送她回家，被我碰到了，结果她打死不承认。"

"是吗？"

"姐夫你不知道吗？我还以为是你呢。"

"是我吗?"陈致看向许年,问,"嗯?"

这人还明知故问。

她故意说:"当、当然不是你,高中我和你又、又不熟。"

"除了我,还能有谁?"

许凌看热闹不嫌事大:"哟,真是人不可貌相,许年,没想到你以前还挺渣。"

叔母叫许年去厨房帮她打下手。

陈致起身说:"叔母,我帮您吧。"

"你是客人,哪能让你干活。"叔母压压手,示意他坐下,又对许凌说,"你好好招待客人,别胡说八道。"

果不其然,厨房门一拉,叔母就有话说。

"希希,你们是高中同学的话,那你应该比较了解他。"

她点头。

"他人怎么样?家庭条件呢?关键是,对你怎么样?"

"都很好。"

"所以,你们是朝着结婚去的?"

"我们还、还没想那么远。我喜欢他,才、才跟他在一起,顺其自然吧。"

叔母急道:"傻孩子,你们俩也不小了,早点稳定下来,要个孩子,对你俩都好,尤其是你,早生早恢复。"

许年有些头痛,无论她有没有男朋友,叔母总归有念叨她的说辞。

"您别、别操这么多心,您就安心养老,这是我、我自己的人生,我心里有、有数。"

即使是这样顶撞的话,许年也说得温声细语的,但又透着强硬和不容置喙的意味。就像包着糖衣的石头,磕不动的。

叔母脸上浮现愣怔、尴尬,然后是悲哀。

她不作声了。不是亲生母亲,到底没有话语权。怪得着谁呢,这数十年,也没让许年感受过母亲的温暖与体贴。

许年择着菜叶,说:"您对我有、有养育之恩,您放心,我不会丢下您不、不管。"

叔母叹气:"是,你从小就很有主见,不管是学习、生活,还是工作,都是靠自己,我们没帮过你什么,你这样也情有可原。"

从许年的角度看,他们一家对她的伤害,大得无可逆转,剜心般的伤好后,难免留下疤。

她的做法本就无可厚非。

"大过年的,就不聊这些了。"叔母拍拍她的肩,"你们好好过日子,日后你好歹有个伴。你年轻,还没那么深的感触,但我是过来人。金山银山,都比不上一个真心呵护你的人。"

235

许年垂下眼帘,掩住眼眶里的酸涩。

因为她从来没被好好珍惜,因为叔母嫁给叔叔没过过几年舒坦日子。

鱼游得再远,终究要洄游。可这个家不是她水暖山温的乡。固然可以享受一个人寂寞的时刻,却不是长久之计,需要人和她共享孤独。

叔母则想得很简单:她得有个伴。

亲人之间大抵多是如此,挨得太近,总会互相伤害;离得远了,又会顾念对方。

自许年成年离家后,叔母反而萌生几分舐犊之情。

就这样吧,亲缘将他们系在一起,是斩不断的。

客厅那边。

许凌闲聊地问:"姐夫,你在哪儿工作?"

"我目前在章州。"

"啊?那你俩异地啊?"

陈致颔首:"过段时间我会想办法迁回阳溪,待在她身边。"

"假如你们结婚的话,婚房、车、聘礼呢?虽然说阳溪婚嫁不太铺张,但这些基本的也该有吧?"

这是明晃晃地探他底了。

陈致说:"自然,我名下的资产,都会交给她。"

"上下唇一碰,说起来动听,谁知道呢?我也是男人。"言外之意是,他了解那些花言巧语的把戏。

陈致不甚在意地扬扬唇:"我会找律师拟定婚前协议,保证她的权益——前提是她愿意和我步入婚姻。"

这委实出乎许凌意料,毕竟这么多年,许年简直是个没有凡心的人,还以为她不会谈恋爱,谁料,碰上个这么顾她的。

许凌讪讪地说:"看起来,你们感情挺好的。"

陈致面色沉静,缓缓地说:"以前,没人为她托底,很多事她不敢做,或者要鼓起很大的勇气。"

他浸淫生意场多年,以气势压制人简简单单。

"她是个很看重感情的人,我不知道,她一个人留在江城打拼的那几年,是什么滋味,但我想,任谁也不好过。以后,不管我在哪里,我境况如何,我都不会再让她受半分那样的委屈。"

许凌听懂了,这是下马威呢。

倒是新奇,初次登门拜访,敢跟女朋友娘家人叫嚣。但许凌也心知肚明,许年所吃的苦,源头不是命,是他们。

许卫民吞了她父亲的抚恤金，克扣她的学费、生活费，甚至对她实施暴力。假若陈致知道这一切，客气是出于礼数，哪给了他们多余的好脸色。

陈致神色瞬间软下来，许凌扭头，见是许年走了过来。

她对陈致说："帮、帮我拿下手机。"

他从她大衣里找出来，递过去，动作熟稔自然之余更显亲昵，问："真不用我帮忙？"

她摇头："你就坐、坐这儿吧。"

陆陆续续地，又有客人来，是叔母那边的亲戚。

叔母的父母去世了，几个兄弟姐妹早就各奔东西，一年到头，也就偶尔过年走动。

许年并不熟，有的甚至都不认识，她干脆待在厨房不露面，许凌负责端茶倒水，陈致的处境就尴尬了。

许凌介绍他是许年的男朋友。

他们便纷纷打量起他，操着乡下的口音夸他一表人才，给他递烟，又问他年龄、工作。

陈致哪应付过这样的场景，刚接完这头的话，又要答那头的问题。

好不容易撑到开饭，他们不由分说，给他倒满一整杯酒，他推辞："要开车，就不喝了。"

"这不还有你媳妇吗？"

"我酒量不太好。"

"这才几度，男人想讨媳妇，不喝酒就说不过去了吧。许凌，你说是不是？"

许凌当应声虫："姐夫，你多少喝一杯，这么多叔伯呢。"

陈致实在没借口了。而且，就阳溪的风俗来说，男方头回登门拜访，哪怕一杯倒，也得喝。

许年悄悄找叔母要了解酒药，让他先服下，还叫他先吃点东西垫垫肚子，给他倒茶。

男人们一杯接一杯酒地喝，一顿饭吃了一两个小时。

陈致酒量不差，但他觉得再喝下去，胃就要造反了，于是装醉，撑着太阳穴，蹙着眉，说实在喝不了了，连许年都骗过去了。

她扶他去沙发那边休息，轻声问："有没有哪里不舒服？想吐吗？"

他喝多了，嗓门都大起来，声音粗嘎地聊着，几乎将她这一声完全盖住。

陈致横过手臂遮住脸，似难受，似醉糊涂了，小幅度地摇头。

真像那么回事。

"要不要喂你喝点热水？"

他点头。

许年倒了杯水，尝了口，觉得不烫，再去喂他。

他提不起劲，由她托着杯底，杯沿抵到他唇边，慢慢倾斜杯身，将水送进他唇缝间。

一个伯伯见状，说："小陈你还是年轻人，酒量不太行啊，这才喝了几杯，还不如我们几个老头子。"

陈致无力地摆摆手："技不如人，认输了。"

他们大笑起来。

许年知道他胃不好，心中担忧，碰碰他的脸，好热。

他闭着眼，抓着她的柔荑，掌心微凉，令他舒服许多。犹嫌不够，他搂住她的胳膊，脸贴上去，小孩子似的。

酒不醉人人自醉，此时也觉好似跌进美酒深池里了，整个人飘飘然起来。

她不好意思去看那些长辈，说："陈致，这、这么多人在呢。"

他不放。

过去谈恋爱他也不这样，怎么年纪越长，这股黏人劲也越甚了。

跟喝醉的人讲不通道理的，她亲身经历过，索性坐下来，就让他这么靠着。

许年右手被抱住，手机也不在，干不了什么，百无聊赖，想起人们常说，酒后吐真言，不知是真是假。

她戳戳他的脸，叫他："陈致。"

"嗯？"

"你真喝醉了？"

他一动不动："嗯。"

她想想："你手机锁屏密、密码多少？"

"你生日。"

"你有、有秘书或者助理吗？男的女的？"

"男的。"

她问什么，他立即答什么，和AI（人工智能）机器人对话似的。

许年玩得不亦乐乎，拨弄他的短发，又问："你头像为、为什么是树枝？"

"是你宿舍楼下的树，那次找你时随手拍的。"

想象自己是那棵树，就当是，陪她一程。

她一静，这是她意想不到的答案。

他继续说："银行卡密码是我们在一起的日期，1x0609，还有我在章州的房子门锁，微信支付密码也都是……"

"行了。"

他对她是一点都不设防吗？全部告诉她。

"你也、也不怕被偷家。"

他钝钝地说："我没有家，我只有你。"

空荡荡、冷冰冰的房子不是家,有她的地方才是。

吃完饭,他们还打算打牌,许年跟叔母说了一声,先带陈致回家了。
醉酒的人重,她一个人拖不动,只好叫了许凌帮忙。
陈致主动卸了力,让他们架起胳膊,搀着走。
好不容易才把人塞到车里,许年说:"行了,你回、回去吧。"
许凌揣着兜,问:"你明天就要开张了?"
"嗯,就休、休息今天一天。"
"你男朋友这不是挺有钱的吗?"脚尖踢了下车轮胎,他撇了撇嘴,"都开这么好的车了。"
许年蹙眉:"他的钱是他的。"
"你完全可以在家当贵太太啊,那么累死累活的干吗?"
"我的工作跟、跟他无关,同样,他多有钱我也和我没、没关系。"
许凌嘲讽道:"把尊严骨气看得这么重,到头来,吃苦的不还是自己?我要是你,有这捷径摆在我面前,我想也不想就走了。"
许年认真地看着他:"别、别拿你那狭隘短浅的目光看我,我有我、我自己存在的价值,不想依附、仰仗任何人。"
从前不需要,现在更是。
但和他讲道理无疑是白费工夫。
许凌懒散惯了,常白日做梦,期待不劳而获,便也这样想她。
没耐心继续分说,许年拉开驾驶座的门:"走了。"
她开车离开,甩许凌一脸车尾气,留他在原地有气也发不出来。
被丢在后座,本该醉得神志不清的陈致睁开眼,静静地看着许年的侧影,眼中暗光流转,不知不觉,嘴角扬了扬。
是嘛,这才是她。

到家楼下,许年开始犯难,怎么把他弄上去?
陈致适时地"酒醒"了,撑起身,伸胳膊给她:"你稍微搂着我点,我自己能走。"
进了屋,许年问他:"要、要不要睡一觉?"
"没事,懒得脱衣服了,我在沙发上躺会儿就行。"
她取来毛毯给他盖上,又拉上窗帘,以免今天过盛的阳光刺眼。
人体有某种磁场或者辐射,存在即能被感知,安静的客厅里,陈致感觉得到她在。
他久久未听到动静,睁开眼。
她坐在不远处,戴着蓝牙耳机,面前架了台平板。

微弱的光线映在她脸上，无比静谧、温柔，美好得像梦里才会出现的场景。

他的心仿佛是蜂巢，被甜腻的蜜浆注满了。

陈致缓了缓，开口时，嗓音被酒精熏过有了几分哑然："在看什么？"

耳机音量开得不大，她听到他的声音，眨了眨眼，说："没、没什么，随便看看，打发时间。"

她怕他醒了找她，于是干脆守在这儿了。

"希希，过来一下。"

许年没心眼，何况是对男朋友，不觉他有所图谋，挪过去。

陈致侧过身，拍了拍旁边："陪我躺会儿。"

这怎么躺？

见他坚持，她脱鞋上去，他搂住她，将小骨架的她扣进怀里。

沙发坐两个人不挤，躺两个成年人就空间告急了，身体因处于可能掉下去的边缘而紧绷着，感觉并不舒服。

他脑袋的位置低于她，身上有未散的酒气，不算好闻，灼热的气息喷洒在她脖颈边。

昨晚有过亲密接触，她似乎变得更敏感，那一块泛起细密的鸡皮疙瘩。

陈致附耳，低低密语："怎么每次都跟人说，我是你高中同学？"

"难道不是吗？"

他笑："是。"

"但是，怎么不说我是你前男友，我很拿不出手吗？"唇轻轻擦过，吻徘徊而不落，故意磨人，"还是说，和我谈过的那段，是你人生里的污点？"

她与他的胸膛贴得很近很近，严丝合缝，他身体的反应，能够第一时间反馈给她。

她开始觉得热，空气不流通，呼吸也困难，好像又回到那个夏日午后，反复地亲吻，直到氧气耗尽。

她攥着他的毛衣下摆，唇瓣微张，说不出半个字。

"希希……"他的嗓音越发沙哑，"我想亲你。"

这段时间，他什么时候不是想亲就亲了，喝醉了倒装起绅士了？

许年腹诽不语。

他放软声音："你亲亲我，好不好？"

"不好。"

她忽然察觉到不对劲，不是说，真正喝醉的人，是没有能力的吗？他现在是怎么回事？

"你又、又耍我！"

许年气急败坏，但奈何不了他。空间太逼仄，动作幅度一大，就会摔下沙发。

陈致搂紧她，说话间，和她气息交融："不演得像一点，他们能放过我？"

"你刚刚还、还在装！"

"喜欢被你照顾。"因为缺水，他嗓子眼干涩不已，蹭着她的脸颊，鼻尖蹭得她痒，"希希，假放太久了，初五我就得回章州。"

她故意冷言冷语："回、回就回。"

"可我们才复合几天。"他拨开她的头发，手掌摸到她颈后有些黏腻，是汗，"我分分秒秒都想跟你待在一起，怎么办？"

许年好难受，觉得热，想喝水，又想借其他什么东西止渴，音调弱而软地说："别弄……"

"亲一下，嗯？"

大有一副不给亲就缠到底的架势，全然是借着些微酒意蹬鼻子上脸。

她知道，他这情况，绝不是一个吻解决得了的。

次数多了，会憋坏吗？她对这方面不是很了解，迟迟拿不定主意。

她不肯答应，陈致就不亲，但不知不觉，手开始作妖，在她肋骨处游移。

皮肤跟新蒸出来的豆腐似的，质地细腻软滑，叫人爱不释手。

原本给他盖的毯子不知何时掉到地上，有哪户邻居在打麻将，隐约传来吆喝声，几缕头发黏在唇间，存在感放大数倍……

许年试图转移注意力，无果。

也许是热恋催生多巴胺，她心跳过载，像超负荷运作的机器，"嗡嗡"作响，要坏了一样。

她说话了，却似乎带了受欺负般的哭腔——又或者，仅仅是因为挨不过心理与生理的双重折磨。

"别、别在这里，沙发不好清、清理。"

陈致笑了。

多可爱啊，他的希希。

"不弄，就亲亲你。"

她有些蒙："那你……怎么办？我帮、帮你？"

这并非他本意，也未到万物生机勃发的春日，就是……好像高三毕业的夏天时，每个细胞都喧嚷着"拥有她"的感觉，又回来了。

她是真心为他着想，比起对跨越禁区的向往与期待，这个认知，更令他灵魂震颤。

陈致将她横抱起来，赤足下地。

日光被厚重窗帘遮挡，分不清今夕何夕，她把脸埋进他胸口，感觉到他的走动，脚趾不自觉地蜷缩。

接着，身体陷入柔软的被中。她仰视着他，见他撕开一支便携式漱口水，含着。

她无端思及上次他抽过烟，说，应该忍忍再亲她。

再往前继续追溯的话，会想起，每次亲吻，他口腔里都无异味。后来方晓得，他随身带薄荷糖……

许年只敢看他上半身，未经过此事，到底害羞。

他吐掉漱口水，又抽了张酒精湿巾，不疾不徐地仔细地擦手，直到掌根、指尖都干净。

这样一来，她便感觉自己像极了端上桌的盛馔，只待他这个唯一的饕客执刀叉享用。

他丢了垃圾，问："要不要拉窗帘？"

"随、随你。"

于是，陈致没拉，他想看清她。

他倾身过来，箍住她的腰，慢慢地吻住她的下唇，另一只手横穿而入，托住她的后脑勺。

这些日子，他们接过无数次吻，在玄关，在客厅，在厨房。他已轻车熟路，她也不再抗拒。

"嗯……"

一股淡淡的绿茶香涌入。

许年自发地环住他的肩颈，仍能嗅到他身上沾染的酒气。

她能够清楚地感知到，他手指移动的轨迹，甚至，连他停留、挑动的细节，都那么清晰。

她的意识渐渐涣散，宛若被一阵狂风吹过的云，不一会儿，又再次聚拢。

脑海中唯一成形的念头是：果然，男人的嘴，骗人的鬼。

"希希。"

陈致的眼尾染了点点绯色，耳朵则夸张地红透了，也不知是被什么燎烧成这样的。

她应不是，不应也不是，不上不下的，把他当成索人魂魄的地煞，提心吊胆着，他又要搞什么花样。

他时刻关切她的感受："冷吗？"

她更答不上来。

皮肤接触到空气是冷的，可血液深处有火苗在跳动，有岩浆在翻滚。

"你还、还要多久才好？"

大学宿舍里，室友偶尔会谈论起这样的话题。毕竟都是成年人，没太多好避忌的。

但因个体差异性，她们的切身体会，对许年就不管用了。

想要快点结束，可其实没开始。

许年的目光忽然落到他肚脐斜下方不远的地方，有一块很小的疤痕，大概一角硬币那么大。

陈致解释说："割阑尾的小手术而已，没什么。"

万幸，胃是做的微创手术，没有刀口，不然怕是会吓到她。

即便如此，她心里也是闷闷的："还、还说我不会照顾自己，你呢？"

"以后有你，就不会这样了。"

"你的话现在已、已经没有可信度了。"

她都被他唬过多少次了。

"你监督我，我都听你的。"他吻吻她被汗打湿的鬓发，牵引着她的手往下，"难受的话跟我说。"

她抿紧唇，过了一会儿，才几不可闻地"嗯"了一声。

…………

究竟花了多长时间，许年没有概念，只觉得好漫长，好漫长。

她已经数不清，自从和他认识，做过多少离经叛道的事了。

大白天的，还是大年初一，居然做这些……

可人蜷在被下，得到前所未有的纾解，身体疲惫，却也格外地轻松。

她的声音从他怀里传出来："陈致，你、你会想你爸妈吗？"

今天中午在叔母家，他们漫无边际地聊，居然聊到陈致家当年的变故。

那么大一个企业，说倒就倒，牵连数个相关企业，陈家的财产尽数被没收、拍卖，还负了几千万的债，两口子承受不住这样的变故，就自杀了。

这事在阳溪很轰动，在网络还未铺天盖地的年头，口耳相传，闹得尽人皆知。

牵一发而动全身，上头出面收拾烂摊子，方不至于影响整个阳溪的经济。

他们说起来万般唏嘘，却绝对想不到，话题中心的陈氏夫妇唯一的孩子，就坐在他们面前。

许年看不出他神情的波动，但那是他亲生父母啊，人非草木，孰能无情，她当时心疼，却不好说什么。

陈致说："坦诚地说，会。但去医院太平间的路上，我更多的还是缓不过神。因为跟他们的感情实在淡，我没有觉得，啊，我没有父母了，从今往后我就是孤零零的一个人了；而是想，他们那么好强的人，不等东山再起，怎么会自杀呢。"

"那你恨、恨他们吗？"

他摇头苦笑："感情都没有，也恨不起来。"

他又说："我小时候，他们几乎没给我开过家长会，要么是保姆，要么是司机，然后再转述给他们。但他们盯我盯得很紧，在学校惹一点点事，就会训我。"

哪怕是驯服野兽，也得亲身上阵，它才会听驯兽师的话吧？

但他们不用，钱能完美解决掉这个问题。

"以前的同学总有羡慕我天生好命、家境优裕的，但我其实从来不觉得我幸运。"

许年动了动,抬起头,正色说:"你知、知道吗?我和大师学过一点看、看面相。"
他疑惑地"嗯"了一声:"所以你看我,看出什么了?"
她手指从他额头一路向下点,一一点评着:"大方、宽厚,有深远智慧,有谋大事的才能和定力,近几年有福运、财运。"
陈致失笑:"差点就信了你。"
她也笑了,继续说道:"我前两年有、有一段时间运气不好,非、非常焦虑,病急乱投医,去庙里上、上香,希望转运。"
但是后来她发现,好运气是相对的,全看自己怎么想。
比如,天气预报说要下雨的上午,带伞出门,却是晴空万里。
比如,她去买酥鸭,快收摊了,剩下的那些不热乎了,但老板给她多送了几块。
再比如,感冒导致支气管炎,花了不少钱,正好,学校的奖学金发下来了。
"人人都、都有好运气,不需要挖空心思去、去找,它会自、自己送上门的。"
"那努力是为了什么呢?"
许年想了想,说:"为了在人群里突、突出一点,好被、被运气看见。"
但现实是,很多时候努力和坚持往往是最不值一提的东西。
她能得到目前拥有的这些,何尝不是有运气的成分在。
所以,她不会一味地怨天尤人,相反,她感谢过去对她有益、助她成长的人和事,那些都是她的好运。
"也是,我不努力在你面前刷存在感,怎么会被你喜欢上。"
她轻掐他一下:"跟你说、说正经的呢。"
"这也不是不正经的。"他双手捧住她的脸,"我从来没问过,你什么时候开始喜欢我的?"
以她的性格,断然是他表白之前,不然不会答应。
许年不答反问:"那你呢?"
"我很早啊,认出你后没多久。"
她不信。
"敢情我对你的好,你都视而不见是吧?"
捧改成捏,不晓得他这是什么癖好,爱对她的脸下手。
她不曾想过,那是出于喜欢,只当是同学间的互帮互助。
"我知道你一心考好大学,别的无欲无求,不该打扰你才是,可有时候又忍不住靠近你。后来想,好好学习,光荣榜上名字跟你排在一起也好。"
"就因为这个?"
"当然不止,我想和你考同一所大学,而且,还得考得比你高。"
她的分数没高到可以任意报学校的程度,通过对比往年分数线、录取人数等,选择了江大,既保证不会滑档,也能选个好专业。

他嘛,志愿直接跟着她报。

如果不是出了那么多事,这一切本该完美地按照他的设想进行。

陈致忽然说:"当初打的赌,我赢了。"

她没反应过来:"什么?"

"我说,我们都有光明的未来。"

许年笑了,贴着他的心口说:"喜欢你的起点并不、不明确,等我发、发觉的时候,我已经走了很远了。"

"那么,请你再坚持一下,一站直达终点。我是说,永远,这辈子,只能喜欢我。"

她语带笑意:"不好说。也、也许之后厌弃你,提前改、改道。"

"哦,不好意思,这条路我封死了。"

"如果是你先、先止步不前了呢?"

喜欢的保质期有多久?

有的蔓延一生,有的短如夏花。大多属于后者。

其实,既然决定相爱,就用力地爱,不该忧虑以后不爱了怎么办。世事难料,谁也算不准未来。她也不是患得患失的人。可太过美好的东西,难免令人疑心,是不是掺假,或者转瞬即逝。

也许像盗梦空间,迷幻短暂,终究要醒来的。

"许年,你认为爱是什么?"

他说:"我告诉你,爱是战斗,我甘愿赴死;爱是骨骼,支撑灵与肉;爱是牺牲,为你放弃其他所有可能性。"

爱是……

一个从未有过信仰的人,奉献全部的忠诚,从此,她就是他的欲望、希望和渴望。

被窝温暖,两人在床上赖了很久,有一搭没一搭地说话。

许年一度快睡过去,又被陈致亲醒。肌肤摩擦着,一度升温,汗出了又消,不知折腾了几回。

直到天黑,整个屋子里都没亮光。

他对她说,累了的话,就再眯一会儿。

他自己则起了床,套上衣服,出了卧室。

她那么累,还不是因为他。

许年愤愤,困意卷土重来。她卷了卷被子,抱着他的枕头,半睡半醒地闭上眼。

再听见他声音时,是开饭了。

其实她没什么胃口,这两日大鱼大肉的,吃腻味了,但下午消耗太多精力,闻到菜香,又不由自主地动起筷。

陈致在她旁边坐下,替她绾起头发,柔声说:"清明我回来,带你去见见我爸妈,好不好?"

她在夹菜,闻言,手停在空中:"啊?"

他咬走她筷上的食物,边嚼边说:"于情于理,也该让他们见见未来儿媳不是?"

"我早、早想说你了,许凌叫你姐夫,你、你干吗还应他?"

"我有名有分的,为什么不应?"

许年小声说:"我们又、又没结婚,哪儿来的名分。"

"早晚的事。"他拨开她额前碎发,话音忽地一转,"嗯,怎么长痘了?"

带着好奇的探究,他轻撵了下那粒红色突起,惹来她一记拍打:"我经期快、快到了,激素不稳。"

"这样吗?难怪你这两天挺热情的。"

至于哪方面的热情……

不言而喻。

许年自己也意识到了,不单单是因为他的撩拨,还有雌性激素作祟。

他开始啰唆念叨:"这段时间记得别碰冷水,别受凉,不要干重活,别熬夜……"

"你怎么知、知道得这么清楚?"

"闲的时候搜的,导致大数据都开始给我推'老婆怀孕该怎么照顾'的帖子了。"

她调侃:"你手机还挺讲、讲男德的。"

陈致又问:"明天开工,店里人手够吗?需不需要我去帮忙?"

她摇头:"不、不劳陈总了,我可开、开不起你的工资。"

"不用薪水,不用包吃包住,更不用五险一金,还能给你端茶递水,洗衣做饭,这样的倒贴劳动力,踏破铁鞋无觅处,正巧,就在你面前,只需要一枚香吻就能领回家,心动不如赶紧行动。"

许年好笑不已:"说、说相声呢你。"

他就喜欢逗她乐,她笑他就满足。

"难得放一次长假,你不在,我也没什么事干。你忙你的,我就想跟你待一块儿。"

说到这里,他都有点乞求的意思了。

他这就像她小时候,父母要上班,没人带她,等她放学后,就自己去妈妈单位,坐旁边写作业,等妈妈下班。

那里的叔叔、阿姨们基本都认识她,路过她,就揉她的脑袋,夸她乖、懂事。

把这番情景的主角换作陈致,怎么想怎么觉得滑稽。

他疑心:"笑什么?"

她还是在笑,摇头说没什么,又问:"你、你没有自己的工作吗?"

说是放假,他也没完全闲下来,有时候会抱着电脑处理事情,接跨洋电话。毕竟老外不过春节。

"和你在一起的日子这么短,你还叫我忙工作?"

他字字皆是指控。

好吧,好吧。

许年实在拗不过他。

第二天一早,陈致跟去"之橙"。

其实今天就许年和何与沁两个人,还好订单量不大,客人也不多。

许年准备了两个红包,先递给何与沁,祝她新年快乐,另一个,陈致自然以为属于他。

哪承想,她手刚伸出去,又立马收回,笑说:"你想多了,这是给、给别人的。"

大年初二,很多岗位休不了假。没有货,她们开不了工。她特地给送货司机准备了一个红包。

他也不气:"那说好给我的报酬呢?"

何与沁还在,许年不好意思当着外人的面亲他,敷衍道:"再说。"

许年先指挥陈致将纸灯笼挂上去,在玻璃墙上贴福字,又安排他打扫卫生。

过了一会儿,供货商的司机到了。

往常交接的都是许年一个人,这回多一个男人,等许年清点时,司机点了支烟,说:"许老板,你男朋友啊?"

"嗯。"

许年点完,签了单子,递红包过去:"谢谢师傅,辛、辛苦了,新年快乐。"

司机吐了口烟,接过,笑着说:"许老板,祝你生意兴隆。"

她不懂那些圆滑世故的人际交往技巧,但待人有礼、真诚、大方,一看就知是读过书的。

和她合作过的人,没有说她不好的。

陈致帮忙搬箱子进后厨。

何与沁正在切水果,准备做蛋糕,烤箱里的蛋糕坯也烤好了。

他忙完许年交代的事,就靠在门口,透过玻璃窗口,看她熬蓝莓酱,融巧克力,打发奶油。这些很琐碎的工作,她做起来丝毫不显不耐烦。

鼻间充满着各种香气,黄油烘烤,水果汁水溅开,煮熬的蓝莓……甜腻的,温暖的,会让人生出一种置身梦境的错觉。

她们忙着,有客人来,陈致就负责收银。

收银机操作不难,他学了一会儿就上手了,下午还送了趟外送。

忙活一天,还剩了些水果,三个人解决掉,就打烊了。

回到家,洗完澡,陈致盘膝坐在床上,扬下巴,噘嘴,做得行云流水的。

许年说到做到,倾过上半身,亲了亲他的唇。

他将她抱到腿上深吻,让她躺下,给她揉按小腿。

"这么站一天,腿不会很酸吗?"

他力道不轻不重,她十分享受,舒服地闭上眼:"刚开始受、受不了,后来习惯了,就、就好些了。"

"你怎么会想到开烘焙店的?"

"嗯……因、因为巧克力榛子蛋糕吧。"

她做过市场调研,这几年餐饮业发展很卷,阳溪真正做出品牌的烘焙店却很少,这是客观原因。

主观的话,就极其简单了:想起那年他请她吃的榛子蛋糕了。

完全没有联系,失去消息的这几年,他们始终没有真正忘记过对方,生活中的点点滴滴,都有他们相爱过的痕迹。

陈致按完腿,又让她翻过身,给她揉按肩颈,说:"到时候在家里装个按摩浴缸吧,嗯,还有按摩椅。"

她自嘲:"像给犁地的牛盖了座金屋子。"

他哭笑不得:"或许,你可以等稳定了,把事交给店员,自己歇一歇。"

她含混不清地应:"嗯。"

他低头看她:"困了?"

肌肉放松,精神也跟着松懈,自然就犯困了。

"你从、从哪儿学的按摩手法?"

"下午看的视频,现学现卖。舒服吗?"

她点头。

前后大概按了半个小时,许年真就这么睡着了。

他熄了灯,伸臂搂她入怀,吻吻她的额角,低声说:"希希,晚安。"

这几天,陈致一直在"之橙"帮忙。薛宁她们都敢当着他的面调侃他是老板娘了,他也不介意。

初四晚上,许年和陈致请杨靖宇和唐黎吃饭。

唐黎是前几天得知他们重新在一起的消息的。这在她预料之中,感情尚存的两个人,既已恢复来往,不复合才奇怪。

许年和唐黎坐一侧,两位男士坐对面。

高二分班前,唐黎和杨靖宇当过一年同学,时隔多年再见,她还能开玩笑:"你们两口子不会是要给我们做媒吧?"

陈致说:"她抽不出空,就挑今天一块了。"

唐黎问:"你这段时间都住她家?"

他默认了。

唐黎心情复杂,一方面,有种自家的白菜被人摘走的不平;另一方面,又希望许年过得幸福。

陈致举起酒杯,说:"红口白牙做出的承诺固然不可信,但时间可以证明,我对希希的真心实意。这杯是谢你支持我们。"

陈致又倒一杯:"这杯是谢你对希希的照顾。"

这么多年来,唐黎几乎成了许年的家人,他这么郑重,给足了她尊重。

"说实话,我不是不信你,是男人十有九烂。但希希的决定,我都支持。"唐黎和他碰了下杯,一口饮尽,又撂狠话,"千万别觉得她没有可靠的娘家人,我就是。你敢辜负她,我就敢宰了你。"

"大过年的,别说不吉利的吧。"杨靖宇说,"而且我好端端地坐这儿,怎么也被骂了?"

唐黎笑说:"班长,你别对号入座啊。"

"啧,你这嘴,越来越毒了。"

许年夺过酒瓶,轻声说:"好了,你们别、别喝了。"

杨靖宇说:"许希啊,你太轻看他了。就这种,他喝一瓶下去跟喝水一样,面不改色的。"

陈致朝他飞去一记眼刀。

杨靖宇像读不懂眼色,继续说:"最夸张的时候,他喝了一斤白的,五瓶啤酒,还混着红酒、洋酒,喝得吐血,然后被拉去医院洗胃。"

许年闻言脸一白。

陈致立马说:"杨靖宇,你吓她干什么?"

许年问陈致:"真、真的假的?"

他说:"没那么夸张。"

她咬着下唇,鼻翼翕动,不知是要哭,还是生气:"你不、不要命了吗?"

桌下,陈致狠狠地踩了拱火的杨靖宇一脚。

杨靖宇"嗷"地叫唤,说:"许希,他昏过去时都是喊的你的名字,就你管得住他,以后别让他拿命拼工作了。"

这一出成功把气氛拉至冰点。

许年没心情吃饭,陈致忙着哄她,唐黎和杨靖宇又不好大快朵颐,陪着沉默。

散场时,唐黎低声和杨靖宇说:"你这助攻当得太烂了吧?也不怕适得其反,让他们吵架啊?"

"小吵怡情嘛,床头吵完床尾和,许希看着太……怎么说呢,人淡如菊了?下剂猛料,催化一下他们的感情,百利而无一害。"

唐黎经验的确不如他丰富,但她还是觉得,这是个馊主意。

再看向两人。

许年闷着头走在前头,陈致帮她拎包,亦步亦趋地跟着她。

算了,小两口的事,甭管了。

那厢。

许年打电话问薛宁店里的情况,了解完说,没什么客人的话,可以打烊,早点回家。

等她挂了电话,陈致递来一只虾饼。

"干吗?"

"我刚刚买的,你没吃多少东西,会饿。"

她不语,心说,他哄人的法子也太老套了。就好像是,孩子和妈妈吵架,妈妈示好的方法就是叫孩子吃饭。

"还热着,不生我气的话,尝尝?"

许年咬了一小口,然后推开他的手:"不吃了,我不、不饿。"

他吃完剩下的,去拉她的手:"真的没生气?"

她不给他牵,吐出一口气,说:"我有什、什么好生气的,反正是你的命,又、又不是我的。"

"当时急于做出成绩,是用了点非常规的手段,但真没杨靖宇说得那么夸张。"

她默了默,看着他的眼睛:"假如真、真的出事了呢?"

分手后,她专注于自己的生活,不曾打听他的消息,但唐黎还是听到过一些,她问过许年,希望前任过得差一点,还是好一点。

她说,按照本该属于他的人生轨迹走下去就好。

难过混着惧怕到了一定的阈值,也许会转换成愤怒。

他为什么要这么对自己呢?

他现在是无恙没错,可万一呢?

少年时期的恋人英年早逝,她不是就更忘不了吗?

以后呢?

她答应和他复合,他以后再这样,他想没想过她的感受?

许年越深想,堵在心里那口闷气越膨胀,说:"前些天下、下冻雨,你还骗、骗我出车祸,很好玩吗?"

不好玩。

搬起石头砸自己的脚,疼死了。

陈致伸出脸，低声下气："我罪大恶极，你要不扇我一巴掌，消消气？"

她鼻头泛红，是寒风吹的，唇却发白："你、你以为我不敢吗？"

他抬起她的小臂："只要解气就扇，别留情。"

高二他转学来三中，她正眼看他第一眼，是想，这男生好高。

此时此刻，他们身高差不变，他却弯下腰，低下头，和她视线持平，认真地让她扇他。

她那双手，用来读书写字，工作生活，独独没扇过人巴掌。

许年胸口起伏着，指尖动了动，作势扬起胳膊。

他一动不动，只是注视着她的清眸，眼神像在鼓舞她。

手掌落在他脸上，轻轻的一声"啪"。

她没用力。

是想打一巴掌泄气的，但她自小没与人动过手，何况是这种侮辱性质的，她被教养、道德束缚，狠不下心。

饶是如此，掌心也隐隐发麻。

许年收了手，要从他旁边离开。

男人往前一步，阴影覆下，紧接着，他以怀抱堵住她的去路。

"放开我。"

陈致不顾她的挣扎，紧紧拥着她，似告降似许诺，反复喃喃着："以后不会了，希希，不会了。"

她用手抵住他的胸口，使劲推搡他。

怎奈他一犟起来，死活推不开。

"那天只是车胎打滑，车头撞掉了点漆，我就是……想让你心疼我，所以说得夸张了点，对不起。"

说祸不是祸，勉强算个小意外，送去4S店补点漆就行，故意引她想偏，是他的错。

他何时这般卑微道歉过。

许年放弃抵抗，回抱他，将脸埋进他的心口。

他吻了吻她的发顶："回去把病历、体检报告给你看？我不舍得让你英年守寡的。"

她听了，心情完全没有变轻松，攥着他的衣角，过了一会儿再开口，声音不知不觉带上了哽咽。

"陈致，我爸爸、叔叔，都、都是意外去世的，我妈妈也、也得了重病，她撑、撑不下去，才跳楼自尽，如果你……"

她语不成句，破碎不堪。

幼时爷爷、奶奶去世，十来岁父母离世，二十多岁叔叔猝死。

她前半生送走过那么多亲人，她不敢想，如果是他，她该怎么办。

比起跟他在一起，她更希望，他依然是那个人群里无比耀眼夺目的陈致。

陈致的心被她的眼泪泡得皱巴，萎缩，跟高温下久置的苹果一样，快要发烂，生虫。现在追悔莫及，干吗要信杨靖宇那个狗头军师，心疼的到底是她还是他啊。

陈致哄dog哄了许久，又说他衣服被她哭脏了，又说很多人在看他们，最后再三保证，类似的事绝没有下次了。

她不爱哭，但开了这个闸就很难收，眼睛都哭红哭肿了。

他啄吻着她的眼皮，吻去咸湿的泪，低声说："既然我答应你，你也答应我，我不在阳溪，好好照顾自己，好不好？"

"嗯……"

水分蒸发，带走皮肤的热量，他焐着她冰凉的脸，又笑："是不是女生经期情绪都比较敏感啊，激素作祟？"

可能是吧。

许年才觉丢脸，这可是街上啊，她居然哭成那样。

她回头找着什么，陈致会意，说："我让他们先走了。"

她默默地抹着脸上的泪痕。

"再逛逛，吃点东西，还是回家？"

"回家吧。"

他明天一早就得走，就这么点相处的时间，不想再待在外面了。

晚上十点，许年抱着膝盖，窝在沙发上，看陈致收拾行李。

他收拾到一半，把行李箱丢下，过去，把她抱到腿上。她都没反应过来。

"不想走。"他腻歪地拱着她的颈窝，"或者把你装进去，打包带走也好。"

她说："你可快、快走吧，别、别留在我面前讨嫌。"

"口是心非。要是下次你再喝醉，打视频给我哭鼻子，我会心疼的。"

她一惊："上次我哭了？"

"是啊，怕你觉得丢脸，没跟你说。"他屈指刮着她的眼角，仿佛那里还有伤心的泪珠，"早知道录下来了。"

她从他腿上爬开，伸脚丫子踢他："快去收、收你的东西。"

"我刚刚发现一个好东西，"他从口袋里掏出什么，握在掌中，拳背朝上，"但是需要公主的吻来解锁。"

她没心情陪他玩把戏："你藏、藏着吧，我去睡觉了。"

"哎，希希，"他叫住她，"你真不要了？"

陈致翻过手，亮出那样东西给她看。

——一张边缘泛黄的红底证件照，上面还有半枚钢印。

他脸上扬着一抹意味不明的笑。

许年面色一僵，回过神，立马扑过去抢："你这人，怎、怎么乱拿人东西？"

"这究竟是谁的东西，嗯？"他不给，调侃她，"我说怎么学生证上的照片不见了，原来是被某个小贼拿了。"

她争辩说："我捡的！"

"那你非但没还我，还自己留下来，是何居心？"他笑得越发得意，"原来那个时候你就这么喜欢我啊？"

她个子不够，抢不到，遂作罢："行，那还、还给你吧。"

他要十几岁时的证件照作甚，只是想逗她而已。

"我不太喜欢拍照，以前的照片没怎么留。不过以后你想要多少，就拍多少，洗出来摆床头，嗯，客厅也可以摆几张。"

她果断拒绝："不要。"

陈致不听不管，拿了她的数码相机过来，和她头挨着头，自拍一张，说："就这张吧。"

她看了一眼，说："你拍、拍得好丑。"

"不会啊，挺好看的。"

趁他导照片，在手机上捣鼓的工夫，许年悄悄把那张证件照拿走了。

它对她的意义很特殊。

手机支付不普及的年头，它一直被收在钱夹里，许多个夜晚，思念肆意蔓延，她就取出来看。它不仅仅意味着她对他的喜欢，还有，对逝去的十八岁青春的怀念。

不是所有人的青春都热烈、盛大，她一路奔跑，跨越山河，像一场漫长的北风迁徙，最终停泊，消散。

但至少，那个夏日，她也曾炽热过。

跟他本人无关。

怀念的是那个，被他喜欢的，也认真、用力喜欢一个人的自己。

照片放在床头柜抽屉里，不知道怎么被他翻出来了。当她走进卧室，她立即明白了。

他什么时候买了这么多……套？

她都不敢碰，觉得烫手。

许年扬声叫他名字，甚至破了音："陈致！"

他吓了一跳，以为她出事了，立马跑过来："啊，怎么了？"

她指着那一抽屉，不，是上下两抽屉的东西，手指微颤："你、你是不是得跟我解释一下？"

"啊，"他不以为意地说，"先囤点，免得之后没东西用，保质期挺长，没事。"

他是把超市的货全扫荡空了吗？

许年简直没脸细想,才吵完一架——如果她单方面骂他也算的话——就发现他干了这事。

没多久,她又看到他发的朋友圈。

XYZ: X 与 Z 这回重新在一起了。

底下配图是他们的合照,只是截掉了上半张脸,有牵手的,一起逛超市的,还有地面上的影子……全和她有关。

她和他没什么共同好友,她要来他的手机,解锁点开微信。

杨靖宇:开屏的雄孔雀格外花枝招展啊。

助理小赵:恭喜老板!新年迎好运!

…………

某高中男同学:动作这么快?元旦那会儿你不还单身吗?

某朋友:"重新"?你什么时候谈过恋爱?

一下子涌出几十条评论。

这是他的私人微信号,好友里有她知道名字的,更多的是她不认识的,但除了杨靖宇,无一例外,对他的官宣很是震惊。

陈致凑在她旁边看,懒得一一回,评论了句:夜晚属于恋人,大家散了吧。

他又切到钉钉,在不同的群连发了五万二的红包。

一众员工:???

大老板喝醉了,乱发红包吗?

杨靖宇:大家感谢老板娘吧。

一众员工:?!

许年说:"你搞、搞什么啊……"

"没什么,今天心情好。"他丢开手机,亲她的唇,"希希,我真的很高兴,你这么爱我。"

杨靖宇说他孔雀开屏没说错。她生他的气,居然让他嘚瑟上了。

她被他放平,躺在被窝里接吻,密密匝匝的唾液交缠声被羽绒被尽数掩藏,像深夜里情人间的低声呢喃。

因为她在生理期,陈致做不了什么,但还是折腾得很晚。

早上醒来,她看见雪白胸口上的红痕,经过一夜,变得越发鲜艳,朱砂抹上去似的。

腰也痛,尤其是腰后,不知道他用了多大力。

许年摸索着从床尾捞起睡衣,穿上,这时,陈致衣冠楚楚地从外面进来,问:"怎么不多睡一会儿?"

"你不是该走、走了吗?"

"外面冷,不用送。"他俯身吻吻她的额头,笑着说,"不喜欢太正式的分别,会舍不得。清明我回来,带你见我爸妈,记得吗?"

"嗯。"

"一个多月……"他叹了口气,"第一次觉得这么漫长。"

陈致不让她送,许年站在窗边,隔着遥远的距离,看着他的车开远。

她也是第一次知道,原来刚分别就会开始思念。

三月,许年又新招了两名店员。

之前采取灵活休息制度,现在改为排班,保证每人一个月八天假,不过许年基本每天都到店里。

与此同时,许年联系了几个探店博主,不惜下血本,做营销推广。

阳溪是个面积挺大、人口基数大、经济不发达的三线小城市,生活节奏比起大城市要慢得多,同样,收入水平也低得多。

所以,"之橙"不走高端路线,主要目标客户是中低收入人群。

店铺装潢温柔,甜品精致,价格也不高,加之几个女店员都漂亮,随着天气的好转,客流量也跟着大增。

不仅如此,她还接到一笔很大的单子——为五月二十号的婚礼做甜品和婚礼蛋糕。

届时,将有数百名宾客,男女老少不等,所需种类和量都非常大。

许年了解到,对方是阳溪一家酒店老总的儿子,排场很大,露天草坪婚礼,提前几个月就开始筹备了。

比起她,薛宁更激动:"老板,咱们做完这单有奖金吗?"

许年笑着点头:"有。"

"正好想换台手机,老板,靠你了。"

其实许年压力挺大的,她没办过这么大的活动,怕搞砸。

晚上,她和陈致视频时,和他讲了这事,他说:"别怕,我相信你。你看,你才开店两年,就有这种合作了,已经很强了。"

"你别、别吹捧我了,我现、现在一头乱麻。"

他柔声安慰她:"不是有两个月吗?还记得你高中做学习计划,详略得当,肯定来得及的。"

分开的这近一个月时间,两人都忙,偶尔抽空打个视频。

许年这会儿坐在床上,背靠枕头,吹干后的头发蓬松,披在肩上,灯光从侧方打来,白净温润的脸蛋泛着光泽,显得整个人柔和安谧。

而陈致显然刚回酒店不久,身上还是衬衫、西装。

"你呢,工、工作顺利吗?"

"还行,昨晚睡了五个小时,早上赶飞机,明天行程不紧,今晚应该可以好好睡一觉。"

"那、那你早点休息,我挂了。"

"哎!"陈致忙不迭叫住她,"我叫人筛了几套'之橙'附近的房,发给你,你看看喜欢哪套。"

非常详细,有图有文,包括平面图、实拍图,介绍了房屋采光、风水、小区配套设施、周边基础设施等等。

作为一名曾经的大厂打工人,许年的第一反应居然是:这份资料得多难做。

"如果你想要孩子的话,可以选莱茵国际那套,方便就学;你想丁克也可以,我们到时候住套带花园的,退休之后种种花什么的;中梁壹号院是中式风格,感觉你会喜欢,可以过到你名下……"

许年也不知道,他怎么一边忙项目,一边操心这种事的。

她打断他:"你考虑得是、是不是太、太长远了?"

孩子?

她甚至没说要结婚吧,他直接一个大跨步,想到孩子去了?

"这辈子我就跟你过了,考虑这些不是基本的?"

他翻着平板电脑,又说:"城郊有个别墅区项目,不过还在建设中,我们退休后可以去那边养老。"

许年中学时,住在叔叔家那间逼仄、不通风的房间,洗漱沐浴得避开家里两个男性,最大的愿望就是,长大后拥有房子的全部支配权。

后来,大学住宿舍,住十几平方米的青旅,仍是群居。

再到毕业,她租的第一套房是公寓,又小又旧,但那小小的空间,全部属于她。

回到家,她就像入水的裙带菜,慢慢地舒展开来。

比起房子的舒适度,她更向往的是独处的自由度。

她其实还没有做好心理准备,和一个人共同生活。那意味着,要和他完全共享自己的生活,以及生活空间。但因为对方是陈致,她便没有很抗拒、排斥。

就像他说的,爱一定包含牺牲。

于是,许年放平枕头,躺下来,侧对着他,柔柔地说:"你、你决定就是了,我看都挺、挺好的。"

"你困了吗?"

"嗯,听你声音听、听久了就容易犯困。"

陈致笑也不是,气也不是:"我声音很催眠吗?还是懒得应付我?"

"没,就、就是……"她往被窝里缩了缩,只留一双清眸在外,像从窝里探头的猫,

"很松弛。"

类似于,被他搂着,大脑会不由自主地放松下来,不想思考。

"好吧,算你过关。晚安。"他又改口叫她,"希希。"

"嗯?"

"要晚安吻。"

他噘起嘴索吻,没了素日里对下属严肃正经的样子,莫名滑稽。

因为许年不是情绪外放的人,往往是他主动。

她忍住笑,半敷衍半认真地"啵"了一声。

挂了视频通话,想到之前,在这张床上,两个人黏在一起,身体又热又有汗,黏得不舒服,但就是手搂着腰、腿叠着腿。

她看着微信聊天背景——他们的合照。

还真有点想他。

许年算人工费、材料费,出了套方案给甲方,对方看过,没什么意见,爽快地把合同签了。

不久后,收到定金,她立即着手开始筹备。

她配合婚礼整体风格,定好种类,比如,慕斯、甜甜圈、蛋糕卷、纸杯蛋糕、雪媚娘……只有两张甜品台,得留人在现场,适时补货。

材料就得提前多日采购好。

甲方提的要求是,不论价格,但品质得好。

这两天天热,为防食物腐坏,店里开了冷气,许年披了件外套,坐在柜台后算账。

忽地,一阵剧烈的响声传来。

她手头动作停了,抬头望去,竟是下起了罕见的冰雹。

不久前还晴朗的天,瞬间阴下来,噼里啪啦的,又急又响。

行驶中的车不敢继续开,停在路上,行人四处逃窜躲避,免得被鸽子蛋,甚至鸡蛋大的冰雹砸到。

"快进来,别站在外面了,好危险。"

薛宁把门拉开,招呼路人进来。

"谢谢啊。"

店里恰好有座位,他们有的被橱窗里的食物诱惑,买了些坐下吃,有的拿手机拍照、录视频。

有人捡了几颗冰雹回来:"二十几摄氏度的天,下这么大的冰雹,怕不是疯了吧?"

"这几年天气怎么这么极端,又是冻雨,又是冰雹的。"

"真的好像末日啊。"

冰雹像天上竹篮倒豆子似的，一颗颗地砸到店门口，天边"轰"的一声炸响，余音震荡开，飓风摇撼着树和电缆，不远处的棚子、广告牌摇摇欲坠。

似乎还有车辆的挡风玻璃被砸穿。

这情形可不就像《2012》里拍的世界末日。

他们心有惴惴。

这时，许年收到陈致的消息。

XYZ：你在哪儿？没在外面吧？

之橙烘焙：你消息怎么这么快？

XYZ：收到天气预警了，当心点，别出门了。

他人不是在章州吗，还关注阳溪的天气啊。

许年抿抿唇，打字说：没，在店里，刚刚吓了一跳。

XYZ：注意安全。

XYZ：[猫咪抱着蹭.gif]

而章州此时正出着大太阳。

陈致原本在开会，手机收到提醒，分神给她发消息，眉毛紧蹙，面色沉着。

正在做工作汇报的经理心中一紧，声音小了下来："陈总，计划书哪里有问题吗？"

陈致放下手机，恢复如常："没有，请继续。"

经理暗暗松了一口气。

散会后，经理和身边的同事低声说："感觉恋爱之后的陈总，情绪变得不稳定了。"

"是吗？"

"前些天我听人事部的人说，他们听到陈总发语音，心情特好，你看刚刚他的表情。"

"不是吧？你这种大龄单身人士不懂也正常，那明显是紧张。"因为陈致不算专制独裁的人，他们也背地里调侃他，"就像小刘听到自己养的猫蹿稀。"

这比喻……

但是好像还挺准的。

杨靖宇路过听见，拍了拍他们的肩："没事，习惯就好，恋爱脑是这样的。"

好比前几天出差，某人特地绕了大半座城市，跑到一家当地的特色手工店，说是给女朋友带礼物。

再譬如，上个月底，刚从阳溪回章州不久，他左手中指上，突然多了一枚戒指——代表已订婚。

杨靖宇惊掉下巴："你这么快就求婚了？"

他们俩复合才几天啊。

陈致摇头，乜斜他一眼："非得求婚才能戴？我乐意，不行？"

杨靖宇无言以对。

哪有人自己戴情侣戒,对象不知道的,这不就相当于自说自话吗?

事实上,陈致恋爱脑的属性,高中毕业时就显露无疑了。

六月八号考完当天,玩得好的同学组了个 party(聚会),很多人叫了陈致。

那会儿不管他热不热衷于结交朋友,但长得帅,自然受欢迎,特别是女生,估计好些个准备跟他表白的。

结果他没去,后来杨靖宇才知道,这位大少爷搁家里筹划表白呢。

意料之外,情理之中,他跟许希在一起了。

杨靖宇不知道许希喜欢他,大概班里没人知道,可她也不会有理由拒绝,对吧?

好不容易熬过高考,得了三个月假期,杨靖宇叫陈致去毕业旅行,他不去;叫他出来玩,他不来。

整个暑假,他们仅仅见过几次面,还是得益于许希没法出门。

他们谈了一场无人知晓的恋爱,连杨靖宇也不曾窥到分毫。还是在他们分手之后很久,陈致有次喝醉,和他说起那些细节。

陈致说,她并不木讷、无趣,相反,她很可爱,手很巧,有一颗细腻敏感的心。

他说,她跟其他所有女生都不一样,他很佩服她。他生于冬夜,前十几年,也像步行在漫长、没有尽头的雪路上,她是唯一的灯火。

他默默地把头埋进臂弯,过了良久,闷而沉地说,他好想她。

那个时候,杨靖宇方晓得,他爱惨了许希。

也只有杨靖宇知道,陈致拼命工作,除了为还债,更想强大到,不再受外界所限,坚定不移地走向她。

阳溪很快又放晴了。

街面上一片狼藉,到处是冰雹。

她们有了一个意外收获——一只缩在空调外机后的小猫。

附近偶尔有流浪猫出没,这大概是只刚出生的幼崽,流窜到此,因为害怕,躲到那里。还是许年听到有细弱的猫叫,才发现了它。

许年剥了根火腿肠,蹲下,引诱它。它犹豫半天,才走出来。

她小心地捧起它,也就比巴掌大一点,耳朵尖白黄相间的毛发,还没长齐,脏脏的。它在她怀里几不可闻地哆嗦。

薛宁伸手指想逗逗它,说:"好可爱啊,要不要给它喂点喝的?"

它抖得更厉害了。

许年说:"可、可能是被吓到了,有没有什么东西能、能把它包起来?"

她们手忙脚乱地找了块干净毛巾,裹住它,又把它放到纸箱里,想办法喂它喝水、吃东西。

"小可怜,你妈妈呢?"

小猫自然不会回答,趴在角落里,伸出小粉舌舔着水。

趁时间还早,也没下冰雹了,许年带它去宠物医院检查。

医生说,挺健康的,有一点外伤,又给它做了驱虫。

小猫很怕生,也许是因为许年第一个找到它,挺依赖她的,做一系列检查的时候,一直睁着水汪汪的大眼睛看她。

许年心软,但她没有养宠物的经验,一时之间不知如何是好。

她联系唐黎,又问店员们,有的说没钱,有的说家里已经有原住民了。

医院还有其他的猫猫狗狗就诊,小家伙立着耳朵,呆呆地看着它们。

听见许年的说话声,它又扭头看她,楚楚可怜的。

最后,她下定决心——把它带回家。

可能是因为,想到多年前的自己。

刚失去父母那段时间,她整天地哭,食不下咽,吃了又吐出来,哭累了就睡过去。

叔母又哄又劝,说不管怎么样,得吃点东西,不能让天上的爸爸、妈妈担心。许凌也小,附和一些不着四六的话,朝她做鬼脸,想逗她笑,奈何她理都不理。

既然,上天赐她这么一段缘分,就收养它吧。

许年按照医生的建议,买了一堆东西,给它搭了个简单的窝。

周遭环境陌生,它缩起身子。

她轻柔地抚摸着它的脑袋:"咪咪,叫、叫你什么呢?"

它软软地喵了一声。

"嗯……就、就叫小榛子,好不好?"

还是一声喵。

许年就当它同意了。

手机突然振动,是陈致的视频邀请。

她接通,食指抵着唇,"嘘"了声,说:"小声点,我今、今天捡到一只小猫,我打算养它。"

"猫?"

"嗯,是只橘猫,女孩子,才一、一个月大,给、给你看看它。"

她掉转镜头,对着猫。

陈致随着她放轻声:"给它取名了吗?"

"小榛子。"

他笑了声:"挺可爱的。"

她听他语气淡淡的，问："你不、不喜欢猫吗？"

"没什么感觉，你喜欢就好。我只喜欢你。"

无关的话题，他也能七弯八拐地，绕到他喜欢她。她初时尚且会不好意思，渐渐地就脱敏了。

许年撑膝起身，大脑有些缺氧，一阵晕眩，扶住墙站稳。

他忙问："怎么了，犯低血糖了吗？"

"没，就、就是蹲久了。"

腿也有点麻，她缓了缓，挪到沙发上坐下："你是要回来了吗？"

"时间还没定，我尽量早点。"

"没关系，工、工作要紧。"

陈致突然问："你结巴是不是好点了？"

"啊？"她茫然，"有吗？"

她口吃最严重的阶段是中学。一方面是心结，一方面是自卑，不敢开口，恶性循环。后来认识陈致，他鼓励她多说话，稍微有所好转，大学有意识地克服，但依然没有痊愈，只是不那么影响日常交流。

成长，不仅意味着思想、经济独立，也意味着能坦然接受自己的不完美。

"可能是这、这段时间说话比较多吧。"

跟店员，跟甲方，跟客人，还要跟他打视频。一天下来说的话，比高中一周还多。

当然，也可能是因为心里松弛下来了。

他很想摸摸她的头，告诉她，她真的做得很棒。

他欣慰地笑着说："希希，再加加油，肯定可以好的。"

她轻声应："好。"

她知道，陈致并不在乎她是不是口吃。

结巴得最厉害的时候，遭受过许多异样的眼光，甚至恶意嘲笑、模仿，每次硬生生忍下委屈，但他从来没有，还会维护她脆弱敏感的自尊。

除了她自己，他是最希望她变得更好的人。

小榛子熟悉许年后，越发黏她，她又不方便天天把它带到店里，于是在家里安了监控，防止小家伙出事。

这天晚上，她带它打完疫苗，拎着它回家，边出电梯，边低头看它。

猝不及防地，她撞进一个人的怀里。

正要道歉，她被搂住了肩。

她抬头，有些惊讶："你什么时候到的？"

男人穿着质地柔软的青花蓝衬衣，扣子一丝不苟地系到顶上，袖子却随意地挽到臂弯，露出肌肉线条流畅的小臂，下摆束进裤腰，黑色长裤衬得他一双腿笔直修长。

旁边是他的行李箱。

莫名给人一种感觉，出差多日的丈夫，终于回了家。

"才到，搭的最后一趟高铁，想早点见你。"陈致托了托她手里的猫箱，弯下腰，"这就是我们的女儿吗？喵，叫爸爸。"

"什么叫'我们'？又不、不是你生的。"

他觑她，理所当然地说："你女儿不就是我女儿吗？"

怎么那么奇怪？

许年开了门，先把猫放出来，再给风尘仆仆的陈致倒水，没觉察他走到背后。

刚要转身，他便像蓄谋已久的猎人，瞅准时机，电光石火间，捕捉到自己的猎物——

他低下头，送上深吻，与她的唇严丝丝合缝地相契，一上来，就是舌与舌，气息与气息的纠缠。

从来没有这么激烈地接过吻。

因为惯性，许年被迫退了半步，身体向后倾，靠他搂住腰，才不至于狼狈。

手上的杯子被他拿走，放到旁边的桌上，因力气太大，水泼洒出来，但没人顾得上。她空出来的手由他牵引着，圈住他的脖颈。

她眼眶里发热，不由自主地闭上眼，揪着他的衣领，指背贴上他的皮肤，烫的。

许年撤开，试他额温："你发烧了？"

"没，做好人好事，帮一个老太太搬了东西，热得。"他托起她的臀，让她两腿分开卡着他的腰，"这么久没见了，专心点，嗯？"

她来不及惊呼，他话音一落，又是密不透风的吻。

手指陷入他的头发里，闻到淡淡的香气，似乎是不久前才沐浴过。

明明一路奔波，身上却没有其他味道，也不沾风雨，干净清爽，像她最开始喜欢的那个男孩子。

然而，许年下一秒就对上小榛子圆溜溜的眼。

第九章

以全部的爱，献对方，致此生

"嗯……别亲了。"

舌根被吻得有些麻，嗓音也变调了。

许年将他推搡开："小、小心带坏小孩子。"

陈致转头。

小榛子"喵喵"地冲他叫唤着，仿佛是在凶他欺负她。

他"啧"了声，放她下来，走过去，抓着它的后颈，拎起它："把它哄睡着就是了。"

它四只小爪子在空中胡乱地蹬着，奈何太短，挠不到他。

许年跟过去："你轻点。"

他的好耐心都花在她身上了，用一点仅剩的耐心拍抚着它："乖乖的，不准打扰爸爸、妈妈，知道吗？"

不知道是不是因为自小没得到过什么父爱母爱，他实在……

没有个当"爸爸"的样子。

也就是这个时候，她看到他左手上的戒指。

她没往他出轨那方面想。

虽然唐黎持的观点是，当代男性血脉里残留了男权社会的不忠本性，尤其是掌握财富、权力的那部分人群。何况，几年时间，一个人可以彻底改头换面，但她相信陈致的人品。倒不是傻，只是了解他道德感多高，高中那会儿，他就从不和别的女生有过多的接触。

脑子一转，她想明白了。

她的反应和杨靖宇如出一辙，无语道："你怎、怎么自己买戒指戴上了？"

陈致转动着戒指，慢悠悠地说："可以挡麻烦。"

身在职场，已婚或订婚身份，有时候方便点。

譬如，合作商邀他去某些场所，他立下"妻管严""爱老婆"的人设，便能顺利推托掉，都不用另编借口了。

再就是，免得有人走歪门邪道，找女人讨好他。

她说："所、所以你之前那么大张旗鼓的，搞得全公司的人都知道？"

他摇头："当时就是单纯地炫耀。"

她无言以对。

陈致从口袋里掏出对戒的另一枚："本来想晚点再给你的，又忍不住了。"

"我戴戒指不方便。"

做餐饮的，手上不好戴首饰。

"没事，到时候串起来戴脖子上。"他捧起她的左手，捏着戒圈，推入中指指根，"嗯，挺合适的。"

他摩挲着她的手指，又说："等正式求婚，再换个钻戒，其他的我也会安排好，不能委屈你。"

许年看着交握的两只手，说："没什么委不委屈的，我、我又没图你这些，我想要的可以自己赚。"

"我知道。"

她很早就意识到，靠天靠人，都不如靠自己。

既无须期待天上掉馅饼，也不必指望别人掏心掏肺。

不管是物质，还是精神需求，她习惯了自给自足，这样，就不会失望。

"但是，"陈致顺着她的头发，"希希，你可以不需要，但是我不能不给。"

她说："你就、就是吃准了，我不会拒绝。"

"倒贴上来的，哪有拒绝的道理。"

"你不担心我得到越多，会越贪心吗？"

他扬眉一笑，眼底眉梢间，流淌着暌违已久的少年意气，他说："给不起的人才怕。"

本该是这样的。

爱迎万难，也赢万难。

人非寄生虫，心脏却也不是死肉一块，得靠吸食爱而活，像他吻她，她血液里就漫开无数个春天。

她可以再贪心一点。

一千场雪，一万次日落，他都甘愿奉上。

小榛子来蹭她的裤腿了，许年说："你先去收拾。"

真像带孩子，这个黏人的家伙，得她好好哄。

陈致行李没带多少，先前有些东西留在她家，取来用就是。

衣柜大，她一年四季的衣服不多，塞得下他的。

不过，他仔细琢磨着，是不是得给她弄个衣帽间，主卧的浴室放两个洗漱池，早上可以一起洗脸刷牙。

两人皆是独居惯了，考虑不了那么全，所以他洗完澡后，翻看起攻略。

许年进卧室拿换洗衣服，瞥见屏幕，说："不、不是可以直接找设计师吗？怎么还自己研究？"

"设计师也不完全了解我们的生活习性，而且，你未必喜欢。"

她盯过装修，知道有多折腾，多累人。

有钱完全可以省去这些。

不过，陈致说："曾经我一直觉得，房子是物理意义上的空间，供人居住罢了。但自从萌生和你一起生活的念头，我就特别想要一个独属于我们的家。"

许年也上了床，和他一起看。

诚然，她原本无甚期待，是被他勾起了兴趣。

他说，给她搞个大点的厨房，方便她捣鼓蛋糕什么的；卧室底下开个宠物门，方便小榛子进出；铺上地暖，这样，冬天不怕脚冷；再搞个小吧台，可以喝下午茶……

幸福变得具象化。

以至于许年恍惚了，以为过去的那些伤痛、苦难、憋屈，是上辈子经历的了。

陈致说："生活如果是本书，为什么不能是 happy ending（喜剧）呢？"

她说："像在做梦。"

他放下平板，翻身，压着她啄吻，气息呵在她人中上："现在真实了吗？"

男人好重，压得她快喘不过气了。

"嗯……你先起开。"

他伸手拉开旁边的抽屉，东西还在，笑里带几分恶劣与邪气："希希，要不要再让你真实点？"

许年知道陈致忍挺久了。

不仅是生理，还有心理。

这并不是件难以启齿的事，喜欢就会自然而然衍生出亲昵、占有的念头。

他想完整地拥有她。

她也同样。

尽管浅尝辄止过两次，但她仍有些无所适从。

陈致没真刀实枪地用过那玩意儿，皱着眉，低头摆弄了一会儿，才套上。

本来还紧张的她突然笑出声。

他挑眉："现在笑得出来，待会儿可别哭。"

"不是……"她紧紧抓着被角，无端地，被他盯得呼吸急促起来，"还、还以为你什么都会。"

"这不是没实践经验吗？"他托着她的后颈，拉过她的手，五指慢慢滑入她的指缝中，扣住，"想我吗？"

是说这些天异地,见不到面。

但此情此景,她不免想歪,以为他指这事。

他问归问,好像目的不是要她回答,而是帮她放松。

许年听到一声细微的脆响。

"你、你怎么……"

这完全脱离了她的认知。

他口齿含混不清地说:"临时补了下课。"

她呼吸一滞。

陈致起身,居高临下地看她:"希希,不喜欢就和我说,嗯?"

大火在他瞳孔里灼烧,顷刻间蔓延荒野,吞噬无力闪躲的她,又有起伏的浪花,一波接一波地拍打、冲刷海岸。

许年答不上来,咬着下唇,让他自己做阅读理解。

第一次,他想给她留一个好的记忆。

当然,不可否认的是,他有私心——想让她像他一样,爱上这种感觉。

既是人类一大罪愆,何不成为共犯。

死也死在一起才好。

他温柔地拢着她,再说一些无关紧要的话,分散她的注意力。

他问她:"记不记得高三最后一次布置考场。"

离校那天,要清空座位里所有东西,打扫卫生,包括教室的黑板报也擦了个干净。

三年积累的书、试卷那么沉甸甸的,一千多个日子的分量又显得那么轻。

有人在高声喊,去你的数学,老子再也不学了;有人在伤感,青春匆匆地结束了,暗恋无疾而终。

但许年没什么印象了。

他叫她仔细想。

"校门口,有个玩偶人在发高考加油、逢考必过的卡片,记得吗?"

因为他的动作,她几乎无法思考,半响,回过神:"是你?"

玩偶是红蓝配色的,很吉利,它旁边立了块牌子,用马克笔写着:**高考鼓励**。

她以为是教培机构搞宣传,那几天路上有很多类似的,还有发扇子的。

它主动走到她面前,递上卡片。

她暑假做过发传单的兼职,一天几十块,很是辛苦,因此有了同理心,遇到一般会接下,不过上面没有广告信息。

但它没走。

它歪着脑袋,张开手臂,晃了晃。

许希犹疑着问:"你、你是要抱我吗?"

它点头,指了指那块牌子,意思是:祝你高考加油。

好吧。

她只当这是什么新型活动,虽然别扭,还是答应配合。

反正隔着厚厚的玩偶衣。

它弯下腰,在她背后拍了拍,有鼓励的意思。

末了,它又冲她做了个 fighting(战斗)、一飞冲天的手势。

虽然什么也看不到,但莫名觉得,背后的人和头套的脸一样,在笑。

她轻声说:"谢谢。"

许年万万没想到,那人会是陈致。

"我托杨靖宇帮我收东西,一下课就跑了。"他的吻流连在她锁骨、心口,"里面真的……好热好闷。"

她确定,以及肯定,"里面"不单指玩偶衣。

陈致拢着她圆润小巧的肩头,头埋在她的颈窝。

她攀着他的背。发力时,他的背肌收紧,线条很好看,不强壮,也不瘦削,从上到下,是一只倾斜的倒三角。

意识如河面的舟,漂荡不休,他的声音传入耳中也模糊了:"为什么改名叫许年?"

"年"的本义是年成,古代庄稼一年一熟。从年头辛苦到年尾,总有收成。

是"希"的另一种希冀。

她觉得自己不是生在温室中的玫瑰,而是田野里的禾苗。

孤零零的一束,没有任何观赏价值,仅仅希望,到收获的季节,能有所成。

他就着这个姿势,将她抱起来。

折腾如此久,她再没力气,他急也好,重也好,她好似被按在手术床上打针的猫,发出的是尖细的叫唤声。

许年眼角的确有泪,连她自己也不知道为什么,也许只是因为某种情绪攀至巅峰,眼泪作为发泄而流出。

他依然温柔地吻去咸意,在她耳边缠绵悱恻地哄。

他骤然换了副面孔,发了狠,也不管她能否经受得住。

末了,两人俱像从水里捞出来的,同时脱了力,汗反射着光。

陈致将她的头发挽到耳后,剥离出一张白皙干净的脸盘,鬓角有细密的汗,脸颊通红……

他们似花蕊,风晃,雌株摇,雄株播散的花粉铺天盖地弥漫,她在结他的种子。

他们离十八岁已经那么遥远,这个春日,他们的身体由爱浇灌,重新生出新的枝丫。

他对她的爱,从骨肉渗进灵魂。

他好开心,她听得出来,那种由心而发的畅快,喷泉"咕噜噜"涌出一般,变成胸口的震动传递给她。

"有这么……舒服吗?"

她面红耳赤。

果然，男人无一例外，喜欢这事。

陈致四肢缠住她，是不留一丝缝隙的抱法："没，就是喜欢你。好喜欢你，许年。"

"热啊。"

阳溪年年到清明就下雨，气温也降了，但他浑身滚烫，还有汗，可想而知的不舒服。

"不要，"他蛮不讲理，"就要抱着。"

二十好几的男人，有时候胡搅蛮缠起来，跟耍小脾气的小孩子没什么区别。

他又说："阳溪的生产线已经在走流程等审批了，阳溪有优惠政策，吸引高新产业入驻，顺利的话，后年就能落地。"

她撑起身子看他："那你还、还要这样往返？"

"也就一年多，还好，而且，有的事完全可以交给杨靖宇。"

"他没抱怨你？"

"他孤家寡人一个，钱也没少赚，有什么好抱怨的。"他玩着她的头发，"去年给他放过一个月的假，让他带女朋友出国玩。"

"去年？那怎么分了？"

"不知道，"他估摸着说，"可能，性格不合？"

"你、你们不是玩得很好吗？"

陈致说："我懒得过问他的私生活，他分分合合那么多次，我都分不清谁是谁。"

许年静了几秒，他看着她："你不觉得，你对他关心太多了吗？"

如果说，她高一对杨靖宇关注更多，他岂不是得醋死？

她说："随口问问。"

"你可以随口问问我。"

她从他身上起来："我、我不问，你也会说。"

他拉住她："干吗，嫌我话多？"

她奇了怪了："你对别人不这样啊。"

他反驳："你对别人也不像对我这么绝情啊。"

分手分得干脆利落，毫不拖泥带水。重逢之后，她还一个劲地把他往外推。

"谁、谁叫你死缠烂打。"

"我不死缠烂打，会有现在的'纠缠'吗？"

想到刚刚的炙热，她脸热："你好烦。"

"你要不换个词骂我，不然听多了，我觉得你在撒娇。"他盯着她的唇，暧昧不明，"会想亲你。"

"你这就是借口。"

她什么也不做，他都要凑过来亲她一口。

话题不知不觉跑偏到十万八千里了。

像那个暑假,在他家别墅,在街上,在商场,随便起一个头,他们都可以一直聊下去。

聊到分别之际,才发觉,一天又过去了。

好似只有热恋的时候,盛夏才显得那样短暂。

聊了许久,陈致才带许年重新冲了个澡。

浴室狭小,两个人几乎转不开身,他过了缓冲期,又是哄又是骗地再来了一次。

夜已经深了,她压抑着,怕邻居听见。

可他多坏心眼哪,捏着她的下巴,非要听她的声音。

许年白天工作一天,晚上闹了一个多小时,最后累得手指都抬不起来了。

第二天早上,她更是像被车碾过,浑身泛着酸痛。

陈致拿来她的手机,跟店员们说,她今天不去店里了。

她拍了他一下,软绵无力的,半是气半是羞地说:"烦死了你。"更糟糕,嗓子都有些哑了。

"嗯,我最烦。"他翻身起床,笑意盈盈,"来,许老板,我伺候你洗漱。"

吃完早餐,给小榛子铲了猫砂,喂了奶,许年又困了,但她补不了觉,今天得和叔母他们去扫墓。

陈致拿起车钥匙,说:"我送你们去。"

等下楼看到车时,她神情顿时呆住:"哪儿来的?"

像4S店销售台上的新车,还很浮夸地挂着一朵……大红花。

"送你的。"他抢先堵住她想说的话,"不要拒绝,以后我的就是你的。"

她说:"等你人财两空就哭去吧。"

"话不能乱说,小心我绑你去扯证。"

陈致拉开副驾驶门,伸手遮着她头顶,待她坐下,帮她系上安全带,又问:"先去接你叔母他们?"

"嗯。"

车里有淡淡的、新车独有的皮革味,许年打量一圈,很低调简约的风格,听到他的声音:"喜欢吗?"

她看他,说:"你、你是不是就想听到我一句'喜欢'?"

"嗯喏。"陈致扶着方向盘,忽地倾过上半身,手指贴住她的颈侧,吻她的唇,"今天的早安吻。"

她眼睛快速地眨了眨,待反应过来,不自觉地迎合。

吻毕,他不立即撤开,故意离得很近,用磁性的嗓音说:"总算知道,千金买一笑是什么滋味了。美人当前,昏了头啊陈致。"

直到他启动车,她仍感觉被他抚过的地方烫烫的。

接上叔母和许凌后,他们开车前往城郊。

墓园建在半山腰,许年的父母和叔叔都葬在这里。

还不到清明,来扫墓的人不多。不仅下大雨,还打起春雷,陈致撑伞,搂着许年的肩,拾级而上。

园里有一种灵魂安寂的静,天地之间,只听得远方阵阵闷雷声,还有淅淅沥沥的雨声。

她父母墓碑上贴的是他们的学生证件照,也就十几岁,陈致轻声说:"你很像你妈妈。"

"他们也、也这么说,但其实我不记得她的样子了。"

照片上的人像,不存在于她的记忆里,所以,对她来说,无异于陌生人。

陈致认真鞠躬:"叔叔、阿姨,我是希希的男朋友。没有人比我更清楚,她受过多少委屈,吃过多少苦,才长成这么独立漂亮的样子。但以后她不再是孑然一身,我会给予她我拥有的一切,呵护她,照顾她,免她颠沛流离。此言,天地共鉴。"

雨丝被风吹动,飘洒在他的肩头,洇湿一片。

她倾了倾伞,想替他遮,他接过伞柄,轻声问:"你有没有什么想说的?"

许年摇头:"他们知、知道我现在过得很好就可以了。"

至于叔叔那边。

叔母倒是有很多想诉说的,蹲在墓前,边烧纸钱,边碎碎念叨着,大雨掩盖,也没谁听得清。

许年如今即使不恨他,也无法大度到忘记他做的恶,只有叔母这个结发妻,总缅怀着他。

简单祭拜过,她和陈致先行离开。

上了车,陈致抽出几张纸巾,摁压着,吸干她衣服上的雨水,又拧开空调。

许年身体很快热起来,问:"你爸妈呢?"

他自嘲道:"一开始,我连墓地的钱都出不起,把他们的骨灰寄存在殡仪馆。"

多讽刺啊,才五百块钱一年。

他们生前估计怎么也想不到,逐利一生,落得这么个下场。

他想过海葬,反正他们也没法有意见,但到底遵循老一辈的观念,让他们落叶归根,葬在老家了。

有人拉开后座门。

是许凌。

许年从后视镜看他:"你怎么一个人下来了?"

他架起腿,打开游戏,不以为意地答:"你又不是不知道,我跟他关系也就那样,有什么好久待的。"

"他要、要是知道你这么说,估计能气得活过来。"

许卫民生前对许凌可不算差。在许卫民的认知里,许凌是独生子,继承自己的血脉,打骂甚少,还给他买电脑,供他读学费几万的民办学校。

"他什么时候管过我?"许凌嗤道,"他自私自利,只顾自己潇洒快活,他打牌输的钱,我还了多少?就这墓地的钱,不也是我们凑出来的?他就给我们留下那破房子,顶什么用?"

许年秀眉轻蹙。

他也意识到这样的日子说这些不好,摆了摆手:"算了,不说了。"

她换了话题:"你们最近怎么样?"

"许老板还抽得出空关心我们这种穷亲戚哪?"他吊儿郎当的,"还行吧,吃得起饭,吃不起也不找你讨。"

她听到游戏音效,深吸一口气,说:"许凌,我并、并不想干涉你的人生,但你也二十好几了,还要任性到什么时候?"

"姐夫不是有钱嘛……"

许年打断他:"你想都别想。"

之前叔母也跟她提过,能不能找陈致帮许凌安排个工作。约莫是许凌多嘴,说陈致开的迈巴赫三百多万,叔母才动了这心思。

她说,别说他们没结婚,纵然是结了,许凌自己的人生也该自己负责,别靠这个关系。

许凌撇了下嘴,阴阳怪气:"是,你许老板阔了,就硬气了。"

"救、救急不救穷,帮忙是有限度的。"许年不气不恼,平静地说,"我帮不了你一辈子。"

许凌瞟向旁边始终一言不发的陈致,试探道:"姐夫,她平时对你也这么冷酷无情吗?"

"无情?"陈致嘴角勾着淡淡一抹笑,亲昵地轻抚许年的头发,"不会啊,她对我有情得很,是吧,希希。"

隐含的意思就是,他们两口子是一派,他听她的,他这里无路可走。

许凌偃旗息鼓。

他突然发现异常,惊奇道:"你口吃好了?爱情的力量这么伟大?"

不见得全然是因为爱情。

她又不是第一次和他谈恋爱。

说得通的可能是,在生活、工作两重作用下,她的心结渐渐消散,认知转变,故而不治而愈。

她偏过头,窗玻璃上爬满了曲折的水痕。

在南方,潮湿的、连绵不绝的雨天总是间歇性出现,熬一熬,说不定哪天就放晴了呢。

第二天,他们去陈致的老家。

是阳溪底下的一个小村子,车下了高速,七弯八拐,开了半个多小时才到。

四月，周边的草木皆绿了，但不茂盛。行人成行，多少带着些物品，花、香烛、锄头，静默不语。

配上霏霏淫雨，颇有些"清明断魂"的意境。

许年说："怎么从来没听你提过？"

他解释道："我没来几次，亲戚大多不在这儿了，估计也都不认识我了。"

找了处平地停车，再往外走，就是泥路。他伸手牵她："路不平，小心点。"

所幸她没穿白鞋。

墓在山上，走的小路，不算好走，得一直注意脚下，还有路边横生的枝杈，以免被勾坏衣服。

雨很小，只是经过树下，会被叶尖滴落的、豆大的水滴砸中。若刮起一阵风，更是簌簌地打落，打湿发顶。

她听到窸窣动静，屏息静听，却分辨不出何处传来的，担忧道："不会有蛇吧？"

"不知道，可能？"

后面有人听到，操一口不标准的普通话讲："有的嘞，但比起小妹你怕它，它更怕你嘞。"

来者个子不高，块头却大，背着一只竹篓，里面装着一些蕨菜、荠菜，还有香椿。约莫是一大早上山采摘野菜的村民。

他忽地盯住陈致，音调瞬间拔高，说："哎！你是不是，陈涛山家的小子？"

陈涛山是他爷爷。

陈家从他那一辈就迁去市里，做生意发迹后，衣锦还乡。陈涛山投钱给村里通电，是十里八乡的名人。

陈涛山生于此，长于此，同样葬于此。陈致父亲小时候也常回来，到陈致这辈，就不大熟了。

能认出他，大抵是前几年，他来寻墓地时，与他打过照面。

所以，对方只记得他爷爷，不记得他的名字。

陈致笑了笑，应说："是。"

对方又看向许年："这你媳妇儿？挺标致。"

陈致紧紧地牵着许年的手："对，带她来见见我爸妈。"

村民热切地问："你们有地方落脚不？要没有的话，扫完墓来我家吃午饭嘛。"

陈致推辞："还是不叨扰了，待会儿我们就回了。"

"你们总归要吃饭的，你爷爷先前没少帮我家忙，加两双筷子的事，还怕你们嫌饭糙，不爱吃呢。"

他指着山下的一栋房子："我家就在那儿，记得来啊。这蕨菜炒腊肉、香椿炒鸡蛋可香了，你们城里估计难见着。"

陈致看了眼许年，她说："那谢谢您了。"

与村民分道扬镳，他们再往山上爬了一段，到达墓地。

兴许是，不久前有哪个叔伯来祭拜过陈涛山，他墓前摆放着被雨打蔫了的花束。

"你跟、跟他们都没联系了吗？"

"差不多。"陈致摆放好祭品，"我家出事后，他们唯恐避之不及，怕摊上这祸事。"

穷亲戚求独善其身，富的也未必想兼济天下。

人性如此。

许年说："我们是、是不是有点惨？"

别人见家长，要挑日子，选场地，提大包小包，互相寒暄，推杯换盏。

他们呢，见的是骨骸成灰，掩于黄土之下；是冰冷石碑，立在风雨之下。

"从今往后，我们就是彼此的家人，不会有谁再形单影只。"

他眉眼朗阔，身形笔挺，风雨不侵。

一字一句，格外诚挚。

天生没有得到太多爱的人，却拥有着非凡的爱的本能。

——爱她，成为他的本能。

她轻"嗯"了一声。

他们祭拜完，下山去了那户村民家。

这年头，村民住的不再是泥瓦房，而是砌了几层的小洋楼，大厅开阔，摆着圆桌，用以招待客人。

主人家热情招待："来，小妹、小弟，喝茶。"

他们接过，道了声谢。

村民在他们对面坐下，有些感慨："你跟你爷爷长得还挺像，那个年代，大家都营养不良，但你爷爷长得老高，又有本事，娶了这附近最漂亮的女人。你们呢，现在在搞什么事业？"

"我和我爱人做点小生意。"

"我爱人"这三个字，令许年心跳漏了一拍，瞥眼看他，他却怡然自得。

陈致性子并不外放，但奇特的是，他跟什么人都能聊。

村里有走家串户的习惯，清明节，在外的赶回家祭祖，人便多起来，除了他们，还有其他人过来唠嗑。

陈涛山名号的确响，哪怕他已作古多年。得知陈致是他孙子，话题纷纷往他身上聚。

"那年头出一两个大学生了不得的，你爷爷就是一个。他也不忘本，村里祠堂改造，他二话没说捐了一百万。八十年代的一百万呢！"

"你们家子女越来越有出息，都往外走了。"

"哦，你这是带你媳妇来祭祖吧？小妹怎么不大作声哟。"

陈致说："我爱人头一回来，她脸皮薄，不大好意思。"

"真有福，讨个这么漂亮的老婆。"

273

明知是客套,他还是接下了:"确实,修了八辈子福才遇上她。"

他们一口一个媳妇、爱人,她越发无所适从了。

直到开饭。

端上来的都是农家菜,不那么精细,用描着大牡丹的瓷碗装着,甚至带着土气,但有别处尝不到的独特风味。

加之主人好客,连食量不大的许年都吃了不少。

聊着聊着,有位大娘说:"你们俩还没要小孩吧?趁年轻,早点要一个。"

陈致说:"要不要都看她,不过我是想跟她过二人世界。"

他们笑:"哟,新婚夫妻就是甜蜜。"

许年在桌下掐他一把,让他别瞎说了。

不是他故意带节奏,怎么会都以为他俩真结婚了。

反正陈致是上瘾了,告别村民们时,他搂着她的腰,亲密地说:"老婆,我沾了点酒,待会儿你开车?"

她不得不怀疑,他是故意抿那一口酒,好演这出戏。

下午,雨反而大了,白车溅上泥点。

回到阳溪,他们先去洗车。

车熄火,被输送入通道。

陈致剥了颗薄荷糖,丢进嘴里。糖在齿间滑动,偶尔顶着腮帮子,发出细微响声。

水帘围困这方小小天地,她见他优哉游哉,转过头,正要说话,猝不及防地被他封住唇。话音堵在喉咙口,未能发出只言片语。

浓烈的薄荷清香涌入她的口腔,直冲天灵盖,刺激得她头发、手脚阵阵发麻。

高速旋转的毛刷拍打车身,许年分神瞥了眼,被他发现。

他不满,捏住她的下巴,唇瓣要分不分的,嗓音变得缠绵:"闭上眼,不然,就只能看着我。"

接吻的时候,他要她眼里、心里全是他。

在这方面,他尤为霸道强势。

车洗了多久,他们就吻了多久。

穿红色制服的工作人员站在自动洗车设备出口,陈致早已退开。

他放松地靠着椅背,若无其事地,另外又剥了一颗糖吃着,说:"嗯,这颗草莓的,甜得有些腻了。"

她脸霎时微热,那颗糖压在舌头下,似还残存着他的温度与气息。

她忘了原本要和他说什么。

等到了家,她才想起。

"你不觉得,我们进度太……"

快?突飞猛进?好像又不足以完整概括。

这段感情里，陈致全然不给人留反应时间、攻守余地，一路杀上都城，直捣黄龙。

恰恰相反的是，许年挺慢热的，就像之前，她得适应关系的转变，再习惯牵手、拥抱、亲吻这类亲密行为。

他们现在这样，同闪婚有什么区别？

他说："因为我知道，我对你不是激情。假如当年没分手，我们就该到这一步了。"

亲密无间，耳鬓厮磨。

坦然地告诉所有人，他们是彼此的另一半。

许年说："那你也得让、让我先习惯一下……"

"叫你'老婆'吗？"他笑，把她抱到自己腿上，贴着她的脸颊说，"你知道我在梦里叫过你多少次吗？十八岁的时候。"

她呼吸一滞。

女性的敏锐直觉告诉她，不是普通的梦。

"是，就是你想的那样。"

他卑劣地觊觎她的人、她的身。

从那个夏天，他余光不经意瞥到她领口下的白腴软肉开始，有些念头就像入春的蔓草，肆意生长，不受控制。

少男少女，成天待在一起，难免肌肤相触。

可她当时从未想过，也从未得知，他做过关于她的……那样的梦。

陈致说："结婚证不守卫爱情，它更多的是从法律层面上，保护双方财产、利益。即使没有那张纸的证明，也不影响我认定你是唯一。"

她一时失语。

沉默了几秒，她滞涩地开口："我知道，我没有多漂亮，性格也、也不那么讨喜，你的爱让我觉得，我高攀了。"

"可我却觉得，如今的我，才有资格爱你。"他的气息随着他的声音，时有时无地喷洒在她耳后，"陈致这人身上，满是缺点，可你也爱他。"

她的心热热地胀着，她不由自主地将脸颊贴近他的肩。

吻落实了，在她的动脉附近。

他没敢吸吮舔咬，只是轻柔地啄吻，随即流连到锁骨、下巴。

许年轻声阻止："天都没黑呢……"

他低低地笑，语气里，是掩饰不住的揶揄："行，那就等晚上。"

她羞恼参半地打了他一下。

"嘶。"陈致倒吸一口凉气。

"你就装吧。"

她根本没用力。

"没，胃不大舒服。"

她立即紧张起来："你有药吗？在哪儿？我去拿。"

"没事,可能是吃多了。"他起身,从行李箱里掏出一盒药。

她便给他倒了杯温水,看他和水吞下,又要来说明书。然后,她松了口气,就是普通的助消化的药。

"生活作息不规律引起的,别学我。"

许年说:"谁学你,我惜命。"

"那就好,"他似是得到安慰地笑着,"我的希希得长命百岁,老了也当自由快乐的老太太。"

她瞪他,想说别用这种人之将死的语气说话,不吉利,他话音一转:"不过万幸,经过实践证明,男性功能没受影响。"

"……"

可不,陈致离开前一晚,还缠着她到半夜。

许年合着眼,没力气动弹。他支着头侧卧,还舍不得睡,盯着她的脸。

她翻了个身,面朝他:"你几点的车?"

"上午的航班,去京市。"

这两天他也总是有工作,只是她没想到他这么忙,假期刚结束,他就要出差。

似是猜到她所想,陈致说:"得努力赚钱攒老婆本嘛。"他揽着她的腰,将她搂进怀里,"五一我可能回不来。"

她愣了愣,敛起情绪,"嗯"了一声。

"再亲一下。"他低头,碾着她的唇,不深入,腻歪至极的吻法,"希希,生日想要什么礼物?"

"还早。"

许年出生在五月,父母离世后,也没怎么好好庆祝过。

高中时,唐黎每年都去广播站给她点生日快乐歌,还写一段煽情的话,但应她的要求,没有直接说明哪个班哪个人。

她以为他不会知道她的生日。

后来,他才告诉她,他跑去袁老师办公室,翻了学生登记表。

高三的五月,更加不会有心思过生日。

那天晚自习上课前,许年在教室啃着面包写试卷,他坐到她前排,也是这么问——

"许希,生日想要什么吗?"

他不像那种会费心思准备礼物的人,问得也像"今天吃饭了没",她反应慢半拍,摇头说没有。

"随便说一个吧,没准就实现了呢?"

"高、高考拿全班第一吧。"

比起拿全年级第一,这个更实际。

其实她更想要的,是离开阳溪,离开叔叔一家。

但无论哪一个,陈致都没法帮她实现。

所以,她没有抱任何希望。

高考成绩出来不久,学校张贴高考光荣榜,这是三中传统,用以激励下一届。

当天晚上,陈致带她去市中心,什么也不说,等了一会儿,他叫她抬头。

LED大屏闪了下,跳出满屏大字——

恭祝XX同学高考641分。

路人看了,只会当"XX"是匿名,但许希自己知道,那是她名字的缩写。

她震惊得说不出话。谁会在各大广告商的地盘,花大价钱,投放这样的话?

身边的男生笑得张扬,少年意气尽显,说:"虽然没拿全班第一,但这排场,应该是全校第一了吧?"

是,这条信息在LED大屏上滚动了整整一个星期,大半座城市的人都知道了。

他以另一种方式,送上晚来的生日礼物。

至于今年的生日,许年原本也没想过要。她往常就是和唐黎聚聚,或者去叔母家吃顿饭。但听陈致的语气,是想大肆庆祝的意思。

他说:"你如果想不出来的话,就等惊喜吧。"

许年疲惫极了,精力被耗干,懒得思考他有什么打算,窝在他胸口休息。

早上,陈致送她去"之橙",在门口,低头吻吻她的嘴角,说:"我走了,好好照顾自己。"

"你也是。"

店员们突然齐声道:"又幸福了,老板!"

许年吓了一跳。

过了两天,唐黎来给许年送她妈妈做的清明节特产,说:"陈致谈女朋友的事,都传到我们班了。"

"毕、毕业这么多年了,他们还关心这个?"

"毕竟他短短二十几年的人生,跌宕起伏得跟拍电视剧似的。"

富二代变负二代,又白手起家,成了富一代。

简直传奇。

"有人不知道从哪儿听说是你,还来问我,我打哈哈糊弄过去了。"

许年也不惊讶:"估计是秦伊,或者杨靖宇说出去的。"

"秦伊?"唐黎疑惑,"她不是跟你不对付吗?她怎么知道?"

"之前蔡心怡家乔迁宴,我和陈致一块去了。"

这就好理解了。

"你知道,两个人之间没点破的暧昧,一般最先被什么人察觉吗?情敌。高中要不是陈致刻意避嫌,你能被女生们的眼神射杀。"

许年说:"怎么感觉,你在为他说话?"

"不,我一直坚定不移地站在你这边,也是看他真心对你好,才支持你们的。"

唐黎突然问:"你俩这异地恋,是不是挺苦的?"

许年不会把自己的精力全部放到另一个人身上,他走了,她还是要照常生活。她看着一副不受影响的样子,但作为多年闺密,唐黎看得出,她在想他。

"他太过分了,知道要分、分开一段时间,就故意说一些话,做一些事,让我想他。"

上次,他官宣后才走;这次,他又拿惊喜吊着她。

唐黎吸气:"希希,你变了,你居然会秀恩爱了。"

许年不好意思地摸着鼻头:"有吗……"

"不过你被这么爱着,我也感到好幸福。"有这么一种感情,是她幸福,你也由衷地为她高兴。

她们从高一到现在,十年时间不曾分离,或远或近地陪彼此度过最难的日子,早已超越寻常的友情。

大三,唐黎被诈骗几千块钱,不敢告诉父母,许年二话没说,给她一笔钱应急。

后来,许年想开店,唐黎同样毫不犹豫,掏空积蓄支持她。

许年爱陈致,也爱唐黎,两种不同维度的爱,不分伯仲。

就像唐黎因为陈致对许年好,祝福他们的爱情,许年也支持唐黎践行她的单身主义,只要她乐意。

临近五月二十号,"之橙"上下都忙着那天的婚礼甜品。

天气热,很多东西不禁放,尤其她们用的是新鲜水果,而非罐头,得尽快处理。

她们用推车将甜品运到现场,小心摆放,旁边搭配花束、丝带等饰品,将整体布置得奢华而不失格调。

这是阳溪唯一一家五星级酒店,草坪面积很大,草地翠绿柔软,到处是鲜花、气球。

天气晴朗,一派喜气。

角落有人弹奏钢琴,音响放大,是 *Wondrous*。欢快温柔的曲调,演绎着男女之间的春心萌动。

入场处立着大幅婚纱照,新郎新娘并肩迎宾。

观礼席位有限,另一大拨宾客在包厢。这边是许年负责,包厢那边是薛宁,其他几个店员在后厨。

宾客陆续入场后,被甜品、酒水吸引,伸手取走。

许年要做的就是及时补上,保证人到齐前,桌上是满的,又不至于被晒化。

这是个很好的宣传机会,但没法大张旗鼓地打广告,许年就在每份甜品上,想办法加上"之橙"的小 Logo。

偶然听到有人随口说了句,这班戟好好吃,一点也不腻。

许年抿唇笑了笑。

一开始开店,自然要做好亏损的心理准备。时至今日,名声渐渐响了,她依然会为别人的夸赞而小小地雀跃。这是金钱所不能替代的满足感。

酒店固然有甜品师,但今天日子好,结婚的人多,人手不够,才外包给"之橙"。

当然,也是因为她们性价比高。

许年抽空看了眼群消息。

薛宁:我的梦中婚礼,呜呜呜。

何与沁:既然已经做梦了,怎么不做大点,去欧洲古堡办啊,你的新郎骑着白马来迎娶你。

薛宁:我土包子,这种程度就很好了。

薛宁:新娘好漂亮,新郎……寒碜了点。

何与沁:难得见你嘴下留情。

新郎何止寒碜,新娘个子和许年差不多,穿上高跟鞋,跟新郎差不多高,但新郎身形快赶上两个新娘了,脸上坑洼,粉底都没法完全盖住。

何与沁:假如让你嫁这样的,你嫁不?

薛宁:嗯……

薛宁当真陷入了思考。

薛宁纠结了半天,说:就不能脸、钱、身材都有吗?

何与沁:现实里,最可能碰到的是又穷又丑的"普信男"。

薛宁:我哭死,好羡慕老板,老板娘又帅又有钱,还那么爱老板。

何与沁:那是人家许年本来就优秀。

薛宁:我知道,还不能让我做梦流哈喇子吗?[流泪]

许年面露无奈,打字:好了,认真点,拿到尾款给你们发奖金。

婚宴发的伴手礼里,有"之橙"的雪花酥、蛋黄酥、牛轧糖,刨去成本,利润也十分可观。

许年想着,等以后把品牌做大,可以多接一些这样的活动,再拓展线上渠道。

到时候累归累,但可以带她们多赚点。

过了正午,补完最后一波,仪式也快正式开始了。

阳光直直照着,许年有些出汗,她找了处阴凉的角落,用手给自己扇着风,和众宾客一起等待新娘入场。

钢琴曲换成了 *Tonight I Celebrate My Love*。

突然一阵风拂过。

许年偏头看去,是一位陌生的男士,他拿着一张硬纸板,替她扇风。

"看你站了挺久的,很热吧?喝杯果汁吗?我帮你拿一杯。"

对方估计拿她当酒店工作人员了。

许年原本戴着手套、口罩,此时都摘了,露出一张略施粉黛的、清秀的脸。

她不动声色地退了一步,拉开距离:"不用了,谢谢。"

男人的视线向下,似在打量她的穿着,定了两秒,问:"你有男朋友吗?"

她有没有男朋友,关他什么事?

许年意识到,这是一场不怀好意的搭讪,抿唇,别开脸,不予搭理。

他继续说:"假如我出两万,让你当我一周的女朋友,你愿意吗?"

她斩钉截铁:"不愿意。"

对方仍不死心,追问:"为什么?你在这儿工作,三个月也未必有两万吧?帮我应付一下家里,就拿两万,很轻松的事。"毫不掩饰的傲慢。

许年蹙眉,正要开口,一道声音横穿进来——

"邓少宇,你什么时候有对别人女朋友感兴趣的癖好了?"

下一秒,许年的肩被一股不轻不重的力道揽过去,整个身体向一侧偏,直到抵住来者的胸膛。

不必去看,听声音就知,是多日未见的陈致。

她一怔,他最近完全没跟她提过要回阳溪的事。

被叫邓少宇的男人盯了他两秒,才认出来:"原来是你啊,陈致,这么多年没见,你竟然还在阳溪。"

陈致不会听不出他语气里的嘲弄。言下之意不过就是,以为你早已和丧家之犬一样遁走了。

但陈致不甚在意,轻笑一声,眼底却没什么温度:"不巧,刚回来就碰上你骚扰我未婚妻了。"

邓少宇高挑着眉,看向许年:"听说陈大少爷在三中依然贯穿眼高于顶,谁也看不上的作风来着,怎么,家里破产了,现在就找一个打工妹?"

陈致面上笑意不减,他本身就比对方高,眼神一寸寸冷下去,莫名多了几分居高临下的意味。

"给你两万,让我老婆扇你七个巴掌,你乐不乐意?"

邓少宇声音扬高:"你什么意思?"

"不好玩是吗?没什么,就是跟你一样,以为这么几个钱可以戏耍人。"陈致抬了抬下巴,"林政以前不是跟你混吗?不想知道他的下场?"

邓少宇早跟林政断了来往,前段时间隐约听说,他被人整了,网上闹得沸沸扬扬,工作丢了,又离了婚。

他脑子立马转过弯来,惊问:"你搞的鬼?"

"我这人挺记仇的,尤其护短。"陈致气定神闲,一下下地叩着手机壳,"邓少宇,对人放尊重点。你不过就是抱彭君越大腿,假如这条腿把你踹了呢?你不见得比林政有本事吧?我大不了多费点工夫。"

这时,《婚礼进行曲》响起,新娘捧着花,顺着红毯走向台上的新郎。

邓少宇也不想搅了彭君越的婚礼:"今天我不想惹事,不是我怕你。"

他一甩手，走了。

许年这才问："新郎也是你昂立的同学？"

"是。他们这些人一贯会拉帮结派，仗着人多，为所欲为。彭君越胆子小得要命，不敢惹事，就使唤他们，反正有钱。"陈致牵着她的手，找座位坐下。

"那你今天怎么还来参加他的婚礼？"

陈致的手搭在她椅子的后背上，呈半圈着她的姿势，手指刮着她出了薄汗的脸："之前我跟一些领导一块吃饭，碰到了，他就邀请了我，没想到这么巧。"

四月底，他回过阳溪一趟，处理工作的事。

她狐疑："那你为什么没告诉我？"

陈致淡笑："你当我是为了他特地回来的？"

他俩说话声不大，被司仪和背景音的声音盖住，何况他们坐的位置在最后排，没谁会注意他们。

"老婆，今天可是520。"他靠得很近，近得能看清她脸上薄薄一层防晒，似怨似委屈地说，"你连句表示都没有。"

"……我忘了。"

她忙得晕头转向的，压根儿没心思顾这个。

他大度道："没关系，晚上再补偿我就是。"

许年被晒得头脑发蒙，居然问："你要什么补偿？"

"你不知道吗？"他的大拇指摩挲着她的唇瓣，暗示性极强。

本来就热，被陈致这么一弄，她脸颊更烫了。

她拍开他的手，轻嗔道："这么多人呢，别乱说。"

指腹沾了点她的口红，熟透的桃色，陈致捻了捻，神色越发懒散，暧昧道："就当你答应了。"

话音落，他在她嘴角轻啄一下，方直起身。

台上一对新人宣读誓言，交换戒指，亲吻，宾客们的掌声很响，但不如身边男人带来的冲击力强。

许年满脑子都是过去数个夜晚的旖旎，又听见他问："你想要这样的婚礼吗？"

她想起薛宁说的。

可能很多女生的少女时代，都幻想过自己穿着洁白的婚纱，踏上婚礼殿堂。但长大后会认识到，这看似神圣的仪式，或许只是一场秀，需要收取门票的那种。

她的成长历程已致使她脱离不切实际的浪漫情怀，步向实用主义。

于是，她摇头："费钱费工夫，没必要。"

他若有所思："旅行结婚也不错，就我们两个人，没外人打扰。"

新娘抛捧花了，许年没去凑这个热闹。

衣领下，一根银色细链吊着的戒指，靠近心口，被体温焐暖，是他送她的对戒。

陈致说，她不需要去接这个喜气，这又不是什么良缘。

她忍俊不禁，又敛起，说："好歹是人家的大喜日子，你小点声。"

这么明晃晃的讽刺，说新郎不是一个值得嫁的人，可别叫别人听到了。

他也没解释。

高一他没转学那会儿，彭君越为首的一群人，在学校里简直横着走。昂立学费高，但并非人人是富二代，那些没钱的，就成为他们欺负的对象。

不想受欺负的，就依赖于他们，林政是，邓少宇也是。

他们群体内，还能分出个三六九等来。

总之，陈致极其厌恶那样的氛围，也看不上彭君越那样的人。

长大后，就能洗心革面了？

他清楚地记得，那天碰到时，彭君越身边跟的女人，跟今天台上的可不是同一个。

跟他，跟许年无关的事，他也懒得多嘴。

婚宴结束后，许年找婚礼负责人领了尾款。

陈致在酒店外的停车场等她，半倚着车，低头看手机。

有人走过来，说："陈大少爷，好久不见，在这儿等人？"

他淡声应："嗯。"

"怎么一早没听说你要来？"

"陈某也不是什么重要人物。"

来人笑说："怎么会？彭君越敬酒的时候，对你那么客气。"

"是吗？"陈致不以为然，"我看他对大家都一样。"

他看到远远走来的许年，收起手机，说："先走一步，告辞。"

对方后退一步，看着原本还面无表情的男人，露出柔和笑意，轻声问女人："弄好了？"

她点头，又看向旁边的人，礼貌微笑，示意了下。

陈致拉开副驾驶座的门，待许年坐下，方绕到驾驶座，驱车离开。

许年看了眼后视镜里的人影，说："你在昂立的时候，跟他们关系都不好吗？"

"一般。"他拿出一瓶矿泉水，递给她，"本来也不是一路人。"

她以为他想喝但不方便，便拧开瓶盖，递到他唇边。

他失笑，揉了下她的脑袋："你怎么这么可爱？"

她莫名。

"你不是嫌菜太咸了吗？给你的。"

好吧。

许年正想收回手，他突然抓住她的手腕，单手控制方向盘，就着她的手喝了口。

"刚好我也渴了，谢谢老婆。"

马路宽阔，车不多，陈致喝完，接着开车。

她垂眸，没多余地转过瓶口，在他喝过的地方，小口地抿着。

车开到一半，许年突然发觉，这不是回家的路。

她偏头问陈致："去哪儿？"

"带你去个地方。"

他既然这么说，她便不再追问，滑开手机，点进微信看消息，这才发现，13：14的时候，陈致转来几笔钱，数字都是5200、1314之类的。

她翻转手机，说："你怎么这么……土。"

陈致解释道："因为这种特殊数字款项属于自愿赠予，不能要求返还。"

她不是这个意思，是想说："干吗给我转钱？"

"过节嘛，高兴。"他抽空捏了捏她的脸，"收着。"

算了。

许年心说，之后给他买点礼物好了。

这次复合，她渐渐看到他身上她不曾了解的一面，也有可能是因为，她过去对他的关心太少，故而忽略了。

譬如，这其实是他缺乏安全感的表现。

他担心她再次抛弃他，担心感情破裂，而他不习惯摇尾乞怜，于是将拥有的如数奉上，物质、感情，倾其所有。这又何尝不是一种变相的讨好。

又有谁知道，曾经众人以为的天之骄子，在爱情里，能卑微至此。

他们本质是一样的，心镀上一层坚硬的金属壳，很难被敲碎，也少有人能触及内里的柔软。

当他们相遇，又像两颗气泡，融二为一，再难分离。

车停下，许年向窗外张望，不待看清周遭环境，眼前忽然一黑，是眼睛被人从背后捂住。

"希希，相信我吗？"

他的气息近在咫尺，背后，是他的怀抱。

她心头猛然一跳，顿了下，小幅度地点头，轻声道："嗯。"

陈致用领带蒙住她的眼，在脑后打了个结，然后下车牵着她。

她难免有所猜测，他是不是准备了求婚仪式，或者像他先前说的，给她的生日惊喜。

要说他不是一个浪漫的人，可他又很愿意花心思琢磨这些，就像那次张扬至极的高考庆祝公告。

视觉的缺失，令她的其他感官放大。

他掌心的热度，走在地板上的脚步声，以及身体瞬间的超重感。

他们在乘电梯上升。

数秒后，"叮"的一声，门开了。

许年心跳得越来越快，紧抿着唇，紧跟着他。

"到了。"

陈致解开领带，她闭了下眼，眼睛才重新适应光亮，眼前是一套按照他们当初讨论的那样改造过的房子。

他没和她说过进度，她也忙得无暇过问，他居然不声不响地安排好了全部。

受限于时间和精力，她当初看的都是精装房。经由这么一改，和先前浑然不是一个样子。

她一时感慨万千，可又无法通过言语来表达。

有一种，想象成真的不真实感。

一只橘猫听见门口动静，探出头来，见是她，立马扑过来。

小榛子这几个月长大不少，这一下的冲击力不小，估计是处于陌生环境，有些害怕。

许年蹲下身抱起它，更是惊讶，回头看着他："你怎么把它也弄过来了？"

陈致笑说："总不能只顾老婆，不要孩子。"

他拉她起身："带你转转。"

房子面积不算特别大，是上下两层的复式楼，如他所说，厨房很大，厨具一应俱全；阳台摆着几盆花草，有的绣球已经开了，旁边是休闲沙发，面前是一张小几；另外，专门给小榛子搭了间小屋子，还有猫爬架。

到二楼，主卧旁有一间衣帽间，浴室安着按摩浴缸，还有瑜伽健身房和影音室……

她忽然注意到，床头柜上放着一本相册。

他们这段时间的合照全部印了出来，放在里面。

陈致弯腰，将她圈进怀里，下巴抵着她的肩，和她头靠着头，柔声说："空着的，以后我们慢慢填满，好吗？"

她喉头发哽，说："这就是你让我等的生日惊喜吗？"

"不是，这是520礼物。"他吻了下她的侧脸，"希希，目前我没办法给你更好的，但我想尽早地让你感受到，我想和你永远一起生活的决心。"

许年转过身，和他面对面地说话："你知不知道'延迟满足'？你现在给得太多，以后我就会不知足了。"

"没必要，希希，就这么短暂的几十年，如果要付出相应的代价，我们错过那么多，失去那么多，也该足够了。"

轻视，贫穷，忍气吞声，寒窗苦读，占据了她人生最灿烂的青春光阴。

该足够了。

"他们欠你的，我要一点点补偿给你。"

"那你呢？"她轻声说，"陈致，你受的那些委屈，谁替你还？"

如果是她，她也会觉得难熬吧。

那么大的压力，他一个人怎么扛过来的呢？

"我有你就好。"他低下头，来寻她的唇，贴住，慢慢地唇瓣厮磨，继而深入，和她的舌勾缠着。

她搂着他的腰,仰脸迎合他,他却又退开了,从口里吐出两根毛。

毋庸置疑,是小榛子的猫毛。

好端端的接吻氛围,瞬间破灭了。

陈致面露无奈:"毛孩子掉毛,要打一顿吗?"

小榛子一直跟着他们。它自然听不懂他的话,趴在地面,悠闲地舔着爪子玩。待舔完了,它又甩着尾巴,扒拉着床沿,试图爬上去。

陈致把它拎起来,它一脸无辜地望着他,"喵"了一声。

许年抱起它,安抚着它,说:"好啦,跟一只猫计较什么。"

他摇头叹息道:"慈母多败儿。"

她好笑,踮脚在他嘴角啄了两下,哄着他:"乖,不气了。"

"我还是想让你晚上再哄我。"

许年瞪了他一眼。

陈致是挤时间回阳溪的,第二天便走了。

这两天,许年把必要的生活用品和小榛子的猫砂、猫粮等收拾出来,先搬去新家。

她东西很多,只能零零碎碎地运,像蚂蚁搬家。想到这个,她都被自己逗笑了。

可陈致不在,她又觉得,那么大的房子住着好空,于是还是带着小榛子住原本的家。

很快就到了许年生日。

当天,得知陈致不在,唐黎特意请了半天假,带着礼物来"之橙",却不见许年。

她问薛宁:"她人呢?"

"老板娘刚刚过来,把老板带走啦。"

唐黎一脸问号。

狗男人,耍花样把许年诓走了是吧,白瞎她半天工资!

其实,事情是这样的——

陈致原本告诉许年的是,他晚上才能到。她倒无所谓,白天照旧在店里忙。

不过,她留了个榛子巧克力千层,打算和他一起吃。

才五月底,阳溪已经入了夏,渐渐有蝉鸣声响起,太阳灼热,室内空调徐徐地吹拂,许年坐在柜台后剪视频。

嗯,为了宣传,她连剪辑都自学成才了。

陈致推门进来的时候,她戴着蓝牙耳机,头也没抬。

他冲店员们比了个"嘘"的手势,她们便装作正常招待客人,但还是有点绷不住,脸上有笑。

他放轻手脚,悄然靠近许年。趁她不防,他绕过她面前,给她戴上一条项链。他演习过几次,动作熟练,搭扣扣得很快。

许年扭过头："你不是说晚上吗？"

"本来想骗你说不回的，但怕你失望，就说晚上。"他半蹲着，把她的头发往后拨，说话声只有两个人听得见，"老婆，喜欢吗？"

她是素净秀妍的长相，按理，和颈上的红宝石项链是不搭的，然而她的包容性，也容纳得下奢华，竟有一种超脱凡俗的和谐。

要么是因为，他看她时眼里自带滤镜，怎么都觉得好看。

这种璀璨的东西，本身就很吸睛，人类大抵天生喜欢闪亮的东西。古希腊甚至认为，这是众神的眼泪。

许年说："可是，配我的衣服也太浮夸了。"

"当然不是要穿这件。"

陈致拿走她的手机，牵住她的手，对她们说："借一下你们老板。"

薛宁她们看完全程，莫名兴奋起来："老板放心，有我们在，你安心去过生日，生日快乐啊。"

"百年好合。"

"早生贵子。"

"子孙绵延。"

"……"

什么跟什么？

许年就这么被陈致带走了。

他带她回家，叫她去房间换衣服。

她依言进去，看见两只不同大小的盒子。她打开，里面是条礼服裙，酒红色吊带款，另一只盒子里是一双锻面细高跟鞋。

礼服裙腰部有些紧，拉链卡住了，她怕拽坏这明显价值不菲的衣服，扬声叫他。

他叩了下门，问："怎么了？"

这个时候倒绅士了。

"你进来。"

明明什么都做过了，因为礼服的款式，她也有些不好意思，捂住胸口，不让春光外泄。

她侧过身子："帮我拉一下。"

陈致垂首，找到那一粒小小的拉链。

许年抿着唇，吸气收腹。他的指尖不经意地蹭过她的腰间，惹起一阵酥麻的痒意。

不过他没有做什么，老实拉好，又让她坐下，屈膝半跪，从鞋盒里取出高跟鞋，托着她的脚踝，替她穿上。

傍晚，他带她去吃晚餐。

他包了场，餐厅里只有他们两个人。

等待上菜时,许年都不由自主地压低声:"你也太夸张了,不就是过个生日吗?搞得跟拍电视剧似的。"

他笑而不语。

她突然福至心灵:"陈致,你不会是……要求婚吧?"

他叹出一口气:"希希,看破不说破,我本来就挺紧张的。"

她顿时不知道作何反应了,沉默半晌,说:"要不然,我还是装不知道好了。"

陈致笑出声:"没事,你可以做一下心理建设,想想待会儿该怎么答应我。"

大概也是紧张的缘故,她口不择言:"谁说我要答应的。"差点咬掉舌头。

"不是,"赶在他变脸前,她慌忙改口,"哎,我的意思是……"

为什么被求婚和求婚的人,在求婚开始之前,都乱了手脚?

陈致打住:"好了,跳过,先吃饭。"

她有点吃不下,礼服太收腰身了,而且,担心吃太多,待会儿小肚子胀起来不好看。

其实,求婚在彼此的设想里,都是迟早的事,许年有过心理准备,但真到了这一天,还是会无措。

比高考前一晚更甚。

这顿饭也不知道怎么吃完的。

下一个场地是剧场。

漆黑一片,只有安全出口的标识亮着,完全看不清环境,地毯也吞没了足音。

陈致却很熟悉路,脚下有台阶会提醒她。显然,他提前来踩过点。

许年怀疑道:"你真的是今天才回来的吗?"

"不是。"他的声音从前方传来,"这两天我一直在布置,没敢让你知道。"

好了,站定。

陈致松开了她的手,与此同时,灯也亮了,紧跟着,有纷纷扬扬的"雪"落下。

落在指尖,很快消融,是泡沫。

旁边是一棵枯树,她恍然忆起,这是《秒速五厘米》里的场景。

他说:"希希,我们一起看这部电影的时候,我没有想过,我们也会像他们那样分开。我去江大找你的那天,在我离开后,也下了雪。可我不甘心,我们就真的算了,从此只能缅怀过去,抱着遗憾过活。万幸,你没有爱上别人,你心里还有我。"

许年钝钝地呼吸着。

剧场很空,台下没有一个观众,但他们是台上的主角。

"或许,这不该称为求婚。婚结了还能离,而我,是在恳切地请求你,与我共度余生。"

他停了下,缓缓地单膝下跪,打开戒指盒,是一枚和她颈上项链成套的红宝石戒指:"许年,我是你的,将成为你的唯一,你愿意吗?"

完整而深沉的爱意揉入字字句句,像一束永不熄灭的火焰,燃烧着,令她的心口逐渐升温。

她发不出声音了,只能点头,泪落下来了也毫无所觉,一个劲地点头。

他替她戴上戒指,紧紧地搂住她。

同时,他也将自己的灵魂交给她。

他们都曾在牢笼里撞得头破血流,无人问津;

曾步于暗夜的漫天飞雪之下,寻不到来路与归途;

曾守着心里的滴漏,枯等天明之时,一点点耗尽自己……

而他们于此刻,无声交换誓约:从今往后,会在一年又一年的岁月里,以全部的爱,献对方,致此生。

番外

他们的爱，仍将恒久地生机盎然

那年的春天，陈致带许年去了东京看樱花。

千鸟渊河道两侧樱花如云，大片花瓣倾泻入河，随水波荡漾。河面游船如织，是来自全世界各地的游客。

两人相对而坐，陈致划着船，和她说起以前周末他还当过导游赚钱。

许年问："多少钱一天？"

"人民币八百到一千，有时碰到慷慨的客人，还有小费。"

她想想，低头打开手机，他离她近，看到她给他发了一笔"1314"的转账。

"辛苦陈总今天陪我一天。"她眼里浸满春水般温柔的笑。

恋爱的时间长了，他们的性子越来越相像。其他人也这么说。过去的许年可干不出这种撩拨他的事。

陈致捏捏她脸颊的软肉："我身价涨了你不知道吗？"

"那你要多少？"

他倾身，在她唇上啄了两下，船身晃了晃。

许年一慌："小心船翻了。"

而且，她依旧不习惯在公共场合亲密，但因氛围浪漫，还有人拍情侣写真，没人会过多注意他们。

他笑着说："忘记我说的，我会游泳了？"

是很久之前开的玩笑，他说假如他和唐黎同时掉河里，她救谁。

她继而又想到，虽然他们没有领证，但在彼此朋友的眼里，他们已与夫妻无异，唐黎便总以"你老公"称他。

他们在东京待了三天，第二天，陈致带她去拜访了钟俞诚。

在此之前，许年经常从他口中听说这位企业家的事迹，这是第一次见面。

和她的想象相悖的是，钟俞诚看上去是一个极为谦和、平易近人的中年男人，至少，不像剥削员工的吸血资本家。

陈致调侃说："不然怎么哄得别人为他卖命？"

"当着我的面也敢这么说，就你一个了。"

钟俞诚端来茶点，盘膝坐下，开始手打抹茶。

许年目不转睛地看着，不一会儿，他将茶打出泡沫，斟入杯中，递给她。

她道谢，抿了一口。上好的抹茶粉，茶香浓郁，味道苦涩而醇厚。

钟俞诚又冲泡了另几款茶，叫她一一品尝。

他好茶，但似乎是继承中国老一辈人的传统，他茶室里，亦有不少大红袍、君山银针之类的名茶。

陈致只配尝她剩下的。

钟俞诚问："你们预备什么时候结婚？"

"仪式大概不办了，不过打算请几个至交好友一道参加旅行婚礼。"

这是许年的想法。

在某座城市包下一套别墅，请唐黎、杨靖宇他们见证，顺便将婚纱照拍了。

既省事，也更有意义。

钟俞诚笑着说："即将娶到爱了这么多年的女孩，感受如何？"

陈致说："嗯……意料之中，毕竟除了我，她也爱不上别人了，不惊但喜。"

许年失语，瞥他一眼，他倒是越发狂了。

中午，他们留在钟俞诚的宅院里用饭。

他女儿钟珈洛同他们差不多大，去年博士毕业，如今在庆应义塾大学执教。

不得不承认，许年有些学术滤镜，若非家庭的原因，她当初也能保研本校。巧合的是，她和钟珈洛同是计算机专业，两个女生相谈甚欢。

聊到后半程，钟珈洛悄悄告诉许年，陈致从不跟女生有密切来往，包括她。有次她问起他，他说他有女朋友，后来才知道，他早就被甩了。

"你知道吗？像他们这种男生，一般都爱玩。而且日本红灯区多，很多留学生去，但他从不踏足。我真挺佩服他的，也一直很好奇，什么样的女生能把他的心和人都拴得这么严实。"

许年说："其实那时我们完全没有联系了。"

"这才说明你没看走眼，由此可见，他比大部分男人靠谱。"

许年笑笑。

对方多会说啊,两个人都夸到了。

钟珈洛又说:"不过结婚的话,你可以再多考虑一下,柴米油盐可能会磨灭掉婚前的恩爱。"

关于这点,其实他们讨论过。

两个独立的个体强行融合,必然发生排异反应,无论他们多么相爱。

陈致近一年还是章州、阳溪两头跑,两人又处于热恋期,他们自然如胶似漆。等婚后,分公司稳定了,他就有更多的时间陪伴在她身边,说不定会产生不少矛盾、摩擦。

远香近臭,对他们同样适用。

许年说:"与其说接受婚姻,不如说接受和他成为家人,共同生活。我知道,这需要极大的勇气和决心,但他那么坚定,我似乎也没办法退缩。"

钟珈洛瞟瞟不远处与钟俞诚聊天的陈致,感叹:"你们太会给予对方情绪价值了。成熟的爱情就该是这样。好羡慕。"

可许年摇头:"他很幼稚,特别是在一些小事上,计较起来,简直是十几岁的男孩子。不知道方便说吗?"她小声说,"感觉你爸爸也是。"

钟珈洛"噗"地笑了:"你说得对。男人可真是一种分裂的生物,事业和生活,分成了两种人格。"

离开前,钟俞诚送了许年一份礼物。

是一只明治时期的漆器首饰盒,精美异常,是他不久前以不菲的价格拍下来的。

许年受宠若惊,不知该不该收。

钟俞诚说:"陈致就像我半个儿子,这只是一份小礼物,切勿太介怀。"

许年小心接过。

钟俞诚又拍了拍陈致,说:"得到了要好好珍惜。"

陈致紧紧牵着许年的手,笑了笑:"当然。"

他们次日离开东京,前往关西。

陈致尽职尽责地充当许年的摄影师,为她拍了许多照片和视频。

她发给唐黎,时差仅一个小时,唐黎几乎秒回,说,难怪网上流传"爱人如养花"的说法,她现在越来越漂亮了。

他拍的许年笑容自然又明媚,因为阳光强烈,她眯起眼,抓拍的角度也刚刚好,没有一点摆拍的生硬,足以见得拍摄者的爱意。

若是合影,陈致则请求路人或架三脚架。

他用日语说的是:"能不能麻烦你帮我和我的妻子拍张照片?"

偶尔遇到中国人,对方会夸赞他们般配。

说起来，因为彼此工作忙，这还是他们第一次一起旅行。

就像许年说的，陈致有时很幼稚，比如他十分介意她被陌生男性搭讪。

她不会日语，但英语口语流利，和他们所住的民宿里其他的外国人交流完全没问题。若是他们单独交谈过久，陈致一定会在晚上过多索要，名曰补偿。

还有，他不喜欢她离他太远。有时，她为拍照而忽略他，独自走开，他一时没留神，回头找不到她，就要臭脸。

但总体来说，还是融洽的。

她是个很有计划性的人，而陈致更随性一点，刚好互补。开支方面的话，他的钱早就交给她管，只是逛免税店时，他非要给她买首饰衣服。

更重要的是，两个人情绪都比较稳定，有事商量，在矛盾爆发前解决问题。

一周后，他们搭上回国的航班。

凌晨起床，提前两三个小时到机场，登机后，许年犯困，吃东西也吃不下。

她靠着陈致的肩，想到一件事，轻声问："你说，我会不会怀孕了？"

之前有次措施出了点意外，事后未吃药，一是怕有副作用，二是他们并不抗拒孩子的到来。

这几天，她隐隐感觉身体不适，但以为是水土不服，现在才后知后觉考虑到这种可能性。

陈致用浅薄的医学常识问她："你想吐吗？"

她仔细感受了下，摇头。

"腰酸吗？"

"有点。"

因为作息问题，她经期提前或推迟一周都是有的，这个暂时无法作为判断依据，只能落地后去医院检查。

比起许年，陈致更紧张。

她问："你是不是也没做好准备迎接宝宝的到来？"

毕竟就那一次，彼此都存了侥幸的念头，谁知道这么巧。

他说："不是，我担心的是，这段时间舟车劳顿，会不会影响宝宝。"

她愣了下："可这样就打乱我们的计划了。"

陈致沉吟片刻，说："我所有规划的核心只是和你在一起，其他的可以再调整。"

他扣紧她的手，吻吻她的额头："希希别怕，相信我。"

许年脑子有些乱，期待、慌乱、无措、担忧，唯独没有恐惧。

但她不会轻易自乱阵脚，飞行途中，她认真思考起之后的安排。

然而上天跟他们开了一个玩笑，许年没有怀孕。

医生还安慰失落的陈致，说他们还年轻，放松心情，说不定缘分就来了。

缘分什么时候到，他们不得而知，但次日早上，她的月经就造访了。

她从厕所出来，跟正在厨房里做早餐的陈致说了。

他静了静，回头，认真地说："希希，我们领证吧。"

若说求婚，他早就求了，婚前协议也签好字放在抽屉，只是领证一推再推。

许年问："今天吗？"

她看了眼皇历，调侃他："但今天不宜婚嫁。"

这种事，他精益求精到挑剔的程度，既要有意义，又得是好日子、工作日，可两人未必同时有空。

他苦恼地说："离你生日、'520'还有一两个月，有得必有失，万一又有什么意外怎么办？"

"如果你确定，就领吧。"

她答应后，陈致再度陷入纠结："这几天日子是不是不吉利？"

许年懒得理他，转身走了。

他忙不迭拉她回来："领领领，免得夜长梦多。"

说完，他将早餐盛出来，给她一个早安吻："吃完我们就领。"

因为决定得突然，他们没来得及通知亲朋好友。

待晒出结婚证，他们的共友惊疑的是：你们居然才领证？

所以许年也没有什么结婚的实感。

洗完澡，她翻出两本结婚证，翻来覆去地研究着，直到陈致进了卧室。

她说："领证这么简单，可如果离婚，就麻烦好多。"

他爬上床，两掌揉她的脸："什么意思？刚结婚就想离婚了？"

"我只是想到，太多事得难舍易，但是婚姻刚好相反，会不会证明，它本质是一种束缚？所以当今那么多人抗拒建立这段关系。"

陈致掀开被角，她往他那侧挪了挪，和他靠在一起。

他说："根据吸引力法则，我相信我们能经营好感情，那么它就不是束缚，而是加成。"

他抽走红本本，放回原处，捧着她的脸，边和她接吻，边在唇齿间叫她："老婆。"

她应了声："嗯？"

"我爱你。"

许年拥住他的腰，将脸埋进他肩头："我知道，我也爱你。"

因为相爱，才选择结婚。

到底是世俗之人。

从出生到死亡，无数手续、条例、规则，无法摆脱。

看似是人生大事，可变成一张登记表，就简单而具体了。到最后，还是绕不开吃喝拉撒睡。

许年穿的是睡裙，他探到她的脊背，手一点点往前移，吻落到她的后颈。

她正意乱情迷，听他叹气："新婚夜，偏偏没法洞房。"

她笑起来："你自己选的。"

陈致翻身，躺倒，追悔莫及，又抓住她的手，狠狠亲了口："反正你是我老婆了，不能离了。"

她窝进他的怀里，想，他们兜兜转转了这么多年才在一起，好像除了死亡，的确没什么能将他们分开了。

领证后的第二天，陈致请许年叔母、许凌他们吃了顿饭。

许凌现在在陈致公司上班，被他姐夫压着，倒老实了不少，没敢再在外头乱来。

叔母操劳的事少了，身体状况也趋于稳定，没事就去附近广场跳跳舞，还跟着去外地参加活动。

不过，叔母还是希望他们尽早要一个孩子。

"你们没有父母，趁着我还年轻，能帮你们带一带。"

许年说："有孩子的话，我会请人。"

"钱多烧的呀，我都把你和许凌带大了，你还不信我了？"

就是因为这样，她才知道和上一代人的养育观念差别有多大。

许年依然坚持把孩子带在自己身边，也不会和叔母同住一个屋檐下。

她不想她和丈夫的生活被外人入侵。

"不过，"她又缓和了语气，"周末有空，我会带宝宝来看您。"

叔母摆摆手："你既然都想好了，那就随你便了。"

回家路上，陈致说："要不要算算你下一次排卵日，争取一次就中？"

许年捣了他一把："你不要顺杆爬，我下半年还想开分店呢。"

"你当老板的，请人干不就好了。"

她不想，她习惯亲力亲为了。

陈致又说："要不然我请专人打理公司，我在家当全职丈夫好了。"

"不要。"许年还是一口拒绝，"天天看着你，我会烦的。"

他气得背过去，步子迈得又大又快，但始终离她不远，一副她不哄他就不原谅她的姿态。

她乐不可支，偏偏不如他的愿，慢悠悠地走在后头。

晚上吃完饭，陈致"叮叮当当"地收拾厨房，一句话不说。

许年拿了换洗衣服进浴室，发现夜用卫生巾用完了。她前两天量大，尤其晚上，一般用棉条，再垫一片卫生巾，避免侧漏弄脏裤子。

其实不急着用，但她还是叫他去买。

他不应。

过了几分钟，浴室门被拉开，一只手递来一包她惯用的牌子的卫生巾。

她说："干吗不看我？"

陈致义正词严："许小姐，不要试图勾引我。"

"哦，昨天还是'老婆'，今天就是'许小姐'了？"

"我们在冷战。"

许年从浴室出来："我穿着衣服呢。"

他瞟她一眼，果然是。

她拽了下他的衣角，软声说："老公，想让我哄你吗？"

陈致差点破功了，生生压下嘴角的弧度，冷脸说："别演了，你都开始烦我了。"

她抱小榛子回卧室，关门前，留下一句："那陈先生，请你今晚睡客房吧。"

当晚，陈致翻来覆去睡不着，总觉得床又冷又硬。

已经凌晨三点，他起身，按下主卧门把手。

没锁。

他抿唇一笑，钻入散发着香味的、暖烘烘的被窝。

许年睡得沉，他搭着她的腰，将她半圈进怀里。

早上闹钟响起，陈致伸手按掉，想搂着温香软玉继续睡，却发现旁边空了。

他倏地睁开眼。

许年不知何时坐起身，低头看他，质问他："你什么时候学会半夜爬床了？"

"你烦我，你也是我老婆。"他把她抱回来，"老婆，再睡五分钟。"

她用他的话回敬他："陈先生，现在在冷战。"

"苏联解体三十多年了，冷战早结束了。"

她失笑。

陈致一整晚根本没睡多久，结果不到二十分钟，被小榛子踩脸踩醒。

他埋怨道："你干吗把它抱进来？"

许年说："这是我亲女儿。"

他腻歪地黏上来："我也是你亲老公。"

她推他："你好烦。"

他指责她："得到了就不珍惜。"

许年抱着小榛子去洗漱。

陈致怨气冲天地躺在床上,看着她来来回回换衣服、化妆,都不理他,越想越气,掀被下床。

她背了包,正要出门。

他走到玄关处,还没开口呢,她踮起脚,在他嘴角印了下:"我去'之橙'了,自己乖乖吃早餐,拜拜。"

陈致一愣,像气球破洞,瞬间瘪了。

他老婆怎么这么可爱。

唉。

但天天黏在一起,许年的确会烦陈致。

倒不是说反感,或者过了热恋期,感到腻味,而是他表现得太黏她,从精神到生活。尽管这在薛宁她们看来,是一种"甜蜜的负担"。

为此,他们有过一次小小的争论。

之所以说"小",是因为拌嘴的过程中,两人在进行一种更深层次的交流,从而导致彼此都没法全神贯注地投入剖析"作为夫妻,该不该保持一定距离"这件事。

自然,也就没有结论。

许年撑起身子,有些气恼地说:"你又转移话题!"

"老婆,你还看不出来吗?"他优哉游哉,"爱是自私且霸道的,在你工作期间不打扰你,是我做出的最大让步。"

看吧,幼稚的陈致又冒出来了。

"那也没必要我和唐黎逛街你都跟来吧?"

"我不过是接送你而已。"

许年继续数他的"罪状":"我做饭,你干吗也挤进厨房?"

"家务不是我们两个人的吗?"

"我洗澡……"

算了,这个跳过。

陈致满腹委屈:"我费尽心思,才重新回到你身边,现在还是蜜月期吧,你怎么就开始嫌弃我?"

他追她时那种死缠烂打的劲儿又来了。

自从在一起,他一点拐弯抹角的技巧都不使了,用的尽是最直白、最无赖的法子。

难怪人人皆说,暧昧期才是最令人心动的。

许年哭笑不得,翻过身睡觉,他从背后拥上来,她曲肘顶他:"热啊。"

"你体温低,给你暖暖。"

这是男女天生的差异,此刻正值春夏之交,他总觉得她冰冰凉的,反之,她嫌他太热。

她没力气挣扎了,任由他抱着。

这一年的夏天,"之橙"开了分店。
薛宁也结婚了。
许年给她封了个大红包。
而许年和陈致的恋爱,也进入第十个年头。
——陈某人声称,分开的几年,彼此忘不掉对方,就不算真正分手。
许年深深感受到时间的可怕,十年过去,她居然还喜欢他。
陈致不满,说,剩下的数个十年,她依然要爱他。
事实上,许多时候,他们之间的爱情,并不那样纯粹,可能掺杂了友情、亲情的特性。
可以料想到的未来是,没有"没有你我就不能活"的激情,而是演化为"有你我能活得更好"的细水长流。
渐渐地,许年淡忘了十几岁时遭受的委屈、欺负,因为当噩梦惊醒,往往有陈致在身旁。
他会下意识地搂住她,叫她"希希"。
有一次,孕激素导致她凌晨情绪波动大,她低声啜泣,窗外投进一丝朦胧的晨光,他拍哄着她,柔声说:"别怕,我在呢。"
怕什么呢?
也许是怕重蹈十八岁那年夏天的覆辙,无依无靠的自己,只能和他提出分手,独自一人前往陌生的城市。
不过,是的,没错,她这回真真切切地怀孕了,是他们的宝宝。
一个小小的生命悄然孕育之际,陈致尚在外地出差,得知消息后,他立即赶回阳溪。
他一直在用行动代替语言,告诉她:他爱着她,他需要她,无论发生什么,他永远陪伴着她。
无数个昼与夜交替的日子,他们的爱,没有日升月落,仍将恒久地生机盎然。

嘿。
你知道吗?
爱其实遍布世界的每一处。
活下去,并热爱生活,因为生活比命运更伟大,它馈赠的伤悲与喜乐,无一不源于爱,流向爱。
而人人都将从中得到救赎。

Henian
zhicisheng